우리 시대의 레미제라블 읽기

이 도서의 국립중앙도서관 출판예정도서목록(CIP)은 서지정보유통지원시스템 홈페이지
(http://seoji.nl.go.kr)와 국가자료공동목록시스템(http://www.nl.go.kr/kolisnet)에서 이용하
실 수 있습니다. (CIP제어번호 : CIP2014032841)

우리 시대의 레미제라블 읽기

문학과영상학회 엮음 | 이도흠 외 지음

한울
아카데미

차 례

　미제라블이 존재하는 한, 어떤 장르든 예술작품으로서 '레미제라블'들은 힘을 가진다. 그것은 시대와 공간을 초월하여 미제라블의 상태에 있는 이들의 참상을 드러내는 고발장이자, 미제라블들 스스로 자신을 분석하고 성찰하며 새로운 존재로 거듭나게 하는 계몽서이며, 그들 모두가 평등하고 존엄한 세상을 꿈꾸게 하는 복음서, 혹은 낡은 체제를 뒤엎고 새로운 세상을 향한 실천을 부추기는 혁명서이다.

　소설 『레미제라블』은 바다다. 비천함에서 거룩함에 이르기까지 비열함, 나약함, 악랄함, 정의로움, 순진함, 너그러움 등 다양한 인간들의 복잡다기한 성격과 행동을 적나라하게 묘사했고, 역사학자의 사료로 활용될 정도로 당대에 일어난 사건과 풍속이나 풍경을 정밀하게 보고했으며, 압박과 폭정과 전쟁의 종식, 자유·평등·박애, 모두를 위한 빵과 같은 진보 이념으로 비전을 펼치는 가운데 당대의 비참한 민중들의 실상을 객관적으로 탁월하게 재현했으며, 신과 인간, 선과 악, 성찰과 구원, 개인과 제도, 사랑과 갈등, 주체와 타자, 전쟁과 혁명, 세계의 부조리와 실존과 같은 주제들을 망라하여 한 작품으로 형상화했다. 이는 인물에 집중해서 보면 성장소설이자 구원소설, 종교소설이고, 시대와 관련해서 보면 사회소설이자 혁명소설이며, 개인과 사건을 연관 지으면 역사소설이고, 사조로 보면 낭만주의 소설이자 리얼리즘 소설인 동시에 참여문학이다. 또 우파에게는 민중을 선동하여 세상을 뒤집어엎을 만한 잠재력을 가진 위험한 혁명소설이고, 중도의 시민들에게는 자신들이 놓인 실상을 깨닫게 하는 동시에 비전을 펼치는 진보적 계몽서이며, 좌파들에게는 기독교적 휴머니즘과 개량적 자유주의를 견지한 부르주아를 위한 성자전이다.

이처럼 바다와 같은 작품이기에 다채롭게 해독이 되고, 시대와 공간을 초월하여 메시지를 가진다. 영화, 뮤지컬, 드라마 등 다양한 버전의 레미제라블이 만들어지고 그때마다 많은 독자나 관객들에게 감동을 주는 것은 이 때문이다.

톰 후퍼 감독의 영화 〈레미제라블Les Misérables〉은 한국에서 누적 관객 590만 명을 넘어서며 뮤지컬 영화로서는 경이적인 흥행을 기록했다. 개봉 8일 만인 2012년 12월 26일에 관객 200만 명을 넘어서더니, 개봉 30일째인 2013년 1월 17일 오전에 뮤지컬 영화 최초로 500만 관객을 돌파했다. 한국인에게 너무도 친숙한 줄거리, 반전이 없고 극적 긴장이 부족한 서사, 두 시간이 넘는 긴 상영 시간, 짧은 대사까지도 노래로 처리한 '송스루song-through' 방식의 완전 뮤지컬 영화라는 한계에도 불구하고 그러한 결과를 이루어낸 것이기에 더욱 큰 의미를 가진다.

원작의 감동, 최상급 배우 캐스팅, 배우들의 빼어난 연기, 장중한 화면, 아름답고 감동적인 노래, 은유와 환유가 번득이는 미장센, 핍진감과 긴장이 있는 서사, 몰입도가 높고 감정 이입을 불러일으키는 배우의 연기와 노래, 기술적 장치의 일치와 조화 등 작품 내적 요인도 작용했지만, 이런 흥행에는 사회문화적 요인도 무시할 수 없다. 원산지인 미국에서 크리스마스이브에 개봉한 것과 달리 한국에서는 의도적으로 대통령 선거일인 12월 19일에 맞추어 세계 최초로 개봉했다.

19세기의 프랑스 독자들이 대체로 소설 『레미제라블』에서 프랑스대혁명 이후 왕정복고기 민중들의 비참한 삶과 인간 구원, 부조리한 구체제ancien régime에 대한 분노와 혁명의 길을 읽었다면, 2012년 말 2013년 초의 한국 대중들은 영화 〈레미제라블〉에서 신자유주의를 비롯한 여러 모순에 놓인 한국 민중의 비참한 삶과 구원의 길, 부조리한 체제에 대한 분노와 희망의 메시지를 읽었으리라. 신자유주의 체제에서 비정규직으로 전락하고 해고당한 노동자들은 영화 속의 미제라블과 자신을 동일화했으며, 민주화 운동 세대들은 광주민중항쟁의 기시감(데자뷰)를 느끼며 바리케이드 너머를 함께 꿈꾸었다. 〈레 밀리터리블〉, 〈레 스쿨제라블〉 등 억압된 군대나 학교를 패러디를 통해 풍자하는 작품이 속속 만들어져 SNS를 달구고 인구에 회자되었다. '레미제라블'이 하나의 문화 현상이 된 것이다.

이에 이 현상을 학술적으로 깊이 있게 논의하자고 문학과영상학회 김성제 회장이 필자와 김상률 교수와 함께 한 자리에서 제안하여 2013년 4월에 '〈레미제라블〉 다시 보기/읽기'라는 주제로 한양대에서 학술대회를 열었고, 여기에서 필자를 비롯하여 이충훈, 이상민, 강익모, 김상률 교수가 총 5편의 논문을 발표했다. 김성제 회장이 필자에게 책으로 엮는 일을 맡아달라고 부탁을 했다. 학회에서 발표된 논문을 우선으로 하고, 꼭 제기되어야 할 주제를 정하고 그 주제로 이미 발표한 논문 가운데 역작인 것을 학술지에서 찾아보았고, 그래도 채워지지 않는 주제는 주변에서 그 주제로 가장 잘 작성할 수 있는 분께 청탁을 했다. 김응교, 고정희 교수는 이미 발표한 논문을 이 책에 실을 수 있도록 허락해주셨고 최갑수, 김규종, 신항식 교수는 이 책을 위하여 새로운 논문을 작성해주셨다. 이 자리를 빌려 다섯 분께 깊은 감사를 드린다.

이상 10분의 연구자는 바다와 같은 '레미제라블'을 다양한 시각으로 분석하고 통찰하고 있다. 최갑수 교수는 「레미제라블과 프랑스 혁명」을 통해 소설과 혁명 사이의 공통점과 차이를 비교하면서 역사와 허구가 어떻게 교착되고 있는지 살폈다. 『레미제라블』의 시간대가 1815~1833년이라면, 집필 기간은 1845~1862년이다. 양자 사이에 30여 년의 간극이 있는데, 뒤 시기의 위고의 삶의 궤적이 역으로 혁명적 전통에 대한 평가에 작용하여 소설에 반영되었다. 위고는 왕당파에서 공화파로 변화하는 프랑스 낭만주의자 일반의 '좌선회주의左旋回主義'를 몸소 보여주었고, 『레미제라블』은 이에 대한 증언이다. 위고가 작품을 통해 나타내고자 한 민주공화국의 이념에는 정치적 급진주의와 사회적 보수주의가 포개져 있다. 이는 민주주의의 잠재적 가치를 일깨워주지만, 동등한 권리 너머에 자본주의의 현실이 놓여 있음을 침묵으로 가린다. 장 발장은 영혼의 완성에 도달하지만, 그에게 혁명적 전통은 단지 저기에 있을 뿐 그의 삶과 아무런 유기적 관계를 갖지 못한다. 따라서 『레미제라블』에서 배경막의 역할을 하는 19세기 프랑스의 혁명적 전통은 저자에 의해 선택적으로 부름을 받는다. 『레미제라블』에서 장 발장은 불의不義, 동물적인 것, 물질, 욕망, 거짓에서 출발하지만 그 모든 것을 뛰어넘어 정의, 의무, 영혼, 양심, 진실을 구현하는 현대판 예수이다. 그렇기에 『레미제라블』은 '부르주아지를 위한 민중의 성자전聖者傳'이었다.

이도흠은 「프랑스혁명과 한국 사회, 두 현실의 맥락에서 〈레미제라블〉의 화쟁기호학적 읽기」에서 화쟁기호학으로 영화를 분석하여 프랑스 혁명기의 맥락과 21세기 한국 사회의 맥락에서 읽었다. 반영하는 주체로서 위고는 19세기 프랑스 현실을 민주공화주의 이념과 계몽사상, 기독교적 휴머니즘의 세계관으로 해석하고 재현했다. 굴절하는 주체로서 작가는 개인의 타락을 관용과 용서를 매개로 구원으로 이끌고, 혁명으로 봉건 체제를 해체하고 비참한 현실을 극복한다는 전망을 담되, 리얼리즘, 낭만주의, 미메시스의 원리를 따라 현실을 굴절시켜 형상화했다. 한국의 현실에서 이는 크게 네 가지, '구원의 서사', '사랑의 서사', '혁명의 서사', '탈현대성의 서사'로 읽힌다. 기독교도 등은 용서와 관용을 통하여 구원을 받은 장 발장이 타자를 구원하며 성인의 경지에 이른 것에 감동한다. 탈정치적 청소년 등은 장 발장과 코제트, 코제트와 마리우스 등이 오해와 증오에서 벗어나고, 사랑을 옭아매는 온갖 법과 제도와 인습과 감시의 시선에 맞서 대응하고, 결국 사랑의 승리를 이루는 낭만적 서사로 읽는다. 정치적 해독을 하는 이들은 자신을 미제라블로 동일시하고, 광주민중항쟁을 떠올리며, 비참한 민중의 삶과 이들을 억압하는 세계의 모순을 신자유주의 체제의 모순으로 현재화하면서 새로운 세상에 대한 전망을 품으며, 이 승화의 과정을 통하여 힐링을 한다.

김규종 교수는 「사랑과 혁명의 전사들에게 바쳐진 진혼미사: 톰 후퍼 감독의 영화 〈레미제라블〉을 생각하다」에서 영화 〈레미제라블〉의 시간을 직선적으로 추적하면서 거기 제시된 다채로운 양상의 인간, 그들이 엮어내는 갈등과 사건, 종당에 도달하는 세계인식과 정신성의 몇 가지 지점을 소설 『레미제라블』과 비교하며 분석했다. 그는 영화를 1815년, 1823년, 1832년 세 시점을 중심으로 소설과 비교·분석하며 영화와 내용상 차이, 특히 더 나은 점에 주목하면서도 영화가 포착하지 못한 것도 찾아낸다. 위고는 무지와 빈곤의 나락에서 허우적거리는 민중에 대한 뜨거운 형제애로 무장한 인도주의자이며, 이를 통해 그들을 해방하려고 꿈꾸었던 위대한 낭만주의자이다. 영화는 이런 점을 온전하게 포착하지 못했다. 그럼에도 후퍼의 영화는 158분의 상영 시간이 길게 느껴지지 않을 정도로 시종 극적 긴장감과 흥미를 유지하면서 객석에 적잖은 교훈과 사유의 가능성을 제시했다. 장 발장과 미리엘 주교, 장 발장과 팡틴, 장 발장과 코제트, 장 발장과 자베르, 마리우스와 코제트, 마리우스와 에포닌의 사적인 관계에 함몰하지 않고, 그들이 살아갔던 동시대의 인물들과 사건을 역동적으로 재현한다. 따라서 각각의 인물과 사건이 1832년 6월봉기의 소용돌이 속으로 자연스레 흘러 들어감으로써 개인과 사회, 사랑과 혁명, 삶과 죽음, 투쟁과 자유 같은 거대 담론의 일반화에 도달하는 것처럼 보인다.

김응교 교수는 「숭고의 데자뷰, 레미제라블」에서 영화를 소설과 비교하면서 영화에 나타난 여러 인물의 운명 속에서 '숭고미'가 어떻게 나타나는지 분석했다. 그는 영화 〈레미제라블〉의 흥행이 '한국 현대사의 데자뷰'에 원인이 있다고 보면서도 더 근본적으로는 숭고미의 반복에서 기인한다고 보고, '숭고의 데자뷰'라는 말로 이를 압축하여 표현한다. 영화에서는 축약되었지만 미리엘 신부의 숭고는 이 작품 전체를 숭고미로 감싼다. 장 발장의 숭고미는 철저한 상승 지향의 '아래로부터의 숭고'다. 장 발장의 변화를 사도 바울과도 비교할 수 있다. 바울에게는 '부활하신 그리스도'가 바로 그 사건의 이름이다. 사울이 바울로 변하는 사건은, 진리 - 사건을 통해 주체화되어 가는 과정을 말한다. 다마스커스 사건은 삼각형(사울)과 원(예수)이라는 도저히 합치될 수 없는 개별자를 원통형(바울)으로 만나게 한다. 장 발장과 미리엘 신부의 관계도 마찬가지다. 반면에, 자베르 경감은 법질서를 숭앙하는 '위로부터의 숭고'이며 이는 자살로 극대화한다. 부차적인 인물들인 시민들의 숭고는 혁명적 숭고이며, 이는 바리케이드 장면에서 극대화한다. 영화의 중요한 노래들은 기도문으로 이루어졌고, '사랑 - 신앙 - 혁명'의 일치를 노래하고 있다. 결국 이 작품의 주제는 죄와 용서와 구원이지만, 이는 인간에 대한 궁극적 질문을 던지고 있다. 관객들은 영화를 보며 이런 숭고들을 한국의 현대사와 겹쳐서 읽으며 추체험한다.

이충훈 교수는 「숭고와 그로테스크를 통해 '무한'을 사유하기: 무한의 드라마, 『레미제라블』」에서 '미'와 '추'가 서로 역동적인 관계에 있음에 초점을 맞추어 분석한다. 장 발장은 숭고냐 전락이냐의 갈림길에서 번민하고 주저하고 회의하지만, 결국 누구도 따를 수 없는 놀라운 '힘'을 발휘해 이를 극복해낸다. 이런 점에서 『레미제라블』은 그의 다른 소설처럼 원죄와 같은 결함을 가진 존재가 내면의 불굴의 힘으로 이를 극복하기에 이른다는 한 편의 '드라마'이며, 인간의 속죄와 구원은 바로 이러한 인간 조건을 겸허히 자각하면서, 더 낮은 단계로의 전락의 위험에서 자기를 지켜내는 부단한 노력에 있다는 기독교적 교훈을 웅변적으로 노래하는 현대적 의미의 '서사시'다. '무한한' 존재를 사유하며 시선을 자신에게 돌릴 때 발견하는 자신의 기괴함과 우스꽝스러움이 바로 추醜다. 반면에, 자신이 한없이 불완전하다는 점을 자각하고 그 한계 너머를 바라보며 더없이 완전하고 전능한 존재와 만나는 것이 바로 숭고다. 장 발장은 여러 갈등과 위기 속에서 오직 '무한'의 명령만을 듣고자 하며, 그것이 그의 행동을 '숭고'한 것으로 만든다. 단지 '괴물'이었던 존재가 숭고해지면서 주교의 지위로, 무한의 지위로 올라가는 것, 이것이 위고 문학의 주제로서 '낭만주의 변신론'이며, 그의 문학적 힘은 바로 여기서 나온다.

고정희 교수는 「연민을 이끌어내는 문학과 도덕적 상상력: 영화 〈레미제라블〉과 소설 『레미제라블』의 비교를 중심으로」에서 타인의 고통에 대한 연민을 통해 어떻게 도덕적 상상력을 구성하는지에 대해 영화와 소설을 비교하며 서술했다. 대체로 문학은 영화에 비해 독자가 작품 속에 그려진 타인의 고통을 떠올릴 수 있는 '시간'과 '상상력'의 자유를 허용하기에 타인의 고통에 연민을 느낄 여유가 있다. 빅토르 위고는 어린 소녀 코제트가 겪고 있는 고통을 코제트의 시선, 서술자의 시선, 어머니 팡틴의 시선, 하느님의 시선에서 동시에 서술하고 있다. 코제트의 '죽은 어머니' 팡틴의 시선을 접한 독자는 코제트에 대한 연민의 감정을 금할 수 없는데, 그것은 아픈 자식을 바라보는 어머니의 고통이야말로 인간이 감당하기 어려운 고통이라는 사실을 누구도 부인할 수 없기 때문이다. 이처럼 위대한 문학은 타인이 고통을 당하는 그 장면에 지금 당장 현존하지는 않지만, 그 고통으로 인해 더 큰 고통을 느낄 법한 인물들까지 상상하게 함으로써, 타인의 고통을 개인의 몫으로만 바라보지 않도록 해준다. 결국, 문학 작품을 읽을 때 독자는 고통당하는 타자가 자기와 무관한 존재가 아니라 연대의 존재임을 느끼면서 도덕적 상상력을 갖게 되거나 확충할 가능성이 높아질 것으로 예상된다.

이상민 교수는 「레미제라블, 뮤지컬 영화로 다시 태어나다」에서 한국에서 개봉된 두 편의 영화, 1998년 빌 어거스트Bille August 감독의 〈레미제라블〉과 2012년 톰 후퍼 감독의 〈레미제라블〉을 비교하고 후자를 르네 지라르의 욕망의 삼각형 이론으로 분석했다. 어거스트의 〈레미제라블〉이 장 발장과 자베르의 인물 간 대립과 갈등이 중심 플롯인 반면, 후퍼의 〈레미제라블〉은 '나는 누구인가'를 외치며 정체성에 대해 괴로워하는 장 발장의 내적 갈등이 중심 플롯으로 작용한다. 전자에서는 장 발장을 뒤쫓는 자베르의 추격이 영화 전반의 긴장감을 유도하지만, 후자에서는 죄수에서 마들렌 시장으로, 그 후 코제트의 아버지로 바뀌는 삶의 궤적을 따라 수면 아래에 숨어 있는 장 발장의 자아 정체성이 언제 표면 위로 떠오를 것인가 하는 긴장감이 영화 전반에 흐르고 있다. 욕망의 삼각형으로 분석하면, 〈레미제라블〉은 인물들 간 욕망의 삼각 구도를 다양하게 구성하여 하나의 사건에 대해 서로 다른 시각으로 노래하고 바라봄으로써 다각적 시선을 표출해냈다. 이러한 서사 전개는 이 영화가 다양한 변주적 플롯을 갖게 하여 사건과 주제의 입체성을 부각시켰다. 사랑, 정의, 평등, 나눔, 헌신, 민주주의에 대한 갈망을 통해 더 나은 내일을 꿈꾸고자 한 〈레미제라블〉은 19세기만이 아니라 지금도 현재성을 가진다.

강익모 교수는 「연극, 뮤지컬 그리고 레미제라블」에서 소설이 어떤 원리와 장치, 기술에 의하여 시대의 변천에 따라 퍼포먼스와 영화로 변형되고 활용되었는지에 대하여 살폈다. 위고의 작품 속 가변성으로 인하여 우리는 사회를 낙관이나 비관, 어느 한쪽으로만 보지 않게 된다. 인간의 조건, 인간의 미래에 대한 희망과 절망이 공존하며 서로 연결되어 있음을 깨닫는다. 이런 작품을 후퍼는 감동과 힐링이 가능한 장르로 변형시켰다. 피아니스트가 배우들의 연기에 맞춰 실제로 연주를 하고 라이브로 녹음을 했다. 이런 방식의 활용으로 인해 자칫 지루했을 레치타티보가 관객들에게 생생한 감동을 전해주었다. 인문학과 기술의 융합이 빚은 영상들은 공연예술에 많은 영향을 미쳤다. 이로 인하여 공연문화에 대한 관심이 증대되고, 공연예술은 다양해지고 질적으로도 향상되었다. 융합콘텐츠인 영화 〈레미제라블〉이 공연예술에 준 가장 큰 영향은 기술을 동원하여 휴먼과 힐링을 감성적인 표현으로 극대화하는 것이다. 신의 계시를 되새기는 톰 후퍼 방식의 표현 기법이 어려움에 처한 지구촌 관객에게 힐링을 선사했다. 이런 장치와 기술을 통한 힐링은 더욱 변형되고 오래도록 변신을 거듭할 것이다. 지상에 비참함이 존재하는 한 문학적 상상력은 더욱 시대에 밀착하여 변형되고 강화될 것이기 때문이다.

김상률 교수는 「레미제라블과 그 불만: 노트르담의 꼽추 기억하기」에서 장애인을 우리 시대의 가장 미제라블한 존재로 보고, 노트르담의 꼽추를 중심으로 타자로서 꼽추와 장애 문제에 주목한다. 소설 『레미제라블』에는 죽고 싶을 정도의 미제라블한 이들은 나오지 않기에 이 소설의 세계는 그래도 살 만한 곳이다. 위고는 장애인과 같은 소수의 미제라블보다는 노동자, 창녀, 고아 등 다수의 미제라블에 초점을 맞추었다. 이는 그가 '도덕은 최대 다수의 최대 행복을 목적으로 한다'는 부르주아적 공리주의의 세계관을 견지했기 때문이다. 장 발장, 코제트, 팡틴, 마리우스 등은 완벽에 가까운 근대적 인간의 신체를 가진 이들이다. 근대의 권력은 신체적 차이를 갖는 인간을 담론과 지식으로 규율하고 감시해야 마땅한 비정상적인 주체로 전락시켰다. 이는 비정상의 개념을 창조하는 담론적 행위를 통해 원주민과 피식민 주체를 타자화해온 제국적 담론과 유사하다. 반면에 위고는 『파리의 노트르담』의 꼽추를 통해서 근대가 강요한 정상과 비정상의 이분법을 해체하고 신체적 타자에게 인간의 존엄성을 부여하고 있다. 우리는 모두 잠재적 장애인이자 예비 장애인이다. 완전한 신체와 온전한 정신에 대한 근대적 환상에서 깨어나 불완전한 주체임을 인정할 때 장애의 개념이 소멸되고 신체를 볼모로 삼는 정체성의 정치 또한 종식시킬 수 있다.

신항식 교수는 「엘리트에게 빼앗긴 민중의 에너지에 관한 단상」에서 프랑스 혁명과 영국 혁명에서 부르주아 엘리트들이 민중의 혁명 에너지를 빼앗아 자신들의 권력과 부를 늘린 데 주목하여 서술하고 있다. 위고의 『레미제라블』은 1832년 생 드니의 노동자 봉기를 그리고 있지만, 기층 민중의 세계관과 혁명관을 수용하지는 않았다. 7월 혁명과 함께 은행이 국가 수장이 되었다. 혁명은 복고된 왕정을 무너뜨린 것이 아니라 이전의 왕을 새로운 왕으로 교체했으며, 왕은 귀족과 지주들이 가지고 있던 국가의 주권을 분산시켜 대기업과 금융가에게 나누어주었다. 민중의 삶과 노동은 그리 변하지 않았다. 들라크루아의 그림 「민중을 이끄는 자유의 여신」에서 여신은 민중에 대한 위선과 협박으로 똘똘 뭉친 '공공' 엘리트로 제 모습을 드러냈다. 엘리트 공화주의자에게 공화주의자인 민중은 금방이라도 자신들을 물어뜯을 위험이 있는 불행한 개에 지나지 않았으며 사회주의자였다. 이들에게 공화국과 근대화는 기업의 대형화와 금융 민영화의 도구였다. 자유는 엘리트의 것이었고, 평등은 소비자의 것이었으며, 경제발전은 기업을 위한 것이었고, 성장은 해외 무역을 위한 것이었다. 세계화란 엘리트의 이익 관리와 정책 범위가 세계 각국의 행정까지 미침을 뜻한다. 거기에 민중이 끼어들 자리는 없다. 앞으로 지역에서부터 민중이 주체가 되는 탈국가 지역 자치를 실천하는 운동이 필요하다.

이처럼 10인의 정선된 학자들은 다채로운 시점에서 레미제라블 텍스트를 읽고 프랑스혁명을 반추하고 오늘 우리의 한국 사회를 해석하고 있다. 대한민국은 지금 침몰하는 세월호이다. 경제발전을 지상 최대의 목표로 삼아 노동, 인권, 민주주의를 희생시킨 개발주의, 돈을 신으로 삼아 다른 가치들을 모두 저버리게 한 천민자본주의, 자본의 야만을 억제하던 것을 규제란 이름으로 해제하고서 효율성, 이윤, 결과, 속도를 앞세워 인간과 생명, 과정, 안전을 희생시킨 신자유주의 체제, 정권 - 재벌 - 대형 교회 - 보수 언론으로 형성된 부패 카르텔이 그 근본 원인이다. 304명 가운데 단 한 명도 구하지 못한 채 차가운 바다에 수장시키고서도 기득권층은 조금도 성찰을 하지 않고서 개혁은커녕 진상 규명조차 회피하고 있다. 이러한 가운데 모순은 이미 프랑스대혁명 전야를 방불케 하고, 우리 시대의 미제라블들 — 비정규직, 정리해고 노동자, 장애인, 이주노동자, 노숙자, 억압받는 여성과 노인 — 의 삶은 더욱 피폐해지고 있다. 이들의 고통에 공감하는 주체들의 연대, 이 연대를 바탕으로 한 혁명이 더욱 절실한 시점이다. 그것을 위해 나는 진정 무엇을 할 것인가.

끝으로 모자람이 많은 원고를 수정하고 다듬어 의미 있는 책으로 엮어주신 김경아 씨를 비롯한 한울의 편집진께 감사드린다.

2014년 10월

이 도 흠

0 1

'레미제라블'과 프랑스혁명

최 갑 수

서울대학교 서양사학과 교수

1. 머리말

『레미제라블』이 출간되는 1862년경, 위고Victor Hugo(1802~1885)는 시인 내지 문인으로서만이 아니라 프랑스 제2제정을 반대하는 재야인사로도 이름이 높았다. 더욱이 이미 당시에 이 소설의 집필에 15년이 넘는 기간이 소요됐다는 점이 널리 알려져 있었기에 그 출간은 하나의 사건이 될 판이었고, 실제로 위고 자신을 포함하여 출판사 측은 대대적인 광고 활동을 펼쳤다. 비록 동료 문인이나 비평가들의 평가는 다소 엇갈리고 경우에 따라 가혹했지만, 『레미제라블』은 상업적으로 대성공을 거두었다. 그것은 저자에게 거금을 안겨주었고 유럽의 여러 언어로 즉각 번역되었을 뿐만 아니라, 이후 온갖 종류의 축약본, 영화, 뮤지컬, 연극, 심지어 게임으로까지 번안되어 오늘날 전 지구적으로 통용되는 문화 아이콘의 하나가 되었다.[1]

---

1 『레미제라블』에 대한 당대의 평가 및 반응에 관해서는 Malandain(1995: 27~39) 참조.

또한 『레미제라블』은 구미의 문학 작품이기는 하지만 우리와도 남다른 인연이다. 1910~1925년, 그러니까 국권 상실로 서구의 근대성을 직접 접할 길이 없던 일제 강점기 초기에 이의 번안물이 무려 7종이나 우리말로 소개되었다. 그 어느 것도 완역본은 아니고 모두 프랑스어 → 영어 → 일본어 → 한국어를 거친 3중역重譯이었지만 최남선, 민태원, 홍난파와 같은 번안자 이름으로 보나 「ABC계契」, 「너참불상타」, 『애사哀史』, 『짠발짠의 설움』, 「빈한貧寒」, 「몸 둘 곳 없는 사람」 등의 번안물 제목으로 보나 그것은 이미 우리의 근대 문화유산에 속한다. 그러기에 필자와 같이 성장기에 구미의 문학 작품에 대한 제대로 된 우리말 번역을 접할 수 없었던 세대에게 『레미제라블』은 「장 발장」으로 축약되어 위인열전偉人列傳의 한 칸을 장식했다. 이 때문에 우리나라에서 『레미제라블』이라는 이름의 뮤지컬 영화가 큰 호소력을 가질 수 있었다.[2]

하지만 『레미제라블』과의 친화성은 여기서 그치지 않는다. 위고는 『레미제라블』의 모두冒頭에 권두언으로 다음과 같은 이상주의에 불타는 일종의 성명서를 작성했는데, 이는 기실 이 소설에서 저자가 가장 나중에 쓴 부분이다. "법률과 풍습에 의하여 인위적으로 문명의 한복판에 지옥을 만들고 인간적 숙명으로 신성한 운명을 복잡하게 만드는 영원한 사회적 형벌이 존재하는 한, 무산계급에 의한 남성의 추락, 기아에 의한 여성의 타락, 암흑에 의한 어린이의 위축, 이 시대의 이 세 가지 문제가 해결되지 않는 한, 어떤 계급에 사회적 질식이 가능한 한, 다시 말하자면 그리고 더 넓은 견지에서 말하자면 지상에 무지와 빈곤이 존재하는 한, 이 책 같은 종류의 책들도 무익하지는 않으리라.

빅토르 위고는 1978년 현재 프랑스의 95개 도청 소재지의 거리 이름에서 '공화국'과 더불어 가장 많이 사용되는 이름이다. 그는 95개 도청 소재지 가운데 81개의 도시에 자신의 이름을 단 길을 갖고 있다. 그는 프랑스 역사를 통틀어 논란의 여지가 없는 몇 안 되는 인물 가운데 한 사람이다. 밀로(2010: 485~490) 참조.

2 번안의 구체상에 관해서는 박진영(2007: 213~254) 참조.

—1862년 1월 1일 오트빌 하우스에서"(1: 5).[3]

이 이상주의에 끌렸을까? 이 점에서 『레미제라블』의 국내 최초의 소개가 장 발장의 일대기가 아니라 대학생들의 혁명 서클인 'ABC의 벗들amis de l'ABC', 곧 「ABC계」였음이 흥미롭다. 이것은 프랑스어 식으로 발음하여 '아베세Abaissé(하층민이라는 의미)의 벗', 곧 '민중의 벗'을 뜻하고 "인간들의 재건"(3: 133)을 목적으로 했을 뿐만 아니라 우리의 문제의식에서는 의미심장하게도 프랑스혁명(1789~1799) 당시 마라Jean-Paul Marat가 펴낸 신문의 이름인 『인민의 벗l'Ami du peuple』을 위시한 일련의 '벗'들을 의식했던 표현이다.[4] 그러니까 육당六堂이 바로 이 서클을 번안의 대상으로 삼았던 것은 강렬한 계몽의식의 발로였다. "우리가 만일 이 문명인의 야만과 저 야만인의 문명에 둘을 꼽으란 지위에 서면 우리는 주저치 아니하고 후자를 뽑을 것이다. 그러나 신에게 감사하노라. 다른 것을 선택함도 우리가 자유로 할 것이라. 급진이 꼭 필요한 것이 아니요, 후퇴치만 아니하면 점진은 좋으니라. '전제專制'도 싫다, '공혁恐嚇'은 더욱 싫다, 우리는 비스듬히 기울어진 진보를 바라노라"[5]라는 「ABC계」의 마지막

---

3   『레미제라블』의 번역본으로는 정기수의 것(전 5권, 민음사, 2012)이 가장 신뢰할 만하다. 인용의 경우 앞의 숫자는 권수를, 뒤의 숫자는 쪽수를 가리킨다. 일부 역사 용어는 필자가 학계의 관행에 맞게 고쳤다. 참조한 불어본은 Hugo(1985)이다.

4   예컨대 파리우애협회의 지도자였던 탈리앵Jean-Lambert Tallien이 펴낸 『시민의 벗l'Ami du citoyen』, 루아요 신부l'abbé Royau가 편집 책임을 맡은 왕당파 계열의 신문 《국왕의 벗l'Ami du roi》, 유색인들의 권익 증진에 힘쓴 '흑인의 벗 협회Société des amis des noirs', 스스로를 '진리의 벗l'Amis de verité'이라고 부른 지롱드파 계열의 지식인 모임인 '사회서클Cercle social' 등을 말한다.

5   「ABC계」, 《소년》 제19호(1910년 7월), 60쪽. 박진영(2007: 219~220)에서 재인용. 최근의 완역본과 비교해보자. "나로 말하자면, 만약에 이 문명의 야만인들과 야만의 문명인들 중에서 꼭 양자택일을 해야 한다면, 나는 야만인들을 택하리라. 그러나 다행히 또 하나의 선택이 가능하다. 전진하면서도 후퇴하면서도 다같이, 어떠한 급전직하도 필요치 않다. 전제정치도 공포정치도 필요치 않다. 우리는 완만한 경사의 진보를 원한다"(4:

에 나오는 대목처럼, 점진적 진보를 통하여 한국 사회를 계몽시키고 싶었을 것이다.

육당이 「ABC계」의 일부 대목을 통하여 『레미제라블』을 점진적 진보를 옹호하는 텍스트로 파악한 점은 흥미롭다. 그런데 'ABC의 벗들'은 아무리 대학생들의 지식인 서클이라고 하더라도 1832년의 6월봉기에서 파리 민중을 선동하여 7월왕조를 전복시키고 공화정을 수립하려는 지하조직이 아니었던가? 그렇다면 이는 육당의 이 소설이, 그 주인공들뿐만 아니라 그 저자마저도 몸담았던 혁명적 전통을 제대로 이해하지 못했기 때문인가? 아니면 위고 자신이 특정한 의도를 갖고 19세기 프랑스사를 그 나름대로 재해석한 결과인가?

이 글은 이 혁명적 전통이 『레미제라블』에 어떻게 투영되는지를 검토하기 위한 것이다. 사실 주인공인 장 발장Jean Valjean의 삶의 궤적과 관련하여 혁명적 전통은 어떤 실체적 의미를 갖지 않는다. 그는 그것과 관계없이 어느 시기, 심지어 어느 사회에도 있을 법한 존재이기 때문이다. 하지만 혁명적 전통은 이 프레스코 벽화와 같은 거대한 대하소설에 없어서는 안 될 시대적 배경을 이룬다. 더욱이 『레미제라블』은 "제2제정의 부르주아지에게 공화주의의 장점을 설득하기 위해 19세기 프랑스 역사에 대한 매우 선택적인 독해를 제공한다". 따라서 프랑스혁명 및 19세기 프랑스의 혁명적 전통을 어떻게 담아내고 있는가 하는 점을 살피는 일은 역사소설 내지 사상소설roman pensif로서의 위상만이 아니라 위고의 정치관을 엿보게 해주는 우회로를 제공해줄 수 있다고 여겨진다.[6]

62~63).

6 인용은 Metzidakis(1993: 187)의 것임. 아울러 Roman et Bellosta(1995)도 참조.

2. 시대적 배경: 역사와 허구의 교착

『레미제라블』은 역사소설의 분위기를 물씬 풍긴다. 계몽사상, 프랑스대혁명, 1793년의 공포정치, 나폴레옹과 제1제정, 왕정복고, 7월왕조, 1832년의 6월봉기, 심지어 1848년의 혁명과 제2제정에 관한 홍미로운 서술이 풍부할 뿐만 아니라 본문에 나오는 모든 지명과 파리의 거리명은 실제 이름이며, 비록 실존 인물이 등장하지는 않지만 상당수의 실제 인명이 등장한다. 따라서 시대적 배경에 관한 기초 지식은 위고의 인물됨이나 『레미제라블』을 제대로 이해하기 위해서 매우 긴요하다. 더욱이 1789년의 대혁명의 발발로부터 7월혁명, 2월혁명, 파리코뮌을 거쳐 1870년대 말의 제3공화정의 안착에 이르는 거의 1세기에 달하는 '장기' 프랑스혁명은 대부분이 위고의 삶과 겹친다. 당대의 그 누구도 프랑스혁명이 일으킨 이 거대한 변혁의 소용돌이에서 자유로울 수 없었으며, 그들에게 가능했던 유일한 선택지는 그런 혁명적 전통과의 온갖 종류의 관계 맺음이었다. 그러니까 18세기 후반으로부터 1세기에 걸치는 역사적 현실은 위고라는 작가를 통해 『레미제라블』이 전해주는 허구적 현실과 만나고 교착하여 하나의 거대한 서사로 재탄생했다.

19세기 프랑스의 '장기' 혁명, 위고의 생애, 『레미제라블』의 내용과 집필이라는 세 종류의 시간 지속의 간단한 비교만으로도 우리는 주제와 관련하여 몇 가지 사항을 지적할 수 있다. 먼저 『레미제라블』의 텍스트상의 시간대가 1815~1833년이라면, 이 소설의 집필 기간이 1845~1862년이라는 사실이다. 실제 사건과 이의 소설적 형상화 사이에 30여 년의 간극이 있는 것이다. 이는 뒤 시기의 위고의 삶의 궤적이 역으로 혁명적 전통에 대한 평가에 작용하여 소설에 반영되었음을 뜻한다.

이러한 은밀한 진통을 통하여, 예전에 부르봉 파와 과격 왕정주의자였던 그가 완전히 탈바꿈했을 때, 귀족주의자와 근왕파, 왕당파에서 탈피했을 때, 완전히 혁명가가 되고, 극도로 민주주의자가 되고, 거의 공화파가 되었을 때, 그는 오르페브르 강둑의 한 인쇄점에 가서 '남작 마리우스 퐁메르시'라는 이름으로 된 명함을 100장 주문했다(3: 111).

이는 소설의 남자 주인공 마리우스가 아버지의 죽음을 통해 사상적 전환을 겪는 과정을 묘사한 대목이다. 그런데 이는 마치 위고 자신의 전향을 말해주는 듯하다. 위고 또한 왕당파였다가 민주주의자가 되고 공화파가 되었다. 두 사람 모두 부친이 보나파르트주의자였다는 점도 유사한 설정이다. 위고 자신의 전향 과정을 마리우스에 이입시킨 것으로 보인다. 차이가 있다면 위고는 완전한 혁명가가 되거나 급진적인 민주주의자로 변신하지는 못했다. 어쨌든 위고는 왕당파에서 공화파로 변화하는 프랑스 낭만주의자 일반의 '좌선회주의左旋回主義, sinistrisme'를 몸소 보여주었고, 『레미제라블』은 이에 대한 증언이라고 할 수 있다.[7]

다음으로 지적할 점은 『레미제라블』이 프랑스사에 관한 매우 풍부하고 다양한 서술을 빚어냈음에도 정작 혁명적 전통의 원천인 대혁명에 관해서는 거의 침묵을 지켰다는 사실이다. 그렇다고 전혀 없는 것은 아니어서 이에 대해서는 뒤에 가서 검토할 기회가 있겠지만, 어쨌든 장 발장이 빵을 훔치고 툴롱 도형장에 끌려가는 과정에서 얼마든지 혁명 당시의 사회상과 연결 지을 수 있었음에도 간단한 언급으로 그쳤으며, 그의 19년에 걸친 교도소 생활(1796~1815)은 완전한 공백으로 처리했다. 이는 위고가 『레미제라블』의 준비 작업에서 대혁명 연구를 본격적으로 하지 않았음을 반증한다. 대혁명에 대한 본능적인 거부감 때문인가, 아니면 대혁명의 깊이와 크기에 압도되어 이를 묘사할

---

7 '좌선회주의'에 대해서는 고세(2010: 9~113) 참조.

엄두를 내지 못했기 때문인가?

대혁명과 정면 대결을 회피한 점은 위고를 이상주의로 이끌었다. 아니, 그의 이상주의가 그런 외면을 가져왔다는 것이 더 정확한 지적일 것이다. 이런 면모가 『레미제라블』의 장점이자 동시에 약점임은 말할 나위도 없다. 그러기에 저자는 1832년 6월봉기의 처참한 실패를 목도하면서 화자話者를 통해 다음과 같이 자위自慰한다.

독자가 지금 눈 아래에 펴놓고 있는 책은, 처음에서 끝까지, 전체적으로나 국부적으로나, 중단이나 예외 또는 결점들이 무엇이든 간에, 악에서 선으로, 불의에서 정의로, 거짓에서 진실로, 밤에서 낮으로, 욕망에서 양심으로, 부패에서 생명으로, 동물적인 것에서 의무로, 지옥에서 천국으로, 허무에서 신으로의 행진이다. 출발점은 물질, 도착점은 영혼. 시초에는 칠두사, 종국에는 천사(5: 127~128).

소설의 주조가 소설의 배경이 되는 혁명적 전통을 추월하여 무관하게 전개되고 있음을 자인한 것이다. 그 무관한 전개의 방향은 역사가 아니라 악에서 선으로, 불의에서 정의로 향한 윤리적이고 당위적인 목표에 의해 규정된다. 그런가 하면 저자는 파리 하층민의 곁말'argot을 소개하는 자랑스러운 탈선을 행하고는 이를 다음과 같은 역사관을 통해 정당화한다.

풍습과 사상들의 역사가는 사건들의 역사가에 못지않은 엄숙한 사명을 띠고 있다. 사건들의 역사가는 문명의 표면을, 왕위 싸움, 군주의 출생, 제왕의 결혼, 전쟁, 집회, 국가의 위인, 백일하의 혁명 등 모든 외부의 것을 가지고 있고, 풍습과 사상들의 역사가는 내면, 밑바닥, 일하고 고생하고 기다리는 민중, 짓눌린 여성, 고통 받는 어린이, 인간 대 인간의 은연한 투쟁, 은근한 잔인성, 편견, 공공연한 부정, 법률에 대한 지하의 반격, 영혼의 은밀한 진화, 군중의 눈에 띄지 않는 몸부림, 굶주림, 헐벗음, 가난뱅이, 낙오자, 고아, 불행자, 파렴치한, 암흑 속에 헤매는 모든 생령을 가지고 있다. 그는 형제처럼, 그리고 법관처럼 동시에 자비롭고 준엄한 마음을 가지고, 보통 사람이 들어갈 수 없는 굴 속 깊이까지 내려가야만 한다. (중략) 이러한 마음과 영혼의 역사가들이 외적 현실의 역사가들보다 의무를 더 적게 가지고 있는가? 단테가 말할 것이 마키아벨리보다도 더 적다고 사람들은 생각하는가? 문명의 하부는 더 깊고 더 어둡기 때문에, 상부보다 덜 중요한가? 사람들은 동굴을 알지 못할 때 산을 잘 아는가? (중략) 풍습과 사상들의 역사는 사건들의 역사 속으로 깊숙이 들어가고, 그 사건들의 역사도 또 마찬가지이다. (중략) 참다운 역사는 모든 것에 얽혀 있으므로, 진정한 역사가는 모든 것에 참견한다. 인간은 단 하나의 중심을 갖고 있는 원이 아니라, 두 개의 초점을 갖고 있는 타원이다. 사실이 하나의 초점이고, 사상이 또 다른 초점이다(4: 282~283).

위고가 볼 때, 인간은 사실과 사상의 두 초점을 중심으로 타원이라는 역사를 구성하는 존재다. 그러기에 그 역사는 인간의 내면적 사상이 심층을 형성하고 이것이 표면적인 사건으로 드러난 것이다. 왕위 싸움, 군주의 출생, 제왕의 결혼, 전쟁, 집회 등 표면적 사건을 다루는 역사가들이 사건들의 역사가라면, 인간의 내면, 밑바닥, 일하고 고생하고 기다리는 민중, 짓눌린 여성, 암흑 속의 생령 등 심층의 사상을 다루는 이들이 풍습과 사상들의 역사가이다. 이처럼 위고는 양자를 대비하면서 후자의 주창자로 자처한다. 이는 혁명적 사건들의 폭력성과 비참함 속에서 진보의 필연성을 읽어내는 그의 비관적 낙관주의의 역사적 문법이다. 그는 이런 방식으로 '혁명적 전통'이 야기한 공포정치(1993년), 1848년 6월봉기, '파리코뮌' 등의 '진창'을 '영혼'으로 승화시켰다. 참으로『레미제라블』은 19세기 프랑스 역사의 진혼곡이자 진보의 서사시였다.[8]

3. 이중적 혁명관

『레미제라블』은 역사적으로 1815년의 워털루전투에서 시작하여 1832년 6월봉기로 막을 내린다. 장 발장이 1815년 10월에 석방되어 디뉴, 그르노블을 거쳐 북상했던 길이 같은 해 3월에 나폴레옹이 엘바 섬을 탈출하여 프랑스 남부에 상륙하여 파리를 향해 북진했던 도정과 일치했음은 워털루전투에 관한 저자의 풍성한 서술이 단순한 일탈이 아님을 말해준다. 반면에 6월봉기는 7월혁명에 가담한 파리 민중의 기대를 저버린 7월왕조에 대한 1830~1834년의 일련의 저항운동 가운데 가장 덜 알려졌다가 『레미제라블』을 통해 복원되었는데, 소설에서 이에 대한 배경적 서술은 매우 소략하다. 페루의 저명한 노벨문학상 수상자인 마리오 바르가스 요사 또한 이에 대해, "『레미제라블』에서 1832년 6월 5일의 봉기는 역사적 사건과는 본질적으로 다르다. 이 창작의 가장 파급력이 큰 멋진 성취 가운데 하나는 그것이 상황적 현실의 자료들을 활용하면서도 문학만이 할 수 있는 비유적이고 상징적인 방식으로 역사적 사건보다 더 깊고 더 영속적인 것들을 말한다는 점"(Vargas Llosa, 2007: 142)[9]이라고 지적한다.

하지만 소설의 기축을 이루는 두 사건의 서술 방식이 다르다는 점은 문학과 역사의 차이를 보여줄 뿐만 아니라 주된 독자층인 프랑스 부르주아들을 저자가 의식한 결과이다. 그는 무수히 혁명이란 단어를 되뇌고 민중의 건강한 주

---

[8]   Brombert(1984: 제4장, 86~139) 참조.

[9]   6월봉기에는 공화주의자들뿐만 아니라 보나파르트주의자들, 심지어 정통왕당파가 가담했으며, 경제적 위기와 함께 1832년 4월에만 파리에서 1만 3,000명의 목숨을 앗아간 콜레라로 말미암은 전반적인 사회적 위기라는 특정의 역사적 상황이 작용했다. 대 전염병, 소요, 위기, 봉기, 그리고 이에 대한 정부의 대대적인 탄압은 특히 지배층인 부르주아들 사이에 대규모 공포를 불러일으켰다. Jardin et Tudesq(1973: 127~135) 참조.

체성과 역사의 불가피한 진보를 주장하면서도 혁명의 실상, 민중적 삶의 현실, '민중'의 현실태인 하층민들의 비참한 구체적인 모습에는 말을 아낀다. 이를 통해 저자가 겨냥하는 것이 무엇인지 다음의 인용을 보자.

> 자크리는 민중의 동요다. (중략) 프랑스혁명은 문제를 해결하고, 진리를 선포하고, 부패를 일소하고, 시대를 정화하고, 민중에게 영광을 주었다. (중략) 19세기는 그 혁명의 업적을 계승하고 이용하고 있으며, 오늘날에는 방금 지적한 사회적 파국은 솔직히 불가능하다. 그러한 파국을 고발하는 자는 소경이다! 그러한 파국을 두려워하는 자는 바보다! 혁명은 자크리의 예방주사다. (중략) 혁명의 의의는 도적적 의의다. 권리감은 발전하여 의무감을 발전시킨다. (중략) 진보는 정직한 사람이다. (중략) 1848년에 튈르리 궁의 재물을 담고 있던 운반차들은 누구에 의해 지켜졌던가? 생 탕투안 문밖의 넝마주이들에 의해서였다 (4: 307~308).

> 사회철학은 본질적으로 평화의 학문이다. 그것은 모순 대립을 연구함으로써 분노를 해결하는 것을 목적으로 하고 결과로 하여야 한다. 그것은 조사하고, 탐구하고, 분석하고, 이어 재구성한다. 그것은 감소를 통해 일하고, 모든 것에서 증오를 제거한다(4: 313).

흥미롭게도 위고는 혁명과 자크리를 준별한다. 자크리는 '안락에 대한 곤궁의 반란'이어서 이 무시무시한 폭동이 일어나면 모든 것이 무너진다. 하지만 혁명이란 계몽의 소산으로서 빛을 향한 인류의 거대한 전진이다. 그것은 총검으로 무장한 것이되 탐욕의 결과가 아니라 어디까지나 이상理想이요, 숭고한 개인이자 영혼의 탄생이다. 따라서 그는 혁명을 선뜻 계급투쟁으로 보는 데 인색한 듯 보인다. 혁명 자체가 안정과 연속성의 요구에 봉사할 수도 있기 때문이다. 오히려 프랑스혁명이야말로 19세기에 사회적 파국이 도래하는 것을 원천적으로 봉쇄했다. 이렇듯 위고의 혁명의 수사학은 종종 보수적인 의도와 동기를 호도한다. 혁명은 사회 상태를 변경하여 새로운 혁명을 예방해주는 탁월한 효능의 면역성을 갖는 것이다. 그리고 이러한 '반혁명의 혁명학革命學', 또는 보수적 혁명주의 속에서 우리는 혁명에 대한 그의 이중 감정을 쉽게 엿볼 수 있다(Brombert, 1984: 136).

앞서 『레미제라블』에서 프랑스대혁명에 관한 본격적인 서술이 전무하다는 점을 지적한 바 있다. 하지만 단편적인 언급들은 어렵지 않게 찾을 수 있다. 19세기 전반을 다루는 이 소설에서 대혁명은 애써 외면하더라도 결코 우회할 수 없기 때문이다. 그것은 찬반이나 호·불호의 대상은 될지언정 동시대인들 모두의 삶에 온갖 방식으로 개입했으며, 19세기 프랑스로 보자면 출발점이이며 토대이자 구조였다.

먼저 『레미제라블』의 첫 부분을 열자마자, 디뉴의 주교인 비앵브뉘의 이력을 소개하는 가운데 대혁명이 그의 삶을 완전히 뒤집어놓았음을 설명하는 대목이 나온다. "그러다 혁명이 일어나고 여러 가지 사건이 연달아 발생해, 고등법원 관계 집안사람들은 많이 학살되고, 추방되고, 쫓기어, 산산이 흩어지고 말았다. 미리엘 씨는 혁명 초 이탈리아로 망명했다. (중략) 그 후 미리엘 씨의 운명에 무슨 일이 생겼는가? 옛 프랑스 사회의 붕괴, 자기 집안의 몰락, 1793년의 비참한 관경, 더욱더 커져가는 공포심을 품고 멀리서 바라보는 그들 망명자들에게는 아마도 한결 더 무시무시했을 그 광경"(1: 12). 비록 자세한 언급은 아니지만 이 대목이 소설의 문턱의 구실을 하는 것은 결코 우연이 아니다. 그것은 프랑스혁명이 거대한 전변을 통해 모두의 삶의 근저를 동요시키고, 이를 통해 현대 프랑스의 시원적 사건으로서의 역사적 의미를 가진다는 점을 시사한다. 그렇기에 유럽사 일반에서 현대사contemporary history의 기점은 제1차 세계대전 발발(1914)이나 러시아혁명(1917)이고 각국의 역사 역시 대체로 이 시기 구분을 따르나, 오직 프랑스에서만 대혁명에서 현대사가 시작하는 것으로 파악한다. 다만 위에 인용한 부분에서 대혁명은 다소간 부정적인 면모를 갖는 것으로 그려진다.

이에 비하여 미리엘 주교와 국민공회의원 G와의 만남은 예상외로 우호적이었다. 국민공회(1792~1795)라면 공화국의 선포, 루이 16세 및 마리 앙투아네트의 재판과 처형, 공포정치, 열월의 반동을 주도했던 민중혁명기의 혁명의회를 말한다. G가 국왕의 처형에 찬성하지 않았고 따라서 국민공회의원 가운데서는 상대적으로 온건한 '평원파' 계통의 인물이었다고 하더라도, 프랑스혁명에 대해 매우 부정적일 수밖에 없는 주교와의 만남을 그린 소설의 분위기는 상대적으로 온화하며 심지어 대혁명에 대해 긍정적인 평가를 내비치기도 한다.

G는 프랑스혁명의 역사적 성격에 대해, "누가 뭐라고 하든, 프랑스혁명은 그리스도의 강림 이래 인류의 가장 힘찬 한 걸음이었소. 미완성이긴 했지. 그러나 숭고했소. 혁명은 모든 사회적 미지수를 끄집어냈소. 혁명은 인간의 정신을 온화하게 하고, 진정시키고, 위안하고, 밝게 했소. 혁명은 지상에 문명의 물결을 흘려보냈소. 훌륭한 것이었소. 프랑스혁명은 인류의 축성식이었소"(1: 77~78)라고 역설한다. 하지만 1789년의 혁명에는 찬성해도 1793년의 공포정치는 얼마든지 배격할 수 있다. 공포정치에 대한 G의 변명을 들어보자.

대체적으로 보아 인류의 엄청난 주장인 혁명을 제외하고, 1793년은 슬프게도 하나의 항변이었소. 당신은 그것이 가혹했다고 생각하시지만, 그럼 모든 왕정 시대는 어떻소? (중략) 나는 오스트리아 황녀이자 프랑스 왕비였던 마리 앙투아네트를 가엾게 여기지만, 나는 또한 루이 대왕 치하였던 1685년 아기에게 젖을 주다가 잡혀 허리까지 발가벗겨진 채 아기와 떨어져 말뚝에 결박되었던 저 가련한 신교도 부인도 가엾게 생각하오. (중략) 프랑스혁명은 이유가 있었소. 그 분노는 미래에 용서를 받을 것이오. 그 결과는 더 나은 세계요. 그 가장

무시무시한 타격으로부터 인류에 대한 애무가 나오는 거요. (중략) 진보의 난폭
함을 혁명이라 부르오. 혁명이 끝나면 사람들은 인정하오. 인류는 곤욕을 치렀
으나 진보했음을(1: 84~86).

이 변명을 어떻게 평가해야 하나? 이 인용문에서 1789년과 1793년은 동일
한 역사적 계보에 속하는 것으로, 곧 '한 덩어리'로 간주된다. 공포정치는 끔찍
한 폭력의 외양을 한 인류애의 표출이라는 것이다. 하지만 1793년의 공포정
치는 1789년이 「인권선언」을 통해 내걸었던 주요한 가치들을 정면으로 침해
했을 뿐만 아니라, 그것도 바로 혁명의 화신이라는 로베스피에르와 같은 혁명
가들 자신에 의해 저질러졌다. '인권의 혁명'으로 시작된 프랑스혁명이 그것
을 스스로 부인하는 결과에 이르렀으니, 이는 공포정치를 민중혁명의 집행자
로 적극 옹호하는 이들에게조차 곤혹스런 일이 아닐 수 없었다. 그렇기에 이
들이 공포정치를 정당화하는 대표적인 방식은 이른바 '상황론'이다. 즉 대내
외적인 위협에 직면했던 프랑스로서 혁명을 수호하기 위하여 강력한 통치기
구가 불가피했고 그것이 공포정치로 나타났다는 것이다. 그런데 위고는 이런
설명 방식을 피하고 1793년의 폭력성을 구체제의 구조적 폭력과 비교한다.
그러니까 그는 공포정치의 희생과 파괴를 인정하되, 그것이 일어나지 않았더
라면 계속해서 자행되었을 구체제의 잔혹성을 초들어 혁명적 폭력을 정당화
하고 있는 것이다. 매우 흥미로운 견해이다.[10]
　마지막으로 루이 16세의 재판에 대해 G가 부여한 역사적 의미는 다음과
같다.

10　실제로 이런 관점에서 Mayer(2000)는 프랑스혁명과 러시아혁명기에 자행된 혁명적 폭
　　력을 구체제의 구조적 폭력에 견주어 정당화한다.

루이 16세로 말하자면, 난 반대했소. 나는 한 인간을 죽일 권리가 내게 있다고는 생각지 않소. 그러나 악을 절멸시킬 의무는 있다고 생각하오. 나는 폭군의 종말에 찬성했소. 다시 말해서, 여성에게는 매음의 종말, 남성에게는 노예 상태의 종말, 아동에게는 암흑의 종말이오. 나는 공화제에 찬성함으로써 이와 같은 것에 찬성한 거요. 우애와 화합, 여명에 찬성한 거요! 편견과 오류의 붕괴를 도운 거요. 오류와 편견의 붕괴는 광명을 가져오지. 우리는 낡은 세계를 무너뜨렸소. 그리하여 비참의 도가니였던 낡은 세계는 인류 위에 나둥그러짐으로써 기쁨의 항아리가 된 거요(1: 77).

사실 G의 논변은 실제로 루이 16세의 재판과 관련하여 1793년 11~12월에 국민공회에서 벌어진 논쟁에서 페인Tom Paine과 콩도르세Condorcet가 제시했던 그것과 유사하다. 이들은 모두 공화국의 설립을 환영하면서도 페인은 퀘이커 교도로서, 후자는 절차적 정당성을 근거로 국왕의 처형에 반대했다. 그리고 바로 여기서 우리는 위고의 본심을 읽을 수 있다. 그에게 1793년은 무엇보다도 공화정의 수립과 관련된다. 그러기에 루이 16세의 처형은 잘못이지만 왕정의 몰락은 환영할 만한 의거이다. 그 이유는 남성 시민으로부터 노예 상태를 종식시키고 여성으로부터 타락과 매음을, 아동은 학대받고 노동을 강요당하는 데서 구원할 수 있기 때문이다. 이렇게 상반된 평가를 내리는 위고의 사상적 근거는 인본주의(휴머니즘)이다.[11]

그가 혁명의 주역 가운데 하나인 민중에게 드리는 헌사 역시 이러한 휴머니즘의 발로이다. "그 성깔 사나운 사람들이 혁명적 혼돈의 창세기적 날에, 누더기를 걸치고, 으르렁거리고, 사납고, 곤봉을 쳐들고, 창을 휘두르며, 깜짝 놀란 오래된 파리에 달려들었을 때, 그들은 무엇을 원하고 있었는가? 압박의 종

---

11 루이 16세의 재판과 이를 둘러싼 논쟁에 관한 소개로는 Walzer(1992) 참조.

식, 폭정의 종식, 전쟁의 종식, 남성을 위한 노동, 아동을 위한 교육, 여성에 대한 사회적 온정, 자유, 평등, 우애, 모두를 위한 빵, 모두를 위한 사상, 세상의 낙원화, '진보', 이런 것들을 그들은 원하고 있었다"(4: 61~62).

여기서 파리 민중이 이상화되고 추상화되고 있음은 물론이다. 그들은 '결코 부패할 수 없는 바닷물과 같은 존재'(3: 20)로 처음부터 상정된다. 그들은 거칠지만 결코 파괴적이지 않고, 야만적이지만 문명의 진보를 추구한다. 그러기에 파리 민중에 대한 다음의 서술은 감동적이다.

> 파리의 민중은 그렇게 믿는 것만큼 '양순한 천민'이 아니었다. 프랑스인에게 파리 사람은 그리스인에게 아테네 사람과 같다. 그들만큼 잠 잘 자는 사람도 없고, 그들만큼 정말 경망하고 나태한 사람도 없으며, 그들만큼 잘 잊어버리는 체하는 사람도 없다. 그렇지만 그것을 믿어서는 안 된다. 그들은 얼마든지 빈둥거릴 수도 있으나 종말에 명예가 있다면 분연히 궐기한다. 창을 주면 8월 10일 같은 봉기를 일으킬 것이고, 총을 주면 아우스터리츠 같은 승리를 거둘 것이다. 그들은 나폴레옹의 거점이고 당통의 근거다. 조국을 위해서는 군대에 들어가고, 자유를 위해서는 포석을 빼서 싸운다. 조심하라! 그들의 노발충관怒髮衝冠은 서사시와 같고, 그들의 작업복은 고대 그리스 군복과 같다. 경계하라! 그르네타 거리와 같은 거리라면 어떤 거리든 그들에 의해 완강한 창칼의 관문이 되리라. 때가 오면 이 파리 근교의 주민은 커지고, 이 소인은 일어나서 무시무시한 눈으로 노려보고, 그의 숨결은 폭풍이 되고, 그 가냘프고 가엾은 가슴에서는 알프스의 습곡을 뒤흔들기에 충분한 바람이 나오리라. (중략) 그에게 「라마르세예즈」를 부르게 하면 그는 세계를 해방하리라(1: 240~241).

생탕투안 교외지구의 파리 민중, 20세기 중엽에 소불Albert Soboul이 '상퀼로트Sans-culottes'라는 이름으로 복권시킨 이들은 과연 혁명의 주역일까? 이들이

'혁명의 날들journées révolutionnaires'에서 주요한 행위자였음은 분명하지만, 과연 대혁명을 이끌었을까? 대혁명은 누구에게 특히 이익이 되었을까? 『레미제라블』의 저자는 이런 물음을 던지지 않는다. 그에게 중요한 것은 역사의 필연성인 진보를 견인하는 '역사의 견인차'로서의 민중의 존재이다. 계급 갈등이 아니라 모든 이들을 끌어안는 우애와 애국주의의 담당자로서의 민중, 이 낭만화된 민중은 위고가 『레미제라블』의 집필을 막 시작한 1846년에 미슐레Jules Michelet가 펴낸 『민중Le peuple』의 모습이었다. 19세기 중엽에 프랑스 공화주의의 흐름을 표상한다고 할 수 있는 양자의 민중관이 겹쳐진 것은 결코 우연이 아니었다. 양자 공히 지배층에게 이른바 '천민'에게 배울 것이 있음을, 따라서 부르주아들에게 물질주의와 이기주의를 내려놓도록 권면했으며, 바로 자신들을 권좌에 앉혀준 민중을 통해 혁명적 전통의 소중함을 환기시켰다(소불, 1990; McMurrey, 1980).

4. 19세기 프랑스와 혁명적 전통

다음으로 『레미제라블』이 그려내는 프랑스 19세기 역사의 주요한 단면들을 살펴보고자 한다. 사실 위고의 서술은 프랑스사 전공자가 볼 때 그 자체가 흥미로울 뿐만 아니라 동시에 동시대인에 의한 일종의 자기 규정의 의미를 가진다. 위고는 1860년대에 제2제정의 '반체제 망명객'으로 성가를 올렸지만, 그의 일생에 걸친 정치적 이력은 그가 언제나 체제 내의 인물이었음을 보여준다. 그는 왕정복고기에는 왕당파, 7월왕조기에는 7월왕조파, 제2공화정기에는 온건한 공화파, 1870년대 이후로는 제3공화정을 지지하는 공화파였다. 특이한 점이 있다면 체제 말기에는 언제나 기존 체제와 갈등 양상을 보이면서 체제 전환을 스스로 준비했다는 점이다. 그러니까 왕정복고기 말기인 1827년에 이르면 보나파르트파 계열의 자유주의자로 전환하고 1829년에는 그의 공연이 정부에 의해 금지되었으며, 역시 7월왕조기 말기인 1845년이 되면 여전히 자유주의 군주파이기는 하되 공화주의의 성향을 갖추기 시작했으며, 1848년 2월혁명 이후에는 민주공화파가 되었지만 곧 온건공화파와 결렬했다. 다만 제2제정기에는 내내 공화파로서 재야인사로 지냈으며, 제3공화국이 들어선 뒤로는 상대적으로 중도적인 '급진공화파'에 머물렀고 결코 사회주의로의 전환까지는 나아가지 못했다. 따라서 그의 삶 자체가 혁명적 전통과 비판적 거리를 유지하면서 일정 수준에서 공명共鳴하는 친화성을 보여준다. 그러니까 그는 왕당파로부터 공화파로 변신한, 프랑스의 낭만주의자임을 고려한다면 꼭 특이하다고 할 수 없는 이력을 보여준다. 따라서 그는 그 어떤 체제나 혁명에 대해서도 결코 손쉽게 방관하거나 거리를 유지할 수 없었다.

아마도 19세기 프랑스의 중요한 사건들에 관한 『레미제라블』의 평가 중 가장 흥미롭고 균형 잡힌 서술 가운데 하나가 왕정복고에 대한 것이다. 이는 앞서 지적했듯이 위고 자신이 한때 왕당파였고 왕정복고의 체제 내 인사였기에 가능했을 것이다. 그는 1815년의 왕정복고가 가능했던 역사적 근거를 다음과 같이 지적한다. "사람들은 첫 번째 계주를 미라보와 더불어 했고, 두 번째 계주를 로베스피에르와 더불어 했고, 세 번째 계주를 보나파르트와 더불어 했다. 사람들은 녹초가 되었다. 저마다 잠자리를 원한다. (중략) 피로한 사람들이 휴식을 원하는 동시에, 기성의 사실들은 보장을 원한다. 사실들에 대한 보장들, 그것은 사람들에 대한 휴식과 같은 것이다. 영국이 호국경 후에 스튜어트 왕가에 원한 것이 그것이요, 프랑스가 제정 후에 부르봉 왕가에 원한 것이 그것이다. 그러한 보장들은 시대의 한 필요성이다. 그것들은 꼭 주어야 한다. 군주들은 그것들을 특혜로서 '양여'하지만, 사실 그것들을 주는 것은 어쩔 수 없는 것이다. 알아서 유익한 심오한 진리, 이것은 스튜어트 왕가는 1660년에 생각하지 않았고, 부르봉 왕가는 1814년에 예상조차 하지 않았다"(4: 10~11).

왕정복고의 역사적 성격을 이보다 더 잘 표현하기란 쉽지 않다. 실제로 왕정복고의 헌법적 근거를 제시한 1814년의 「헌장Charte constitutionnelle」은 고투의 문장과 군주제의 전통적인 어법에도 불구하고 프랑스혁명기에 이루어진 사회경제적 변화를 인정했고 나폴레옹기의 헌법에 비해 훨씬 열린 자유주의적 성격을 지녔다(Godechot, 1995: 209~216 참조).

아울러 그는 왕정복고기가 반동의 시기이기는커녕 일정한 역사적 성취를 이룩했음을 다소간 지나치게 우호적으로 지적한다. "왕정복고 시대에는 국민이 평온 속에서 토론에 익숙해졌는데, 그것은 공화국에서 없었던 일이고, 평화 속에서 위대성에 익숙해졌는데, 그것은 제국에는 없었던 일이다. 자유롭고 강력한 프랑스는 유럽의 다른 국민들에게는 고무적인 광경이었다. 혁명은 로베스피에르 아래에서 발언권을 가졌고, 대포는 보나파르트 아래에서 발언권을 가졌는데, 지성의 발언의 차례가 온 것은 루이 18세와 샤를 10세 아래에서다. 바람은 잠잠해지고, 불길이 다시 타올랐다. 맑은 산꼭대기에 정신의 가장 순수한 빛이 너울거리는 것을 사람들은 보았다. 웅장하고 유익하고 매력적인 광경이었다. 15년 동안, 평화 속에서, 광장 한복판에서, 사상가에게는 아주 낡았고, 정치가에게는 아주 참신한 그 위대한 원칙들이 활동하는 것을 사람들은 보았다. 그것은 법률 앞에서의 평등, 신앙의 자유, 언론의 자유, 출판의 자유, 모든 재능의 소유자들이 모든 직업들에 종사할 수 있는 권리, 이것은 1830년까지 그렇게 갔다. 부르봉 왕가는 신의 손안에서 깨진 문명의 도구였다"(4: 14). 실제로 프랑스에서 대의제 정치가 바로 왕정복고기에 본격적으로 처음 실시되었다고 보는 것이 오늘날 학계의 합의된 평가이다.[12]

그런가 하면 마리우스의 할아버지인 왕당파 질노르망의 다음과 같은 주장

---

12 이에 대한 고전적인 연구로는 Barthélémy(1904)가 있으며, 아울러 Dauphin(1992: 71~79) 참조.

은 당시 과격 왕당파가 어떤 존재였는지를 잘 보여준다. "너희들의 진보는 광기요, 너희들의 인의(仁義)는 꿈이요, 너희들의 혁명은 범죄요, 너희들의 공화제는 괴물이라고, 너희들의 순결한 젊은 프랑스는 사창굴에서 나온다"(3: 221).

잘 알다시피 샤를 10세의 반동적인 정책은 7월혁명(1830.7.27~29)을 가져왔고, '영광의 3일'에 시민군은 약 800명이 사망하고 정부군은 약 200명이 사망했으며 양측 합쳐 부상자는 5,000명 가까이 발생한 격렬한 시가전을 치른 끝에 샤를 10세는 영국으로 망명하고 왕정복고는 막을 내렸다. 희생을 치른 민중이 공화정을 원했음에도 정치 계급은 삼색기를 받아들인 오를레앙 가문의 루이 필리프를 입헌군주로 옹립하고 민중이 요구하는 사회경제적 조치나 선거권의 대폭 확대를 거부하여 7월왕조 초기의 정치적 위기를 자초했다. 당시 공화국은 조국의 수호, 덕성의 요구, 인민의 참여라는 면모와 함께 혁명정부, 공포정치, 로베스피에르의 개인적 권력이라는 부정적 의미를 지녀 7월왕조의 부르주아지로 보자면 받아들이기 어려운 것이었다(Jardin et Tudesq, 1973: 119~124). 그러기에 『레미제라블』은 '서투른 봉합(縫合)'이라는 제목(제4권, 1부, 2장) 아래 7월혁명의 성격을 다음과 같이 날카롭게 형상화했다.

7월혁명은 사실을 타도하는 권리의 승리이다(4: 16).

성공에 큰 불행의 소리를 조금 나게 하여 그 성공을 이용하는 자들도 역시 그것으로 떨 것, 한 걸음 나아가는 데도 두려움을 느끼게 할 것, (중략) 그 여명기의 광채를 희미하게 할 것, (중략) 국민이란 거인을 플란넬로 감싸 얼른 재워버릴 것, 너무 많은 성공을 거두지 않도록 조심할 것, 혁명에 해가리개를 덮어씌울 것. (중략) 1830년은 중도에서 멈춘 혁명이다. 절반의 진보, 준(準)권리, 그런데 논리는 '거의'라는 것을 모른다. 태양이 촛불을 모르듯이. 혁명을 중도에서 저지한 것은 누구인가? 부르주아지이다. 왜? 부르주아지는 만족에 도달한 이익이기 때문이다. 어제 그것은 욕망이었고, 오늘 그것은 충족이고, 내일 그것은 포만이다. 나폴레옹 후 1814년에 일어난 현상은 샤를 10세 후 1830년에 다시 일어났다. 사람들이 부르주아지를 하나의 사회 계급으로 만들고자 한 것은 잘못이다. 부르주아지는 단지 국민 중에서 만족해 있는 부분일 뿐이다. 부르주아, 그것은 이제 자리에 앉을 겨를을 가진 사람이다. 의자는 계급이 아니다. 그러나 너무 일찍 앉고 싶어 하기 때문에 인류의 진행마저 정지시킬 수 있다. 그것이 흔히 부르주아지의 과오였다. 과오를 범하기 때문에 하나의 계급이 되는 것은 아니다. 이기심은 사회 계급의 구분 중 하나가 아니다(4: 20~21).

'혁명에 해가리개를 덮어씌울 것garnir la révolution d'un abat-jour', 7월혁명의 기만적 성격을 이보다 더 잘 표현할 수는 없을 것이다. 그러기에 그것은 '기이한 혁명'이요, 아예 애초부터 '불가능한 혁명'이었다(Tudesq, 1971: 375).

강력한 혁명적 전통의 진원지인 파리가 조용할 리 없었다. 왕당파, 보나파르트파, 공화파, 기타 사회주의자들이 반체제 세력을 형성했지만 가장 강력한 세력은 공화파였다. 정치인, 언론인, 대학생, 노동자들이 비밀결사를 조직했다. 이 가운데 가장 유명한 것이 『레미제라블』에서 '인민의 벗 결사Société des amis du Peuple'로부터 태어났다고 말한 '인권결사Société des Droits de l'Homme et du citoyen'이다. 1833년 당시 회원은 약 4,000명을 헤아렸다. 주인공인 마리우스가 속한 'ABC의 벗들'은 '인권결사'가 낳았다는 '행동결사'의 한 부류였다(4: 56~58). 아울러 파리 민중도 움직이기 시작했다. 정치적 불만에 사회경제적 위기가 겹쳐졌다. 7월왕조 초의 반체제 내지 국왕을 노린 주요한 움직임들은 다음과 같다. 샤를 10세의 대신들을 사형에 처할 것을 요구하는 파리에서의 대규모 시위(1830.10.17~18), 반왕당파에 의한 파리 생제르맹 - 로세루아 성당의 파괴사건(1831.2.14), 리옹에서 견직공들canuts의 반란(1831.11.20~22), 라마르크 장군의 장례식에 즈음한 파리 공화파의 봉기(1832.6.5~7), 리옹에서 견직공들의 반란(1834.4.9~13), 파리 소요와 정규군에 의한 트랑스노냉 가의 학살 사건 (1934.4.13~14), 국왕 루이 필리프를 겨냥한 피에스키Fieschi의 암살 사건(1835. 7.28) 등(Aprile, 2010: 60~81).

그러니까 『레미제라블』이 복권시킨 1832년 6월봉기는 7월왕조 초기의 일련의 위기의 작은 분수령이었다. 그 직접적인 계기는 콜레라로 사망한 라마르크 장군의 장례식이었지만, 콜레라로 상징되는 사회경제적 위기가 7월왕조에 대한 불만과 겹쳐지면서 공화파를 위시한 온갖 종류의 반정부 세력이 결집했다. 더욱이 6월봉기의 주동자들은 애초 의회 야당 지도자들의 지지를 기대했다. 이들은 이미 5월 말부터 정부를 규탄하는 강력한 성명서를 작성했는데, 막상 봉기가 터지자 그것을 외면하고 국왕과 타협했고, 늙은 라파에트는 언제나 그랬듯이 명확한 태도를 유보했으며, 이에 힘입어 7월왕조는 6월 7일에 '계엄령'을 발포하여 반정부 세력을 일소했다. 하지만 『레미제라블』에는 6월봉기의 배경이 되는 사회경제적 위기에 대한 설명이 빠져 있을 뿐만 아니라, 야당 지도자들의 배신에 대해서도 일언반구 말이 없다. 그러기에 『레미제라블』에서 6월봉기는 역사의 진보라는 대의를 위한 고결하지만 무모한 희생으로 그려진다. 위고의 목소리를 직접 들어보자.

1789년 7월 14일 억제할 수 없게 시작된 인류의 장엄한 운동을 찬란하고 세계적인 최고의 결과로 이끌기 위해서, 그들(혁명가들)은 그 희망 없는 싸움과 그 태연한 죽음을 감수한다. 그 병사들은 성직자들이다. 프랑스혁명은 신의 몸짓이다. (중략) 혁명이라고 불리는 인정된 반란들이 있고, 폭동들이라고 불리는 거부된 혁명들이 있다. 터지는 반란은 민중 앞에서 시험을 치르는 관념이다. 만약 민중이 그의 검은 공을 떨어뜨리면, 그 관념은 낙제생이고, 반란은 무모한 짓이다. (중략) 1832년 반란의 수령들이, 특히 생브르리 거리의 젊은 열광자들이 싸웠던 것은 정확히 루이 필리프가 아니었다. 솔직히 말해서, 대부분은 왕정과 혁명의 중간 존재인 그 왕의 자격을 인정하고 있었고, 아무도 그를 증오하지 않았다. 그러나 그들은 샤를 10세 속에 있는 부르봉 종가를 공격했던 것처럼 루이 필리프 속에 있는 신수권의 부르봉 분가를 공격한 것이고, 그들이 프랑스에서 왕위를 전복시킴으로써 전복시키고자 한 것, 그것은 (중략) 전 세계에서 인간에 대한 인간의 침해이고 권리에 대한 특권의 침해였다. (중략) 비상한 승리, 완성된 혁명, 다시 해방된 진보, 인류의 향상, 보편적인 해방의 희망을 안고. 그리고 최악의 경우에는 테르모필레가 있을 뿐(5: 121~123).

위고가 『레미제라블』에서 끊임없이 혁명적 사건들을 초들고 혁명적 전통을 환기시킨 것은 사실상 프랑스에 안정된 정치질서를 창출하기 위한 것이었다. 프랑스혁명 이후에 신수권에 입각한 군주정은 압제에 불과하므로 공화국의 수립만이 유일한 해결책이며, 따라서 새로운 혁명은 진정한 의미의 사회적 평화를 위한 방책이다. "프랑스에서 군주가 넘어질 때, 군주는 도처에서 넘어진다. 요컨대 사회적 진리를 확립하고, 그의 왕좌를 자유에 돌려주고, 민중을 민중에 되돌려주고, 인간에게 주권을 돌려주고, 왕관을 다시 프랑스의 머리에 갖다 놓고, 이성과 공정을 그것들의 완전한 상태로 회복하고, 각자를 본래의 위치로 환원하여 모든 대립의 싹을 근절하고, 세계의 거대한 화합에 왕위가 주는 장애를 제거하고, 인류를 권리와 같은 높이로 다시 올려놓는 것, 세상에 이보다도 더 정당한 대의가 어디에 있고, 따라서 이보다도 더 큰 전쟁이 어디에 있겠는가? 이러한 전쟁은 평화를 수립한다. 편견, 특권, 미신, 허위, 착취, 남용, 폭행, 부정, 암흑 등의 거대한 성채는 아직도 그 증오의 탑들과 함께 세계 위에 서 있다. 그것을 타도해야 한다. 그 기괴한 덩치를 무너뜨려야 한다. 아우스터리츠에서 승전하는 것, 그것은 위대하고, 바스티유 감옥을 점령하는 것, 그것은 엄청난 일이다"(4: 525).

『레미제라블』에서 혁명적 전통의 면모를 여실하게 드러내주는 흥미로운 장면 가운데 하나는 'ABC의 벗들'의 10명의 운동권 인물들에 대한 묘사이다. 주인공 마리우스Marius는 위고 자신의 이상화된 표상인 반면에, 푀이Feuilly는 이 가운데 대학생이 아닌 유일의 노동자 출신이다. 장 프루베르Jean Prouvaire, 바오렐Bahorel, 레글Lesgle, 졸리Joly, 그랑테르Grantaire 등의 6명은 지도자라기보다는 추종자인데, 대체로 7월왕조기의 대학생들의 모습과 생활상을 보여준다. 위고는 분명 젊은 시절에 만났던 이러저러한 대학생들의 기억을 이들에게 투사했을 것이다. 문제는 지도자에 해당하는 앙졸라Enjolras, 콩브페르Combeferre, 쿠르페락Courfeyrac이다. "앙졸라는 수령, 콩브페르는 지도자, 쿠르페락은 중심이었다"(3: 145). 이들에 대한 『레미제라블』의 서술은 명백히 로베스피에르Robespierre나 생쥐스트Saint-Just, 콩도르세Condorcet나 카미유 데뮬랭Camille Desmoulins, 당통Danton 등을 연상시킨다. 아니 위고가 이 혁명가들의 용모나 성향 또는 기질을 'ABC의 벗들'의 세 지도자들에게 투영했다고 말하는 것이 더 정확한 표현일 것이다. 앙졸라는 산악파, 의대생인 콩브페르는 지롱드파 내지 브리소파, 쿠르페락은 이 두 정파의 중간에 위치했던 당통을 표상한다. 특히 쿠르페락은 주인공 마리우스의 가장 친한 친구로 설정되어 있는데, 이는 19세기 후반기의 공화파 인사들이 가장 선호했던 혁명가가 바로 당통이었음을 은연중에 드러내준다. 그러니까 'ABC의 벗들'의 지도자들은 프랑스혁명기 공화파의 핵심적인 세 분파의 대표적인 혁명가들에 대한 19세기 교양층 일반의 인물평을 보여주는 것이다.

먼저 앙졸라에 대한 소개이다. "앙졸라는 무시무시한 사람이 될 수도 있는 매력적인 청년이었다. 그는 천사처럼 미남이었다. 그는 사교성 없는 안토니우스였다. 그의 눈의 명상적인 반짝임을 보면, 그는 이미, 전생에서 혁명적인 대사건을 겪은 것 같았다. 그는 목격자처럼 그것의 전승傳承을 갖고 있었다. 그는 그 큰일의 사소한 것까지도 다 알고 있었다. 한 청년에게서는 이상한 일이지만, 주교이자 전사 같은 성질의 소유자였다. 그는 미사 집행자이자 투사였다. 직접적인 견지에서는 민주주의의 군사였고, 당시대의 운동을 추월해서는 이상의 신부였다. 그는 통찰력 있는 눈과 불그스름한 눈꺼풀과, 걸핏하면 얕잡아보는 듯한 도톰한 아랫입술, 훤칠한 이마의 소유자였다. 얼굴에 널따란 천정이 있는 것은 지평선에 널따란 창공이 있는 것과 같다. 창백한 시간들도 있었지만, 흡사 금세기 초와 전세기 말에 일찍이 이름을 떨쳤던 어떤 청년들처럼, 그는 처녀들처럼 싱싱하고 넘쳐흐르는 젊음을 가지고 있었다. 이미 성인이지만 아직도 어린애 같았다. 스물두 살인데도 열일곱 살로 보였다. 그는 근엄했고, 이 세상에 여자라고 불리는 존재가 있다는 것을 아는 것 같지 않았다. 그는 권리라는 하나의 정열밖에 없었고, 장애를 쓰러뜨린다는 한 가지 생각밖에 없었다. 아벤티노 산 위에서는 그라쿠스가 되었을 것이고, 국민공회에서는 생쥐스트가 됐을 것이다. (중략) 그는 '자유의 여신'의 냉정한 애인이었다"(3: 135~136).

독자들은 이 장면에서 위고가 로베스피에르나 생쥐스트를 떠올렸음을 어렵지 않게 짐작할 수 있다. "그(앙졸라─필자주)는 생쥐스트를 너무 닮았으나, 아나카르시스 클로츠는 충분히 닮지 않았는데 (중략) 93년이라는 말로 요약되는 그 무시무시하고 웅장한 유파에 머물러 있었다"(5: 41). 온건공화파 성향의 19세기의 한 역사 사전은 생쥐스트와 로베스피에르를 다음과 같이 묘사했다. "생쥐스트: 열월熱月 9일 당시 그는 공안위원회의 위원이었고, 로베스피에르를 옹호했다. 10일, 그는 '3두파'의 우두머리(로베스피에르를 말함)와 함께 단두대에 올랐다. 그는 27세였고, 잘생긴 용모, 기품 있는 태도, 젊은이다운 열정으로 뛰어났다. 죽음 앞에서 그는 의연한 평정심과 초월적 냉정함을 보였다." "로베스피에르는 작고 말랐고, 잰 걸음을 지녔다. 감동적인 연설가이기는커녕 불쾌감을 주는 목소리를 지녔다. 그러나 그는 말을 할 때 확신에 차 있었고, 그의 연설에는 청중을 사로잡는 매력이 있었다. 그의 눈은 보통 때는 매우 슬퍼 보였지만 말할 때는 열정이 일었다. 특히 그는 자코뱅 클럽의 연단에서 치밀한 논리와 정연한 이론을 펼치는 연설로 청중을 매료시켰다. 정치에 모든 것을 바치고 매우 검소했던 이 인물의 유일한 사치는 몸치장이었다"(Boursin & Challamel, 1893: 745, 724).

다음으로 콩브페르이다. "혁명의 논리를 상징하는 앙졸라의 옆에서, 콩브페르는 혁명의 철학을 상징했다. 혁명의 논리와 그 철학 사이에는 다음과 같은 차이가 있다. 즉 혁명의 논리는 필연적으로 전쟁에 도달할 수 있는 반면, 그 철학은 평화에만 귀착할 수 있다는 것. 콩브페르는 앙졸라를 보충하고 정정했다. 그는 덜 높고 더 넓었다. 그는 (사람들이) 인간들의 정신에 일반적인 관념들의 넓이를 갖는 원칙들을 뿌려주기를 바랐다. 그는 말했다. '혁명이다, 그러나 문명이다'라고. 그리고 우뚝 솟은 산 둘레에 널따란 푸른 지평을 열었다. 그래서 콩브페르의 모든 견해에는 뭔지 접근할 수 있고 실천할 수 있는 것이 있었다. 콩브페르와 함께하는 혁명은 앙졸라와 함께하는 것보다 더 여유로웠다. 앙졸라는 혁명의 신수권을 나타내고 콩브페르는 그 자연권을 나타냈다. 전자는 로베스피에르에 결부되고 후자는 콩도르세에 인접했다. 콩브페르는 앙졸라보다도 더 보편적인 사람들의 삶을 살고 있었다. 만약에 이 두 젊은이들이 역사에까지 도달할 수만 있었다면, 하나는 올바른 사람이 되고 또 하나는 슬기로운 사람이 되었으리라. 타고난 순결에 의해 앙졸라가 준엄한 것처럼 콩브페르는 온화했다. 그는 시민이라는 말을 좋아했으나, 인간이라는 말은 더 좋아했다. (중략) 그렇다고 해서 콩브페르가 싸울 수 없다는 것은 아니다. 그는 장애물에 부딪쳐 활발한 힘과 폭발력으로 그것을 공격하기를 주저하지 않았다. 그러나 자명한 이치들을 가르치고 확실한 법칙들을 유포하여, 인류를 그의 운명과 차차 조화시키는 것, 이것을 그는 더 좋아했다. (중략) 1793년처럼 민중이 진리 속에 곤두박이쳐 들어가는 그것은 그를 질겁하게 했다. 그렇지만 침체는 그에게 혐오감을 일으켰고, 그는 거기에서 부패와 죽음을 느꼈다. (중략) 요컨대 그는 정지하는 것도, 서두르는 것도 원치 않았다. 그의 떠들썩한 친구들이 호탕스럽게 절대에 탐닉하여 찬란한 혁명의 모험들을 찬미하고 환호하는 반면, 콩브페르는 진보가 이루어지게 두는 쪽으로 마음이 기울어져 있었다"(3: 137~140).

이를 콩도르세나 데물랭에 대한 묘사로 간주한다고 해도 지나치지 않을 것이다. 콩도르세는 수학자이고 철학자이자 혁명정치가로서 계몽사상과 혁명의 흐름에 동시에 몸담았던 인물이다. 그는 영향력과 비극적 운명을 통해 이 두 흐름 사이의 상보적이며 모순적인 관계를 웅변했다. 1870년대 프랑스에서 제3공화정이 안착하는 가운데 그 대표적인 정치가 가운데 한 사람인 쥘 페리 Jules Ferry는 새로운 공화국이 추구해야 할 교육안이 이미 콩도르세에 의해 마련되었음을 발견했다. "18세기 전 인류의 자랑인 위대한 계몽사상가 가운데 한 사람인 바로 그가 이론적 엄밀성을 갖고 그것을 정식화했다. (중략) 그는 철학적 신념과 비할 데 없는 지적 능력을 순교까지 무릅쓴 공화국에 대한 믿음과 결합시켰다." 그런가 하면 이런 표현도 나온다. "앙졸라는 수령이고, 콩브페르는 지도자였다. 한 사람은 가히 더불어 싸울 만했고, 또 한 사람은 가히 더불어 걸어갈 만했다"(3: 139). 로베스피에르와 데물랭은 혁명 이전부터 현재까지도 프랑스 최고의 명문인 '루이 르그랑Louis le Grand'(루이 대왕, 곧 루이 14세를 말함) 고등학교를 다닌 절친한 선후배 사이인데, 양자의 성격과 기질 차이를 이보다 더 잘 표현하기도 쉽지 않다. 사실이지 데물랭은 좋은 교육을 받고 반교권주의와 공화주의에 대한 강한 신념을 지녔지만 재치가 있고 남과 어울려 놀기 좋아하고 종종 감당하기 어려울 정도의 연회를 즐기고 충동적이어서 성격상으로는 로베스피에르와 가히 대척적이었다(Baker, 1988: 237~245; Wolikow, 1989: 347~348 참조).[13]

마지막으로 쿠르페락에 대한 묘사이다. "쿠르페락은 드 쿠르페락 씨라고

---

13 인용은 Baker(1988: 245)의 것임.

부르는 아버지가 있었다. 왕정복고 시대의 부르주아가 귀족이나 화족에 관해 갖고 있었던 그릇된 생각 하나는, 귀족명 앞에 붙는 '드'라는 첨사의 존재를 신뢰하는 점이었다. 다 알다시피 이 첨사에는 아무런 뜻이 없다. 그러나 '미네르브' 시대의 부르주아들은 이 보잘것없는 '드'라는 첨사를 하도 높이 평가했으므로, 자기들이 그것을 폐지할 의무가 있다고 생각했다. (중략) 쿠르페락도 뒤떨어지지 않으려고 그저 쿠르페락이라고만 부르게 했다. (중략) 쿠르페락은 정말 비상한 재치의 아름다움이라고 불러도 좋을 그런 젊음의 활기를 가지고 있었다. 나중에 가서는 그러한 것도 새끼 고양이의 귀여움처럼 사라져 버리고, 그 모든 맵시는 결국 두 발로 서면 부르주아가 되고, 네 발로 서면 수고양이가 되고 만다. (중략) 쿠르페락은 호인이었다. 겉으로 보기에 외부적인 정신은 비슷했지만, 톨로미에스와 그 사이에는 큰 차이가 있었다. 그들 속에 잠재하는 인간은 전자와 후자에서 딴판이었다. 톨로미에스 속에는 하나의 검사가 있었고, 쿠르페락 속에는 하나의 한량이 있었다. 앙졸라는 수령, 콩브페르는 지도자, 쿠르페락은 중심이었다. 다른 사람들이 더 많은 빛을 주었다면 그는 더 많은 온기를 주었는데, 사실인즉 그는 한 중심의 모든 장점, 원만함과 밝은 표정을 갖추고 있었다"(3: 144~145).

위 인용문에서 쿠르페락에 대한 묘사는 가장 명확히 프랑스적인 면모를 가진 혁명가 당통, 혁명의 와중에서도 적당히 즐기고 적당히 부패하고 그러면서도 혁명 프랑스의 방위를 위해 결연히 분기했던 바로 그 당통을 염두에 둔 표현임을 알 수 있다. 당통은 로베스피에르보다 1살 연하이고 같은 변호사 출신이지만, 열정적이고 불같은 기질에 매우 해박하고 늠름한 풍채를 가졌던 쾌남아였다. 카리스마와 지도력을 겸비해 혁명이 대내외적인 위협에 직면했던 1792년 여름부터 1793년 봄에 이르는 과정에서 국민공회 의원 및 내각의 일원으로서 그야말로 '위기에 빠진 프랑스'를 구하는 데 결정적인 역할을 했다. 상당한 토지 재산을 매입하여 공금 유용의 의심을 샀고 첫 번째 부인이 사망하여 16세의 신부를 새로이 맞아들여 고향에 머물면서 점차 권력의 핵심에서 멀어져갔다. 결국 로베스피에르와의 권력 투쟁에서 패배하여 단두대에서 처형되었는데, 얼마든지 피신할 수 있었음에도 그의 성품과 자존심이 허락지 않았을 것이다(Boursin & Challamel, 1893: 175~176).

『레미제라블』에서 혁명적 전통은 단지 1832년의 6월봉기에 관한 서술을 그럴듯하게 보이게 만드는 배경의 역할만을 하지는 않는다. 그렇다고 그것은 민중의 혁명적 분기奮起를 돋보이게 하는 보조 장치는 더욱 아니다. 위고에게 민중은 역사의 침체를 동요시키는 능동적 행위자이기는 하지만, 결코 대안적 사회·정치관을 제시할 수 있는 진정한 근대적 주체는 아니기 때문이다. 그러면 그가 혁명적 전통을 초들었던 숨은 동기는 무엇일까? 그것은 제2제정기 프랑스의 부르주아들에게 공화국이라는 정치적 선택의 불가피성을 설득하기 위한 것이었다. 그리고 공화정 수립을 위해 필요한 개혁의 시급성을 주창하기 위한 것이었다. 공포심을 이용하여 사회적 안정을 기하는 개혁을 지배층에게 받아들이게 하는 것, 만약 그러한 불가피한 '위로부터의 개혁'이 이루어지지 않으면 노동에 의한 새로운 혁명이 일어날 수 있음을 경고하는 것, 이것이 위고가 『레미제라블』에서 택한 반혁명의 혁명학이다.

그건 그렇고, 사회적 위험은 다 사라졌는가? 물론 그렇지 않다. 자크리는 전혀 없다. 사회는 이쪽에서는 안심할 수 있고, 뇌일혈은 더는 없겠지만, 사회는 호흡하는 방법을 걱정해야 한다. 뇌졸중은 더는 두려워할 것이 없지만, 폐병이 거기에 있다. 사회의 폐병은 빈궁이라 불린다. (중략) 무엇보다도 먼저 불우하고 고통스러운 군중을 생각하라. (중략) 근면의 예를 보여주고, 결코 나태의 예를 보이지 마라. (중략) 부富를 제한함 없이 빈貧을 제한하라. 공공의 활동과 서민 활동의 넓은 영역을 새로 만들어보라. (중략) 모든 사람의 팔에 공장을 열어주고, 모든 능력에 학교를 열어주고, 모든 지성에 실험실을 열어주는 그 위대한 의무에 집단적인 힘을 사용하라. 임금을 올리고 노고를 줄여라. 채무와 채권을 균형 잡히게 하라. 다시 말해서 향락과 노력을 어울리게 하고 만족과 요구를 어울리게 하라. 일언이폐지하여 고통 받는 자들과 무지한 자들을 위해 더 많은 빛과 더 많은 안락을 사회기구에서 끌어내게 하라. 이것이 형제의 의무들 중에서 으뜸가는 것임을 동정심 있는 자들은 잊지 말 것이며, 이것이 정치상 필요한 것들 중에서 으뜸가는 것임을 이기적인 자들은 알아야 할 것이다. (중략) 이 모든 것, 그것은 아직 시초에 지나지 않는다. 진정한 문제, 그것은 아래와 같은 것이다. 즉 노동은 하나의 권리가 되지 않고서는 하나의 법칙이 될 수 없다는 것이다(4: 309~310).

여기서 우리는 위고의 공화주의가 낭만주의와 유토피아라는 19세기 중반기의 시대정신과 만나고 있음을 확인할 수 있다. 그에게 공화국은 부르주아 개인주의 및 계급적인 양극화 사회의 반명제이자, 민주주의, 곧 보통선거제 그리고 정교분리 및 세속교육을 핵심 강령으로 가졌다. 이 시기에 공화파는 대체적으로 자유주의자들에 맞서 인민주권에서 비롯한 강력한 행정부를 선호하고 영국식의 의회제, 그리고 이 연장선 위에서 양원제에 적대적이었다. 그리고 '불가분의 국민'은 모든 공화파를 묶는 구호의 구실을 했다. 하지만 공화주의 진영은 결코 통일되어 있지 않았고 크게 세 부류로 나뉘었다. 맨 우측에는 혁명을 법과 질서 그리고 진보와 동일시하여 점진적인 개혁을 주창했던 온건공화파가 있었다. 작가 라마르틴Alphonse de Lamartine, 제2공화국의 유력 정치인들인 카베냐크Eugène Cavaignac, 아라고François Arago 등이 이에 속했다. 전자가 1789년과 1793년을 준별하고 주로 1789년에 집착했던 반면에, 급진공화파는 '1793년의 헌법'에 역사적 준거로서의 가치를 부여하고 혁명을 하나의 '덩어리'로 파악했다. 라스파유F.-V. Raspail나 르드뤼 롤랭Ledru-Rollin이 이에 속했다. 반면에 좌측의 '사회공화파'는 1789년 「인권선언」의 개인주의를 거부하고 1793년의 민중혁명을 강조했으며, 심지어 바뵈프주의에 근거하여 사회적 평등을 요구했다. 필리프 뷔셰Philippe Buchez, 루이 블랑Louis Blanc, 피에르 르루Pierre Leroux, 조르주 상드Georges Sand 등이 이에 속했다. 하지만 후자의 사회주의는 19세기 후반의 마르크스 류의 사회주의와 상당한 거리가 있었다. 자본주의에 대한 철저한 이해를 결여했던 반면에 휴머니즘을 통한 계급 화해가 가능하다는 다소 소박한 관념을 지녔다. 이렇게 볼 때, 우리의 주인공의 정치적 견해의 지평은 크게 보아 급진공화파에 속하면서도 사회공화파로부터는 사회주의적 휴머니즘을, 온건공화파로부터는 의회주의를 부분적으로 차용하고 있음을 확인할 수 있다. 그리고 바로 이것은 민주공화국의 이념으로 강령화되었다(최갑수, 2003: 55~71; Huard, 1992: 127~184; Agulhon, 1989: 527~541 참조).

5. 민주공화국의 이념

  1832년 6월 6일 새벽, 파리 중앙도매시장Les Halles 근처의 샹브르리 가rue de la Chanvrerie에서 최후의 시가전이 벌어지기 직전, 'ABC의 벗들'의 지도자인 앙졸라가 바리케이드 위에서 대오를 향하여 이상적인 미래 사회의 모습을 밝히는 감동적인 장면이 『레미제라블』의 제5권 모두에 나온다. 이것이 그 유명한 '바리케이드 위에서 보는 지평선Quel horizon on voit du haut de la barricade'(5: 40~46)이다. 여기에서 앙졸라는 19세기 중엽 공화파의 이상사회관을 개진하고 있는데, 그 내용 못지않게 중요한 것은 이 '성명서'를 당통의 화신인 쿠르페락이 아니라 산악파의 표상인 앙졸라가 읽었다는 사실이다. 이는 공포정치와 공화주의를 화해시키고자 하는 19세기 공화파의 고민을 드러내준다.
  '지평선'이 풍기는 서정적 분위기는 사실상 강력한 정부군 앞에서 일종의 집단자살이 불가피해 보이는 바리케이드의 살벌한 절망적인 정황과 극적인 대조를 보인다. '지평선'과 '바리케이드'가 일종의 대위법적인 대비를 이루고 있음에 주목하라. 이는 단지 위고만이 아니라 19세기 공화파가 지녔던 낙관적인 전망을 반영한 것인데, 사실상 바로 이것이 위고가 당대의 프랑스인들, 특히 지배층인 부르주아들에게 설득하려고 했던 것이며, 이 점에서 『레미제라블』은 프랑스에 공화주의의 착근着根을 위한 소개서라고 할 수 있다(Gusdorf, 1962: 175~196; Nord, 1995; Gemie, 2000: 272~294 참조). 먼저 앙졸라가 제시하는 '민주공화국'의 이념을 직접 들어보자.

　　시민들이여, 당신들은 미래를 상상해 보십니까? 도시들의 거리에는 빛이 넘쳐흐르고, 문 앞에는 푸른 나뭇가지들이 우거지고, 여러 나라 국민들이 형제자매가 되고, 인간들은 올바르고, 노인들은 어린아이를 귀여워하고, 과거는 현재를 사랑하고, 사상가들은 완전한 자유를 누리고, 신자들은 완전한 평등을 갖고, 하늘이 종교가 되고, 신이 직접 신부가 되고, 인간의 양심이 제단이 되고, 더 이상 증오가 없고, 공장과 학교에 우애가 있고, 신상필벌이 명명백백해지고, 모든 사람에게 일이 주어지고, 모든 사람들이 권리를 향유하고, 모든 사람들에게 평화가 있고, 더는 피를 흘리지 않고, 더는 전쟁이 없고, 어머니들이 행복하고! 물질을 지배하는 것, 그것이 첫째 걸음이고, 이상을 실현하는 것, 그것이 둘째 걸음이오. (중략) 시민들이여, 오늘 무슨 일이 일어나든, 우리의 승리에 의해서와 마찬가지로 우리의 패배에 의해서도, 우리가 하려는 것은 혁명이오. (중략) 우리는 어떤 혁명을 할 것인가? (중략) 진실의 혁명이오. 정치적 견지에서 보면, 원칙은 하나뿐, 인간이 자기 자신에 대해서 갖는 주권이오. 나에 대한 나의 주권이 '자유'라고 불리는 것이오. 이 주권의 둘 또는 여러 개가 어울리는 곳에서 '국가'가 시작되오. 그러나 이 어울림 속에는 아무런 권리의 포기도 없소. 각 주권은 공동의 권리를 형성하기 위해 그 주권 자체 중 약간을 양보하는 것이오. 그 양은 모든 사람에게 똑같소. 개인이 모든 사람에게 하는 그 양보의 동일성을

'평등'이라고 부르오. 공동의 권리란 각자의 권리 위에 빛나는 만인의 보호 이외에 다른 것이 아니오. 각자에 대한 만인의 보호를 '우애'라고 부르오. 집합되는 그 모든 주권들의 교차점을 '사회'라고 부르오. 그 교차점은 합류점이므로, 그 점은 매듭이오. 거기서 사회적 유대라고 불리는 것이 유래하오. (중략) 평등이란, (중략) 정치적으로는 모든 투표들이 동등한 무게를 갖는 것이고, 종교적으로 모든 양심들이 동등한 권리를 갖는 것이오. '평등'은 하나의 수단을 갖고 있소. 즉 무상 의무교육이오. 초보적 권리, 그것은 바로 거기서부터 시작해야 하오. (중략) 혁명은 하나의 통행세요. (중략) 이 바리케이드는 포석들로도, 대들보들로도, 파쇠들로도 만들어져 있지 않습니다. 그것은 두 무더기로, 사상들의 무더기와 고통들의 무더기로 만들어져 있습니다. 비참은 여기서 이상을 만나요 (5: 41~46).

여기에서 우리는 19세기 프랑스 혁명적 전통에서 자주 등장하는 핵심어들, 예컨대 자유, 평등, 우애, 주권, 인권, 민중의 권리, 사회계약, 혁명, 공화국, 민주주의, 인류, 문명, 종교, 진보, 교육, 빛(계몽) 등을 접할 수 있다. 하지만 우리는 이러한 현란한 표제어에 휘둘리지 않아야 '민주공화국'의 이념이 갖는 정확한 성격을 파악할 수 있다. 위에서 말한 평등이 시민적 평등, 더 나아가 정치적 평등에 그친 것임에 유의해야 한다. 혁명은 안정된 사회질서로 가기 위해 반드시 거쳐야 하는 통과의례이며, 새로운 희망의 정치질서에서 모두 자유롭고 평등하지만, 평등은 동등한 권리 이상은 아니다. 그러기에 위고에게 혁명은 어느 국가, 어느 문명이나 반드시 거쳐야 할 일종의 성장통成長痛으로 나타난다. 국가가 민중에게 짊어지는 책무는 무상 초등 의무교육에 그치며, 그 너머에서 모두는 자신의 주권자로서 고유의 권리와 의무를 가진다. 따라서 이러한 민주공화국의 이념에는 정치적 급진주의와 사회적 보수주의가 포개져 있다. 그것은 민주주의의 잠재적 가치를 일깨워주지만, 동등한 권리 너머에 자본주의의 현실이 놓여 있음을 침묵으로 가린다. 민주공화국은 모두에게 기본적 인권을 보장해주고 모두를 '시민'으로 호명하여 주권자의 위치로 끌어올리지만, 아울러 모두가 계급적 현실에 몸담고 있는 '개인'임을 명확하게 인식하지 못한다. 위고는 바리케이드의 현장에서 비참이 사상과 만난다고 했지만, 그의 이상주의는 민주공화국의 이념이 사회경제적 현실에 직핍할 수 있는 적극적 계기로까지 작용할 수 있는 가능성을 차단했다. "부富를 제한함 없이 빈貧을 제한하라"(4: 310). 이것이 과연 가능한지 위고 류의 이상주의적 민주공화국의 이념으로는 대답하기 어려운 것이다.

6. 맺음말

『레미제라블』의 주제는 영혼의 구제이다. 그것은 장 발장이라는 한 비참한 죄수가 자기희생을 통하여 성자聖者로 승화되는 과정을 그린 현대판 서사시이다. "이 소설은 전체적으로 보아 자발적인 회오悔悟와 자기희생, 속죄에 의하여 거듭나는 영혼, 향상하는 인간, 완성되는 성자의 이야기로서, 이 개인적 영혼의 모습, 진보, 후퇴, 고민, 갈등 등의 모든 드라마에 당시의 사회와 시대가 배경으로 곁들여져 있다"(정기수, 「작품해설」, 5: 495). 계몽사상으로부터 대혁명, 나폴레옹을 거쳐 1832년 6월봉기, 심지어 소설의 시기를 넘는 1848년 2월혁명과 6월봉기에 이르는 혁명적 전통에 관한 풍부한 서술은 『레미제라블』을 읽는 또 다른 재미이다. 그것은 소설의 배경에 그치지 않고 인간의 구원에 관한 드라마의 세속적 계기를 제공한다. 장 발장이 인간 영혼의 구원이라는 신의 계획의 대리인이라면, 혁명적 전통은 민중의 해방의 계기를 보듬는 역사의 불가역적인 진보의 발자취이다.

그런데 소설에서 양자의 만남은 단지 운명적일 뿐 불가분의 관계로 연결되지 않는다. 우리의 주인공 장 발장은 영혼의 완성을 이루지만, 그에게 혁명적 전통은 단지 저기에 있을 뿐, 그의 삶과 아무런 유기적 관계를 갖지 못한다. 그 대신 또 다른 주인공인 마리우스가 당대의 현실을 개인의 삶과 이어주는 구실을 맡는다. 그를 통해 7월왕조기 초기에 탄생한 공화파의 지하결사, 대학생과 노동 세계의 접촉, 바리케이드와 민중의 혁명적 추력, 공화주의와 민중혁명의 기억 등의 풍요로운 혁명적 전통이 소설에 새로운 차원을 부여한다. 그리고 혁명 전통에 대한 이상주의적인 해석은 민주공화국의 이념을 통해 독자들에게 은연중에 이상 사회를 향한 새로운 행동 윤리를 북돋는다. 그러기에 민중에 대한 지속적인 초혼의식招魂儀式에도 불구하고 소설의 시선은 끊임없이 부르주아들을 부른다.

물론 문학과 역사는 다르다. 영혼의 구제가 근대 세계에서 문학이 자임한 새로운 형태의 종교적 역할이라면, 역사학은 인간 해방의 계기가 작동하여 드러나는 진보의 궤적을 추적한다. 『레미제라블』에서 전자는 주조主調가 되고, 후자는 원경遠景을 이룬다. 왜 위고는 양자를 혼합하여 『레미제라블』을 역사소설로 만들 생각을 하지 않았을까? 혁명이라는 문명사적 대사건을 왜 소설의 주인공으로 만들 생각을 하지 못했을까? 이는 혁명적 전통이 특정의 문명적 기획으로 아직 귀결되지 않은 잠재적 폭발력을 지녔기 때문일 것이다. 저자 자신이 지닌 특정의 혁명관 – 이상주의적 공화주의 – 으로는 도저히 담아낼 수 없는 깊이와 넓이를 가진 것이 혁명의 유산이요 전통이다 보니, 인간 영혼의 구원과 해방의 계기성을 어떠한 방식으로 의인화擬人化해야 할지 종잡기 어려웠을 것이다.

따라서 『레미제라블』에서 배경막의 역할을 하는 19세기 프랑스의 혁명적 전통은 저자에 의해 선택적으로 부름을 받는다. 주지하다시피 프랑스혁명은 단지 정치혁명에 그치는 것이 아니라 사회혁명의 차원을 가진다. 대혁명은 절대군주제, 입헌군주제, 보수적인 자유공화국, 급진적인 민주공화국 등의 다양한 체제를 실험했을 뿐만 아니라 토지소유권을 상당한 규모로 이전시키고 도시 및 농촌의 민중이 대거 정치 무대에 개입하여 기존 혁명질서를 넘어서는 미래 사회에 대한 새로운 지평을 열었다. 이러한 복합적이고 중층적인 혁명적 전통 가운데 저자는 사회경제적 현실은 가급적이면 이상화되고 낭만적인 주체로 승화된 '민중'을 통해 개괄적으로 처리하고, 주로 그 정치혁명 가운데 보수적인 자유공화국의 실험을 초들었다. 하지만 '총재정부'는 19세기 공화파의 기치로 내걸기에는 너무 옹졸하고 비겁하지 않은가? 따라서 영웅주의의 면모를 부여받은 보수적인 민주공화국의 이념, 이것이 바로 위고가 19세기의 혁명 전통 가운데 방점을 찍은 것이었다. 그렇기에 그는 1793년의 공포정치나 민중정치의 실상은 가급적이면 소략하게 처리한 채, 민주공화주의의 요체만을 되살려 1860년의 프랑스 독자들에게 투사했다.

이렇게 위고는 『레미제라블』에서 역사를 세척하여 켜켜이 쌓인 지층 가운데 특정 단계와 국면을 부각시키는 가운데 혁명의 주체들을 이상화하고 낭만화했다. 이제 역사적 배경은 인간 영혼의 구원이라는 서사시에 걸맞은 방식으로 '길들여졌다'. 역사는 해방의 계기로서 새로운 문제를 낳고 그리하여 새로운 혁명을 부름에도, 이제 혁명적 전통은 영혼의 완성을 위해 스스로를 희생한다. 혁명적 전통에서 현실은 언제나 '지옥'과 '천국'이 공존하는 것인 반면에, 『레미제라블』에서 장 발장은 불의, 동물적인 것, 물질, 욕망, 거짓에서 출발하지만 그 모든 것을 뛰어넘어 정의, 의무, 영혼, 양심, 진실을 구현하는 현대판 예수이다. 역사상의 예수는 혁명가들의 원조였음에도, 『레미제라블』의 예수는 혁명적 현실을 초월한다. 그렇기에 『레미제라블』은 19세기 프랑스를 표상함에도 마치 기적을 행하는 중세기의 '성자전聖者傳'을 연상시킨다. 감동스럽지만, 그럼에도 고통의 현실은 언제나 그대로이다. 참으로 『레미제라블』은 부르주아지를 위한 민중의 성자전이었다.

참고문헌

고세, 마르셀. 2010. 「우파와 좌파」(이용재 옮김). 피에르 노라 외, 『기억의 장소』 제5권 『프랑스들 2』. 김인중 외 옮김. 나남.

밀로, 다니엘. 2010. 「거리 이름」(유희수 옮김). 피에르 노라 외. 『기억의 장소』 제2권 『민족』. 김인중 외 옮김. 나남.

박진영. 2007. 「소설 번안의 다중성과 역사성: 『레미제라블』을 위한 다섯 개의 열쇠」. 《민족문학사연구》 33.

소불, 알베르. 1990. 『상퀼로트』. 이세희 옮김. 일월서각.

위고, 빅토르. 2012. 『레미제라블』. 정기수 옮김. 서울: 민음사.

최갑수. 2003. 「초기 사회주의와 '사회주의적 유토피아'」. 맑스코뮤날레 조직위원회 엮음. 『지구화시대 맑스의 현재성』 제1권(2003년 5월). 문화과학사.

Agulhon, Maurice Raymond. 1989. "A propos de 'Néo-robespierrisme': quelques visages de 'Jacobins' sous Louis-Philippe. en François Furet & Mona Ozouf (eds.). *The Transformation of Political Culture 1789-1848.* Oxford: Pergamon Press. *Vol.3 of The French Revolution and the Creation of Modern Political Culture.*

Aprile, Sylvie. 2010. *La Révolution inachevée 1815-1870.* Paris: Belin.

Baker, Keith M. 1988. "Condorcet." en François Furet et Mona Ozouf(éds.). *Dictionnaire critique de la Révolution française.* Paris: Flammarion.

Barthélémy, Joseph. 1904. *L'Introduction du régime parlementaire en France sous Louis XVIII et Charles X.* Paris: Giard et Brière.

Boursin, Elphège & Augustin Challamel. 1893. *Dictionnaire de la Révolution française: Institutions, Hommes & Faits.* Paris: Fusier et Jouvet.

Brombert, Victor. 1984. *Victor Hugo and the Visionary Novel.* Cambridge, Mass.: Harvard University Press.

Dauphin, Noëlle. 1992. "L'apport original de la Restauration à la vie politique française." *Historiens et Géographes,* no.338(décembre).

Gemie, Sharif. 2000. "The Republic, the People and the Writer: Victor Hugo's

Political and Social Writing." *French History*, vol.14.

Godechot, Jacques(éd.). 1995. *Les Constitutions de la France depuis 1789*. Paris: GF-Flammarion.

Gusdorf, Georges. 1962. "Quel horizon on voit du haut de la barricade." *Hommage à Victor Hugo*. Strasbourg: Bulletin de la Faculté des Lettres de Strasbourg.

Huard, Raymond. 1992. "L'exceptionnalité française: le XIXe siècle." en Claude Nicolet, etc. *La passion de la république: Un itinéraire français*. Paris: Editions sociales.

Hugo, Victor. 1985. *Œuvres complètes*. Roman II, *Les Misérables*. Paris: Robert Laffont.

Jardin, A. et A. J. Tudesq. 1973. *La France des notables, tome 1, L'évolution générale 1815-1848*. Paris: Editions du Seuil.

Malandain, Pierre. 1995. "La réception des *Misérables* ou 'Un lieu où des convictions sont en train de se former'." en Guy Rosa(éd.). *Hugo/Les Misé rables*. Paris: Klincksieck.

Mayer, Arno J. 2000. *The Furies: Violence and Terror in the French and Russian Revolutions*. Princeton, N.J.: Princeton University Press.

McMurrey, David Allen. 1980. *The Populist Romance: A Study of Michelet's Le Peuple and Selected Novels of Hugo, James, Zola, and Galdós*. PhD Dissertation, University of Texas at Austin.

Metzidakis, Angelo. 1993. "On Rereading French History in Hugo's *Les Misérables*." *The French Review*, vol.67, no.2(December).

Nord, Philip. 1995. *The Republican Moment: Struggles for Democracy in Nineteenth century France*. Cambridge, Mass.: Harvard University Press.

Roman, Myriam et Marie-Christine Bellosta. 1995. *Les Misérables, roman pensif*. Paris: Belin.

Tudesq, André-Jean. 1971. "La France romantique et bourgeoise, 1815-1848." en Georges Duby(dir). *Histoire de la France, tome II, De 1348 à 1852*. Paris: Larousse.

Vargas Llosa, Mario. 2007. *The Temptation of the Impossible: Victor Hugo and Les*

Misérables. translated by John King. Princeton, NJ: Princeton University
  Press.

Walzer, Michael. 1992. *Regicide and Revolution: Speeches at the Trial of Louis XVI* .
  New York: Columbia University Press.

Wolikow, Claudine. 1989. "Desmoulins." en Albert Soboul. *Dictionnaire historique
  de la Révolution française* . Paris: PUF.

프랑스혁명과 한국 사회, 두 현실의 맥락에서 〈레미제라블〉의 화쟁기호학적 읽기

이 도 흠

한양대학교 국어국문학과 교수

1. 머리말

소설 『레미제라블』은 바다와도 같은 텍스트다. 이에 담긴 모든 의미와 미적 감동을 문학에 비하여 상상력을 제한하는 장르인 영화로 표현한다는 자체가 애당초 불가능하며, 뮤지컬은 더욱더 제한적이다. 반면에, 영화는 소설 텍스트의 묘사나 서술을 미장센으로 응축하여 표현할 수 있으며, 뮤지컬은 소설 텍스트를 읽으며 무한한 상상을 하는 것에는 비교할 수는 없지만 리듬과 박자로 우리의 감각을 지속적으로 자극하며 감동의 현을 울릴 수 있다. 후퍼의 영화 〈레미제라블〉은 이런 뮤지컬 영화의 특성을 잘 살린 역작이다.

대체로, 19세기의 프랑스 독자들이 소설 『레미제라블』에서 프랑스대혁명 이후 왕정복고기 민중들의 비참한 삶과 인간 구원, 부조리한 구체제에 대한 분노와 혁명의 길을 읽었다면, 2012년 말 2013년 초의 한국 대중들은 영화 〈레미제라블〉에서 신자유주의를 비롯한 여러 모순에 던져진 한국 민중의 비참한 삶과 구원의 길, 부조리한 체제에 대한 분노, 희망과 치유의 메시지를 읽었으리라고 많이 말한다.

과연 그런가. 독자와 집단은 세계관과 이데올로기, 코드 체계 및 담론 체계, 자신이 발을 디디고 있는 맥락을 따라 다양하게 텍스트를 읽는다. 영화 〈레미제라블〉을 프랑스혁명기의 맥락과 오늘의 맥락에서 읽을 때, 그 차이는 무엇일까.

내적 분석에 기초하지 않는 맥락적 해석은 추론에 지나지 않으며 역사적 해석에 종속된다. 맥락적 해석으로 지평을 넓히지 않은 채 내재 분석에만 치중한 비평은 해석에서 현실을 소거한다. 이에 마르크시즘과 형식주의, 텍스트 내적 분석과 맥락적 해석을 종합한 화쟁기호학을 통하여 영화 〈레미제라블〉의 읽기를 시도한다. 먼저 텍스트의 내적 구조를 분석한 후, 이를 프랑스 혁명기와 21세기 한국의 맥락에서 읽는다.

2. 연구 방법: 화쟁기호학

① 마르크스주의적 비평은 문학 및 예술 작품을 사회경제적 토대 내지 현실과 관련시켜, 미적으로 구체성과 진정성을 추구하고 작품을 사회관계 속에 있는 인간의 삶 및 사회적 실존과 종합한 해석의 지평을 열었으나 텍스트에 대한 시학적 구성과 구조적 분석을 회피하여 해석을 사회와 역사에 종속시키면서 텍스트 자체의 미적 특질과 문학성을 상실한다. 반면에 (광의의) 형식주의 비평은 텍스트의 내적 구조 및 미적 자질 분석에 충실하여, 텍스트의 미적이고 시학적인 특질과 문학성을 드러내고 다의적 해석의 길을 열었지만, 텍스트 내적 분석에 한정된 비평은 사회적 현실과 유리되었을 뿐만 아니라 해석에서 삶의 구체성과 진정성을 제거했다.

② 바흐친Mikhaïl Bakhtine을 비롯하여 여러 이론가들이 양자의 종합을 시도했

지만, 서양의 실체론적이고 이분법적인 사고, 특히 동일성과 이성 중심주의에 바탕을 둔 근대적 사유체계는 정신/육체, 이성/광기, 주관/객관, 내면/외면, 본질/현상, 현존/표상, 진리/허위, 기의/기표, 확정/불확정, 말/글, 인간/자연, 남성/여성, 중심/주변, 서양/동양의 관계에서 전자에 우월성을 부여한 폭력적 서열 제도를 유지하기에 근원적으로 양자의 종합이 불가능하다. 이에 원효元曉의 화쟁和諍의 원리에 따라 이를 해체하고 '관계의 사유'를 하고 '차이의 읽기'를 행하여, 텍스트와 맥락, 내용과 형식, 기표와 기의, 현실의 반영과 굴절, 텍스트와 이데올로기, 작자와 독자, 부재 - 텍스트absence-text와 현전 - 텍스트 presence-text를 불일불이不一不二의 하나로 원융圓融시켜 비평한다.

③ 화쟁기호학은 먼저 원효의 화쟁의 원리를 따라 상체용-相體用과 은유와 환유의 원리를 결합하여 세계의 인식과 그 의미 작용을 종합한다. 인간이 세계를 인식하고 이를 표명하는 방식을 '유사성similarity'을 바탕으로 세계를 유추하고 기호화하는 은유-metaphor[1]와 '인접성contiguity'을 바탕으로 유추하고 이를 기호화하는 환유-metonymy[2]로 나누고 이를 상체용의 틀로 체계화한다. 예를 들어,

---

[1] 필자는 은유를 창조의 장, 수사의 장, 해석의 장, 소통의 장 등 네 장을 결합하여 정의한다. 은유는 한 개념이나 대상을 다른 개념이나 대상과 견주어 양자 사이의 유사성이나 차이를 발견하고 이를 바탕으로 세계를 유추analogy하여 한 대상이나 개념을 다른 무엇으로 전이하거나 대치하여 비유하는 것이자, 담론 안에서 작동 시 독자가 주어진 세계관과 문화 안에서 형성된 개념 체계와 상상력에 따라 원관념과 매체관념 사이의 관계를 유추하여 의미 작용을 일으키는 방식이자 소통하고 행동하는 양식이다. 창조의 장에서 보면 은유는 두 개념이나 대상 사이의 유사성을 유추하는 것이다. 수사의 장에는 은유는 전이와 대체이다. 해석의 장에서 보면 이는 원관념과 매체관념 사이의 동일화이다. 소통의 장에서 보면 은유는 상호 작용을 통해 해석한 의미의 실천이다.

[2] 필자는 환유를 창조의 장, 수사의 장, 해석의 장, 소통의 장 등 네 장을 결합하여 정의한다. 환유는 한 개념이나 대상을 다른 개념이나 대상과 견주어 양자 사이의 인접성을 발견하고 이를 바탕으로 세계를 유추하여 한 대상이나 개념을 다른 무엇으로 전이하거나 대치하여 비유하는 것이자, 담론 안에서 작동 시 독자가 주어진 세계관과 문화 안에서 형

달의 '둥그런 모습'[相]에서 그처럼 유사한 '엄마 얼굴'의 의미를 떠올리고, 달이 하늘에 높이 떠서 산과 들을 비추는 작용[用]에서 그처럼 자비의 빛을 온 세상에 뿌리는 '관음보살'로 의미를 전이하며, 사라졌다가 다시 나타나는 달의 본질[體]에서 '부활, 재생' 등의 의미를 유추한다. 여기서 중요한 것은 체[體]는 용[用]을 통해 드러나고, 용은 상[相]을 만들며 상은 체를 품는다는 점이다. 차이를 만들면서 영겁의 순환을 하는 것이다.

④ 다음으로 텍스트를 반영상[反映相]과 굴절상[屈折相]으로 분절한 후 각 텍스트에 담긴 세계를 화엄철학의 사법계[四法界]로 나누어 기호학적 분석을 한다. 반영상은 현실을 '거울'처럼 반영하여 미메시스로 재현한 텍스트이며, 굴절상은 한 줄기 빛을 무지개로 바꾸는 '프리즘'처럼 현실을 세계의 재질서화, 형상화, 양식화를 통해 굴절시킨 텍스트다. 반영상에는 현상계와 원리계가 포개진다. 현상계를 시학에 적용할 때, 현상계는 시적 자아가 미적 체험의 대상으로 낯설게 마주친 사물이나 현실이다. 시적 자아가 현상계의 경계를 무너뜨리고 사물과 새로운 만남을 이루어 세계를 형성하고 그에 내재하는 보편 원리라고 직관으로 깨달은 경지는 원리계이다. 굴절상에는 진자계와 승화계가 담긴다. 진자계는 시적 자아가 지향 의식에 따라 현실과 사물, 그리고 이들에 내재하는 원리를 발견한 후 이 원리를 통하여 현실을 바라보며 현실과 욕망, 당위와 존재, 이데올로기와 삶, 개별적 삶과 보편적 삶, 절대와 상대, 현상과 본질, 역사적 존재와 실존적 존재 사이를 시계의 진자처럼 왔다 갔다 하고 있는 경계이다. 승화계는 모든 대립과 갈등을 승화하여 이룩한 총체성의 세계이다. 여기

성된 개념 체계와 경험에 따라 원관념과 매체관념 사이의 관계를 경험에 비추어 유추하여 의미 작용을 일으키는 방식이자 소통하고 행동하는 양식이다. 창조의 장에서 보면 환유는 두 개념이나 대상 사이의 인접성을 유추하는 것이다. 수사의 장에서 환유는 바꾸기다. 해석의 장에서 보면 이는 원관념에 물질성을 부여하기다. 소통의 장에서 보면 환유는 바꾸기를 통해 물질성을 부여한 기호의 물질화이다.

서 서사 텍스트의 경우, 그레마스A. J. Greimas의 행위소 모형 등 서사 텍스트를 내적으로 분석하는 기존 이론이나 방법론을 차용할 수도 있다.

⑤ 텍스트는 타자의 수많은 흔적이 중첩되고 다른 텍스트가 끊임없이 반복되고 변형되면서 상호 작용하면서 서로의 조건이 되고 인과 관계를 맺으며 읽히고 쓰이는 열린 체계다. 이런 인식을 바탕으로 앞 장에서 의미 작용 체계에 적용했던 상체용相體用의 범주를 '품, 짓, 몸, 참'으로 범주화하여 형식주의와 역사주의, 마르크스주의 사회학과 구조적 시학, 해석학과 수용미학, 공시태와 통시태를 종합하는 체계로 활용한다. 텍스트의 몸은 텍스트의 짓을 통하여 드러나며, 텍스트의 짓은 텍스트의 품을 형성하며, 텍스트의 품은 다시 몸을 품는다. 작자는 자신이 미적으로 체험한 세계에 맞서거나 재질서화하여 텍스트를 만들면서 그에 의미를 담고 미적인 구성을 하는데, 이 과정에서 독자로서 작가는 읽거나 경험한 수많은 텍스트를 바탕으로 자기 안에 독자(눈부처독자)를 상정하고 그에 맞추어 의식, 전의식, 무의식을 동원하여 기호와 이미지를 특정한 질서와 양식, 약호 체계에 맞게 배합하여 텍스트를 창조한다. 독자는 텍스트와 만나 미적 체험을 하는 가운데 먼저 자기 안에 작자(눈부처작가)를 상정하고 의미를 캐지만, 곧 이어서 다양한 지평의 융합을 통해 작품의 세계를 구성하며, 자신이 놓인 현실, 가치관, 세계관, 이데올로기, 지향 의식 등에 따라 다채롭게 해석한다.

⑥ 여기서 인간의 의미 작용과 원리계를 규정하고 제한하는 구조로서 인간 주체의 세계의 부조리에 대한 집단무의식적 대응 양식을 규정하는 체계의 체계가 바로 '세계관'이다. 주동적 세계관, 잔존적 세계관, 부상적 세계관이 상호 작용한다. 세계관과 주어진 문화 체계 안에서 읽는 주체는 약호를 해독하여 의미 작용을 일으키는데 주체가 자신의 취향과 입장, 이데올로기, 의식, 태도, 발신자와의 관계 등을 종합하여 어디에 더 중요한 가치를 부여하느냐에 따라 텍스트는 크게 나누어 지시적 가치, 문맥적 가치, 표현적 가치, 사회역사적 가

치, 존재론적 가치를 가진다.

⑦ 이것으로 텍스트의 의미가 모두 드러나는 것은 아니다. 텍스트의 진정한 體는 드러날수록 감춘다. '텍스트의 참'은 텍스트의 품, 몸, 짓이 서로 화쟁을 이루면서 기존의 코드 체계를 해체하고 텍스트의 숨은 의미를 새롭게 드러내는 경지이다. 고도의 텍스트 분석력을 가진 비평가가 텍스트의 품, 몸, 짓의 의미를 여러 입장에서 제시했다고 해도 이는 텍스트가 품고 있는 의미의 일부분만 드러낼 뿐이다. 텍스트의 의미는 고정되어 있는 것이 아니라 이것 자체가 츠이différance로서 차이에 의해서 드러나고 맥락에 따라 끊임없이 연기된다. 눈부처주체로서 독자는 자신이 발을 디디고 있는 사회경제적 현실 위에서 가치관과 이데올로기, 세계관, 지향 의식, 무의식, 타자, 부재텍스트가 상호 작용을 하는 가운데 중중무진重重無盡의 읽기를 행하며 다양한 의미를 산출할 수 있지만, 사회문화의 장 안에서 기억 투쟁, 인정 투쟁, 헤게모니 투쟁, 담론 투쟁을 하면서 어느 한 편의 해석에 기울어지거나 우월권을 부여한다.

⑧ 이를 화쟁기호학 소통 모델에 대입하여 종합하여 해석한다(이도흠: 1999). 다만, 지면 관계로 이 논문에서는 ③, ④, ⑥, ⑧ 부분만 적용한다.

3. 프랑스혁명기의 현실에서 영화 〈레미제라블〉의 읽기

현실은 그대로 재현되는 것이 아니라 기호, 세계관, 권력 및 이데올로기, 형식과 구조, 시간의 개입 내지 매개로 인하여 뒤틀어진다. 해석의 과정에서도 세계관, 역사관, 권력 및 이데올로기, 형식과 구조, (미래의) 지향성이 개입하거나 매개하여 다양한 해석의 파노라마를 빚어내고 의미를 무한히 미끄러지게 한다(이도흠: 2006, 139~170).

영화 〈레미제라블〉에서 R는 1789년에서 1799년에 이르는 프랑스대혁명

모형 1 • 현실, 텍스트, 해석의 관계

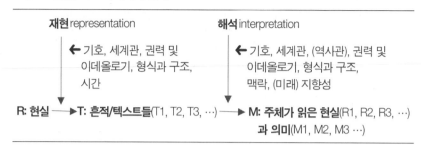

재현 representation

← 기호, 세계관, 권력 및
이데올로기, 형식과 구조,
시간

해석 interpretation

← 기호, 세계관, (역사관), 권력 및
이데올로기, 형식과 구조,
맥락, (미래) 지향성

R: 현실 ──→ T: 흔적/텍스트들(T1, T2, T3, …) ──→ M: 주체가 읽은 현실(R1, R2, R3, …)
과 의미(M1, M2, M3 …)

이후 1815년의 제2차 왕정복고기에서 시작하여 1832년의 6월봉기로 이어지는 프랑스의 현실이다. T1이 빅토르 위고Victor-Marie Hugo가 참고한 1차 사료나 자료라면, T2는 소설 『레미제라블』이고, T3은 뮤지컬 〈레미제라블〉을 비롯한 소설의 다양한 각색 작품이고, T4는 이를 다시 영상화한 영화 〈레미제라블〉이며, T5는 이를 패러디한 〈레 밀리터리블〉과 같은 작품이다. R1, R2, R3은 독자가 작품을 읽고서 유추한 현실로 독자에 따라 세계관, 역사관, 권력 및 이데올로기, 형식과 구조, (미래의) 지향성의 개입과 매개에 따라 다양하다.

6월봉기가 일어난 1832년 6월 5일에 튈르리 정원에서 희곡을 집필하다가 총소리를 듣고 바리케이드로 피했던 경험이 있던 빅토르 위고는 1845년부터 소설 『레미제라블』의 집필을 시작하여 1862년에 출간했는데, 소설은 나폴레옹 1세가 워털루전투에서 패배한 1815년에 시작하여 6월봉기를 클라이맥스로 하고 1834년에 끝난다(최갑수: 2013). 여기서 현실은 혁명이 왕정복고로 유린당하고 무지와 빈곤으로 비참한 상황에 있는 민중들과 이를 정당화하는 그늘, 곧 부조리한 법과 제도 등 앙시앵레짐이다. 빅토르 위고는 이 현실을 기독교적 휴머니즘의 세계관, 자신이 민주공화파 국회의원으로 당선되고 루이 나폴레옹의 쿠데타로 영국의 저지섬과 건지섬으로 망명하는 권력 관계, 공화파의 이데올로기를 투영하여 리얼리즘적으로 바라보되, 여기에 존재해야 할 인간의 사랑과 구원, 부조리한 세계를 극복할 진보와 혁명의 빛으로 세계를 재질서화하여 이를 당시 풍미하던 낭만주의 소설 양식으로 형상화했다.

영국의 뮤지컬 제작자 캐머런 매킨토시Cameron Anthony Mackintosh는 이 소설을 뮤지컬로 각색하여 1985년에 초연한 뒤 27년째 공연했으며, 톰 후퍼Tom Hooper 감독은 이 뮤지컬에 할리우드 자본을 투여하고 휴 잭맨Hugh Jackman, 러셀 크로우Russell Crowe, 앤 해서웨이Anne Hathaway 등의 배우를 동원하여 2012년에 다시 영화로 옮겼다(《한겨레》, 2012년 12월 27일). 소설을 뮤지컬로 전환하면서 미리엘Miriel 주교의 행적, 파리 하수구 등 인물과 당시 배경에 대한 묘사를 대거 생략했을 뿐 아니라 주요 줄거리를 압축하여 노래 가사에 담는 방식을 택했다.[3]

이 영화에서 반영상은 죄수들이 배를 끌어올리는 첫 장면부터 장 발장이 죽는 장면까지 갈등 없이 해석되는 부분이다. 여기서 현상계는 무지와 빈곤으로 비참한 민중들의 삶과 어둠, 곧 선한 이들을 비참하게 만드는 부조리한 세계다. 빅토르 위고의 서문대로, 그곳은 "무산계급의 의한 남자의 추락, 기아에 의한 여성의 타락, 암흑에 의한 어린이의 위축, 이 시대의 세 가지 문제가 해결되지 않는"(빅토르 위고, 2012: 5) 세계이다. 영화는 장 발장, 팡틴Fantine, 코제트Cosette를 중심으로 세 문제를 풀어나가고 있다. 장 발장과 죄수들이 힘들게 배를 끌어올리는 장면, 팡틴이 머리를 깎고 이를 뽑고 창녀로 전락한 장면, 코제트가 힘들게 청소를 하고 물을 긷는 장면을 통하여 부조리한 사회와 앙시앵레

---

3 미리엘 주교의 행적과 국회의원 G와 논쟁, 여공 팡틴과 쾌락주의자 대학생 톨로미에스와 풋사랑, 다시 구속된 장 발장이 돛대에 매달린 사람을 구해주고 죽은 것으로 위장하여 탈출함, 장 발장이 포슐르방의 도움으로 수녀원에 은거하며 마들렌에서 포슐르방으로 이름을 다시 바꾼 이야기, 마뵈프의 행적과 바리케이드에서 죽음, 가브로슈가 테나르디에의 아들인 것, 테나르디에가 시체더미에서 꺼내준 조르주 퐁메르시 대령이 마리우스의 아버지로 이것이 나중에 마리우스의 장 발장에 대한 오해를 푸는 계기로 작용함 등의 서사가 영화에서는 생략되었다.

짐의 모순에 의하여 선한 자가 억압당하고 고통과 시련을 겪는 장면을 사실적으로 묘사하고 있다.

특히 배를 끌어올리는 첫 장면은 은유와 환유를 통해 알레고리allegory를 형성하고 있다. 여기서 도크는 국가, 이 꼭대기에서 죄수를 내려다보는 자베르Javert와 간수는 지배층, 죄수들은 피지배층, 시선과 채찍은 감시와 권력, 바닷물은 시련, 배와 밧줄은 그들이 감당해야 할 고통스런 노동, 쇠사슬은 그들을 억압하는 법과 제도, 더 나아가 앙시앵레짐을 뜻한다. 다 해진 옷을 입고 지치고 고통스런 얼굴을 한 죄수와 멋진 정복을 입고 유들유들한 얼굴을 한 간수, 고개를 숙이고 눈을 내리 깔은 죄수와 예리한 눈빛으로 내려다보며 감시하는 죄수, 쉼 없이 죄수들을 향해 밀려드는 파도와 간수들의 얼굴 및 옷에 쏟아지는 밝은 햇빛의 대조를 통해 당시 피지배층과 지배층 사이의 갈등과 대립 구조를 상징적으로 표현하고 있다. 피지배층은 가혹한 시련을 당하며 언제 끝날지 모르는 노동을 하고, 지배층은 이를 감시하고 관리하면서 권력을 휘두르고 그들의 노동을 수탈하고 자유를 억압한다.

이 장면과 함께 이어지는 노래인 「눈 내려 깔아!Look down!」는 장 발장이 빵을 훔친 죄로 19년이나 감옥살이를 한 것에서 자베르로부터 통행증을 받고 풀려나기까지의 서사를 압축하여 전달하기도 하지만, 시선이 바로 권력임을, 그들이 영원히 노예로 살 것이며 여기가 바로 자신들의 무덤이라는 가사로 당시 프랑스 민중들의 암울한 삶과 미래를 표현한다.

첫 번째 부조리가 장 발장이 굶주리는 조카를 살리려 빵을 훔친 죄로 19년 동안 감옥살이한 것이라면, 두 번째 부조리는 순진한 처녀였던 팡틴이 남자에게 쾌락의 대상으로 이용만 당하고 버려진 후 자신이 삶을 유지하던 집단으로부터 배제되어 창녀로 전락하고, 결국 절망과 병으로 죽는 것이다. 팡틴은 미혼모라는 이유로 공장을 쫓겨난 후 자신의 유일한 삶의 의미이자 희망인 딸 코제트의 양육비를 부치기 위해 머리를 깎고 이를 뽑고도 모자라 창녀로 전락하여 몸을 팔게 된다. 팡틴은 이 처절한 상황에서 「나는 꿈을 꾸었네I dreamed a dream」를 부른다. 여기서 그녀는 "지금 살고 있는 지옥과는 다른 모습이리라고, 지금 느끼는 것과는 완전히 다른 삶이리라고 꿈꾸어왔지만, 이제 삶은 내가 꿈꾸던 꿈을 죽여버렸네"라고 노래하며 현실의 비참한 삶과 세계의 부조리로 인하여 모든 꿈을 상실한 당대 민중의 절망적인 삶을 재현한다.

세 번째 부조리는 아무 죄도 없고 아무것도 모르는 어린아이인 코제트가 비열한 사기꾼인 테나르디에Thénardier 부부에게 맡겨져, 양육비를 매달 물면서도 비참한 몰골을 한 하녀로 물을 긷고 청소를 하며 시련을 겪는 것이다. 더럽고 기괴한 사람들로 가득한 여관, 어둡고 음침한 숲은 당시의 프랑스 어린이가 마주친 어두운 현실의 은유다. 코제트는 이 비참한 상황에서 「구름 위의 성 Castle on a cloud」을 부른다. 구름 위의 성은 눈물도, 청소도, 야단치는 사람도, 외로움도 없는 곳이고, 대신 장난감으로 가득하고 하얀 숙녀가 자장가를 불러주고 사랑한다고 말하는 곳이다. 당시 어린이가 어른들로부터 야단을 맞고 일에 시달리고 시련과 고독을 겪으면서 신음하고 있는 비참한 현실에서 따스한 사랑과 놀이로 가득한 세상을 꿈꾸고 있음을 넌지시 드러내고 있다.

이런 부조리한 세계와 비참한 현실에 내재해야 하는 원리계는 기독교적 휴머니즘과 혁명적 낭만주의다. 세상과 사람들에 대한 증오로 가득했던 장 발장은 미리엘 주교의 용서와 관용에 의하여 구원을 받는다. 엄정한 법의 집행자인 자베르도 장 발장의 용서에 따라 자신을 뉘우치고 자살을 하며, 비참한 하녀 생활을 하던 코제트는 장 발장의 사랑을 받고 자라 마리우스Marius와 혼인한다. 마리우스는 장 발장을 거부했다가 오해를 풀고 그를 용서하고 임종을 지킨다.

이 영화에서 굴절상은 갈등하는 부분과 장 발장의 임종 장면, 죽은 자를 포함하여 모든 등장인물이 등장하여 「인민의 노랫소리가 들리는가Do you hear the people sing?」을 부르는 바리케이드 장면이다. 진자계는 혁명과 사랑, 이상과 현

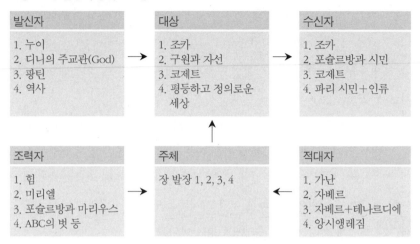

발신자	대상	수신자
1. 누이 2. 디니의 주교관(God) 3. 팡틴 4. 역사	1. 조카 2. 구원과 자선 3. 코제트 4. 평등하고 정의로운 세상	1. 조카 2. 포슐르방과 시민 3. 코제트 4. 파리 시민＋인류
조력자	주체	적대자
1. 힘 2. 미리엘 3. 포슐르방과 마리우스 4. ABC의 벗 등	장 발장 1, 2, 3, 4	1. 가난 2. 자베르 3. 자베르＋테나르디에 4. 앙시앵레짐

실, 인간과 제도, 자신과 타자, 기독교적 휴머니즘과 혁명적 낭만주의 사이에서 갈등하는 것이며, 승화계는 모든 갈등과 대립을 넘어선 사랑과 화해(장 발장의 임종 장면), 또는 혁명의 이상이 구현된 세상(바리케이드 장면)이다.

반영상과 굴절상을 포함하여 이 영화 서사에서 장 발장을 중심으로 그레마스의 행위소 모형을 이용하되, 이것이 서사를 너무 단순화하는 경향이 있기에 이를 복합적인 인물 사이의 관계와 내적이고 외적인 갈등을 함유할 수 있도록 위의 모형 2와 같이 수정하여 분석할 수 있다(Greimas, 1966: 197~221).

주체, 장 발장 1은 가지치기를 하며 평범하게 살던 사람이다. 그가 욕망하는 대상은 굶주리는 조카의 구원이다. 이에 굶주리는 조카를 위해 빵을 훔치고, 그 죄로 19년의 감옥살이를 한 후에 세상과 사람에 대한 증오로 가득한 인간으로 변한다. 하지만 미리엘 주교의 용서와 관용을 매개로 장 발장 2로 변한다. 장 발장 1과 장 발장 2가 내적 갈등을 거쳐 장 발장 2로 거듭나는 내면세계를 잘 표현한 독백의 노래가 「무슨 짓을 한 걸까What have I done?」이다. 장 발장은 참회와 번민이 뒤범벅된 얼굴로 이 노래를 부른다. 미리엘 주교로부터 용서를 받고 관용으로 포용된 후, 지금까지 도둑질을 하고 세상과 사람을 증오한 인생을 참회하고 "이제 장 발장의 세계를 떠나리. 장 발장은 아무것도 아니야, 이제 다른 이야기를 시작해야만 하리"라며 새로운 자아로 거듭난다. 이제 그가 추구하는 대상은 사람들의 구원과 자선이며, 이름도 마들렌 시장으로 바꾼 후 포슐르방Fauchelevent을 비롯한 많은 시민들을 구원한다.

장 발장은 팡틴과 만난 이후 장 발장 3으로 변한다. 자베르의 시선과 감시를 피해서 타자를 위해 자선과 구원을 베푸는 인간 유형인 것은 변함이 없지만, 그 대상이 코제트로 집중된다. 장 발장은 자베르를 피해 고르보 주택에 세 들어 살다가 수녀원으로 피해 들어가 코제트를 딸처럼 사랑하며 은둔 생활을 하다가 플뤼메 거리의 외진 주택으로 이사한다.

장 발장 3은 처음엔 마리우스를 질투하다가 편지를 읽고서 코제트와 마리우스 사이의 진실한 사랑을 깨닫고 마리우스를 살리러 바리케이드로 들어가서 혁명에 가담하며 그를 구한다. 이 순간 장 발장은 혁명적이고 대자적인 자아, 성인적 자아로 거듭난다. 그가 추구하는 대상은 평등하고 정의로운 세상이며, 적대자는 사람이 아니라 앙시앵레짐이다. 조력자는 앙졸라를 비롯한 ABC의 벗들, 곧 '낮은', '겸손한'의 뜻을 가지고 있는 단어인 'abaissés'의 앙졸라, 콩브페르, 쿠르페락, 그랑테르Grantaire, 마리우스 등 6월봉기의 주체들이다.[4] 발신자는 역사이며, 수신자는 파리 시민, 더 나아가 인류다. 이에 장 발장은 ABC의 벗들을 돕는가 하면, 자신을 평생 고통 속에 몰아넣은 자베르를 용서하고 살려주며, 목숨을 걸고 마리우스를 살린다.

코제트를 만나기 전에 마리우스는 혁명을 추구하는 청년이었으며, 이때 조력자는 동지인 ABC의 벗들과 파리 시민이고, 적대자는 앙시앵레짐이다. 발신

---

4   "앙졸라는 로베스피에르나 생쥐스트, 콩브페르는 콩도르세나 카미유 데물랭, 쿠르페락은 당통을 연상시킨다." 최갑수(2013) 참조.

모형 3 • 마리우스의 행위소 모형

| 1. 역사 2. 장 발장 | → | 1. 혁명 2. 코제트 | → | 1. 파리 시민+인류 2. 마리우스 |

| 1. ABC의 벗들+시민 2. 장 발장+에포닌+ ABC의 벗들 | → | 마리우스 1, 2 | ← | 1. 앙시앵레짐 2. 장 발장+자베르+ 에포닌+ABC의 벗들 |

자는 역사이고 수신자는 혁명으로 인하여 평등하고 정의로운 세상에서 살게 될 파리 시민과 인류다. 마리우스 1은 앙졸라와 유사하다.

하지만 마리우스 1은 코제트를 만나자 사랑에 빠지며 마리우스 2로 변한다. 이 경우 대상은 코제트이고, 발신자는 장 발장이다. 여기서 중요한 것은 장 발장, 에포닌Éponine, ABC의 벗들이 조력자인 동시에 적대자로 작용하며 소설의 갈등 구조를 복잡하고 심오하게 구성한다는 점이다. 에포닌은 마리우스를 짝사랑하면서 그를 사지로 몰아넣지만, 마지막에는 마리우스의 편지를 전하여 장 발장이 마리우스를 구하고 두 사람이 혼인하는 데 결정적인 역할을 하는 조력자로 기능을 한다. 장 발장 3과 마리우스 2는 대상이 모두 코제트이기에 서로 질투하고 갈등하고 대립할 수밖에 없다. 이 과정에서 장 발장은 마리우스를 피해 코제트와 영국으로 도망할 계획을 세우고 피하며, 마리우스는 장 발장이 코제트를 만나는 것을 제한한다. 하지만, 장 발장 3이 장 발장 4로 전이하여, 마리우스 1을 만날 때 둘은 동지가 되어 함께 싸운다. 그 후 장 발장은 대자적 사랑을 베풀어 마리우스 2까지 포용하여 둘의 사랑을 위하여 코제트를 떠나서 고독한 독신을 자발적으로 선택한다.

원래 마리우스 1과 마리우스 2의 갈등은 치열해야 한다. 이는 사랑과 혁명, 인간과 사회, 개인의 행복과 대자적 실천 및 희생 사이의 갈등이자 이 영화를 낭만적인 휴머니즘 영화로 한정하느냐, 리얼리즘의 영화로 귀결시키느냐를 결정하는 중요한 갈등 및 대립 구조다. 하지만, 영화는 전자에 초점을 두고 전개하는 한편, 장 발장의 죽음 이후의 바리케이드 장면을 추가하여 후자의 면을 보완하고 있다. 마리우스 1과 마리우스 2의 갈등, 마리우스 2와 앙졸라의 갈등, 앙졸라와 그랑테르의 갈등을 첨예하게 드러내지 않은 채 쉽고 간단하게 해결해버린다. 마리우스는 가브로슈Gavroche에게 편지를 전하는 것으로 코제트에 대한 마음을 정리하고서 혁명에 뛰어들고, 앙졸라는 마리우스의 즉자적 사랑을 자신의 발언으로 덮어버리며, 그랑테르는 술에 절어 살고 염세주의자이기에 앙졸라의 미움을 받지만 혁명보다 앙졸라의 열정에 감복하여 그의 손을 잡고 당당하게 죽음을 맞는다.

이 갈등을 노래로 함축한 것이 「하루만 더One day more」과 「빨강과 검정Red and Black이다. 앙졸라는 오로지 혁명을 향한 신념과 열정으로 채워진 인물이다. 그는 각성한 파리 시민의 합류로 혁명이 성공하여 민중이 왕의 지위를 갖는 새로운 세상이 열리리란 확신을 갖고 자유의 깃발을 높이 올리라고 외친다. 마리우스는 이를 지지하면서도 코제트를 향한 사랑 사이에서 번민한다. 그는 이 심정을 "여기(바리케이드)에 머물까, 그녀를 찾아 떠날까"란 노랫말에 압축적으로 드러낸다. 장 발장은 범죄자로 발각될 것을 걱정하면서도 혁명을 지지하고 참여한다. 에포닌은 오직 짝사랑하는 마리우스와 조금이라도 함께 더 있기를 열망한다. 테나르디에는 혼란한 틈을 이용하여 사기를 칠 저의를 내보이고, 자베르는 숨어 들어가서 혁명을 박살낼 저의를 드러낸다.

「빨강과 검정」에서는 바리케이드의 청년들이 재미있는 은유 놀이를 한다. 그들은 "성난 민중의 피", "혁명에 성공하여 새로이 열리는 세상"을 '빨강'이라 하고 "암흑과 같았던 과거", "혁명으로 저물어가는 밤"을 '검정'이라 한다. 이에 맞서서 마리우스는 "사랑으로 불처럼 타오르는 영혼"을 '빨강'이라 하고 "코제트가 없는 세상"을 '검정'이라 외친다. 그러자 한 청년이 나서서 빨강은 혁명이든 사랑이든 '갈망'을 뜻하고 검정은 '절망'을 상징한다고 노래하며 양

모형 4 • 자베르의 행위소 모형

자를 화해시킨다. 결국 마리우스와 청년들은 이 노래를 함께 부르며 혁명의 각오와 전의를 되새긴다.

이 영화 전편을 통하여 가장 갈등을 이루는 구조는 장 발장과 자베르다. 자베르의 행위소 모형을 보자(모형 4).

자베르 1은 오로지 법에 따라 심판하는 정의의 사도다. 그는 「별에 맹세하리라Star」란 노래를 통하여, 계절이 바뀌어도 늘 제 자리를 지키는 별처럼, 전생애를 걸고 장 발장을 쫓아 법의 심판을 내리겠노라고 노래한다. 그는 충직하고 올곧은 법의 집행자이기는 하지만, 죄인에 대해서는 연민도 자비도 없는 냉혹한 인간으로, 근대적 사법 시스템 자체의 환유이다. 자베르 1과 장 발장 1, 2, 3은 치열하게 맞선다. 자베르에게 장 발장은 지옥으로 보낼 악마이며, 장 발장에게 자베르는 자신의 삶과 사랑을 유지하려면 무조건 피해야 하는 적대자다. 자베르는 쫓고 장 발장은 숨는다. 자베르는 법대로 심판하고, 장 발장은 도망하면서 자비와 사랑을 베푼다. 이 과정에서 자칫 자베르가 악, 장 발장이 선으로 읽히기도 한다.

하지만 장 발장이 대자적이고 성인의 품성까지 갖춘 장 발장 4로 전이한 후 자베르를 용서하고 살려준다. 자베르는 이에 더하여 자신이 악인이라고 생각하여 평생을 쫓아다녔던 장 발장이 목숨을 걸고 마리우스를 구하는 것을 목격하고 장 발장이 자신의 목숨도 살려주자 혼란에 놓이고 자베르 2로 거듭난다.

영화는 자베르의 혼란과 당혹함을 벼랑과 같은 난간을 오고 가는 긴장을 통하여 묘사한다. 자베르는 이 장면에서 자신의 혼란과 자아 상실을 「독백Soliloquy」에 담아 부른다. 이 노래는 장 발장이 미리엘 주교로부터 용서를 받고 혼란한 장 발장이 불렀던 독백인 「무슨 짓을 한 걸까」와 곡이 같고 가사도 유사하다. 미리엘 주교로부터 구원을 받은 장 발장이 세상과 인간을 증오하며 도둑질을 일삼았던 자신을 참회하고 부정했다면, 장 발장으로부터 구원받은 자베르는 법의 심판만이 정의라는 신념으로 살았던, 근대에 충실했던 자아를 해체하게 된 것이다. 그는 "자신의 추적을 당하며 절망 속에 있던 장 발장이 자신의 목숨을 살려주고 자유를 주었다"라고 통탄하며, "자신이 알던 세상은 어둠 속에서 길을 잃었다"면서 자살을 택한다. 별처럼 분명했던 법에 대한 확신이 인간에 대한 사랑과 연민에 의하여 무너져 내린 것이다.

굴절상 중에서도 승화계는 장 발장의 죽음과 마지막 바리케이드 장면이다. 장 발장이 코제트와 마리우스가 지켜보는 가운데 죽으면서 모든 갈등과 대립은 해결되며 용서와 화해와 사랑으로 귀결된다. 이어진 장면에서 죽은 팡틴, 에포닌, 앙졸라를 포함하여 영화에 등장했던 모든 인물이 현실 인물로 다시 부활하여 바리케이드로 모이고, 자유·평등·박애를 상징하는 삼색기 깃발을 높이 들며 「인민의 노랫소리가 들리는가」를 합창한다. 이들은 저 바리케이드 밖에는 갈망하는 새로운 세상이 있고 내일이 밝으면 그 세상이 열리리라는 희망을 안고 다시는 노예가 되지 않을 사람들이 모여 북을 울리고 싸움을 하자고 외친다.

4. 21세기 한국 현실의 맥락에서 영화 〈레미제라블〉 읽기

21세기 오늘, 한국의 현실은 다양하게 해석될 수 있다. 이 세계의 부조리에 대해서도 어떤 이들은 인간성의 상실과 도덕의 타락을 말할 것이고, 또 다른 이들은 지고지순한 사랑의 사라짐을 언급할 것이며, 진보적인 관점에 서는 이들은 신자유주의적 모순에 처하여 양극화가 극단화하고 하층민의 삶이 처참한 상황에 놓인 것을 지적할 것이다. 현실과 세계를 어떻게 바라보든, 그 해석은 텍스트를 매개로 한 끊임없는 대화 속에서 이루어진다. 따라서 해석에서 비롯된 메시지가 텍스트의 세계를 벗어나서 추출되면 오독이 되며, 대중들 사이에서 헤게모니를 갖지도 못한다. 대중들은 텍스트에 나타난 프랑스혁명기의 현실과 세계, 자신이 발을 디디고 있는 한국 사회의 현실과 세계 사이에서 끊임없는 대화를 하며 해석에 참여하고 메시지를 형성한다.

모형 5에서 빗금의 왼쪽은 소설 『레미제라블』이고, 오른쪽은 영화 『레미제라블』이다. 빅토르 위고는 프랑스 혁명기의 비참한 현실을 겪는다. 주요 모순은 봉건 모순이지만 자본주의 맹아기의 모순도 더해져 앙시앵레짐에 의하여 농민들이 귀족들에게 가혹하게 수탈당하며 빈곤, 억압, 병마, 노역에 내던지고 노동자들은 신흥 부르주아지들에게 무참하게 착취당하는 현실이다. 세계의 부조리를 구성하는 것은 앙시앵레짐과 봉건 제도, 맹아기 자본주의의 모순이다. 따라서 위고가 맞은, 봉건 해체기와 자본주의 맹아기의 사회경제적 토대가 세계 형성에 강한 영향을 미친다. 반영하는 주체로서 작가는 비참한 현실과 이를 야기하고 있는 앙시앵레짐에 대한 분노와 그로 인해 희생당한 이들에 대한 연민을 가진다. 위고는 이를 그대로 반영하여 표출하지 않는다. 그는 민주 공화주의의 이념, 계몽사상과 기독교적 휴머니즘의 세계관으로 현실을 해석하고 타락한 인간이 구원을 받고 비극적 현실이 극복될 수 있다는 원리계의 인식을 하고 이를 객관적으로 묘사하고 재현한다. 반면에, 굴절하는 주체로서 위고는 개인의 타락을 관용과 용서에 의한 구원으로 이끌고, 혁명으로 봉건 체제를 해체하고 비참한 현실을 극복한다는 비전을 담아 세계 1을 형성한다. 위고는 이런 세계를 리얼리즘적으로 묘사하고 낭만주의적 소설 양식으

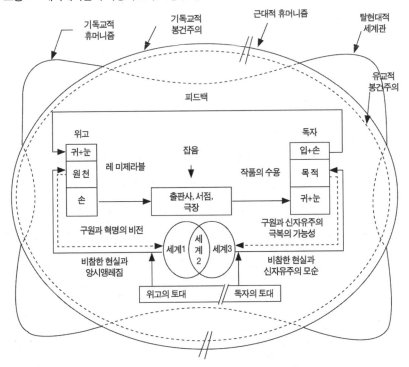

모형 5 • 레미제라블의 화쟁기호학 소통 모형

로 굴절시켜서 대서사시로 형상화하여 작품을 완성하고 이를 수신자인 독자에게 전한다. 여기서 약호의 원리는 리얼리즘, 낭만주의, 미메시스다. 리얼리즘의 원리에 따라 당대 현실을 객관적으로 치밀하게 묘사하고 그 현실 세계에 담긴 모순과 부조리를 읽어내는 동시에 비전을 펼치며, 낭만주의에 따라 이상과 현실의 괴리 사이에서 자아가 갈등하면서 이상을 추구하고, 미메시스의 원리를 따라 텍스트가 현실을 올바로 재현하도록 구성하며 독자들은 텍스트상의 은유와 환유를 현실의 알레고리로 놓고 해독한다.

세계 1 속의 인물 가운데 봉건 귀족들은 잔존적 세계관인 기독교적 봉건주의를 가지고 세계에 대응하지만, 장 발장과 마리우스 등은 기독교적 휴머니즘이라는 새로운 세계관을 가지고 부조리한 세계에 대응하여 인류애를 구현한다. 독자는 이 작품을 읽고 작품의 서사와 인물, 거기에서 얻은 메시지를 바탕으로 세계 3을 형성한다. 독자가 작가의 의도와 자신의 해독을 일치시키고 R과 R1을 동일한 것으로 생각할 때, 세계 3은 세계 1과 거의 겹치며 세계 2를 형성한다. 이들은 작가와 같은 세계 속에서 현실을 추체험하고 메시지를 수용하면서 미적 감동을 한다.

2차 독자이자 작가는 캐머런 매킨토시다. 그는 독자로서 소설을 읽고 세계 1-1을 형성한다. 그는 신자유주의가 시작된 1980년대의 맥락에서 작품을 해석하고 뮤지컬의 장르로 이를 각색한다. 3차 독자로서 톰 후퍼 감독은 신자유주의의 모순이 심화된 맥락에서 이를 보며 세계 1-2을 구성하고, 이를 영화 장르로 전환하여 작품을 만든다. 독자들은 근대적 휴머니즘의 세계관에 따라 이 작품을 읽으며 세계 3-1을 형성한다. 그들 가운데 신자유주의 체제의 모순을 직시하고 이를 계급의식이나 사회의식으로 구성한 이들은 이 영화가 묘사하고 있는 19세기 프랑스의 현실을 통해 21세기 한국의 현실을 분석하는 역사적 읽기를 하여 세계 3-1을 형성한다. 이 과정에서 빅토르 위고가 작품에서 추구한 기독교적 휴머니즘과 독자들이 추구하는 근대적 휴머니즘 사이에 약간의 괴리가 있다. 이 때문에 소설에서는 신(성)에 의한 용서와 관용, 참회와 성찰에 따른 구원에 더 초점을 맞추었다면,[5] 21세기의 독자들은, 기독교도들을 제외하면, 부조리한 세계에 대한 주체의 합리적 실천에 의한 세계 변화에 더 초점을 맞추어 읽는다.

그들은 자신들의 비참에 대해 슬퍼하고 분노하는 동시에 구원과 신자유주의 체제 극복의 가능성에 희망을 가진다. 이 경우 빅토르 위고의 세계1과 상당 부분이 일치한 세계 2-1를 형성한다. 유교적 봉건주의 세계관에서 벗어나지 못했거나 신자유주의 모순에 대한 인식이 없는 이들은 이 작품을 개인적

---

5 빅토르 위고 자신은 기독교적 구원보다 합리성을 더 중시했다.

구원이나 사랑의 서사로 읽는다. 이들이 형성한 세계 3-2는 작가의 세계 1과 거의 일치하지 않는다.

영화 〈레미제라블〉의 부재 텍스트는 크게 보아 프랑스대혁명 관련 텍스트, 계몽사상, 소설 『레미제라블』, 뮤지컬 〈레미제라블〉, 다른 뮤지컬과 종교 영화이다. 이 가운데 어떤 것을 현전 텍스트로 부상시키느냐에 따라 의미는 달라진다.

이 영화는 "사람들의 비참한 삶의 양상과 구원의 길, 죄에 대한 참회를 통한 인간의 거듭남과 타자에 대한 연민과 헌신, 구원과 성찰을 통하여 향상하는 인간과 사랑, 프랑스혁명기의 사회적 모순에 던져진 민중들의 비참한 삶에 대한 객관적 묘사와 혁명의 비전" 등으로 다양하게 읽힐 수 있다. 그중에서도 가장 쉽게 읽힐 수 있는 핵심 개념은 '구원, 사랑, 혁명'이다.

영화 전편을 지배하는 세계관은 기독교적 휴머니즘이며, 장 발장은 미리엘 주교로부터 주교관에서 구원을 받고 수녀원에서 감시의 시선을 피하여 안식을 얻는다. 장 발장이 죽어갈 때 그를 찾아온 마리우스는 코제트를 향하여 "당신의 아버지는 성인이십니다"라고 말한다. 관객들이 이에 초점을 맞추어 서사의 인물을 장 발장 1과 장 발장 2, 자베르 1과 자베르 2로, 타락을 적대자로 읽고 종교 영화를 현전 텍스트로 부상시킬 경우 이 영화는 타락과 구원의 서사로 해독된다. 영화에서 구원을 매개하는 것은 용서와 관용이다. 미리엘은 자신의 물건을 훔친 장 발장의 죄를 용서하고, 장 발장은 팡틴의 타락을 용서하고 팡틴도 장 발장이 자신을 공장에서 내쫓아 타락의 길로 들어서게 한 것을 용서하며, 장 발장은 감옥으로 몰아넣고 평생을 도망자로 살게 한 자베르를 용서하고 자베르는 악의 화신이라 생각한 장 발장을 용서하며, 마리우스는 추악한 범죄자라 생각했던 장 발장을 용서하고, 장 발장은 마리우스와 테나르디에를 포함하여 모든 이들을 용서한다.

구원은 안과 밖이 줄탁동시啐啄同時를 이룰 때 진정으로 이루어진다. 예수님의 대속代贖 덕분에 구원은 밖으로부터, 무한한 초월자로부터, 그분께서 죄 많고 한계가 많은 우리 인간에게 은혜로 다가올 때 이루어진다. 하지만 무한한 초월자가 제한된 인간 안에 들어올 수 있으려면 인간이야말로 애당초 무한한 초월자와 교감할 수 있는, 무한한 가능성을 지닌 존재여야 한다. 그렇다면 인간의 구원은 비구원적 상황 '밖'이 아니라 '안'에서, 더 '깊고 깊은 안'에서 온다(한국교수불자연합회·한국기독자교수협의회, 2007: 36). 미리엘 주교의 관용과 용서가 예수님의 대속 구실을 했지만, 원래 선한 장 발장이 깊이 참회하며 웅숭깊게 깨달았기 때문이다. 구원을 받은 장 발장은 대자적 자아를 실현하여 코제트, 자베르, 마리우스, 시민들을 구원하며 성인의 경지에 이른다. 이렇게 영화를 읽은 관객들은 용서와 구원의 순간에 부른 노래인 「무슨 짓을 한 걸까」와 「독백」, 임종의 순간에 부르는 「에필로그epilogue」, 장 발장이 예수님과 유사한 성자의 모습으로 하나님께 간청하는 「그를 집으로 데려가주소서Bring him home」에 열광한다. 이 노래에서 장 발장은 마리우스를 구해 침대 위에 눕혀놓고서 목숨을 바쳐 혁명에 참여한 청년들을 다시 고향과 부모의 품으로 돌려보내달라고, 그들을 대신하여 자신을 데려가 달라고 기도문의 형식으로 하나님께 절절하게 간청한다.

영화는 낭만적 사랑의 서사로도 읽힌다. 관객들이 장 발장의 코제트에 대한 사랑, 코제트와 마리우스와 사랑 이야기에 초점을 맞추고 인물을 장 발장 3, 마리우스 1로, 적대자를 자베르 등 사랑의 방해자와 사랑을 구속하는 낡은 인습과 제도로 읽고 사랑을 소재로 한 뮤지컬을 현전 텍스트로 부상시킬 경우, 이 영화는 기독교 휴머니즘을 바탕으로 한 한 편의 아름다운 낭만적 사랑의 서사다. 장 발장은 자베르에게 쫓기는 어려운 상황에서도 자신의 피가 전혀 섞이지 않은 코제트를 모든 것을 바쳐서 사랑하고 딸처럼 양육한다. 마리우스는 가문, 부와 명예, 모든 인습과 제도를 벗어나 자유롭게 코제트를 사랑한다. 에포닌은 마리우스가 자신을 전혀 사랑하지 않음에도 그를 열렬히 사랑하여,

둘의 사랑에 질투를 하고 방해를 하기도 하지만, 사랑하는 남자와 찰나의 순간만이라도 함께 있기를 오로지 열망하여 바리케이드로 들어와 마리우스의 품에서 죽음을 맞는다. 그들은 비참한 조건, 비극적인 여건, 극단적인 실존 상황 속에서도 굴하지 않고 지극히 순수하고 아름다운 사랑의 이상을 향하여 모든 것을 내던진다. 오해와 증오에서 벗어나고, 부조리한 세계, 사랑을 향한 열정과 욕망을 옭아매는 온갖 법과 제도와 인습과 감시의 시선에 맞서서 몸과 마음을 다하여 투쟁을 하고 결국 사랑의 승리를 이루는 영웅들이다. 서사상 대단원은 장 발장의 임종 시 죽은 팡틴과 에포닌이 찾아오고 서로 지극히 사랑하는 사이인 장 발장, 코제트, 마리우스가 모여 「에필로그」를 부르는 장면이다. 장 발장은 임종을 맞으며 코제트에게 자신의 삶을 적은 공책을 주며 "이 공책에 내 마지막 고백을 적었구나. 마침내 내가 눈을 감거든, 잘 읽어보거라. 이 이야기는 증오에서 벗어난 한 사람의 이야기란다. 그 사람은 사랑하는 법을 배웠지, 널 만나고서"라고 말한다.

이렇게 영화를 읽는 자들은 에포닌이 비를 맞으며 실연의 아픔을 담아 처절하게 부르는 노래인 「내 마음속에On my own」를 들으며 함께 울고, 코제트와 마리우스가 만나 서로의 사랑을 확인하고 부르는 「내 삶에서In my life」, 「사랑으로 가득한 마음A heart full of love」를 들으며 어렵게 이룬 사랑의 승리에 박수를 보내면서 감정을 이입하여 사랑 가득한 환희에 젖는다. 장 발장이 성인의 모습으로 임종을 맞는 순간에 죽은 팡틴, 에포닌, 마리우스, 코제트와 대사를 주고받으며 부르는 노래인 「에필로그」를 들으며 눈물을 흘린다.

영화는 프랑스대혁명 당시의 비참한 민중의 삶과 이들을 억압하는 봉건제도에 대한 객관적 묘사와 혁명의 비전을 잘 제시한 리얼리즘의 서사로 읽힌다. 관객들이 비참한 인물들의 고통과 삶의 질곡, 선한 자들이 더 고통을 받는 부조리한 세계에 초점을 맞추어 장 발장4, 마리우스1, 자베르1에 주목하여 작품을 읽고 프랑스 혁명사, 계몽사상, 소설 『레미제라블』을 현전텍스트로 부상시키고 자신이 발을 디디고 있는 신자유주의 체제의 맥락에서 읽을 경우, 이는 비참한 현실에 대한 미메시스와 혁명의 서사로 읽힌다.

이 작품을 상영할 때부터 제작사인 워킹 타이틀과 배급사인 UPI는 한국의 관객들이 주로 이런 서사로 정치적 읽기를 할 것이라고 예상하고 대통령선거일에 맞추어 세계 최초로 개봉을 했고, 이는 적중하여 개봉 8일 만에 200만 명의 관객을 동원했다. 정치적 관심이 증대되는 대선 직후의 상황, 대선의 결과를 패배와 절망으로 인식하는 48%가 좌절하고 '멘붕'에 이른 분위기, 그 전부터 이어져 왔던 신자유주의 체제의 모순과 이로 인한 비참한 현실의 맥락은 정치적 해석에 우선권을 부여했다.

농민들은 이 사회의 짐 나르는 짐승이었다. 10분의 1세·화폐지대·현물지대·강제노역(부역)·왕국세·의용군 복무 등 일체의 부담이 그들에게 떨어졌다. 영주의 비둘기와 사냥감인 짐승들이 그들의 작물을 멋대로 짓밟았다. 그들은 진흙으로 지은 집에 살았는데 이 집들은 흔히 이엉으로 얹은 것으로서 더러는 굴뚝도 없었다. 그들은 축제날에나 고기 맛을 보았으며 병이 났을 때만 설탕을 먹었다. 오늘날의 농민에 비교하면 그들은 비참했다. (중략) 또 다수의 날품팔이 노동자들이 있었다. 이들은 자주 실직을 했기 때문에 일자리를 찾아서 이 농장 저 농장으로 돌아다닐 수밖에 없었다. 수많은 부랑자 및 거지계급과 그들을 구분하기는 어렵다. (중략) 노동자와 농민은 속박이 너무나 심할 때 잠깐 반항할 수 있었으나 사회질서를 바꾸는 방법을 찾아낼 수는 없었다. 그들은 읽는 법을 배우기 시작한 데 불과했다. 그러나 그들 사이에는 그들을 일깨워주는 사제와 지방변호사가 있었다. 그들은 사제에게 슬픔을 털어놓았으며 지방변호사는 그들의 이익을 옹호했다. 그런데 사제들은 당시의 문학을 읽었다. 그들은 자기들의 상급자들이 호사스런 저택에서 파렴치한 생활을 하고 있음을 알면서도 박봉으로 근근이 살아나갔다. 그들은 신도들에게 과거처럼 체념을 설교하는 대신에, 자기들의 마음속에도 가득 차 있는 분노와 비통함을 신도들의 마음에 조금씩 심어주었다. (중략) 이처럼 비판은 폭발이 있기 오래전에 폭발에 대비하면서 보이지 않게 작용하고 있었다. 기회가 오기만 하면 쌓이고 억눌린 모든 분노가 불평분자들의 선동과 지시에 따라 이 가난하고 비참한 사람들의 공격에 힘을 더해줄 것이다(마티에, 1982: 24~25).

하루가 끝날 무렵, 날은 더욱 추워지고,
등짝에 걸친 옷으로는 추위를 버텨낼 수 없네.
대단하신 분들은 서둘러 지나가며
어린아이들의 울음소리에 귀 기울이지 않네.
우릴 죽이려는 듯 겨울은 빨리도 닥쳐오네.
또 하루, 죽음에 가까워지네.

관객들은 우선 위에서 알베르 마티에가 잘 압축적으로 기록한 것처럼, 교과서를 비롯하여 프랑스대혁명에 관련된 모든 텍스트를 현전 텍스트로 부상시키면서 영화에서 묘사된 19세기 프랑스 혁명기의 민중들의 비참한 현실과 부조리한 세계를 현상계로 구성한다. 이어서 계몽사상과 혁명에 관한 텍스트를 현전 텍스트로 떠올리며 혁명의 당위성과 비전을 원리계로 유추한다. 이들은 이에서 머물지 않고 여기서 읽은 역사적 체험과 메시지를 역사의식으로 구성하여 21세기 한국 현실을 읽는다. 이 경우 프랑스 민중의 비참한 삶은 21세기에 신자유주의 체제의 모순 속에서 비정규직 노동자와 정리해고를 당한 실업자로 전락한 한국 노동자의 비참한 삶과 대비된다.

하단의 인용문은 프랑스 북부 소도시 몽레이유의 구슬공장의 노동자들이 부르는 「하루가 끝날 무렵At the end of the day」의 한 구절이다. 이 노래는 산업화 초기에 아무런 법적·제도적인 보호 없이 자본가에게 야만적으로 착취당하는

1820년대 프랑스 노동자들의 비참한 상황을 그대로 묘사한다. 이런 가사는 21세기 오늘 정리해고를 당하여 자살이나 죽을 정도의 생존 위기에 이르고 같은 일을 하고도 절반의 임금밖에 받지 못하는 비정규직 노동자들의 실상과 그리 다르지 않다.

물론, 배우들의 너무 잘생긴 외모 때문에 방해가 되기는 하지만, 관객들은 이런 노래를 듣고 비참한 장면을 대하면서 자신이 처한 이데올로기적 입장에 따라 장 발장, 코제트, 팡틴, 마리우스, 앙졸라, 가브로슈 등 '미제라블'에 자신을 투여한다. 이들의 비참에 자신을 이입하고 그토록 비참한 상황에서 부르는 「난 꿈을 꾸었어요」, 「구름 위의 성」, 「하루가 끝날 무렵」에 가슴 절며 공감하고, 저항의 노래인 「빨강과 검정」, 「인민의 노랫소리가 들리는가」를 따라하며 가슴 벅차게 혁명의 희망을 품는다.

배를 끌어올리는 첫 장면에서 죄수는 비정규직 노동자와 정리해고 노동자, 혹은 양극화로 인하여 가난한 서민으로 전락한 대중, 간수는 권력과 자본, 도크는 신자유주의 체제, 파도는 양극화, 비정규직, 정리해고 등의 신자유주의 모순으로 해독된다.

관객들이 대단원으로 해석하는 것은 마지막 바리케이드 장면이다. ABC의 벗들의 기대와 달리 파리 시민이 연대하지 않으면서 6월봉기는 실패로 끝난다. 이는 한국 관객에게 광주민중항쟁과 촛불집회의 기시감(데자뷰)이 들게 했다. 50만 명이 모인 촛불집회도 '명박산성'을 넘지 못한 채 끝났고, 80% 가까이 현 정권을 반대했는데도 대선에서 패배했다. 양자의 현실이 겹치면서 세계의 부조리에 분노하고 비참한 현실에 눈물을 짓게 된다.

하지만 6월봉기는 2월 혁명으로 이어지고 앙시앵레짐은 완전히 무너지고 제3공화국이 들어선다. 이런 사실을 알고 있는 관객들은 바리케이드 장면에서 휘두르는 삼색기를 보고, 봉기 주체들의 합창 소리를 듣는다. 현실과 이상, 냉혹한 현실에 대한 좌절과 미래에 대한 희망 사이에서 진자계를 형성하던 관객들은 점점 노래와 장면에 감정을 이입하게 된다. 이 순간 "신자유주의 체제의 모순에 분노한 한국 민중의 피, 신자유주의 체제를 해체하고 새로이 열리는 세상이 '빨강'이라면, "암흑과 같았던 이명박 정권, 쇠멸하는 신자유주의 체제"가 '검정'으로 해석된다. 바리케이드 너머 갈망하는 세상은 신자유주의 체제를 극복한 새로운 세상이다. 이렇게 해석하면서 바리케이드 장면은 승화계를 구성하면서 모든 대립과 갈등을 풀어버리고 혁명으로 승화된 세계를 연다. 죽은 자와 산 자, 승리한 자와 실패한 자, 비참한 자와 구원을 받은 자, 사랑하는 자와 실연을 당한 자들이 모두 나와 삼색기를 흔드는 것을 보고 노래를 들으면서 대선의 패배, 신자유주의 모순을 풀어버리면서 미래에 대한 기대와 희망을 다시 품게 되며, 이 승화의 과정을 통하여 치유를 체험한다.

소설 『레미제라블』이 최고의 역사소설이자 사회소설이지만 자유주의적 유토피아 내지 부르주아적 세계관을 견지했다고 비판받는 것과 달리, 영화 〈레미제라블〉은 기층 민중을 아우른 혁명의 서사에 좀 더 방점을 찍었다. ABC의 벗들은 혁명을 위하여 기꺼이 목숨을 걸고 행동하고 죽음의 순간이 왔을 때 조금의 망설임도 없이 단호하게 이를 받아들인다. 부르주아도 좌파 엘리트도 아닌 부랑아 가브로슈는 핵심적인 역할을 하고 총과 대포에 맞서서 누구보다 용기 있게 저항하다가 성스런 죽음을 맞는다. 혁명에 참여한 이들은 물론 미제라블들, 가브로슈, 팡틴 등 죽은 자까지 모두 바리케이드에 몰려들어 삼색기를 높이 흔들며 「인민의 노랫소리가 들리는가」를 합창하는 것으로 대단원을 구성한다. 이 순간, 비천함이 거룩함으로 변증법적인 종합을 하고, 인물의 형상이든 행동이든, 영화에 산견되었던 모든 거룩한 퍼즐들이 모여 숭고함의 절정을 이루며, 미제라블들이 더는 착취당하고 억압당하지 않는 내일에 대한 웅대한 비전을 품게 만든다. 이 장면에서 한국의 많은 관객, 특히 40대 후반 이상의 남성들은 자신들이 역사 수업, 미술 수업, 독서, 다큐멘터리 등을 통해 읽고 기억하고 있던 프랑스대혁명의 장면들만이 아니라 자신이 체험한 광주

민중항쟁과 6월 항쟁을 부재텍스트로 떠올리고, ABC의 벗들에 윤상현을, 바리케이드에 1980년 5월 빛고을의 '절대 공동체'를, 가브로슈에 아낌없이 목숨을 던진 광주의 기층민들을, 바리케이드 너머에 신자유주의 체제를 극복한 새로운 세계를 겹쳐서 읽었을 것이다.

조심스럽기는 하지만, 부상적 세계관인 탈현대의 세계관을 추구하는 이들은 21세기 오늘의 맥락에서 탈현대적 해독을 할 수도 있다. 탈현대적 세계관을 추구하는 이들은 철저히 근대 사법 체계에 의존하여 해석하고 실천하는 현대인의 전형인 자베르가 자살을 하고 자비와 연민을 추구한 장 발장이 승리한 것에 주목한다. 자베르는 악인이 아니라 전형적인 근대인이다. 그는 매사를 합리적으로 판단하고, 충직하게 법을 수행하며, 그 법의 잣대로 죄인을 구분하여 사회로부터 격리시키는 자다. 자베르는 이성 중심주의에 입각한 합리적 개인이며, 국가가 만든 근대적 사법 제도를 충실하게 수행하는 관료이자 국민이며, 타자를 동일성의 영역에서 분리하여 배제하는 주체다. 이렇게 자베르가 추구하고 실천한 근대적 가치와 삶, 곧 이성 중심주의, 근대적 사법체계와 관료체제, 국가와 국민, 동일성의 배제와 폭력 등은 현대성의 대표적 양상들이다. 신분제와 봉건제 등 중세적 모순의 극복이 당시의 더 큰 시대적 과제였지만, 자베르가 서사 전편을 통해 장 발장과 맞서기 때문에, 자베르의 근대성은 장 발장의 성향과 이항대립구조를 형성한다. 이 때문에 장 발장의 성향과 행동은, 다소 중세적이기도 하지만, 탈현대적으로 읽힌다. 자비와 연민은 이성 중심주의와 마주치고, 법과 제도를 넘어서서 인간성을 추구하는 것은 근대적 제도와 맞서며, 그의 범죄와 도주는 국가로부터 탈주로 읽히며, 타자에 대한 공감과 배려, 헌신은 동일성과 대립한다. 양자의 갈등과 대립에서 전자가 후자에 대하여 완전한 승리를 이룬다. 단순히 양자의 대결에서 한쪽의 승리로 귀결시키는 것이 아니라 한쪽이 자신이 추구한 가치의 전면적 부정과 다른 쪽의 가치의 수용으로 서사를 구성했기 때문이다. 자베르가 전자의 삶에 감동하고 그 가치를 수용하면서 후자의 가치를 추구한 자신의 삶을 반성하고서 자살로 삶을 마감한다. 이성 중심주의, 근대적 제도, 동일성의 배제와 폭력 등 현대성의 모순에 대한 성찰이자, 이를 극복하고 감성, 국가와 제도에 대한 탈주, 타자성alterity 등 탈현대적 가치와 삶을 추구할 것을 넌지시 말하고 있다.

'탈현대성의 서사'는 극히 소수일 것이기에 제외하면, 한국 사회문화의 장에서, 이 영화를 각각 '구원의 서사', '사랑의 서사', '혁명의 서사'로 읽으려는 해석 사이에 담론 및 헤게모니 투쟁이 벌어지고 있다. 계급이나 이데올로기와 관계없이 작품을 감상할 때 존재론적 가치를 더 지향하거나, 보수적인 기독교들이나 성스런 삶을 추구하는 이들, 작품에서 장 발장의 거듭남과 거룩한 최후, 미리엘 신부에서 가브로슈에 이르기까지 여러 인물들이 빚어내는 숭고에 감동한 관객들은 '구원의 서사'로 한정하여 해독하려는 경향이 강하다. 계급이나 이데올로기와 관계없이 작품을 감상할 때 표현적 가치를 더 지향하거나, 사회의식이나 역사의식이 부족한 청소년, 신자유주의 체제가 야기한 소시민주의, 도구주의, 과잉욕망에 물든 부르주아와 노동자들, 작품에서 코제트와 마리우스의 낭만적 사랑에 더 감동을 한 관객들은 '사랑의 서사'에 더 방점을 찍어 해독한다. 작품을 감상할 때 사회역사적 가치를 더 지향하거나, 신자유주의 모순이 야기한 비참한 현실에 던져졌고 투철한 계급의식으로 이를 인식하고 있는 노동자들, 사회의식이나 역사의식이 강한 이들, 진보적인 이데올로기를 가진 이들, 작품에서 미제라블의 비참함에 분노하고 바리케이드 장면에 감동을 하는 이들은 '혁명의 서사'로 읽으려 한다.[6]

---

6   물론, 한 사람이 서너 가지 해석을 동시에 하면서 상황에 따라 그중 한 가지를 선택할 수
    도 있다.

5. 맺음말

대통령 선거일에 맞추어 개봉된 영화 〈레미제라블〉은 한국에서 누적 관객 590만 명을 넘어서며 뮤지컬 영화로서는 경이적인 흥행을 기록했다. 이 텍스트는 "사람들의 비참한 삶의 양상과 구원의 길, 죄에 대한 참회를 통한 인간의 거듭남과 타자에 대한 연민과 헌신, 구원과 성찰을 통하여 향상하는 인간과 사랑, 프랑스혁명기의 사회적 모순에 던져진 민중들의 비참한 삶에 대한 객관적 묘사와 혁명의 비전, 현대성, 혹은 근대적 인간에 대한 탈현대적 성찰" 등으로 다양하게 읽힐 수 있다.

프랑스 혁명기에서 볼 때, 현상계는 19세기 프랑스의 세계의 부조리, 곧 앙시앵레짐과 봉건 제도, 맹아기 자본주의의 모순이다. 반영하는 주체로서 위고는 민주 공화주의의 이념, 계몽사상과 기독교적 휴머니즘의 세계관으로 현실을 해석하고 타락한 인간이 구원을 받고 비극적 현실이 극복될 수 있다는 원리계의 인식을 하고 이를 객관적으로 묘사하고 재현한다. 반면 굴절하는 주체로서 작가는 개인의 타락을 관용과 용서에 의한 구원으로 이끌고, 혁명으로 봉건체제를 해체하고 비참한 현실을 극복한다는 비전을 담되, 당대 현실을 리얼리즘적으로 묘사하고 낭만주의적 소설 양식으로 굴절시켜서 대서사시로 형상화하여 작품을 완성하고 이를 수신자인 독자에게 전한다. 여기서 약호의 원리는 리얼리즘, 낭만주의, 미메시스다. 리얼리즘의 원리에 따라 당대 현실을 객관적으로 치밀하게 묘사하고 그 현실 세계에 담긴 모순과 부조리를 읽어내고 비전을 펼치며, 낭만주의에 따라 이상과 현실의 괴리 사이에서 자아가 갈등하면서 이상을 추구하고, 미메시스의 원리를 따라 텍스트가 현실을 올바로 재현하도록 구성하며, 독자들은 텍스트상의 은유와 환유를 현실의 알레고리로 상정하고 해독한다.

21세기 한국 사회의 현실에서 이 영화는 크게 네 가지, '구원의 서사', '사랑의 서사', '혁명의 서사', '탈현대성의 서사'로 읽히며, 탈현대성의 해석은 극히 소수이기에 제외하면, 세 해석 사이에 담론 및 헤게모니 투쟁이 벌어지고 있다. 계급이나 이데올로기와 관계없이 작품을 감상할 때 존재론적 가치를 더 지향하거나, 보수적인 기독교들이나 성스런 삶을 추구하는 이들은 '구원의 서사'로 한정하여 해독하려는 경향이 강하다. 그들은 이 영화를 용서와 관용을 통하여 구원을 받은 장 발장이 대자적 자아를 실현하여 코제트, 자베르, 마리우스, 시민들을 구원하며 성인의 경지에 이른 것에 초점을 맞추어 읽는다.

계급이나 이데올로기와 관계없이 작품을 감상할 때 표현적 가치를 더 지향하거나, 탈정치적이거나 사회의식이나 역사의식이 부족한 청소년, 신자유주의 체제가 야기한 소시민주의, 도구주의, 과잉 욕망에 물든 부르주아와 노동자들은 '사랑의 서사'에 더 방점을 찍어 해독한다. 그들은 장 발장을 비롯하여 마리우스, 팡틴, 에포닌이 오해와 증오에서 벗어나, 부조리한 세계, 사랑을 향한 열정과 욕망을 옭아매는 온갖 법과 제도와 인습과 감시의 시선에 맞서서 몸과 마음을 다하여 대응을 하고 결국 사랑의 승리를 이루는 낭만적 서사로 읽는다.

작품을 감상할 때 사회역사적 가치를 더 지향하거나, 신자유주의 모순이 야기한 비참한 현실에 던져졌고 투철한 계급의식으로 이를 인식하고 있는 노동자들, 사회의식이나 역사의식이 강한 이들, 진보적인 이데올로기를 가진 이들은 '혁명의 서사'로 읽는다. 그들은 영화 속의 미제라블과 자신, 프랑스 혁명기의 모순과 현재의 신자유주의적 모순을 동일시하며, 바리케이드 장면에서 광주민중항쟁이나 6월항쟁을 겹쳐서 떠올린다. 그들은 프랑스 혁명 당시의 비참한 민중의 삶과 이들을 억압하는 봉건제도 등 세계의 모순과 부조리를 신자유주의 체제의 모순으로 현재화하며, 바리케이드 너머에 새로운 세상을 열 수 있다는 비전을 품으며, 이 승화의 과정을 통하여 치유의 체험을 한다.

이들 독자층 가운데 상당수는 작품의 해석에서 그치지 않고 이에서 얻은 메시지를 바탕으로 신자유주의 체제를 반대하는 담론을 구성하면서 신자유주의 체제를 옹호하는 담론과 치열한 헤게모니 투쟁을 전개하고 있다. 분명한 것은 신자유주의 체제가 공황을 야기하면서, 이로 인하여 배제되고 소외되고 억압된 이들이 연대를 구성하면서 이 체제가 서서히 몰락하고 있다는 점이다. 『도가니』와 『의자놀이』에서 『레미제라블』로 이어진 이 담론 및 헤게모니 투쟁은 이와 유사하게 신자유주의 모순을 고발한 작품의 창작과 수용으로 이어질 것이고, 결국 전자가 승리할 것이다.

참고문헌

마티에, 알베르. 1982. 『프랑스혁명사』. 김종철 옮김. 서울: 창작과비평사.

위고, 빅토르. 2012. 『레미제라블』. 정기수 옮김. 서울: 민음사.

이도흠. 1999. 『화쟁기호학, 이론과 실제』. 서울: 한양대학교출판부.

_____. 2002. 「빈곤의 세계화를 넘어 화쟁의 세계체제로」. 《문학과 경계》, 제6호(가을).

_____. 2006. 「역사 현실의 기억과 흔적의 텍스트화 및 해석: 화쟁기호학을 중심으로」. 《기호학 연구》, 제19집.

_____. 2012. 「제주에 대한 재현의 폭력과 저항의 역학관계」. 《기호학 연구》, 32집 (2012.8), 39~63쪽.

최갑수. 2013. 「레미제라블과 프랑스혁명」. 『참여연대 아카데미 느티나무—다시 보는 프랑스혁명사 4강』.

한국교수불자연합회 · 한국기독자교수협의회. 2007. 『오늘 우리에게 구원과 해탈은 무엇인가』. 서울: 동연.

Greimas, A. J. 1966. *Structural Semantics*. translated by Daniele McDowell, Ronald Schleifer and Alan Velie. Lincoln: University of Nebraska Press.

《경향신문》 2012년 12월 27일.

《동아일보》 12월 28일.

《연합뉴스》 2013년 1월 17일.

《한겨레》 2012년 12월 27일.

사랑과 혁명의 전사들에게 바쳐진 진혼미사
톰 후퍼 감독의 영화 〈레미제라블〉을 생각하다

김 규 종

경북대학교 노어노문학과 교수

1. 머리말

서사 문학을 대표하는 장편소설을 영화로 만드는 것은 낯설거나 새롭지 않다. 독자에게 친숙한 고전 소설의 영화화는 관습처럼 익숙하고 오히려 진부하기까지 하다. 원작을 충실하게 재현하느냐, 아니면 감독의 세계관이나 역사의식이 그 나름의 색깔과 향기와 무게를 가지느냐 하는 것이 문제일 터. 그것은 언제나 선택 사항이지만, 영화의 성패는 온전하게 거기에 달려 있다.

주지하는 것처럼 빅토르 위고의 『레미제라블』은 뮤지컬과 영화로 다채롭게 변용되었다. 필자는 가장 최근에 제작·상영된 톰 후퍼 감독의 영화 〈레미제라블〉(2012)을 기저 텍스트로 삼아 몇 가지 사유를 전개하고자 한다. 후퍼 감독은 2010년 〈킹스 스피치〉로 제83회 아카데미 시상식에서 작품상, 감독상, 남우주연상, 각본상까지 휩쓸며 신예 감독의 저력을 각인시켰다. 이번에 그가 감독한 영화 〈레미제라블〉은 동명의 뮤지컬을 영화로 각색한 것이다. 세계 4대 뮤지컬이라 불리는 〈레미제라블〉, 〈오페라의 유령〉, 〈캐츠〉, 〈미스 사이

공〉은 예외 없이 카메론 매킨토시 손에서 태어났다. 이 시대 최고의 영향력을 지닌 뮤지컬 제작자로 꼽히는 그에게 〈버디〉와 〈에비타〉의 알란 파커 감독을 비롯한 수많은 감독이 뮤지컬 〈레미제라블〉의 영화화를 제안했다. 그러나 초연으로부터 25년이 지날 때까지도 영화 〈레미제라블〉은 만들어지지 않았다.

이런 상황에서 아카데미 4관왕에 빛나는 영화 〈킹스 스피치〉의 톰 후퍼 감독이 각본가 윌리엄 니콜슨과 함께 혜성처럼 등장했다. 거기 덧붙여진 인물이 휴 잭맨, 앤 해서웨이, 러셀 크로우, 아만다 사이프리드, 그리고 헬레나 본햄 카터 같은 할리우드 대표 배우들이었다. 가창 능력과 연기력을 겸비한 배우들과 뛰어난 연출가의 조화가 야기하는 영화 장르의 가능성과 한계를 생각하면서 위고의 원작 소설을 돌아보고자 한다.

후퍼 감독의 영화 〈레미제라블〉은 딱 부러지게 세 시기로 시대를 구분하고, 그것에 기초하여 서사를 전개한다. 그것이 관객에게는 시공간의 변화와 그에 따른 인물들의 관계와 그들이 엮어내는 사건 그리고 역사의 흐름을 이해하는 데 적잖은 도움을 준다. 필자는 이 글에서 영화의 시간을 직선적으로 추적하면서 거기 제시된 다채로운 양상의 인간, 그들이 엮어내는 갈등과 사건, 그리고 우리가 종당에 도달하게 되는 세계 인식과 정신성의 몇 가지 지점을 소설 『레미제라블』[1]의 도움을 받아 사유하고자 한다.

2. 제1부: 1815년

쏟아지는 장대비 속에서 죄수들이 가혹한 노역을 하고 있다. 길이 180미터,

---

1   이 글에서 인용하는 소설 『레미제라블』 번역본은 2002년 '동서문화사'에서 출간한 것이다. 본문에서 소설을 인용할 경우에는 권수와 쪽수만 기록한다.

높이 15미터의 거대한 배를 밧줄에 묶어 죄수들이 뭍으로 끌어내는 것이다. 인간 노동력의 임계점을 시험하는 것 같은 첫 번째 장면에서 그들은 목울대를 울려가며 거칠게 노래한다. 그들이 부르는 노랫말이 객석의 심장을 푹푹 찔러온다. "예수도 무심하시지/ 나는 죄가 없다네/ 하지만 아내는 집에서 나를 기다려줄 거야!" 자베르 경감의 폭압적인 노래가 그들 머리 위에 폭포수처럼 쏟아진다. "너희는 영원한 노예! 여기가 너희들의 무덤!"

교도 행정이 전무했던 19세기 초반 프랑스. 죄수들에게 감옥監獄이란 문자 그대로 가둬놓고 감시하는 징벌의 공간이었다. 따라서 죄수들은 감옥에서 자신을 버린 사회와 국가에 대한 적개심만을 증장시켰을 뿐이다. 장 발장도 예외가 아니다. 화면 가득 다가오는 그의 울분과 분노에 가득 찬 눈길과 짧게 깎은 머리, 굵게 파인 주름과 움푹 팬 두 볼, 그리고 세월의 무게에 짓눌려 탈색된 피부는 장 발장의 수감 생활의 실체를 고스란히 입증한다.

우리는 장 발장이 19년 동안 옥살이를 했다는 사실을 알고 있다. 그는 빵 하나를 훔치고 유리창을 파손했다는 죄로 5년의 징역형을 선고 받는다. 그 이후 네 번에 걸친 탈옥으로 형기가 계속 불어난다. 결국 25세 청년이 중년의 나이가 되어 출감하는 것이다.[2] 등 굽은 장 발장이 산을 원경遠景으로 하는 기나긴 언덕길을 타박타박 걸어 올라가는 영화 장면은 상당히 인상적이었다. 그것은 인류의 대속代贖으로 예수가 가시 면류관을 쓰고 십자가를 짊어진 채 골고다 언덕을 오르는 장면과 겹쳐져[3] 필자에게 다가왔다.

---

[2] 세계 최장기수 기록을 가진 나라는 대한민국이다. 비전향 사상범 김선명은 43년 10개월 동안 옥살이를 함으로써 이 부문 최장기록을 가진 인물이다. 기록영화를 전문으로 찍고 있는 김동원 감독의 〈송환〉을 보면 온갖 억압과 폭력과 감언이설에도 전향을 거부한 장기수들의 고단한 일상을 목도하게 된다. 〈송환〉은 21세기 대명천지에도 여전히 기승을 부리는 분단 모순과 이념의 질곡이 얼마나 깊고 너른지 웅변하는 우리 시대의 우울한 자화상이기도 하다.

출소한 다음 장 발장은 감옥에서 탕진해버린 지난날과 자신의 자유를 억압했던 자들을 결코 잊지 않겠노라 노래한다. 다른 한편으로 그는 다가올 새로운 날들과 세상에 대한 기대를 숨기지 않는다. 하지만 그것은 한낱 신기루에 지나지 않았음이 드러난다. 자베르 경감이 그에게 발부한 통행증[4]으로 인해 그는 어디에서도 안식을 구하지 못한다. 눈을 붙일 곳도, 먹을 것도 구하지 못하고 장 발장은 구타당하고 거리로 쫓겨난다.

그러나 구원은 시인의 말처럼 예기치 않은 순간에 온다. 찬바람 부는 거리에 누운 그에게 은총을 내리는 이는 디뉴의 미리엘 주교다. 그의 어루만지듯 따뜻한 목소리가 말한다. "당신이 당한 고통과 부당함을 잊고 아침까지 쉬도록 하시오!"

이것은 분명 신기루나 환영이 아니다. 오랜 세월 모욕으로 인해 존경에 굶주리고, 허기와 추위로 육체적인 고통을 받던 장 발장에게 찾아든 기적 같은 구원의 순간. 우리의 영원한 시인 김수영은 「절망」(1965)에서 한탄하듯 내뱉는다.

풍경이 풍경을 반성하지 않는 것처럼/ 곰팡이 곰팡을 반성하지 않는 것처럼/ 여름이 여름을 반성하지 않는 것처럼/ 속도가 속도를 반성하지 않는 것처럼/ 拙劣과 수치가 그들 자신을 반성하지 않는 것처럼/ 바람은 딴 데서 오고/ 구원은

---

3 이 장면에서 독자 여러분이 멜 깁슨 감독의 2004년 영화 〈그리스도의 수난The Passion of the Christ〉를 떠올린다면 필자는 무연히 행복할 듯하다. 원죄를 지고 세상에 나온 모든 인간의 죄를 대신하여 가공할 폭력에 온몸을 고스란히 내맡기는 예수. 그에게 가해지는 필설로 묘사하기 어려운 무차별적인 폭력이 최후의 '카타르시스'로 어떻게 승화하는지 확인하는 것은 가슴 떨리는 고통이자 살아 있음의 확인이기도 하다.

4 통행증에는 이렇게 적혀 있다. "장 발장, 석방된 죄수, 태생은 […] 19년 동안 징역살이. 주택 침입 절도죄로 5년, 네 번의 탈옥 기도로 14년. 굉장히 위험한 자임"(제1권, 134쪽).

예기치 않은 순간에 오고/ 절망은 끝까지 그 자신을 반성하지 않는다

시인을 절망의 늪으로 몰고 간 계절과 졸렬과 수치가 끝까지 반성할 기미도 보이지 않는데, 장 발장은 느닷없이 미리엘 주교의 환대를 받는다. 하지만 거기까지다. 감옥이라는 학교에서 가진 자들의 사회와 정의롭지 못한 신의 섭리를 심판했던 증오의 인간 장 발장은 주교의 은그릇을 훔쳐 달아났다가 헌병들에게 체포된다. 기막힌 반전이 이 장면에서 관객의 영혼을 뒤흔든다. 디뉴의 자비로운 주교는 장 발장이 훔친 은그릇에 촛대까지 덤으로 얹어주면서 그것이 자신의 선물이라 말한다. "나의 형제여! 당신을 위해 나는 당신의 영혼을 샀소! 당신 영혼을 하느님께 바칩니다."

'눈에는 눈'이라는 공식을 뼛속 깊이 아로새겼던 장 발장이 오래도록 잊었던 통한의 눈물을 쏟아낸다. 주교가 베푼 은혜와 예기치 못한 자유에서 그는 처절한 수치심을 느끼며 참회하기 시작한다. 자신이 처한 타락과 바닥 모를 추락에 전율하면서 그는 인생 항로를 바꾸려고 하는 것이다. 주교의 사랑을 깊이 느끼면서 장 발장은 기존의 깜깜한 세계, 절망과 좌절과 암담함으로 점철된 죄악과 무지와 폭력의 세계를 벗어나려고 한다. 그는 묻는다. "나는 누구인가?"

제1부에서 우리는 위대한 프랑스대혁명이 26년 경과한 시공간과 대면한다. 루이 16세를 단두대의 제물로 처형했지만, 프랑스에는 여전히 왕이 군림하고, 민중은 어제처럼 작년처럼 빈곤에 허덕이고 있다. 혁명 정신은 프랑스 사람들의 혈관에 도도히 흐르고 있었지만, 사회의 근간인 민중과 밑바닥 시민들의 삶은 전혀 개선되지 않았다. 그리고 이것은 장 발장의 인생과 촘촘하게 엮이면서 중층적인 씨줄과 날줄이 되어 복잡다단한 관계와 사건을 잉태한다.

3. 제2부: 1823년

제1부에서 8년이 경과한 시점의 몽트뢰에서 제2부는 전개된다. 제2부 첫 번째 장면은 도시 빈민들의 처절을 극한 빈곤한 삶을 실감나게 드러낸다. 살 인적인 기아와 추위 그리고 궁핍에 시달리는 빈민들은 한 목소리로 노래한다. "인생은 투쟁, 인생은 전쟁. 내일은 무의미하고, 죽음이 한걸음 가까이 왔다는 것에 지나지 않아!"

〈레미제라블〉 곳곳에서 위고는 가난이 야기하는 갖가지 사회 문제에 천착 한다. 당연한 이야기지만 그것은 오늘날까지도 조금도 유효성을 상실하지 않 았다. 후퍼 감독은 영화의 무대를 빈민들이 합창하는 궁핍한 거리에서 팡틴이 노동하는 공장으로 옮겨놓는다. 집세를 내고 물건을 사려면 언제나 돈이 모자 란다고 하소연하는 공장의 여공들. 그들 사이에서 아름다운 여인 팡틴, 철없 던 미혼모 팡틴, 바람둥이 애인에게 버림받은 비운의 팡틴, 사랑하는 어린 딸 코제트를 비정하고 몰염치한 여인숙 주인 테나르디에 부부에게 맡긴 가난한 여인 팡틴이 노동하고 있다.

공장의 십장은 어여쁜 팡틴을 탐한다.[5] 하지만 그녀에게는 청춘의 맑음과 결기, 올곧게 지켜가고 싶은 첫사랑의 추억과 언젠가 만나야 할 코제트가 있 다. 그녀가 흉중에 품은 모든 것들은 제 스스로 지킬 수 있지만, 미혼모 팡틴 은 시대와 불화하고 충돌한다. 선진적인 의식을 가진 프랑스라 하더라도 1820년대 세계 어디서도 미혼모는 용납되지 않았다. 여성해방운동[6]의 깃발은

---

[5] 이런 설정은 원작과 전혀 무관하다. 우리는 자본주의 모순이 극에 달한 신자유주의 세계 에 살고 있으며, 따라서 십장과 여공의 갑을 관계에 매우 친숙하다. 따라서 후퍼 영화는 원작보다 객석에 전달하는 울림이 더욱 크고 멀리까지 미친다고 할 것이다.

[6] 여성의 권리에 대한 사상은 1792년 영국의 메리 울스턴크래프트가 「여성의 권리옹호」 에서 완성하지만, 여성의 권리가 신장된 것은 결코 아니다. 19세기에 여성참정권운동이

아직 올라가지 않았다. 여기서 팡틴의 비극은 시작한다.

공장 여공들은 십장 편에 선다. 그 하나의 원인은 팡틴의 아름다움 때문이며, 그 둘은 팡틴의 도도함 때문이다. '여성의 적은 여성'이며, '민중의 적은 민중'이라는 전통적인 도식을 후퍼 감독은 충실하게 따라간다. 거기에 결정적인 빌미를 제공하는 것이 팡틴이 테나르디에 부부와 주고받은 편지다. 처녀 아닌 미혼모 팡틴의 실체가 밝혀지는 순간, 그녀를 질투했던 허다한 여공들이 싸늘하게 돌변한다. 약속이나 한 것처럼 모든 여공들은 팡틴을 몰아세운다. "낮에는 처녀, 밤에는 창녀!" 여기 가세하는 것은 십장의 분노와 절망이다.

거리로 쫓겨난 팡틴이 할 수 있는 일이 무엇이겠는가?! 가까스로 읽을 줄은 알지만, 제 이름자도 쓰지 못하는 불학무식한 여성 팡틴. 온전한 교육은커녕 제 앞가림하는 법도 배우지 못한 팡틴이 무엇을 할 수 있겠는가?! 탐욕스러운 테나르디에 부부는 지속적으로 돈을 요구하는데, 아무런 방도가 없는 팡틴이 무엇을 어떻게 해야 하겠는가?! 처음에는 탐스러운 머리카락을 자르고, 그 다음에는 생니를 두 개나 뽑고(당시에는 마취제가 발명되지 않았다!), 마침내 거리의 여자가 되어야 했던 팡틴. 여기서 우리는 팡틴의 이야기에 대해 분노와 수치로 가득 찬 인도주의자 위고의 절규와 만난다.

팡틴의 이야기는 사회가 여자 노예를 사들이고 있다는 것을 의미한다. 그것은 굶주림과 추위와 고독과 버림받음과 궁핍에서 비롯된 비참한 거래다. 한 조각의 빵과 영혼의 교환. 빈곤은 팔려고 내놓고, 사회는 그것을 거둔다. 노예제도는 유럽 문명에서 사라졌다고들 말한다. 그렇지 않다. 그것은 여전히 존재한

전개되지만, 20세기에 이르러서야 그것이 허용된다. 19세기 후반에야 비로소 전문 직종에 종사하는 소수의 여성이 등장한다. 따라서 1820년대 미혼모 팡틴이 최소한의 인권마저 보호받지 못하는 상황은 자연스러워 보인다.

다. 그것은 여성에게만 중압을 가한다. 그것을 우리는 매춘이라 부른다(제1권, 318~319쪽).

창녀의 성을 사는 남자는 예나 지금이나 차고 넘친다. 오죽하면 인간의 가장 오래된 직업이 거지와 창녀라는 말이 나왔겠는가. 거리의 여자가 된 팡틴이 관객들에게 나지막하게 노래한다. "창녀와 하는 섹스는 죽은 여자와 하는 것과 마찬가지다!" 그녀는 자신의 영혼과 육신을 죽여가면서 코제트를 위해 살아간다. 죽어가면서 그녀가 남자들에게 묻는 것이다. 왜 매매춘을 하느냐고! 후퍼의 문제 제기가 이 지점에서 날카롭게 관객의 폐부를 찔러온다.

사랑밖에 몰랐던 여인 팡틴은 이룰 수 없던 꿈과 도저히 헤어날 길 없는 폭풍 같은 현실에 절망하며 노래한다. 그녀에게는 '브루클린으로 향하는 마지막 비상구'가 없는 것이다. 설상가상으로 팡틴을 덮치는 또 다른 재난. 사악한 부르주아 고객이 팡틴의 거의 헐벗고 바싹 마른 몸 안에 차가운 눈덩어리를 쑤셔 넣는다. 그자의 얼굴을 할퀴는 팡틴. 가진 자들을 한 번도 배신하지 않은 충직한 경찰 자베르가 적시에 등장한다. 자베르의 냉혹한 법 집행이 이루어지려는 찰나 구원처럼 등장하는 마들렌 시장.

이 지점에서 우리는 잠시 자베르에 대한 위고의 견해를 살피고 넘어가자. "자베르의 성격은 단순한 감정으로 구성되어 있다. 주권에 대한 존경과 반역에 대한 증오다. 국록을 먹는 자는 예외 없이 신뢰했지만, 법 밖에 있는 자는 경멸했다. 그는 진지하고 엄격한 금욕주의자였으며, 음울한 몽상가이자 겸손하고 거만한 광신자이기도 했다. 동물에 비유한다면, 그는 암컷 이리에게서 태어난 개에게 인간의 얼굴을 씌우면 자베르가 될 것이었다. 그의 생애는 경계와 감시라는 두 마디로 요약 가능하다"(제1권, 292~293쪽).

수레에 깔린 마부 포슐르방을 장 발장이 괴력을 발휘해 구해주었을 때 의심스러운 눈초리로 바라보던 자베르의 얼굴을 기억하시는가?! 그런 자베르가 부르주아와 팡틴의 실랑이가 벌어지던 현장에서 확신에 차서 공권력을 행사하려던 순간 장 발장이 개입하는 것이다. 상관에게 어쩔 도리 없이 복종하지만, 자베르는 다시 한 번 의심의 눈길을 거두지 않는다. 여기서 상관이란 장 발장이자 마들렌 시장이다. 어찌 된 일인가?!

장 발장은 디뉴의 미리엘 주교에게 크나큰 은혜를 입고 난 뒤 1815년 12월 어느 날 팡틴의 고향인 몽트뢰에 스며든다. 그는 '마들렌'이란 가명을 쓰면서 구슬 모조품 생산 방식에 혁신적인 변화를 시도하여 대대적인 성공을 거둔다. 그 과정에서 헌병 대장의 두 아들을 화마火魔 속에서 구해냄으로써 전과자의 징표를 보여주지 않아도 되는 행운마저 겹친다. 장 발장은 거금을 은행에 예치하고, 빈자와 몽트뢰를 위해 100만 프랑을 쾌척하기도 한다. 독서를 통해 교양을 축적하여 공손하고 고상한 인간으로 재탄생한 장 발장은 1820년 몽트뢰의 마들렌 시장이 되기에 이른다.

팡틴과 맺은 인연으로 그는 코제트를 데려오기로 하지만, 의외의 사건에 휘말리면서 영화는 전혀 다른 방향으로 물길을 튼다. 장 발장으로 오인되어 재판을 받게 된 인간 상마티외 사건이 발생한 것이다. 장 발장의 고뇌가 시작된다. 자신의 정체를 밝히고 상마티외를 자유롭게 해줄 것이냐, 아니면 마들렌 시장으로 시민들의 존경과 공장 노동자들의 사랑을 받으며 두 눈 질끈 감을 것인가?! 양자택일의 순간에 그는 다시 고뇌한다. "나는 누구냐?!"

일반적인 오락 영화에서 이와 같이 자신의 본질을 묻는 대목은 대단히 희귀하다. 근본적으로 자신의 삶을 성찰하고, 어떤 과정과 경로를 거쳐 현재의 모습에 도달했는지, 그리하여 종국에는 어디로 갈 것인지를 묻는 질문, 나는 누구냐?! 침묵함으로써 저주를 받을 것이냐, 고해함으로써 상마티외를 감옥의 노예로부터 해방시킬 것인가, 하는 선택을 두고 깊은 사념과 고뇌의 소용돌이 속으로 빠져드는 장 발장.

그를 인도하는 한줄기 빛은 미리엘 주교의 가르침에서 비롯한다. '내 영혼은 주님의 것'이라는 최종적인 인식을 거쳐 장 발장은 진실의 길로 곧바로 나아간다. 그리하여 법정에서 당당하게 자신의 정체를 밝히게 된다. 하지만 그는 자베르의 손아귀를 벗어나야 한다. 팡틴에게 약속한 것을 지켜야 하기 때문이다. 코제트를 데려와야 하는 것이다.

제2부에서 관객은 장 발장의 커다란 승리와 명예, 그의 고뇌에 찬 결단과 자베르에게 결코 밀리지 않는 당당함과 자신감을 목도한다. 그와 더불어 팡틴의 처절한 몰락[7]을 보면서 19세기 프랑스 사회에서 교육과 재산이 없는 여성, 특히 미혼모 문제와 대면한다. 그것이 도달하는 최후 지점은 몸을 팔아 생계를 유지하는 것이고, 거기서 위고는 유럽과 프랑스의 노예제도가 완전히 근절되지 않았음을 설파한다.

4. 제3부: 1832년

제3부의 첫 장면은 파리의 도시 빈민들과 거지들, 대학생들, 부랑아 가브로슈의 생동감 넘치는 노래로 시작한다. 그들의 노래는 독창 또는 합창으로 이어지면서 1830년대 초반 프랑스의 시대 상황을 간결하게 드러낸다. 그들은 제 손으로 국왕을 처단했지만 이제는 다른 왕을 받들고 있다. 너무 빨리 세상을 바꾸려 했다가 과거와 다르지 않은 빈궁한 삶을 살아가는 민중의 고단한 일상이 드러나는 것이다.

혁명이 가져온 불만족스러운 현실 때문에 그들은 변화를 시도하고, 그 배후에는 평등을 향하는 열망이 자리한다. 파리 시민들과 대학생들과 부랑아들이

---

7 위고는 말한다. "남자의 비참함을 본 것으로는 아무것도 보지 않은 것과 같다. 여자가 비참한 경우에 빠진 것을 보지 않고서는 아무것도 말할 수 없다"(제3권, 1198쪽).

존경해마지 않는 라마르크 장군의 장례식을 반란의 기폭제로 삼으려는 청년 학도 마리우스와 앙졸라.

후퍼 감독의 〈레미제라블〉은 이 대목에서 장 발장과 코제트의 파리 이주, 수도원 생활과 그 이후의 삶에 대해 일절 언급하지 않는다. 그것은 관객이 너무나도 익숙하게 알고 있는 대목을 덜어낸다 해도 줄거리를 이해하는 데는 문제가 없다는 감독의 판단에서 기인한다. 나아가 후퍼 감독은 관객에 대한 군건한 믿음도 가지고 있는 듯하다. "이 정도 빠뜨려도 다들 아시리라 믿습니다" 하고 말하는 것처럼 보이기 때문이다.

여기서부터 감독은 영화 장르의 전통적인 공식을 꾸준히 답습한다. 그것은 사랑의 삼각 관계, 대의명분을 둘러싼 개인과 집단의 관계, 악연의 해소와 행복한 결말 등으로 요약할 수 있다. 마리우스를 둘러싼 에포닌과 코제트의 관계, 반란 혹은 폭동을 목전에 둔 시점에 발생하는 마리우스의 짧지만 강렬한 고뇌, 코제트와 마리우스의 관계를 성사시키려는 장 발장의 혼신을 다한 노력, 장 발장과 자베르의 기나긴 악연의 해소, 마침내 찾아오는 영면의 시간. 그야말로 숨 돌릴 겨를도 없이 전개되는 사건과 관계와 긴장과 갈등의 연속이 파노라마처럼 전개되는 것이다.

코제트와 마리우스는 거역할 수 없는 힘에 이끌리듯 첫눈에 서로에게 반한다. 따라서 우리는 테나르디에 부부의 맏딸 에포닌의 희망 없는 짝사랑의 비애를 우울하게 들여다보게 된다. 느닷없이 사라져버린 코제트를 찾아달라는 마리우스의 부탁을 거절하지 못하고 들어주는 에포닌. 두 사람의 행복한 밀회를 훔쳐보며 애태우는 에포닌. 에포닌이 그토록 부러워하는 코제트는 언젠가 자신의 집에서 인간 이하의 대접을 받았던 구박덩이이자 천덕꾸러기 아니었던가?! 인생은 이토록 잔인하게 유전流轉하고 있었던 것이다.

테나르디에 일당이 장 발장의 집을 급습하려 할 때도 에포닌은 소리를 질러 장 발장과 코제트가 도피할 시간 여유를 만들어준다. 코제트가 마리우스에게 보내는 편지를 입수하는 에포닌. 이런 사건이 1832년 6월 5일의 봉기 직전에 전개된다. 그리고 여기서 관객은 등장인물들이 바라보는 '내일' 혹은 '미래'의 다채로운 스펙트럼을 목도한다.

민중에게 내일은 바리케이드의 봉기와 자유의 깃발로 표상된다. 장 발장에게 내일은 추적을 피하는 것으로 다가오고, 마리우스와 코제트의 내일은 오로지 사랑으로만 의미를 가진다. 에포닌에게 내일은 아무런 기약도 변화도 없이 되풀이되는 오늘의 연속일 따름이다. 자베르는 내일, 혁명의 싹을 자르겠다는 포부를 밝히고, 테나르디에 부부는 내일도 도둑질을 하겠다고 단단히 벼르고 있다. 이와 같이 다양한 모습으로 다가오는 내일의 의미 부여가 영화 〈레미제라블〉의 복합적이고 중층적인 색깔과 함의를 압축적으로 보여주는 것이다.

하지만 후퍼 감독은 영화의 절정을 바리케이드의 봉기, 반란군과 정부군의 치열한 접전, 거기서 발생하는 강력한 충돌과 파국으로 설정한다. 봉기를 목전에 둔 민중은 노예를 거부하고 새로운 인생을 꿈꾸는 노래를 부른다. 그들을 묵묵히 응시하는 거대한 코끼리 조각상이 객석의 탄성과 찬탄을 자아낸다. 이 장면에서 코끼리[8]는 대체 무엇이란 말인가? 분노한 민중의 힘을 상징하는 코끼리를 배경으로 시민들의 봉기는 매우 우발적으로 발발한다. 무장하지 않은 중년 여인을 향해 군대가 발포한 것이다.

---

8 코끼리에 대한 위고의 견해를 보자. "지금부터(〈레미제라블〉이 출판된 해인 1862년을 가리킴 — 필자주) 20년 전까지만 하더라도 바스티유 감옥 동남쪽 한구석에 가면 이상한 기념관을 볼 수 있었다. 그것은 높이 약 12미터의 코끼리 모형으로 나무와 벽돌로 만들었고, 등에는 집 모양의 탑이 놓여 있었다. 처음에는 파랗게 칠했지만, 지금은 비와 시간의 흐름으로 시커멓게 변색되어 있었다. 그것이 무엇을 의미하는지는 아는 사람이 아무도 없었다. 그것은 민중의 힘을 상징했다. 그것은 음산하고 신비롭고 거대했다. 그 모습은 극히 불결하고 불쾌하면서도 한껏 교만해 보였기 때문에 시민들의 눈에는 추하게, 사상가의 눈에는 우울하게 보였다. 언제고 걷어치워야 할 불결한 물건으로도 보이고, 참수될 날을 기다리는 무엇인가 고귀한 것으로 보이기도 했다"(제4권, 1519~1520쪽).

연극과 달리 영화는 장편소설과 상당히 친숙하다. 양자 모두 갈등 구조에 기초하지만, 사건과 관계를 서술하는 면에서 연극과 상당한 차이를 가지기 때문이다. 등장인물의 복잡다단한 내면 풍경이나 심각한 갈등에 극작가는 일절 개입할 수 없다. 하지만 영화나 장편소설에서 감독과 소설가는 자유자재로 개입할 수 있는 가능성이 열려 있다. 차이가 있다면 영화는 이미지로, 소설은 언어로 그 자신을 드러낸다는 사실뿐이다. 그것으로 인해 영화는 관객의 상상력을 감독의 과도한 개입으로 제한하는 경우가 적잖게 발생한다. 반면에 빈곤한 상상력을 가진 관객이라면, 감독의 개입은 따사로운 배려이자 영화 장르의 가능성을 극대화할 수도 있다.

후퍼 감독의 〈레미제라블〉에서 우리는 운 좋은 관객이다. 감독은 과장하지도 축소하지도 않으면서, 시민들의 봉기와 군대와 경찰의 대응 양상을 주도면밀하고 짜임새 있게 그려나가기 때문이다. 특히 바리케이드가 설치되는 장면과 군대의 압박과 포격 장면, 그리고 마리우스의 영웅적인 분투 장면과 가브로슈의 신출귀몰한 활동 장면 묘사는 압권이다. 바리케이드를 사이에 두고 대치하는 시민군과 군대의 접전 양상은 1980년 5월 광주의 민중항쟁을 연상시키기에 조금도 손색없어 보인다.[9]

시민들은 '뮈쟁 카페' 부근에 의자와 탁자, 마차 등을 이용하여 순식간에 바리케이드를 만들어낸다. 바리케이드 안에는 1789년 프랑스대혁명의 정신을 이어가려는 시민들이 있고, 바리케이드 너머에는 루이 16세를 대신하는 또 다른 왕 루이 필리프를 지지하는 왕당파 군대가 있다. 그들 사이에는 중간 지대나 적절한 타협점 내지 절충점은 존재하지 않는다. 어느 세력도 상대 세력에

---

9 바리케이드를 향한 정부군의 가공할 포격을 목전에 두고 시민군 내부에서 벌어지는 논쟁은 흥미롭다. 원작과 달리 영화는 이 장면을 포착하지 않는다. 그러나 반드시 살아서 집으로 돌아갈 사람들을 선발하는 장면은 광주항쟁을 다룬 영화 〈화려한 휴가〉에서도 되풀이되면서 객석의 심금을 울린다.

게 굴복한다거나 타협할 마음은 전혀 없다. 어느 한쪽의 완전 궤멸 이외에는 다른 선택지는 없다. 관객은 그 결과를 이미 알고 있다.

경찰과 국가의 충견 자베르는 시민군에 위장 잠입하여 적정을 염탐하려 한다. 그러다가 가브로슈에게 정체가 탄로 나고, 그는 시민군의 포로가 된다. 격렬한 총격전 끝에 마리우스를 겨냥한 탄환을 에포닌이 대신하여 막아낸다. 사랑 하나로 무장한 에포닌은 죽어가면서도 마리우스의 사랑을 희구한다. 그녀가 내미는 코제트의 편지가 객석의 한탄과 한숨을 자아낸다. 바로 옆에는 자신으로 인해 죽어가는 에포닌이 있지만, 마리우스는 사랑하는 코제트에게 속내를 털어놓고자 한다. 마리우스의 충실한 사자 가브로슈가 편지를 들고 뛰어나간다.

언제 죽을지도 모르는 판국에 사랑의 전갈을 날리는 마리우스의 자태에서 우리는 〈레미제라블〉에 담긴 프랑스 낭만주의의 아름다운 광휘를 본다. 백척간두의 위기 상황에서도 연인을 향해 자신의 절절한 내면을 토로하는, 유서와도 같은 연서를 보내는 19세기 프랑스 청년 학도의 아름다운 자태가 시대를 관통하는 격랑처럼 도도하다. 하지만, 어쩌랴! 연서는 올바르게 배달되지 못하고 장 발장의 손아귀에 들어간다. 어쩌면 이것은 위고의 지나친 개입이거나, 혹은 예정조화로 인간을 홀리는 신의 한 수일지도 모른다.

우리의 주인공 장 발장은 제 발로 죽음의 소용돌이 한가운데로 들어간다. 그의 내면에 자리하고 있는 것은 단 하나! 어떤 경우라도 마리우스를 구해 코제트의 품에 안기려는 열망, 그것밖에는 없다. 자신에게 부여된 사랑의 마지막 지점까지 모든 노력을 다하려는 진실한 인간의 묵묵한 실천이 객석을 격동시킨다. 거기서 대면하는 장 발장과 자베르의 숙명적인 관계!

장 발장은 시민군의 포로 자베르를 자신의 손으로 처단하겠다고 말한다. 그러나 그는 자베르를 자유롭게 놓아주고, 외려 자신의 거주지인 '뤼플루메 거리 5번지'까지 자상하게 알려준다. 장 발장의 행위는 자베르의 경험과 인식과 사유로는 도저히 헤아릴 수 없는 불가사의한 것이다. 52년의 생애를 살아오면서 한 번도 흔들리지 않았던 자베르의 신념과 행동 방침 그리고 사유 체계가 한 순간에 뿌리째 뒤흔들리기 시작한다.

영화는 이 장면을 온전하게 살려내지 못한다. 자베르의 심경에 발생한 복잡하고도 중차대한 변화 양상을 드러내는 데에서 영화는 장르상의 한계를 드러낸다. 모노드라마처럼 일인칭 고백 형식이라면 가능할지 모르지만, 설명하기 시작하면 영화는 이미 끝장 아닌가? 그것을 영화의 사건과 관계의 맥락과 행간에서 포착할 수 있는 명민한 관객에게 축복 있기를!

자베르와 작별한 장 발장은 경건하게 기도한다. 그것은 마리우스의 생명을 보존하여 무사귀환을 기원하는 내용으로 채워져 있다. 코제트와 마리우스의 연인 관계로 인해 야기된 장 발장의 복잡다단하고 고난에 찬 상념과 사념의 응어리는 봄눈처럼 사라져버린다. 완전한 인간, 구도의 길을 넘어 거의 성인의 반열에까지 오르는 인간 장 발장의 숭고한 자태가 화면을 가득 채운다. 영화의 설득력이 떨어지는 원인이 이 장면에서 도출된다. 장 발장의 내면에 착종된 갈등의 면면[10]이 영화에서 전혀 살아나지 못한 것이다. 시공간 예술로서 관객의 취향을 만족시키면서 동시에 명확한 주제의식을 전달해야 하는 영화감독의 고충이 손에 잡힐 듯 보인다.

바리케이드가 처절하게 공격당하는 그 순간, 파리 시민들은 창문을 닫아걸고 대문에 자물쇠를 채운다. 'ABC의 벗들'의 지도자 앙졸라가 고대해 마지않았던 대대적인 민중 봉기는 끝내 일어나지 않는다. 그들은 바리케이드의 무명 전사들이 하나둘 죽어나갈 때 숨죽이고 있거나, 깊은 수면 상태에 빠져 들었

---

10 여기서 우리는 다시 위고의 통찰에 의지할 수밖에 없다. "장 발장 내부에 숨어 있는 할아버지와 아들과 오빠와 남편이 뒤섞인 이상한 아버지, 모성애까지 가지고 있는 아버지, 코제트를 사랑하고 코제트를 숭배하는 아버지, 이 아이를 오로지 광명으로 삼고 집으로, 가족으로, 조국으로, 그리고 천국으로 삼고 있는 아버지가 장 발장이었다"(제5권, 1837쪽).

다. 제주 4·3 항쟁이나 광주 5·18 항쟁 당시 전국의 허다한 민초들이 숨죽였거나 무의식 상태에 젖어 있던 그 장면과 겹친다.

가브로슈가 영웅적으로 죽음과 대면하고, 바리케이드는 최후의 순간을 맞이한다. 퇴각하는 반란군을 환영하는 민중은 어디에도 없다. 공동묘지의 적막과 같은 고요만이 뮈쟁 카페 근처를 배회한다. 모두가 초개草芥처럼 불귀의 객이 된 것이다. 권력과 귀족 그리고 부르주아의 충실한 '개' 자베르가 어디선가 등장하여 가브로슈의 가슴에 자신의 훈장을 올려놓는다. 무엇인가? 스스로 분열되고, 스스로 무너져가던 충직한 종복 자베르의 최후를 감독은 서정적이고 감동적으로 그리고 싶었던 모양이다.

그런데 영화의 주인공은 아직도 살아 있었다. 객석은 코제트와 마리우스의 행복한 결합을 절대적으로 바라고 있기 때문이다. 로마 원형 경기장에서 검투사들의 생사를 결정한 것은 황제가 아니라 대중이었던 것과 마찬가지 논리다. 그리하여 장 발장은 초인적인 힘과 의지, 그리고 코제트에 대한 최후의 헌신으로 마리우스를 구해낸다. 파리의 너저분한 지하수도로를 지나 지상의 빛과 만났을 때 장 발장을 기다리고 있던 인물은 역시 자베르다. 위대한 추격자이자 뛰어난 후각의 소유자 자베르가 장 발장을 놓칠 리 없지 않은가!

하지만 자베르는 장 발장이 마리우스를 질노르망의 집으로 이송하도록 허락한다. 자베르의 내면에 무엇인가 급격하고 본질적인 변화가 일어나고 있는 것이다. 우리는 자베르의 영웅적인 최후를 기억한다. 위고는 상당히 긴 분량의 지면을 할애해 자베르의 영혼을 추적한다. 여기서 그 일부를 밝혀두기로 한다.

장 발장은 법률의 포로이며, 자베르는 법률의 노예였다. 그는 지금까지 맹목적인 신념으로 살아왔다. 지금 그는 신념을 버렸고, 청렴도 사라졌다. 그가 믿었던 모든 것은 사라졌다. 자신이 텅 비고 쓸모없으며, 과거의 생명에서 격리되어 파면당하고 붕괴되었음을 느꼈다. 공적인 권위가 그의 내부에서 죽었다. 존재 이유가 사라진 것이다. 자베르는 도둑을 지키는 개의 처지이면서 도둑의 손을 핥은 것이다. [⋯] 자베르는 기적에 의해 변모된 것이 아니라, 기적의 희생물이 되었다. 질서의 감시자이며 경찰의 엄정한 종복이고, 사회를 지키는 개였던 자베르! 그는 패배하여 쓰러졌다. 자베르는 그것을 견딜 수 없었던 것이다(제6권, 2088~2092쪽).

하지만 영화의 초점은 자베르가 아니라 장 발장과 마리우스 그리고 코제트에 맞춰져 있다. 그리하여 관객은 이제부터 마음 편하게 화면을 응시할 수 있다. 마치 위대한 극작가 셰익스피어의 장막 희극 「베네치아의 상인」 제5막의 사족蛇足을 속 편하게 지켜보는 관객과 동일한 상황이 생겨나는 것이다. 그것을 되풀이 묘사함은 재능의 부재를 스스로 입증하는 것일 터.

후퍼의 영화는 위고의 소설보다 위대하고 웅장하며 설득력 있다. 임종의 시각이 가까워오자 장 발장은 영원한 안식처인 '집'을 노래한다. '증오에서 사랑으로 돌아선 인간' 장 발장을 마중 나온 인물은 팡틴이다. 죽어서도 온전하게 눈을 감을 수 없었을 버림받은 여인이자 미혼모이며 창녀로 한 많은 세상과 하직해야 했던 여인 팡틴. 그녀가 디뉴의 미리엘 주교에게 장 발장을 인도한다. 저승에서 장 발장을 기다리고 있는 이승의 주교와 창녀라니! 19년 징역살이 끝에 마침내 광명을 찾은 인간 장 발장을 환영하는 저승세계는 훨씬 따뜻하고 단출하다. 장 발장은 마침내 영원한 안식, 영면의 길에 들어선 것이다.

이것이 개인적인 해결이라면, 감독은 사회적인 해결에도 인색하지 않다. 그는 다시 바리케이드와 봉기한 시민들과 부랑아 가브로슈와 그리고 민중의 힘을 상징하는 코끼리까지 다시 불러낸다. 그리고 '내일'의 의미를 강렬하게 되살려낸다.

어둠이 끝나고 태양은 떠오른다!/ 검 대신 쟁기를 들고, 사슬을 끊고 해방을!/
바리케이드 넘어 그대들의 세상!/ 내일과 함께 미래는 시작되지!/ 그대들이 염
원하는 세상은 바리케이드 너머에!/ 내일은 오리라, 반드시 오리라!

그렇게 위대한 프랑스대혁명과 1832년 6월의 처절한 투쟁은 자유, 평등, 형
제애의 삼색기와 더불어 고갈되지 아니하고 연면 부절하게 오늘까지 세계와
인류에게 거대한 구원의 빛을 뿌리고 있다.

5. 영화가 포착하지 못한, 하지만 치명적으로 중요한!

소설을 영화로 만드는 작업은 영화 장르의 탄생 시점과 관련된다. 영화사에
기록된 최초의 영화 상영은 프랑스의 뤼미에르 형제가 파리의 살롱에서 '시네
마토그래프'로 필름을 돌렸던 1895년 일이다. 그들은 1897년 기독교의 『성
서』를 소재로 삼아 13개 장면으로 이루어진 영화를 선보였는데, 이것이 서사
양식과 조우한 최초의 각색 영화로 기록된다. 20세기 초부터 영화 제작자들이
본격적으로 영미 소설을 각색한 영화를 소개한다. 〈로빈슨 크루소〉와 〈걸리
버 여행기〉, 〈톰 아저씨의 오두막〉이 1902년에, 〈프랑켄슈타인〉이 1905년에
영화화된다.

소설의 영화화가 그 이후 본격적으로 이루어졌음은 주지의 사실이다. 오늘
날 평균 30% 정도의 영화가 소설에 기초하고 있으며, 베스트셀러 목록에 오
른 소설의 8할 이상이 영화로 만들어진다는 것이 정설이다. 하지만 소설을 영
화로 만드는 작업은 쉽지 않다. 고전의 반열에 오른 작품을 영화로 만드는 일
은 모험에 가깝다. 인물들의 관계와 사건 진행, 소설의 결말과 작가의 주제의
식까지 다 알려져 있는 내용을 새로운 형식으로 담아내는 작업은 만만찮은 공

력을 요하기 때문이다. 여기서 일류와 삼류가 확연히 구분된다.

1925년에 처음 영화로 만들어진 〈레미제라블〉은 그 후 10여 차례 영화로 제작되었고, 뮤지컬과 연극 그리고 텔레비전 드라마로도 제작되었다. 그것은 원작 소설에 담긴 풍부한 내용과 문제의식이 시공간을 초월하여 동서양 인간들에게 성찰과 사유의 깊은 원천으로 작용하기 때문이다. 하지만 영화나 뮤지컬 혹은 연극으로 제작된 〈레미제라블〉은 원작의 풍부하고도 다채로운 내용을 도저히 담아내지 못하는 한계를 노정한 것 역시 부정할 수 없는 현실이다. 소설가에게 주어진 망망대해 같은 서술과 지문과 개입 가능성을 생각하면 이내 이해 가능하다.

만일 상업 영화가 아니라 원작을 충실하게 담아내는 텔레비전 연작 드라마나 혹은 시간 제약에서 자유로운 장시간 영화라면, 최대한 충실하게 작가의 의중을 반영할 수 있을 것이다. 하지만 이것은 지극히 예외적인 현상이다. 더욱이 인간이 가진 속성 가운데 하나가 제한된 시간 안에 최대의 만족을 향수하는 데 있다면 결론은 이미 나온 것이나 매한가지다. 이런 점을 고려하면서 후퍼가 잘 만든 〈레미제라블〉에서도 제외된, 하지만 치명적으로 중요한 몇몇 대목을 사유함으로써 위고의 박람강기博覽強記와 문제의식을 공유해보자.

우선, 미리엘 주교가 생각하는, 아니 위고가 생각하고 있던 죄에 대해 생각해보자. 주교는 말한다.

땅 위의 모든 것은 죄를 면할 수 없다. 죄는 일종의 인력引力이다. 여자와 어린이와 하인과 약자와 빈자와 무지한 자의 과실은 모두 남편과 어버이와 강자와 부자와 학문 있는 자 탓이다.[11] […] 무지한 인간에게 되도록 많이 가르쳐 주

---

11 노자는 지식과 지식인 숭상의 폐해를 간명하게 이른다. 그의 핵심적인 사유인 '무위'의 근간을 가늠할 수 있을 것이다. "현명한 자들을 숭상하지 않아야 백성들로 하여금 다투

어야 한다. 무료로 교육하지 않는 사회는 죄악이다. 사회는 스스로 만들어낸 암흑에 책임져야 한다. 죄인은 죄를 저지른 자가 아니라, 영혼 속에 그늘을 만들어낸 자다(제1권, 321~332쪽, 고딕 강조는 인용자).

미리엘 주교가 생각하는 인간의 죄악은 기실 원죄에 가까운 것이다. 그것은 불가佛家에서 말하는 번뇌의 사슬, 그러니까 생명 가진 것들에게 주어진 숙명과도 같은 것이다. 하지만 위고는 인간의 죄악을 미리엘 주교나 붓다처럼 원죄에서 찾지 않는다. 그는 위대한 프랑스대혁명의 세례를 받은 자각한 근대인이자, 시대의 문제를 출세간出世間이 아니라 세간에서 바라본 사회학자였기 때문이다. 따라서 위고는 인간이 저지르는 죄악의 원인을 개인에게 두지 아니하고, 사회와 세상에게 돌리는 인도주의자이자 계몽주의자 혹은 자유사상가의 모습을 약여하게 드러낸다. 특히 '무상교육'을 강조하는 위고의 자세는 여전히 학부모의 주머니를 갈취하는 '참 나쁜 나라' 대한민국의 현주소를 적나라하게 폭로한다.

시대를 서두르지 않고 살아간 미리엘 주교는 언제나 충실한 보수주의자이며 왕당파였지만, 그의 위대한 깨우침과 가르침은 진보와 보수의 경계를 자유롭게 넘어선다. 주교는 말한다.

내가 이 세상에 있는 것은 내 목숨을 지키기 위해서가 아니라, 많은 사람의

지 않게 할 수 있다. 지식인들이 감히 무엇인가를 하게 해서는 안 된다. 무위를 하면 다스려지지 않는 것이 없다不尙賢, 使民不爭. 使夫智者不敢爲也. 爲無爲, 則無不治"(『도덕경』, 제3장). 백성들을 위한답시고 지식인들이 시행하는 각종 제도나 방책은 기실 그들 자신과 식솔을 위한 것이 너무도 많다. 있는 그대로 두는 편이 외려 낫다고 생각한 노자의 고단한 세계 인식이 절박하게 다가온다. 그가 살아가야 했던 춘추전국시대의 스산한 칼바람의 파도가 '쓰나미'처럼 밀려드는 기분이다.

영혼을 지키기 위해서다. 도둑이나 살인자는 외부의 작은 위험에 지나지 않는다. 두려워해야 할 것은 우리 자신이다. […] 편견이야말로 도둑이고, 악덕이야말로 살인자다. 큰 위험은 우리 내부에 있다. 우리 몸이나 지갑을 노리는 것은 아무것도 아니다. 우리는 영혼을 위협하는 것에 대해서 생각해야 한다(제1권, 54~56쪽).

우리는 어디에서도 의지할 곳을 구하지 못한 장 발장이 디뉴의 미리엘 주교에게서 그것을 구한 사실을 기억한다. '의사의 문과 사제의 문'은 항상 열려 있어야 한다는 믿음으로 죄 지은 자와 가난뱅이 같은 하층민을 보듬었던 미리엘 주교. 그의 인식과 실천은 『레미제라블』 전편에서 도도한 흐름을 멈추지 않는다. 그리하여 그것은 마침내 장 발장에게서 최고도로 승화되어 마리우스는 그에게서 위대한 성자를 보는 것이다. 따라서 후퍼의 영화 마지막 장면에서 미리엘 주교와 장 발장의 대면이 소설을 꼼꼼하게 읽은 독자에게도 낯설지 않은 것이다.

두 번째, 미리엘 주교와 전 국민의회 의원 지G의 대화에 나타나 있는 프랑스대혁명과 정의 내지 진보를 돌이켜보자. 의원의 죽음이 임박한 시점에 그를 시중드는 소년이 의사를 찾고, 그 소문이 주교의 귀에까지 들린다. 그리하여 왕당파 주교와 공화주의자 의원 사이의 흥미로운 논쟁의 마당이 만들어지는 것이다. '별이 빛나는 하늘 아래 죽겠다'는 의원은 임종의 고통 속에서도 자유로움을 가지고 주교와 허심탄회하게 의견을 교환한다. 86세의 늙은 정객은 루이 16세 처형에 찬성했다는 이유로 소외와 고독 속에서 최후를 맞이하고 있다. 그가 말한다.

나는 폭군의 종말에 찬성했소. 그것은 여성에게는 매춘의 종말, 남성에게는 노예의 종말, 어린이에게는 어둠의 종말이오. 공화제에 찬성함으로써 나는 그

일에 찬성한 것이오. 나는 우애와 화합과 여명에 찬성한 것이오. 나는 편견과 오류의 붕괴를 도왔소. 편견과 오류의 붕괴는 광명을 가져옵니다(제1권, 77쪽).

왕정의 붕괴와 공화제에 찬성한 의원의 입장은 다수 인민의 광명과 해방에 전폭적으로 동의한 것에서 출발한다. 허위에서 출발한 왕권의 종말을 가능하게 하는 학문의 진실 위에서 의원은 다수의 행복을 위해 구체제를 붕괴시키는 데 동의한 것이었다. 단 한 사람의 자유를 위해 그를 제외한 모든 구성원이 노예적인 삶을 살아야 했던 전제왕정의 타도에 앞장섰던 진보적인 인물이 이제 최후의 순간에 보수적인 주교와 논쟁하고 있는 것이다.

충성스러운 왕당파 미리엘 주교는 '분노가 실린 파괴에 동의하지 않는다'고 힘주어 말한다. 하지만 의원의 입장은 확고하다.

정의에는 분노가 있는 법이오. 올바른 분노는 진보의 요소입니다. 프랑스대혁명은 예수 탄생 이래 인류의 가장 힘찬 일보였소. 불완전할지는 모르되, 숭고한 것이었소. 대혁명은 사회의 비천한 인간들을 해방했소. […] 지상에 문명의 물결이 넘실거리게 했소. 프랑스대혁명은 인류를 신성하게 해준 것이오(제1권, 77~78쪽).

지상적인 삶을 치열하게 살아갔던 인간 국민의원과 천상적인 부름에 충실했던 인간 주교의 삶은 화해하기 어려운 대립과 간극을 드러낸다. 거기서 독자는 성찰한다. 그들이 재현하는 양극단의 드넓은 스펙트럼 혹은 자장의 한도 내에서 우리 인생이 부단히 요동치고 있음을 깨닫는 것이다. 우리가 의지하는 거대한 좌우의 버팀목 사이에서 각자에게 부여된 인생과 꿈과 사랑과 미래 기획이 가능하다는 것을 어렴풋하게나마 인식하면서 우리는 날마다 조금씩 죽어가는 것 아니겠는가?!

장 발장이 미리엘 주교의 충실한 후예라면, 앙졸라와 마리우스는 국민의원의 사도師徒라 할 것이다. 위대한 창조주를 솔로몬의 견해에 따라 '자비'로 수용한 미리엘 주교에게 자비를 배운 장 발장은 평생의 추적자 자베르를 자비롭게 구원한다. 계몽의 빛을 추구했던 대학생 마리우스와 앙졸라는 시대의 어둠을 끝장내고 민중의 해방과 자유를 앞당기려고 죽음을 걸고 투쟁한다. 따라서 영화는 완전한 형태는 아니지만, 양자의 대비를 객석에 그 나름대로 선명하게 각인하면서 위고의 성찰을 전달하려고 무던히 노력한 셈이다.

세 번째, 위고가 인식하는 수도원과 감옥에 대한 깊은 인식과 대비다. 양자의 공통점과 상이점에 대해 위고는 말한다.

감옥에는 남자가, 수도원에는 여자가 있다. 남자들은 살인, 절도, 폭행을 범했고, 여자는 아무 짓도 하지 않은 결백한 사람들이다. 감옥은 작은 소리로 죄악을 속삭이는 곳이며, 수도원은 큰소리로 과실을 고백하는 곳이다. 둘 다 노예제도를 실행하고 있는데, 감옥에는 해방 가능성이 존재하지만, 수도원에서는 종신토록 해방이 불가하다. 감옥에서 사람은 사슬에 묶여 있고, 수도원에서 사람은 신앙에 묶여 있다. [⋯] 감옥에서는 저주·원한·증오·악의·분노의 절규와 하늘을 향한 조소嘲笑가, 수도원에서는 축복과 사랑이 흘러나온다. 그들은 속죄라는 동일한 행위를 수행하는데, 죄수들은 자기 자신의 개인적인 속죄를, 수도원에서는 순결한 자들의 속죄, 즉 남을 위한 속죄를 하고 있다(제3권, 922~927쪽).

장 발장이 마주한 첫 번째 유폐 장소는 감옥이었고, 두 번째 유폐 장소는 수도원이었다. 19년의 징역살이를 통해서 장 발장은 증오를 배웠지만, 그와 동시에 읽기와 쓰기, 산수를 배운다. 그것으로 장 발장은 법률의 낙오자이자 문명의 추락자로서 야수나 맹수로 전락하여 세상과 신을 유죄 판결하고 저주하기에 이른다. 그런 그를 구원한 것이 디뉴의 주교이며, 코제트의 사랑이었다. 반면에 수도원에서 장 발장은 겸양의 미덕을 배우게 되는데, 그것은 수녀들이 보여주는 지극히 고결한 속죄에서 기인한다. 위고는 속죄를 "인간이 가진 고결한 마음 중에서 가장 신성한 것"이라고 규정한다. 후퍼의 〈레미제라블〉은 이런 점에서 상당히 불만족스럽다. 영화 어디서도 수도원과 결부한 장 발장의 복잡다단한 내면 풍경에 대한 접근은 찾을 수 없기 때문이다.

위고는 근대 문명과 수도원의 관계도 지적한다.[12]

수도원의 은폐된 생활이 가치 있던 시기는 이미 지나갔다. 근대 문명 초기 교육에는 수도원 생활이 큰 도움이 되었지만, 문명의 성장에는 불필요했고, 그것의 발전에는 해로웠다. 교육기관으로서 또는 인격 형성 수단으로서 수도원은 10세기에는 유익했지만, 15세기에는 문제점이 있었고, 19세기에 이르러 배척 대상이 되었다. 수도원제도라는 질병은 훌륭한 두 국민, 몇 세기 동안 유럽의 광명이었던 이탈리아와 에스파냐를 뼛속까지 갉아먹어 들어갔다. 현대에 이들 국민이 그 해독에서 가까스로 회복하기 시작한 것은 1789년의 건전하고 힘찬 위생법(프랑스대혁명 — 필자주) 덕분이다. […] 에스파냐나 티베트에 있던 수도원제도는 문명에 대한 결핵이다. 그것은 생명의 뿌리를 잘라버리고, 인종을 멸망시킨다. 그것은 유폐이며 거세다. 그것은 유럽에서는 천벌이었다(제2권, 820~825쪽).

---

12 움베르토 에코의 장편소설 『장미의 이름』(1980)에서 우리는 중세 유럽의 지적·정신적 보고였던 수도원의 면면을 다채롭게 조망할 수 있다. 에코의 소설에서 주안점은 아리스토텔레스의 『시학』 가운데 의도적으로 소실되었다고 여겨지는 '희극'과 '웃음'에 대한 것이다. 그러나 소설은 곳곳에서 수도원의 장서관과 거기 갖춰진 희귀본과 수도사들의 관계에 이르기까지 흥미롭게 재현한다.

중세 말기 유럽에서 시작된 대학은 수도원의 지식 습득과 보존 및 전승의 기능을 대신한다. 저잣거리의 절실한 필요에서 도입된 대학이 근대의 여명을 열어젖힌 중대한 요소였다면,[13] 수도원은 그 생명을 다한 구시대의 유물이라는 것이 위고의 판단이다. 수명이 다한 낡은 것을 끌어안고 있는 행위를 위고는 '송장이 살아 있는 인간을 껴안으려는 애정과 같은 것'이라 규정한다. 이런 점에서 구미시를 '박정희 시'로, 구미역을 '박정희 역'으로 만들려는 정치인들의 행태는 살아 있는 인간이 썩어 문드러진 시체를 끌어안으려는 시대착오적이며 구역질 나는 행태라 아니할 수 없다.

인간은 과거를 배우면서 미래를 예견하고 준비한다. 영원히 유폐된 과거가 끝내 사라지지 않고 현재와 미래에 그림자를 드리우면 미래는 필연적으로 과거에 패배한다. 과거는 망각하고 파괴하며 폐기처분한다고 해서 금방 사라지거나 쉽게 극복되지 않는다. 특히 부정적인 과거일수록 그 망각과 극복은 그만큼 어려운 법이다. 과거를 극복하는 유일한 방법은 과거를 버리지 않고 과거에 유의하면서 날카로운 역사의식을 가지고 현재를 살아가는 것이다.[14] 역사의식을 방기하고 현재의 대중적 인기에 편승하려는 인간들의 얄팍함이 역사를 병들게 하고 민중을 호도하는 것이다. 그들이 침묵하도록 역사의 재갈을 단단히 채울 일이다.

마지막으로 위고가 생각한 민중을 생각해보자. 1789년부터 1794년까지 진행된 프랑스대혁명기의 민중이 무엇을 바랐는지 위고는 격정적으로 일갈한다. "그들은 압제가 끝나기를, 폭정이 끝나기를, 군주의 살생권이 없어지기를, 남자에게는 일을, 아이들에게는 교육을, 여자에게는 사회의 온정을, 만인에게

---

13 알프레드 크로스비는 대학과 더불어 기계시계, 원근법, 아르스 노바, 복식부기, 인쇄술 등을 근대를 여는 강력한 도구라고 파악했다. 이것에 대한 더 자세한 논의는 크로스비(2005)를 참조.

14 이에 대해서는 가세트(2005: 125~127) 참조.

빵을, 자유를, 평등을, 형제애를, 사상을, 낙원이 되는 세계를, 진보를 바라고 있었던 것이다"(제4권, 1364쪽).

위고는 그들을 '밤의 복면을 쓰고 낮의 광명을 요구한 문명의 야만인이자 구원자'라고 규정한다. 그들과 반대편에 선 자들을 그는 '야만의 문명인'으로 정의하면서 민중의 편에 확고하게 자리 잡는다. 하지만 위고는 분명 신의 예정조화와 섭리를 굳게 믿고 있던 기독교인이자 충성스러운 계몽주의자이기도 했다. 그는 말한다. "전제주의도 필요 없지만, 공포정치도 필요 없다. 우리는 그저 완만한 경사의 진보를 바랄 뿐이다. 그것은 신이 준비하고 있다. 완만한 경사, 그것이야말로 신이 행하는 정치의 핵심이다"(제4권, 1365쪽).

분노한 민중의 위대한 성취와 그것이 야기한 유럽과 세계의 거대한 진척에 동의하면서도 위고는 혁명의 깊고 너른 그늘을 돌아본다. 양자택일의 순간에 언제나 민중의 편에 서지만, 그는 세 번째 대안을 준비한 것이다. 그것은 위대한 창조주의 절대적인 개입이 야기하는 완만한 경사, 즉 피를 부르지 않는 온건한 개량주의적인 진보다. 이런 관점에서 1832년 8월 5~6일 파리의 바리케이드 봉기에 동참하지 않은 민중에 대한 위고의 관점이 이해 가능하다.

아무리 강요한다 해도 민중은 그들이 바라는 것 이상 빨리 전진시킬 수는 없다. 민중을 강제적으로 움직이려는 자에게 재난 있을지어다! 민중을 조종할 수는 없다. 억지로 강요하면 민중은 반란을 방치해버린다. 폭도를 페스트 환자로 보게 되는 것이다. 민가는 절벽이 되고, 대문은 거절을 의미하며, 눈앞에는 벽만 보일 것이다. 그 벽은 보고 듣지만, 스스로 원하지는 않는다. 그것은 심판자인 것이다(제5권, 1955쪽).

앙졸라와 그의 동지들이 고대했던 민중 봉기는 끝내 일어나지 않았고, 빗발치는 총탄 속에서도 민중은 그들을 구원하지 않았다. 냉정한 관찰자이자 통찰력 있는 역사가이며 드높은 철학적 식견으로 무장한 학술원 회원 위고는 그것의 인과성을 통찰한 것이다. 그저 그만큼, 신이 준비하지 않은 완만한 경사의 진보만이 허용된다고 믿는 위고.[15] 그러나 다른 한편으로 위고는 민중의 권리를 찬탈한 왕권을 뿌리 뽑아야 한다고 자못 과격하게 주장한다. 그런 과정에서 혁명과 전쟁은 불가피하다고 말하는 것이다.

> 사회적 진리를 재건하고, 왕위를 자유에게 돌려주고, 민중을 본래의 민중에게 돌려주고, 인간에게 주권을 돌려주고, 인류를 정당한 권리의 수준으로 되돌리는 것, 그 이상 올바른 대의가 또 있을까. 그 이상의 위대한 전쟁이 또 있을 것인가. 그와 같은 전쟁이 평화를 건설하는 것이다. 편견, 특권, 착취, 권력 남용, 폭력, 부정, 어둠 따위로 이뤄지는 거대한 요새는 아직도 증오의 탑을 세우고 세계 위에 솟아 있다. 그것을 타도하지 않으면 안 된다. 괴물 같은 거대한 덩어리를 허물어뜨려야 한다. 아우스테를리츠의 승리는 위대했으나, 바스티유 감옥을 점령한 것은 의미 있는 일이었다(제5권, 1795~1796쪽).

대중의 부평초 같은 속성을 비난하면서도 대중이 떨치고 일어나 인류의 대의를 위해 자신의 목숨을 담보하여 전쟁과 혁명을 치루는 장관을 찬탄하는 위고. 다소 복잡하고 모순적인 것처럼 보이지만, 위고는 프랑스대혁명과 그것이 야기한 일련의 변혁에 전적인 동의와 찬사를 보내는 것이다. 그는 무지와 빈곤의 나락에서 허우적거리는 민중에 대한 뜨거운 형제애로 무장한 인도주의자이며, 그것으로부터 그들을 해방하려고 꿈꾸었던 위대한 낭만주의자이기도

---

15 언젠가 역사학자 강만길 교수는 "역사는 흐를 만큼만 흐른다!"는 명언을 남겼다. 한국의 압축된 근대를 부정하면서 역사학자는 유럽이 경험한 근대를 전면적으로 돌파한 연후에 비로소 근대 이후의 세계가 한국에 도래하리라고 확언한 것이다.

한 것이다. 이런 사실 역시 영화 〈레미제라블〉은 온전하게 잡아내지 못한다.

6. 맺음말

톰 후퍼 감독의 뮤지컬 영화 〈레미제라블〉은 기대 이상이다. 프랑스 국민 배우로 불렸던 장 가방의 〈레미제라블〉(1958)과 비교하면 대단한 역작이다. 장 폴 사누아 감독이 연출한 프랑스 영화 〈레미제라블〉은 당시 선풍적인 반향을 불러일으켰다고 하지만, 시대의 흐름을 극복하기에는 역부족이다. 밋밋할 정도로 원작을 나열하듯 화면에 옮긴 진부한 구성과 장 가방의 무표정한 얼굴과 뻣뻣한 연기가 필자를 끝 모를 반수면 상태로 인도했기 때문이다.

하지만 후퍼의 영화는 다르다. 158분의 상영 시간이 길게 느껴지지 않을 정도로 영화는 시종 극적 긴장감과 흥미를 유지하면서 객석에게 적잖은 교훈과 사유의 가능성을 제시하기 때문이다. 장 발장과 미리엘 주교, 장 발장과 팡틴, 장 발장과 코제트, 장 발장과 자베르, 마리우스와 코제트, 마리우스와 에포닌의 사적인 관계로 떨어지지 않고, 그들이 살아갔던 동시대의 인물들과 사건을 역동적으로 재현한다. 따라서 각각의 인물과 사건이 1832년 6월봉기의 소용돌이 속으로 자연스레 흘러 들어감으로써 개인과 사회, 사랑과 혁명, 삶과 죽음, 투쟁과 자유 같은 거대 담론의 일반화에 도달하고 있는 것처럼 보인다.

그럼에도 우리는 후퍼의 〈레미제라블〉에 만점을 줄 수는 없다. 인간의 일 가운데 '완벽完璧'은 존재하지 않기 때문이다. 그것은 더 나은 다른 가능성에 자리를 내주어야 하기 때문이다. 언제나 늦게 출발한 자의 미덕은 있기 마련이며, 그것을 단적으로 입증하는 것이 1958년 장 가방의 지극히 소박하고 단조로운 〈레미제라블〉 아닌가. 이런 영화를 보면서 언제나 부러움이 앞서는 것은 비단 필자만의 소회는 아닐 것이다. 세계사의 변방에서 그 무엇 하나 떳

떳하게 내놓을 것 없는 역사를 가진 나라[16]의 백성으로 살면서 언제나 우리는 세계를 뒤흔들 만한 위대한 역사와 문화 그리고 예술을 창조할 것인가, 하는 본원적인 문제를 새삼 심사숙고하는 것이다.

참고문헌

위고, 빅토르. 2002. 『레미제라블 1~6』. 송면 옮김. 동서문화사.

크로스비, 알프레드. 2005. 『수량화 혁명』. 김병화 옮김. 심산출판사.
오르테가 이 가세트. 2005. 『대중의 반역』. 황보영조 옮김. 역사비평사.
에코, 움베르토. 2009. 『장미의 이름』. 이윤기 옮김. 열린책들.
최진석. 2001. 『노자의 목소리로 듣는 도덕경』. 소나무.
한형조. 2011. 『붓다의 치명적 농담』. 문학동네.

---

16 3,000년도 넘는 역사를 가졌다고 자부하는 한국과 한국인이 인류에게 결정적으로 기여
    한 것이 무엇인가 생각해본다. 한글을 제외하면 아무것도 없다는 것이 필자의 견해다.
    우리는 지식의 생산자가 아니라 영원한 소비자였기 때문이다. 문학, 역사, 철학, 종교, 과
    학, 문화 같은 모든 분야에서 우리는 주변국들의 완제품을 끝없이 복사하고 반복하면서
    발명이 아니라 실용신안에 안주해왔던 것이다. 그래서다. 위고의 장편소설 『레미제라
    블』이 던지는 흥분과 환희와 절망의 까닭은 거기서 발원한다.

o 4

숭고의 데자뷰, 레미제라블*

김 응 교

숙명여자대학교 교양교육원 교수 / 시인, 문학평론가

1. 데자뷰와 숭고미[1]

소설 『레미제라블』과 영화 〈레미제라블〉이 2012년 대통령 선거가 끝나고
얼마 뒤 한국 사회에서 선풍적인 인기를 얻었다. 이 글을 쓰는 2013년 2월 5
일 현재, 한국에서 이 영화를 본 관객은 600만 명을 넘어섰다고 한다. 이 영화
를 만든 톰 후퍼 감독이 어떻게 한국인이 이 영화를 이토록 좋아하는지 놀랐
다는 말에 대해, 정병진 논설위원은 "그렇게도 궁금해하는 커다란 이유는 관
객들이 시대 상황에서 일종의 기시감(데자뷰)을 가졌기 때문이 아닐까?"라고
했다. "혁명을 주도했던 청년 학생들의 좌절은 2012년 대선에서 패배한 대한
민국 진보주의자들의 절패감(절망과 패배감)의 데자뷰"라며 데자뷰라는 말이
반복되고 있다. 적지 않은 기사에서 영화 〈레미제라블〉이 광주항쟁 등 한국
민주화 과정의 데자뷰라는 말을 쓰곤 한다.

---

* 이 글은 《영상예술연구》 제22집(2013년 5월)에 실렸던 것을 재수록하는 것이다.

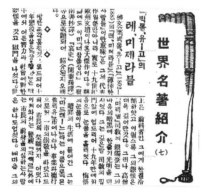

그림 4-1 • 《동아일보》에 실린 『레미제라블』 소개글(1931년 3월 2일자)

데자뷰(旣視感, Dejavu)란, 처음 만났는데 이미 만난 듯, 처음 간 곳이 언젠가 왔던 느낌이 드는 현상을 말한다. 어떤 현상을 접했을 때 이미 체험했다고 하는 인식, 남의 말 들은 것을 내 체험으로 착각하는 '기억의 착오 현상'을 뜻한다.

영화 〈레미제라블〉과 소설 『레미제라블』이 한국 사회에 열풍으로 불어 닥친 이유는 단순히 그 때문일까. 선행 연구로, 소설 『레미제라블』의 번역사에 대해 고찰한 고지혜(2012)를 보자.

최남선은 1910년 7월 《소년》에 「ABC계」라는 제목으로 번안한 『레미제라블』을 연재했는데, 《동아일보》 1931년 3월 2일자(그림 4-1)에는 1910년 번안본을 첫 번역으로 기록하고 있다. 이를 시작으로 1918년 이후 『애사哀史』, 『쟌발쟌』, 『빈한貧寒』, 『짠발짠의 설음』 등으로 번역되었으며, 초역은 『애사』라는 제목으로 1918년 《매일신보》에 연재되었다. 1920년대에 들어 단행본으로 출판되기 시작하여, 『애사』(홍난파 역, 박문서관, 1922), 『짠발짠의 설음』(홍난파 역, 박문서관, 1923) 등이 있다. 게다가, 해방 이후부터 1960년대에는 총 10종의 축약본이 출판되었고, 1970년대만 하더라도 총 12종이 출간되었다. 그중 금성출판사 판본이 1971년 최초로 원제 『레미제라블』을 책 제목으로 삼고 있다. 1910년대부터 이 소설은 한국 사회에 끊이지 않고 사랑받아온 작품이었다. 이렇게 볼 때, 최근 이 소설과 영화의 흥행 성공을 단순히 '최근 한국 사회의 데자뷰'로 말하는 것은 이 담론이 갖고 있는 의미를 좁게 축소하는 결과를 가져온다고 필자는 생각한다. 게다가 한국 사회에서 이 작품을 '비참한 사람들'에 대한 이야기가 아니라, 장 발장 한 개인의 모험담으로 가르치고 있어 문제가 아닐 수 없다.

1960~1970년대의 정전화 과정을 거치면서 이 작품은 자연스럽게 '빵 한 조각을 훔친' 장 발장이 은촛대 사건으로 인해 교화되는 교훈적인 이야기로 한정되게 되었고, 현재 초등학교 6학년 1학기 『읽기』 교과서에도 이 작품은 '장 발장의 일생'이라는 제목 아래 도덕적인 교훈담으로 소개되고 있다. (중략) 아동들에게 『레미제라블』을 '장 발장의 미담'으로만 접하게 하는 것은 그 자체로도 오독에 가까운 잘못된 독서 지도일 뿐만 아니라 원전 『레미제라블』의 바람직한 수용을 방해한다는 점에서도 상당히 문제적이다"(고지혜, 2012: 288).

여기서 두 가지 문제를 생각하게 된다. 첫째, 이 소설이 장 발장 한 명만의 이야기인가 하는 점이다. 당연히 원작은 그렇지 않다. 장 발장이 주인공이기는 하지만 너무도 다양한 인물들이 역사의 흐름 속에 나타나고 있다. 둘째, 1910년대부터 한국 사회에서 이 이야기가 사랑받아온 까닭에 대한 질문이다. 필자는 한국 사회나 세계인이 이 이야기를 좋아하는 더 근원적인 원인이 있지 않을까 생각한다. 최근의 흥행에는 더 근본적인 문제가 있다는 것이 필자의 생각이다. 필자는 그것을 '숭고미崇高美'라고 생각한다. 실제로 〈레미제라블〉에 관한 수많은 글에 '숭고'라는 단어가 등장하나, 다만 학술적인 논문에서 이 문제를 깊이 있게 다룬 논문을 필자는 만나지 못했다. 따라서 〈레미제라블〉과 숭고미의 관계를 분석하는 것이 필자의 숙제가 되었다.

이 글의 연구 대상은 2012년판 뮤지컬 영화 〈레미제라블〉이다. 따라서 이 연구는 뮤지컬 영화를 분석하고, 이 영화에 나타난 여러 인물의 운명 속에서 '숭고미'가 어떻게 나타나는지 살펴보려 한다. 다만 이 글은 뮤지컬 영화를 분석하지만, 이 뮤지컬에서 음악적 속성만을 집중적으로 분석한 논문들과는 달리, 뮤지컬 영화에서 인물의 서사적 특성이 소설과 달리 어떻게 변형되어 표현되고 있는가에 주목하려 한다. 소설과 비교하여 뮤지컬 영화 속의 서사에 어떤 '차이'가 있고, 그 차이가 어떤 의미를 생성시키는지, 소설과 비교해서 분석하려 한다.

2. 숭고라는 판타지

'숭고崇高'란 한자 그대로, 서양어에서도 '높이 치솟음τὸ ΰψος/sublime/Erhabene'을 뜻한다. 아리스토텔레스의 『시학』 7장에서 아름다움과 크기에 대한 언급(아리스토텔레스, 2002: 56~58)에서도 서술되고 있다. 이후 롱기누스Longinus의 『숭고에 관하여peri hyphos』에 더 체계적으로 숭고에 대한 설명이 적혀 있다. 숭고는 단순히 미학적인 논리를 넘어 삶의 현실을 반영하는 개념으로 설명되곤 한다. 가령 우리말에서도 숭고는 고귀한 도덕적 행위를 수식하는 윤리적이거나 종교적인 용어로 사용되어왔다. 칸트의 『판단력 비판』에서 숭고Erhaben/sublime를 아름다움과 비교하며 설명하기 시작한다.

신성한 숲 속의 키 큰 너도밤나무와 쓸쓸한 그림자는 숭고하며 / 화단과 낮은 산울타리 그리고 그림 속의 잘 가꾸어진 꽃들은 아름답다 / 밤은 숭고하며 / 낮은 아름답다(칸트, 2005[1765]).

아름다움과 비견하여 칸트에게 숭고란, 절대적으로 큰 것, 측량할 수 없는 것으로 '절대적 위대함absolute magnum' 앞에서 느끼는 체험이다.

단적으로 큰 것을 우리는 숭고하다고 부른다. 그러나 크다와 크기이다는 전적

표 4-1 • 숭고의 두 가지 형태

구분	수학적 숭고	역학적 숭고
대상	대상의 양적인 크기 물리적 크기에 따른 숭고	힘의 권력과 관계된 숭고
상상력	상상력이 대상을 포괄(감성적 포괄) 하지 못하고 좌절하는 상황	자기 보존 능력(감성 능력)이 좌절하 는 상황
예	분량, 성질	관계, 양상 깎아지른 낭떠러지 폭풍우가 몰아치는 바다
느끼는 감정	불쾌 ➡ (이성적 판단) ➡ 쾌	공포 ➡ (이성적 판단) ➡ 안도

으로 다른 개념(大, 量)이다. 또한 마찬가지로 어떤 것이 크다고 곧장(단순하게) 말하는 것은 그것이 단적으로 크다(절대적·무비교적)고 말하는 것과 전적으로 다른 것이다. 후자는 일체의 비교를 넘어서 큰 것이다"(칸트, 2009: 253).

본질적으로 감성에 매개된 체험, 특히 긍정적 쾌감에 대비되는 불편한 쾌감이 숭고라고 칸트는 설명한다. 이 불편한 쾌감이 어떻게 미학적 쾌감으로 바뀔 수 있을까. 칸트는 인간이 어떠한 상황에서 숭고미를 체험하는가를 두 가지로 나누어 설명한다. 두 가지의 숭고는 '수학적 숭고mathematical sublime'와 '역학적 숭고dynamical sublime'다. 가령, 우리가 거대한 절벽 앞에서 숭고를 느끼려면 '공포'를 느껴야 하고, 그 공포를 극복할 이성 능력이 있어야 하며, 이성 능력을 통해 안도를 느끼면, 불쾌가 쾌감으로 전환되면서 숭고를 느끼게 된다. 이렇게 숭고를 느끼게 되는 지점은 바로 상상력과 이성이 일치하는 순간이다.

한편, 슬라보예 지젝Slavoj Zizek은 자본주의 문화가 인간 욕망의 존재론적인 무한성을 추구하는 숭고와 유비 관계에 있다고 보면서, 그 근원적인 결여를 메우기 위해 환상과 이데올로기를 연결시키고 있다(지젝, 2002: 390)고 본다. 지젝에게 "숭고는 바로 미와 목적의 실패한 '종합'에 대한 표지로서 파악할 수 있다"(지젝, 2007: 91). 지젝은 유대교와 개신교의 신관을 비교하면서 숭고를 설명한다. 또한 지젝은 '아래로의 종합'이라는 표현을 썼다.

누더기를 걸친 피조물 속에서의 신의 체현이 신과 인간 실존의 가장 저열한 형태 사이의 대조를 통해서 그 둘의 우스꽝스럽고 극단적인 불일치를 통해서 우리 사멸하는 인간에게 신의 참된 본성을 볼 수 있게 해준다는 것이 요점의 전부가 아니다. 오히려 요점은 이 극단적 불일치, 이 절대적 틈새가 '절대적 부정성'의 신성한 힘이다, 라는 것이다. 유대교와 기독교 모두는 신(성령)과 (감각적) 표상 영역의 절대적 불일치를 주장한다. 그 둘의 차이는 순전히 형식적인 성격의 것이다. 유대교의 신은 건널 수 없는 틈새에 의해 우리와 분리된 채, 표상을 통해 도달할 수 없는 너머에 거주한다. 반면 기독교의 신은 이 틈새 자체다. 그리고 바로 이러한 변동으로 인해 숭고의 논리에 변화가 생기며, 표상의 금지에서 가장 공허한 표상의 허용으로 나아간다. 이 '기독교적 숭고'는 '아래로의 종합'이라 불릴 수 있는 변증법적 운동의 한 특별한 양태를 내포한다"(지젝, 2007: 99~100쪽, 고딕 강조는 인용자).

유대교는 '위로부터의 종합'이며 기독교는 '아래로부터의 종합'이라고 지젝은 언급한다. 이 말을 필자는 '위로부터의 숭고' 그리고 '아래로부터의 숭고'라는 말로 바꾸어 적용하려 한다.

이외에 다양한 숭고미를 생각해볼 수 있겠다. 가령 필자는 '숭고미'를 '그늘의 미학'으로 말한 적이 있다. 필자는 '숨은 신'이란 이름을 빌려 절대적 초자아와 함께 있는 '그늘의 미학'에 대해 언급했었다.

비현실적인 밤은 모든 것을 덮어놓는다. 눈 아린 햇살의 환상은 사물을 착란시킨다. 사라질 것들 반대로 영원히 존재할 것들이 서서히 구분되는 그늘에서

'숨은 신'의 세상을 본다(김응교, 2012: 8).

'숨은 신' 하면 루시앙 골드만이 쓴 같은 제목의 책과 그 책에서 다뤄진 얀센주의의 비극적인 세계관을 생각하게 된다. 운명론적 은총관을 가진 얀센주의자(17세기 기독교의 한 분파)에게 하나님은 '숨은 신'일 수밖에 없고, 오늘날에도 세상을 보면 절대자는 숨어서 침묵하고 있는 것처럼 느껴질 때가 많다. 그런데 필자는 '숨은 신'은 초자아를 모르는 사람들의 결핍과 눈물 속에도 신이 숨어 계시다는 의미로 썼다. 같은 '숨은 신'이란 용어를 쓰면서 반전을 만들어보았다. 그런데 이것이야말로 '레미제라블'이라는 거대한 서사를 푸는 하나의 숭고미가 아닌가 생각해본다. 이 작품의 모든 인물들은 '숨은 신'(초자아)에 기대고 있는 것이다.

이제 이 작품의 인물을 분석하면서 음악적인 요소도 함께 생각해보려 한다. 원작 소설이 뮤지컬로 처음 만들어졌던 1985년은 레이거노믹스 신자본주의 재편기였다. 이후 가속되는 신자본주의를 통해 세계는 중심국과 주변국으로 나뉘고, 주변국 국내의 빈부 격차가 극심해졌다. 그래서 99% 빈자의 이야기를 담은 이 뮤지컬은 빈부 격차에서 상처받은 자들을 위로하는 기능을 했을 것이다.

네 번의 눈물 노래는 숭고한 초자아와 대결하는 기도문 형식을 갖추고 있다. 거대한 빈 공간, 얼룩, 빈틈, 소문자 a(라캉)를 겨냥하는 기도문이다. 자신의 존재 자체를 유지하기도 어려운 역사적 격변기에 모든 등장인물들은 절대자를 숭앙한다.

"위력이란 커다란 장애를 압도하는 능력이다. 위력이 그 자신 위력을 소유한 어떤 것의 저항 또한 압도한다. 그 위력이 그 자신 위력을 소유한 어떤 것의 저항 또한 압도하면, 바로 그 위력은 강제력이라고 일컬어진다. 미학적 판단에서 우리에 대해서 아무런 강제력도 가지지 않은 위력으로 고찰되는 자연은 역학적으로 숭고하다"(임마누엘 칸트, 2009: 269)는 거대한 숭고미가 이 작품 전체를 억누르고 있다. 그래서 이 뮤지컬 영화에서 주요 노래들이 모두 기도 문 형식을 갖고 있다는 것은 자연스러운 일이다.

3. 숭고한 인물들: 초자아의 대결

소설 『레미제라블』과 영화 〈레미제라블〉은 프랑스 역사에서 가장 절망적 인 1815년부터 1832년까지를 배경으로 한다. 1789년 신흥 시민계급과 민중 들은 '자유·평등·박애'의 기치 아래 왕 - 귀족 - 승려 계급의 구체제에 혁명을 일으켰다. 혁명의 결과 1792년 처음 탄생한 공화정을 접수한 나폴레옹은 공 화정을 황제정으로 바꾼다. 1815년 워털루전투에서 패한 나폴레옹이 실각하 자 구체제 세력들이 다시 왕정을 복원시키는데, 이 지점에서 영화가 시작된 다. 삼색기는 금지되고, 권위주의가 부활하고 수구 세력의 역사적 반동은 극 에 달했다. 영화 속에 등장하는 '비참한 존재들', 즉 팡틴, 코제트, 노동자, 창 녀 등 가난한 자들에 대한 묘사는 이 시절을 배경으로 하고 있다.

1830년 7월 혁명이 성공하지만, 부르주아 시민계급은 민중들의 핏값을 외 면한다. 2년 뒤, 공화정 회복을 도모하는 청년들이 라마르크 장군 장례식을 계기로 다시 바리케이드를 쌓는데, 영화 〈레미제라블〉 후반에 나오는 1832년 6월 항쟁이 이 사건이다. 영화의 배경이 되는 1815년부터 1832년까지는 프랑 스 역사상 가장 어두운 시기 중 하나다.

1845년(43세) 상원의원이 된 원작자 빅토르 위고는 1851년 나폴레옹 3세 쿠데타에 반대, 추방되어 19년간 섬에서 망명 생활하면서 체험이 녹아든 『레 미제라블』을 썼다. 이후 역사소설 『93년』도 썼다.

이 작품의 주요 스토리는 네 가지다. 첫째, 장 발장에게 깨달음을 준 미리엘 신부 이야기다. 이 이야기는 영화에서는 간략하게 나오지만 소설에서는 중요한 서두로 서술된다. 둘째, 빵을 훔친 장 발장이 19년간 감옥살이를 하고 또 도둑질을 하다 들켰으나 주교의 사랑으로 회개한다. 셋째, 국가 법질서 유지에 온몸을 바친 자베르 형사가 장 발장을 뒤쫓다 장 발장의 관용을 감당하지 못하고 자살하는 부분이다. 넷째, 프랑스의 열악한 노동 조건과 극심한 빈부 격차로 양산된 레미제라블(비참한 사람들)의 6월 항쟁(1832)이 전개된다. 인간이 어쩔 수 없는 거대한 역사적 흐름에 휩싸여 있는 이 시기에 모든 등장인물은 숭고하다. 귀에 걸면 귀걸이라는 말처럼, 숭고라는 개념은 워낙 다양하지만, 이 작품에서 숭고하지 않은 존재는 없다.

첫째, 주목해야 할 것은 영화보다 원작 소설에서 강조되는 미리엘 신부의 숭고미는 이 작품 전체를 감싼다. 영화에서는 잠시 등장하는 미리엘 신부이지만 소설에서는 전체 분량의 1/10 정도나 될 만큼 중요하다. 민음사 번역본 1권 150면까지 거의 미리엘 신부의 숭고한 삶이 표현되고 있다. 미리엘 신부는 평생 빈자와 환자와 고행 사는 자를 위해 일생을 바친 존재다. 약자를 살피고 뜰을 가꾸는 일이 그의 삶의 전부였다. 그래서 그는 이것을 한마디로 "인간의 정신도 뜰이다"(제1권, 38쪽)라고 말했다. 그의 삶은 세 가지 인용문으로 느낄 수 있다.

① 여기에 미묘한 차이가 있다. 의사의 집 문은 결코 닫혀 있으면 안 되고, 목자의 집 문은 늘 열려 있지 않으면 안 된다(제1권, 49쪽).

② "도둑이나 살인자를 결코 두려워해서는 안 돼. 그건 외부의 위험이고 작은 위험이야. 우리들 자신을 두려워하자. 편견이야말로 도둑이고, 악덕이야말로 살인자야. 큰 위험은 우리 내부에 있어. 영혼을 위협하는 것만 생각하자"(제1권, 55쪽).

③ "당신은 당신이 누구인지를 내게 말하지 않아도 좋았소. 여기는 내 집이 아니라 예수 그리스도의 집이오. 이 집의 문은 들어오는 사람에게 이름을 묻지 않고, 다만 그에게 고통이 있는가 없는가를 물을 뿐이오. 당신은 고통 받고 굶주리고 목마른 사람이므로, 잘 오셨소. 그리고 내게 감사하지 말고, 내가 당신을 내 집에 맞아들였다고 말하지도 마시오. 여기는 피신처를 필요로 하는 사람 외에는 아무에게도 자기 집이 아니오. 당신에게, 지나가는 당신에게 이 말을 하겠는데, 여기는 나의 집이라기보다는 당신의 집이오. 여기 있는 것은 모두 당신 것이오"(제1권, 144쪽).

인용문 ①에서 '닫혀 있으면 안 된다'와 '열려 있지 않으면 안 된다'는 말이 있는데 결국 두 문장은 영혼을 치료하는 구도자의 문은 육체를 치료하는 의사의 문처럼 늘 열려 있어야 한다는 말이다. ②에서 미리엘 신부는 외부의 도둑보다 '내부의 편견'이 우리의 영혼을 위협한다고 말한다. ③에서 미리엘 신부는 완전히 나누는 나눔의 공동체를 표현한다. 그런데 영화에서 미리엘 신부가 부르는 노랫말로 그의 인격을 보여준다.

"들어오게. 지친 자여. 밤바람이 차갑네. 우리네 삶은 험난하지만 가진 걸 함께 나누면 되지. 활기를 찾게 해줄 포도주와 기운을 내게 해줄 빵도 있네. 침대에 누워 아침까지 편히 쉬게. 고통과 부당함은 잊고서"(영화 〈레미제라블〉, 7분 39초~8분 20초)

그렇지만 영화에서 미리엘 신부의 인격을 설명하는 구절은 소설에 비해 현격히 적다. 영화는 미리엘 신부에 대한 정보를 따로 길게 주지 않고, 이미 알고 있는 내용을 떠올리도록 최소한의 정보만 주고 있다. 이렇게 하늘의 뜻을 지상에 철저히 실천하려는 미리엘 신부의 삶은 철저하게 숭고하다. 칸트의 말

을 빌려 설명하자면 "저것
(즉 숭고의 감정)은 단지 직
접적으로 생기는 쾌이다.
곧, 이 쾌는 생명력들이 일
순간 저지되어 있다가 곧장
뒤이어 한층 더 강화되어
범람하는 감정에 의해 산출
되는 것으로, 그러니까 그

그림 4-2 • 영화 〈레미제라블〉의 첫 장면

것은 감동으로서, 상상력의 활동에서 유희가 아니라 엄숙한 것으로 보인다.
(중략) 숭고한 것에서 흡족은 적극적인 쾌가 아니라, 오히려 경탄 내지는 존경
을 함유하며, 다시 말해 소극적 쾌라고 불릴 만한 것"(칸트, 2009: 249)이다. 그
리고 이 숭고미는 '위로부터의 숭고미'가 아니라 낮은 자들과 함께하는 '아래
로부터의 숭고미'다.

둘째, 주인공 장 발장의 숭고미는 철저한 상승 지향의 '아래로부터의 숭고'
다. 그의 숭고미는 더러운 시궁창에서 배를 끌어당기는 첫 장면에서부터 시작
된다. 빅토르 위고는 장 발장의 삶을 완전히 바닥에서부터 출발시킨다. 영화
에서는 장 발장이 얼마나 처참한 심정이었는지 화면으로만 표현하고 있다.
"고개 숙여, 고개 숙여, 그들과 눈 맞추지 마라Look down, look down. Don't look 'em in
the eye"라는 가사는 장 발장이라는 인물의 삶을 밑바닥으로부터 출발시킨다.
죄수들은 간수들의 눈을 맞추지 못할 정도로 비참한 생활을 하고 있다.

영화로 보면 장 발장은 죄수지만 인격을 갖춘 인물이다. 그런데 소설에서는
장 발장이 악행만 꿈꾸는 분노의 화신으로 표현되어 있다.

장 발장은 십구 년 동안 형무소에서 형성해놓은 그대로 두 가지 악행을 행할
수 있게 되었다. 첫째는 자기가 받은 악에 대한 보복으로서 행하는 급속하고 반
사적이고 무의식적이고 본능적인 악행이요. 둘째는 그러한 불행이 줄 수 있는
그릇된 생각을 가지고서 마음속에서 따져 생각한, 진지하고 중대한 나머지 악
행이다. 행동하기 전에 그가 하는 사색은 연속적인 세 단계를 거쳤는데, 그것은
어떤 종류의 기질을 가진 자들만이 거칠 수 있는 순서로서, 추리, 의지, 집요함
이었다. 그의 행위의 원동력은 상습적인 분노, 마음의 고통, 자기가 당한 불공
평에 대한 뿌리 깊은 감정, 반발이었다. 그의 모든 사상의 출발점은 도착점과
마찬가지로 인간의 법률에 대한 증오였는데 (후략)"(제1권, 172쪽).

악만 남아 있던 장 발장이 변한다. 장 발장의 삶이 더럽고 끔찍하고 비참할
수록 성찰 후의 전이가 드러나기에, 역설적으로 그의 삶이 갖는 숭고성은 강
화된다. 마치 비참한 이웃과 함께 했던 예수의 숭고함이 강화되는 방식의 역
방향으로 장 발장의 삶은 숭고하게 표상된다.

기독교는 숭고의 경계 내에 머물기는 하지만 칸트의 것과 정반대 방식으로
숭고한 효과를 낳는다. (중략) 표상적 내용을 상상할 수 있는 가장 낮은 수준으
로까지 환원함으로써. 표상의 층위에서 예수는 '사람의 아들'이며, 두 명의 평범
한 도적들 사이에서 십자가형을 당한 초라하고 불쌍한 피조물이다. 그리고 그
의 속세적 외양의 바로 이와 같은 전적으로 비참한 성격을 배경으로 해서 그의
신성한 본질은 더더욱 강력하게 빛을 발하는 것이다(슬라보예 지젝, 2007: 98).

장 발장의 삶을 영화 서두에서 비참하게 보여줄수록 그의 숭고미는 빛을 발
한다. 굶주림에 빵을 훔쳤다가 징역형을 받아 무전유죄無錢有罪의 공감을 일으
키는 장 발장의 삶에서 우리는 세 가지 변화를 목도한다.

처음엔 신부에게 촛대를 받으며 사랑을 깨닫는다. 인간에 대해 철저하게 절망해있던 장 발장에게 미리엘 신부는 한 번도 생각해보지 못했던 사랑을 베푼다. 장 발장은 "사지를 와들와들 떨었다. 그는 얼빠진 사람처럼 그저 기계적으로 그 두 자루의 촛대를 받았다"(제1권, 192쪽)고 할 정도로 충격을 받는다.[1] 장 발장이 아버지가 된 기쁨을 노래하는 「갑자기Suddenly」는 따뜻한 곡이다.

둘째, 창녀 팡틴의 딸 코제트를 구제하는 것이 하나님이 자기에게 준 소명이라고 깨닫는다.

셋째, 혁명에 참여한 학생들을 만나며 구조 변혁에 자기도 모르게 참여하며 깨닫는 한 인간의 성숙 과정이다.

장 발장의 변화는 사도 바울과도 비교할 수 있다. 알랭 바디우에게 바울이 다마스쿠스에서 예수를 만난 사건은 '진리-사건'이다(김응교, 2010). 알랭 바디우의 『사도 바울』 2장에서 우리는 바울-예수의 연속성에 대해 묻게 된다. 바디우에게 중요한 것은 바울이 경험했던 '진리-사건', 바로 다마스쿠스 도상에서의 환상과의 만남 다시 말해 바울의 진리-사건이었다.

바울에게는 '부활하신 그리스도'가 바로 그 사건의 이름이다. 사실상 바울 서신에는 소위 '역사적 예수'에 대한 관심이 나타나지 않는다. 바울은 예수의 생애, 그의 가르침, 그의 기적들에 별로 관심이 없다. 바울은 오로지 예수의 죽음과 부활, 아니 '부활'만을 강조한다. 바울을 이전과는 전혀 다른 사람으로 만든 것은 부활한 그리스도와의 만남이었다. 그리스도의 부활이라는 사건은 그리스인이건 유대인이건 상관하지 않고 모두를 평등한 아들들로 만든다. 바디우는 바울에게서 이러한 사건 이후적인 주체, 즉 투사 - 주체를 발견한다.

사울이 바울로 변하는 사건은, 진리 - 사건을 통해 주체화되어 가는 과정을

---

[1] 참고로 장 발장 역을 맡은 휴 잭맨은 본래 1996년 뮤지컬 〈미녀와 야수〉로 시작하여, 2004년 토니상에서 뮤지컬 남우주연상을 받았다.

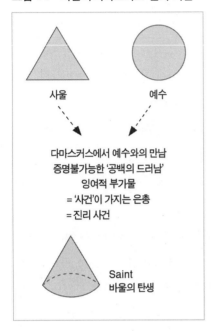

그림 4-3 • 바울의 다마스커스 '진리-사건'

사울

예수

다마스커스에서 예수와의 만남
증명불가능한 '공백의 드러남'
잉여적 부가물
= '사건'이 가지는 은총
= 진리 사건

Saint
바울의 탄생

말한다. 삼각형과 동그라미가 만나는 방법이 있을까? 그것은 원통 삼각형이 되는 것이라고 바울의 삶이 말한다.

바디우에게 진정한 의미에서 주체란 사건의 보편적 효과를 선언하고 모든 이에게 그것을 전달하는 자이다. 또한 그 존재는 '보편적 진리성'을 갖고 있는 존재다. 다마스커스 사건은, 삼각형(사울)과 원(예수)이라는 도저히 합치될 수 없는 개별자를 원통형(바울)으로 만나게 한다.

장 발장의 변화도 바울의 변화 과정과 비교해볼 수 있겠다. 악으로 살아왔던 장 발장의 변화는 미리엘 신부를 만나고 이후 '나는 누구인가?'를 묻는 장면에서 변화가 생긴다. 그리고 광야와 고원을 헤매던 그는 과감히 가석방 문서를 찢어버린다. 이러한 변화에 배경을 이루는 광야 혹은 고원은 그의 숭엄미를 부각시킨다. 광야란 "우리의 감성을 넘어서는 어떤 것을 생각하게"(칸트, 2006: 208)하는 풍경이다. 광야라는 끝없는 무한의 세계는 그 벌판에서 걸어가는 존재를 이미 숭고한 대상으로 표상시킨다.

이렇게 볼 때 장 발장은 니체의 『차라투스트라는 이렇게 말했다』에 나오는 어린아이 같은 인물이다. 니체는 정신의 세 가지 변화를 낙타와 사자와 어린아이에 비유했다. 낙타는 의무와 복종의 정신을 상징하고, 사자는 부정과 자유의 정신을, 그리고 어린아이는 망각과 창조를 상징한다(니체, 2000: 38~41).

장 발장에서 마들렌으로 변하는 과정은 운명에 복종하는 낙타 유형도 아니며, 무조건 저항하는 사자 유형도 아니며, 인생을 낙관하며 슬픔을 놀이처럼 주이상스Jouissance를 통해 이겨나간 아이 유형을 보여주는 것이다. 장 발장은 자기만의 길을 가는 단독자Singularity이며, 들뢰즈가 말하는 '애벌레 주체'의 모습이기도 하다. 어떠한 시대적 한계와 변화 속에서도 장 발장은 자기의 길을 간다는 의미에서 철저하게 단독자의 삶을 보여주고 있다. 그런 의미에서 장 발장은 근대적 인물 유형을 보여준다고 할 수 있겠다.

셋째, 경감 자베르의 법질서 유지를 위한 '법질서의 숭고미'도 빼놓을 수 없다. 그것은 그의 자살로 극대화된다. 불우한 가정 환경을 극복하고 공무원으로 출세했던 자베르는 법질서야말로 자신과 국가를 지탱하는 근본이라고 믿는 성실한 인물이다. 법질서를 위반하는 사람들을 싫어하는 그에게 혐오감의 대상은 장 발장이다. 법질서 유지를 위해 극단적으로 성실한 그에게 우리는 공감을 갖기도 한다. 가령, 2010년 뮤지컬 〈레미제라블 25주년 기념 공연〉에서 자베르 역으로 흑인 가수가 등장하는데, 사실 그 시대에 경시청 경감이 흑인이 될 리 만무하다. 그런데 오를 수 없는 위치에 오른 흑인이야말로 백인이 만든 법질서에 절대적으로 복종할 것이라는 망상을 관객은 상상하게 된다. 연출가는 법질서에 대한 완벽한 복종을 표상하려고 자베르 역을 흑인 가수로 배치한 것이 아닐까.

법질서에 절대적으로 충성하는 자베르는 의식 있는 보수주의자다. 자베르의 삶은 법질서라는 상징적 질서(초자아)를 절대선으로 확신하는 숭고미다. 그렇다면 장 발장과 자베르의 대결은 서로 다른 숭고미의 대결이다. 신학적으로 보면 장 발장과 자베르의 대결은 복음적 태도와 율법적 태도의 대립으로 볼 수도 있겠다.

그런데 법질서를 절대적으로 믿는 그에게 도저히 용납할 수 없는 상황이 다가온다. 자베르에게 혐오감의 대상이 되었던 장 발장에게 목숨을 구제받는 어처구니없는 상황을 경험하는 것이다. 결국 자베르는 자살을 선택한다.

자베르의 자살을 어떻게 해석해야 할까. 단서는 "오늘 그가 내 목숨을 살려줌으로써 내 영혼을 죽였다"고 한탄한 자베르의 노랫말이다. 이 대사는 법질서 위에 자비와 사랑과 희생이 있음을 역설하고 있다. 그렇다면 자베르는 자신의 삶이 단순히 진리의 헛것simulacre을 헛돌고 있다는 것을 깨달았다는 말일까. 자신의 성실함이, 한나 아렌트가 지적한 대로, 파시즘의 구조 안에서 생각 없이 '악의 보편성' 안에서 성실하게 살아온 삶이었다는 것을 깨달았다는 말일까. 아니면, 그는 자신의 숭고가 장 발장의 숭고에 무시를 당한 '모욕감'으로 인해 자살을 선택했을까. 장 발장의 숭고에 자신의 숭고가 초라해지자 그 '모욕감'과 '부끄러움' 사이에서 자살을 선택했을 때 그는 '근본악'(칸트)으로서의 존재 기능을 확실히 마감한다.

넷째, 부차적인 인물들이 보여주는 '혁명적 숭고함'이다. 그 숭고함은 바리케이드로 상징된다. 이 작품은 혁명이 실패하는, 좌절에 좌절을 반복하는 상황이 배경이다. 극한의 절망적 상황에서 '비참한 사람들'이 어떻게 살아가는가를 이 작품은 드러내고 있다. 공장 신Scene에서 불려지는 「하루가 끝날 무렵 At the end of the day」의 노래 가사는 가장 구체적으로 가난이 표현된 노래다.

위 직공들의 노래는 현악기의 빠른 리듬으로 쉴 틈 없는 노동자의 삶을 보여주고 있다.

이어 굶주린 조카딸을 위해 빵 한 덩이를 훔친 죄로 19년간 옥살이를 한 장발장, 백마 탄 왕자와 영원한 사랑을 꿈꾸었으나 결국 공장에서 쫓겨나고 창녀로 전락하고 만 팡틴의 노래 「나는 꿈을 꾸었네I dreamed a dream」는 이 영화의 앞부분에서 전율케 하는 노래다.

Then I   was young   and un - a -fraid

이 노래는 팡틴의 삶과 꿈을 안단테Andante로 절실하게 전하고 있다. 제 키보다 훨씬 큰 빗자루를 힘겹게 끌며 사기꾼 테나르디에 부부의 여관을 쓸고 닦는 5살짜리 코제트는 바로 원작 소설 서문에 나오는 세 가지 문제의 모습들이다.

이 시대의 세 가지 문제, 프롤레타리아 탓으로 남자가 낙오되고, 굶주림으로 여자가 타락하고, 어둠 때문에 아이들이 비뚤어지는 세 가지 문제가 해결되지 않는 한. 이러한 책들이 쓸모없지는 않을 것이다(위고, 『레미제라블』「서문」, 1863.1.1).

1789년 실패한 프랑스대혁명 이후 40여 년이 지난 1832년 6월 초, 매일 죽음으로 내몰리는 노동자들, 부두에서 싸구려 사랑을 나누는 창녀들의 삶이 영화에 펼쳐진다. 비참한 삶을 묵과할 수 없던 공화파 청년들이 7월 혁명이 있은 지 2년 뒤, 공화정 회복을 도모하며 라마르크 장군의 장례식을 계기로 다시 바리케이드를 쌓았다. 이것이 1832년 6월 항쟁이다. 그러나 민중들마저 청년 학생들의 행동을 외면하여 그들의 거사는 실패로 끝났다.

바리케이드를 세웠지만 2만 명이 넘는 정규군의 적수가 되지 못했다. 산업혁명이 한창이던 당시 프랑스에서는 유럽에서 가장 앞서 규격 부품을 이용해 머스킷(장총)을 대량 생산하는 기술이 발전했다. 2열 종대로 늘어선 군인들의 머스킷이 불을 뿜자 허술한 바리케이드 뒤에 몸을 숨기고 있던 청년들이 쓰러진다. 결정적인 순간에 시민들은 창문을 닫고 외면했다.

이날 항쟁으로 200여 명이 숨진 것으로 적고 있는데, 굴비처럼 줄 맞춰 누워 있는 영화 속 시신들의 모습은 1980년 5·18 광주민주화항쟁을 겪었던 우리에게 낯설지 않은 장면이다. 재일 사상가 서경식은 그 장면에 대해 이렇게 기록했다.

한 가지 덧붙이자면, 가브로슈는 (중략) 들라크루아의 명화에서 자유의 여신과 함께 앞장선 모습으로 묘사된 그 소년이다. 그 장면은 1832년 6월 폭동을 제재로 한 것이다. 프랑스혁명과 나폴레옹전쟁 뒤의 반동기, 복고된 7월 왕정에 저항한 혁명의 한 장면이다. (중략) 바리케이드 싸움에서 패배한 젊은이들의 유해가 바닥에 줄지어 놓인 장면이 있었다. 그것은 내게 광주 5·18을 연상케 했다. 1830년대의 프랑스 7월혁명(실제로는 그 훨씬 이전)부터 1980년의 한국으로. 전 세계에서 도대체 얼마나 많은 주검이 그렇게 널브러져야 할까(서경식, 2013).

이 글에는 두 가지 이미지가 소개되고 있다. 하나는 프랑스 루브르 박물관에는 외젠 들라크루아가 그린 「민중을 이끄는 자유의 여신」이며, 다른 하나는 1980년 광주항쟁 이후 죽어간 시체의 이미지다.

「민중을 이끄는 자유의 여신」은 1830년 왕정복고에 반대해서 봉기한 7월혁명 당시의 거리를 그린 그림이다. 가슴을 드러낸 자유의 여신, 정장 차림의 신사, 죽어 있는 왕당파 군인들, 오른쪽 끝에는 권총을 든 모자 쓴 부랑아 소년이 눈길을 끈다. 영화 〈레미제라블〉에서 감동적인 장면은, 테나르디에 부부의 외동딸 에포닌이 혁명가 마리우스를 사랑하며, 눈물로 「내 마음속에On my own」를 부르고, 총에 맞아 죽는 장면이다. 그녀는 부모와 다른 진실한 민초의 모습이다. 무엇보다도 감동적인 숭고미는 자베르 경감이 빈민가의 소년이면서 비극적인 죽음을 맞이한 가브로슈의 주검 위에 훈장을 놓는 장면이 아닐까. 이렇게 영화 곳곳에 고전적인 이미지가 내장內藏되어 기억을 돌아보게 한다.

그림 4-4 • 외젠 들라크루아의 「민중을 이끄는 자유의 여신」

　영화는 버려져 물 위에 떠다니는 삼색기로 시작한다. 혁명 과정에서 수많은 사람들이 죽어간다. 혁명은 바리케이드의 이쪽과 저쪽의 민중이 서로 연대할 때에만 비로소 가능하다는 사실을 다시 확인하게 되는 것이다. 영화의 마지막 바리케이드 장면에서 그 위로 거대한 삼색기를 군중이 높이 들어 올리면서 영화는 끝이 난다. 바리케이드 장면이야말로 '혁명적 숭고미'를 극대화시킨 장면이라 할 수 있겠다. 버려졌던 깃발이 군중들에 의해 높이 들어 올려진다. 고원高原으로 상징되는 높은 곳은 위압감을 주기도 하지만, 우리의 이성 판단을 거치면 오히려 안도감과 함께 쾌감과 감동을 유발시킨다. 그 쾌감은 숭고함이며, 판타지의 쾌를 융기隆起시키는 것이다. 이러한 높이는 공포가 아니라, 오히려 대적 세력에 맞서는 자기 보존의 근거(칸트, 2006: 109)가 되는 것이다.

마지막 노래 「인민의 노랫소리가 들리는가」는 영화를 마무리하는 '희망의 노래'이다. 행진곡 풍으로 영화 전체의 메시지를 힘 있게 압축하고 있다.

4. 숭고의 데자뷰

프랑스 혁명 100년사와 한국 민주주의 역사, 한국의 4·19 혁명, 5·18 광주 민주화운동, 1987년 6월항쟁 등과 유사하다. 그래서 뮤지컬 영화 〈레미제라블〉은 '한국 현대사의 데자뷰'라는 말이 많이 쓰였다. 그것은 한국 대통령선거의 힐링용으로 쓰였을 가망성도 있다. 그렇지만 필자는 이 글에서 영화 〈레미제라블〉의 흥행은 그보다 더 근원적으로 숭고미의 반복으로 보았다. 원작자 감독이 반복해서 말하는 것은 무엇일까. 더 궁극적인 것을 말하고 싶은 것이 아닐까. 반복해서 강조되는 것은 '숭고의 데자뷰'가 아닐까.

그래서 이 글에서 칸트의 두 가지 숭고미, 곧 수학적 숭고와 역학적 숭고를 설명하고, 지젝이 말했던 위로부터의 숭고와 아래로부터의 숭고를 설명했다. 그래서 미리엘 신부와 장 발장은 아래로부터의 숭고이며, 자베르 경감은 법질서를 숭앙하는 위로부터의 숭고로 보았다. 그리고 부차적인 인물인 시민들의 숭고는 혁명적 숭고로 보았다.

영화의 중요한 노래들은 기도문으로 이루어졌고, '사랑 - 신앙 - 혁명'의 일치를 노래하고 있다는 것도 밝혔다. 결국 주제는 죄와 용서와 구원이지만, 이는 인간에 대한 궁극적 질문이다. 이러한 모든 꿈들이 종합된 노래는 「하루만 더One Day More」이다.

이 노래에서는 여러 군상들이 각자 생각하는 내일과 희망을 노래한다. 장 발장은 하루만 지나면 코제트를 데리고 프랑스를 떠날 생각이고, 코제트와 마리우스는 "그대와 함께 새로운 삶을 시작하고 싶어라"를 노래하고, 에포닌은 영영 사랑이 떠날 것 같은 생각에 슬퍼하고, 앙졸라와 청년들은 새로운 시대가 열릴 것을 고대하고, 자베르는 혁명을 분쇄할 계획을 노래하고, 테나르디에는 죽어 나자빠질 혁명가들의 시체에서 한몫 챙길 것을 희망한다. 그 꿈은 모두 각자의 절대자에게 기도하는 형식을 갖고 있다.

인물의 서사와 노래 가사만이 이 영화를 숭고하게 하는 것은 아니다. 지미 집 카메라로 허공에서 화면을 잡다가, CG로 파노라마 롱테이크를 잡다가, 갑자기 캐릭터의 얼굴 주름까지 스크린에 꽉 채워 초점화하는 기술들은 우리를 영상미학적 숭고미로 몰아넣는다. 거대 화면과 미시 화면을 번갈아 보여줄 때 영상미학적 '친밀한 낯섦'Uncanny은 증폭된다.

'레미제라블'이라는 스토리에는 고통스런 삶의 역정과 장엄한 역사의 흐름이 동시에 융기하는 숭고/숭고미가 발현되고 있다. 장 발장을 선과 구원으로 이끌어가는 '숭고'의 길은 그를 더 깊은 심연으로 떨어뜨리는 끊임없는 전락轉落의 길과 이어져 있다. 장 발장은 숭고냐 전락이냐의 갈림길에서 번민하고 주저하고 회의하지만, 결국 누구도 따를 수 없는 놀라운 힘을 발휘해 이를 극복해낸다.

장 발장 주변의 인물들이 갖고 있는 천박함은 숭고함의 부정으로서, 그 하찮음은 강함과 위대함과 숭고함을 강조하는 데 쓰이고 있다. 그래서 이 이야기 속에 흩어져 있는 추醜의 미학은 숭고의 미학을 극도로 더욱 확대시키는 미학적 도구일 뿐이다

장 발장이 스스로 드높이는 모든 과정은 고립된 '외톨이 개인單獨者, Singularity'의 투쟁이다. 출발했던 지점보다 더 낮고 더 비루하고 더 추한 곳으로 낙오하면 할수록 그는 오히려 모든 반대의 힘을 박차고 역동적으로 상승하는 숭고미를 발현한다. 이런 점에서 〈레미제라블〉은 결함을 가진 단독자가 그것을 불

굴의 힘으로 극복하기에 이른다는 한 편의 드라마다. 동시에 인간의 속죄와 구원은 바로 이러한 인간 조건을 겸허히 자각하면서, 더 낮은 단계로 전락하는 위험에서 자기를 지켜내는 부단한 노력에 있다는 기독교적 교훈을 웅변하는 숭고한 서사시라고 할 수 있겠다.

참고문헌

고지혜. 2012. 「해방 이후 아동문학 장(場)에서의 『레미제라블』 수용 양상 연구」, 《아동청소년문학연구》, 제11호(2012.12).

김응교. 2010. 「다마스커스와 안디옥의 진리 사건: 알랭 바디우 『사도 바울』」. 월간 《복음과 상황》, 9월호.

_____. 2012. 『그늘: 문학과 숨은 신』. 새물결플러스.

니체, 프리드리히. 2000. 『차라투스트라는 이렇게 말했다』. 정동호 옮김. 열린책들.

서경식. 2013. 「레미제라블」. 《한겨레》, 2013년 2월 18일.

아리스토텔레스. 2002. 『시학』. 천병희 옮김, 문예출판사.

위고, 빅토르. 2012. 『레미제라블 · 1권』. 정기수 옮김. 민음사.

지젝, 슬라보예. 2002. 『이데올로기라는 숭고한 대상』. 이수련 옮김. 인간사랑.

_____. 2007. 『부정적인 것과 함께 머물기』. 이성민 옮김. 도서출판b.

칸트, 임마누엘. 2005. 『아름다움과 숭고한 감정에 대한 고찰』. 이재준 옮김. 책세상 (Kant, Immanuel. 1765. *Beobachtung über das Gefühl des Schönen und Erhabenen*).

_____. 2006. 『판단력 비판』, 김상현 옮김, 책세상.

숭고와 그로테스크를 통해 '무한'을 사유하기
무한의 드라마, 『레미제라블』

이 충 훈

한양대학교 프랑스언어문화학과 조교수

1. 들어가면서

19세기 프랑스 시인 샤를 보들레르Charles Baudelaire는 빅토르 위고를 비평하는 한 글에서 "과도함, 광대무변함, 이것이 빅토르 위고의 자연적인 영역이다. 그는 그곳에서 고향에 있기라도 하듯 살아간다. 인간을 감싸는 모든 괴물성을 그릴 때면 언제나 대단한 천재가 발휘되었다"(Baudelaire, 1976: 137)고 썼다. 보들레르의 이 말은 위고의 낭만주의 문학 이념을 극적으로 요약해준다. 균형과 절제를 금과옥조로 삼았던 고전주의 미학은 '무한'infini'의 이념 앞에 그 효력을 잃는다. 현대 스위스 비평가 알베르 베갱Albert Béguin도 그의 주저 『낭만적 영혼과 꿈』에서 위고의 문학 세계에 대해 말하면서 "무한에 귀속된 [위고]는 그가 계속 떠돌아다니는 우주 그 자체가 되어버린다"(베갱, 2001: 607)고 말하지 않았던가. '과도'와 '광대무변' 그리고 '무한'은 위고의 거주지이자, 그의 자아가 끊임없이 꿈꾸는 곳이자, 그 자아를 삼켜 사라지게 만드는 곳이기도 하다. 이는 벌써 '숭고'의 경험이고, 그것에 대한 꿈이다. 비례와 기준을 엄정하게 지킨

미의 대상에 자신의 감각을 맞추고 그것에 순응하는 대신, 그는 지성의 능력을 터무니없이 초과해버린 대상 혹은 관념 앞에서 아연해지거나 열광하게 된다. 위고가 "모호하고 어렴풋이 드러난 것을 반드시 그럴 수밖에 없는 모호함으로 표현한다"(Baudelaire, 1976: 132)면, 이는 위고 문학의 모호성을 말하는 것이 아니라, 그가 "모호하고 어렴풋할" 수밖에 없는 존재와 관념의 속성과 그것의 표현을 일치시키는 데 탁월했다는 점에 대한 정당한 평가이다. 보들레르는 그러한 존재와 관념을 전문적이고 추상적인 방식으로 '규정'하고 '축소'하는 대신, 실제 그대로의 모습을 '유비적analogique'인 방식으로 포착해내는 능력을 '천재'이자 '낭만주의 정신'으로 평가했으며, 위고에 대한 보들레르의 찬양은 바로 이 점에 근거한 것이다.

그런데 보들레르는 위고의 '천재'가 무엇보다 "인간을 감싸고 있는 모든 괴물성을 그릴 때" 발휘된다고 보았다. 이 지적은 몇 가지 점에서 주목할 만하다. '숭고'의 반대항으로서의 '괴물성'은 위고의 낭만주의적 성격을 이중적으로 드러내준다. 프랑스에서 18세기 후반부터 19세기 초반에 쟁점이 되었던 '숭고' 개념이 고전주의 미학의 이데올로기적 토대였던 아카데미즘을 재검토하면서 새로운 세대가 추구하는 예술적 혁신의 견인차가 되었다면, '괴물성' 혹은 '추'의 개념은 고전주의 미학 규범에 대한 완전한 파산 선고라고 할 수 있다. 고전주의가 배제했던 '추'와 '그로테스크'가 다시, 그리고 다른 차원에서 미적 범주로 인정받게 되기 때문이다.

이는 무엇보다 예술 작품에 '추'와 '그로테스크'의 이미지를 허용할 수 있는지에 대한 단순한 문제가 아니다. 첫째, 이 요소들이 예술 작품의 미적 구조를 어떻게 변화시키며, 이를 통해 어떻게 '전혀 다른' 미적 효과를 얻을 수 있는지가 중요하게 되었다. 둘째, 새로운 문학은 "인간을 감싸고 있는 괴물성"에 대해 질문하면서 필연적으로 인간의 다면적인 성격을 강조한다. 이제 '괴물'은 정상적이기에 아름다운 '형상la Forme'의 결여 혹은 위반이 아니라, 인간 내면에 존재하는 이중성에 대한 상징으로 간주된다. 위고의 소설 『파리의 노트르담 Notre-Dame de Paris』의 콰지모도Quasimodo와 『웃는 남자L'homme qui rit』의 그윈플레 인Gwynplaine의 기형성이 대표적인 사례이다. 그러나 위고는 이 두 인물의 극단 적으로 추한 용모를 희화화하는 대신, 그들과 짝을 맞춰 등장하는 아름다운 인물들과 대비시키는 가운데 새로운 효과를 추구한다. 따라서 괴물성은 해부 학과 인상학la physionomie의 물질적matériel 차이에 있지 않고, 존재의 도덕적moral, 정신적spirituel 결함에서 찾아야 한다.

이와 같은 '기형'과 '정상'의 극적 대립이 위고 문학의 한 가지 특수한 양상 이다. '미'는 그 자체로 아름답게 빛나는 것이 아니라 '추'하고 '그로테스크'한 존재와 어우러질 때 가장 큰 힘을 지닐 수 있다. "불도마뱀은 물의 요정 옹딘을 강조하고, 땅의 요정은 공기의 요정을 아름답게 만들어준다"(Hugo, 1985a: 12) 고 위고가 말할 때, 그는 불도마뱀과 땅의 요정의 그로테스크한 모습이 물의 요정과 공기의 요정의 아름다움을 한층 부각시킬 수 있음을 주장하는 것이다.

위고의 대작 『레미제라블』에는 앞서 언급한 소설에서 나타나는 극단적인 그로테스크의 이미지를 구현한 인물은 등장하지 않는다. 15세기의 파리를 배 경으로 한 『파리의 노트르담』이나, 1세기 전의 영국을 배경으로 한 『웃는 남 자』와는 달리, 『레미제라블』은 작성 시기로부터 약 30년 전의 프랑스 역사와 사회를 직접적인 배경으로 삼기 때문일 것이다. 그러나 미과 그로테스크의 대 립은 이 작품 속에 등장하는 무수히 많은 인물들에 내면화되어 여전히 뚜렷이 나타난다. 그리고 이 '대조'는 정확히 주인공 장 발장의 이중적인 조건에 대응 한다. 19년을 복역했고 출소한 후에도 여전히 사회로부터 격리되어, 엄중한 감시를 받으며 살아가야 하는 장 발장은 그에게 감화를 준 미리엘 주교의 가 르침을 실천하기 위해 노력한다. 그를 선과 구원으로 이끌어가는 '숭고'의 길 은 동시에 그를 더 깊은 심연으로 떨어뜨리는 끊임없는 '전락'의 길과 바로 이 어져 있다. 장 발장은 숭고냐 전락이냐의 갈림길에서 번민하고 주저하고 회의

하지만, 결국 누구도 따를 수 없는 놀라운 '힘'을 발휘해 이를 극복해낸다. 장발장이 스스로를 드높이는 전 과정은 고립된 한 개인의 결단과 행동에 의존하는 대신, 그가 출발했던 지점보다 더 낮고 더 비루한 곳으로 한없이 그를 끌어내리려는 모든 반대적인 힘과의 역학 관계에서만 이해될 수 있다. 이런 점에서 『레미제라블』은 그의 다른 소설에서처럼 원죄와 같은 결함을 가진 존재가 내면의 불굴의 힘으로 이를 극복하기에 이른다는 한 편의 '드라마'이며, 인간의 속죄와 구원은 바로 이러한 인간 조건을 겸허히 자각하면서, 더 낮은 단계로의 전락의 위험에서 자기를 지켜내는 부단한 노력에 있다는 기독교적 교훈을 웅변적으로 노래하는 현대적 의미의 '서사시'일 것이다.

이런 의미에서 위고의 작품과 그의 사상은 낭만주의적으로 해석된 '변신론 辯神論'으로 귀결한다. 지상에 창궐한 '악'의 책임을 신에게 묻는 무신론에 맞서, 성 아우구스티누스 이래로 변신론은 신의 전능함과 자비를 논리적으로 옹호하고자 한다. 증오와 위선, 빈곤과 폭력의 세상에서 선의지를 통해 유한자의 눈으로는 보이지 않는 무한의 존재를 인식하고, 그 존재의 의지를 의심 없이 따르는 숭고한 인물을 그려냈다는 점에서 위고의 『레미제라블』은 낭만주의 시대의 시적詩的 변신론으로 불러도 좋다. 극도로 불완전한 인간이 무한한 완전성을 가진 신에 대한 이념을 어떻게 가질 수 있을 것이며, 그의 지고한 뜻을 어떻게 따를 수 있을 것인가? 이를 위해 위고가 제시하는 이념을 우리는 '숭고'와 '그로테스크'의 이념으로 요약할 수 있다고 생각한다.

2. 『크롬웰』 서문에 나타난 숭고와 그로테스크의 이념

물론 '숭고'와 '그로테스크'의 개념이 낭만주의에 국한된 것은 아니다. 우선 '숭고'는 고대 그리스 수사학에서 롱기누스가 '위대함megaloprepeia'을 대체해서 쓴 말이다(Longin, 1993: 74; Alain Michel, 1999: 28). 하지만 롱기누스가 언급한 '숭고'는 "최고의 담화, 탁월한 담화"를 가리키기 위한 것이었으며, 이 말이 서구에서 '미'에 체계적으로 대립하는 의미로 사용되기 시작한 것은 18세기 중반 이후의 일이다(Saint Girons, 2007: 46).

로마의 문법학자 퀸틸리아누스는 문체를 단순한 문체style simple, 보통의 문체style moyen, 숭고한 문체style sublime로 구분했다. 이때 세 가지 문체 중 '숭고한' 문체는 간결하거나 유순한 첫 두 문체와 달리 표현이 강렬하고 강건하므로, 듣는 이의 마음을 뒤흔들고 동요하게 하는 데 적합하다(Saint Girons, 1993: 22).

그러나 일반적으로 수사학 전통에서 문체의 한 가지 종류로 인정되었던 '숭고' 개념이 본격적으로 미적 범주로 수용된 것은 17세기 후반의 일이다. 미적 이상을 고대의 작가들에게서 찾는 구파와, 현대의 작가들에게서 찾는 신파가 첨예하게 대립했던 신구 논쟁 초기인 1674년, 구파의 수장이었던 니콜라 부알로는 롱기누스의 『숭고론』을 유려한 프랑스어로 번역하면서 이 오래된 미학적 개념을 되살려 고전주의 미학 규범에 편입했다. 부알로는 번역 서문에서 "롱기누스는 숭고를 웅변가들이 숭고한 문체로 이름 하여 부르는 것이 아니라, 연설에서 충격을 주고, 어떤 작품이 우리를 열광케 하고, 매혹하고, 흥분의 도가니로 몰아넣는 비범하고 놀라운 것으로 이해했다"(Boileau, 1966: 338)고 말했다. 이로써 '숭고'는 18세기 이후, 더는 문체의 문제에 국한되지 않고 근대 미학 이론의 한 가지 핵심 주제가 된다. 18세기 중반, 프랑스의 드니 디드로와 아일랜드의 에드먼드 버크는 미와 숭고의 범주를 구분하고자 노력했다. 특히 버크는 1757년에 쓴 『숭고와 미의 근원에 대한 철학적 연구A Philosophical Inquiry into the Origin of our Ideas of the Sublime and Beautiful』에서 "숭고와 미는 매우 상반되는 본성을 가진 관념"임을 명시하고, 그 직접적인 이유로 "숭고는 고통에 기초하고 미는 쾌에 기초"(Burke, 1998: 173)한다는 점을 들었다.

특히 칸트는 1790년에 쓴 『판단력 비판Kritik der Urteilskraft』에서 미와 숭고를 뚜렷이 구분한다. 칸트에 따르면 "자연미는 그 형식에서 합목적성을 지니며, 그 결과 대상은 우리의 판단력에 대해서 보자면 예정되어 있는 것 같고, 그래서 미는 그 자체로 만족의 대상이 된다. 반대로 추론하는 판단에 몰두하는 일 없이 포착하는 것으로 그치면서 우리 안에서 숭고의 감정을 불러일으키는 것은 그것이 설령 형식에서 우리의 판단력에 대한 합목적성에 반하고, 우리의 현시 능력에 부적합하고, 상상력에 폭력을 가하는 것처럼 보일지라도, 정확히 바로 그 때문에 그것은 더더욱 숭고한 것으로 판단된다"(Kant, 1985: 183). 칸트는 미가 균형, 대칭, 비례 등과 같은 "대상의 형식에 관련이 있고, 대상의 형식은 한정에서 성립"하지만, 숭고는 "무형식의 대상에서도 볼 수 있다"(Kant, 1985: 182)고 본다. 칸트에게 숭고는 우리가 비교의 척도를 가질 수 없기에 단적으로 큰 것(수학적 숭고), 우리가 상상할 수 없을 정도로 엄청난 위력을 갖고 있기에 그것과 비교해보았을 때 우리가 보잘 것 없이 작아지는 것(역학적 숭고)이다. 이때 숭고는 우리에게 숭고한 감정을 불러일으키는 대상을 우리로서는 어떤 척도로도 재 볼 수 없을 때 느끼게 되는 무력함의 경험이다.

칸트의 '숭고'가 동시대 낭만주의자들에게 준 영향은 이루 말할 수 없이 크다. 낭만주의자들은 고전주의에서 영구불변한 것으로 간주된 미학 규범을 따르기를 거부한다. 물론 시인과 화가가 작품에 완전한 예술적 형식을 구현하기 위해 기울이는 부단한 노력은 언제나 높게 평가할 만하다. 그러나 예술가가 이상적인 미를 전제할 때, 그것이 미의 최종 목적에 이르기 위해 작업 과정에서 미가 아닌 모든 것을 제거해야 한다는 말은 아니다. 미적 대상은 그것이 완전무결한 미를 구현한 경우에만 우리에게 '미적 즐거움'을 주는 것은 아니다. 작품의 전체적인 효과를 위해 사용된 '부조화'한 일부가 그렇지 않은 경우보다 더 큰 '미적 즐거움'을 주는 경우가 적지 않기 때문이다. '숭고'가 바로 그러한 예이다.

숭고와 미의 본성적 차이를 강조하는 것은 우리의 미적 경험이 자주 미 자체로 환원될 수 없는 어떤 것을 포함하고 있음을 지적하기 위함이다. 바로 이런 이유로 장 뤽 낭시는 "숭고는 실로 그것 없이는 미가 미일 수 없을 어떤 것, 또는 그것 없이는 미가 한낱 미에 그칠 뿐일 어떤 것을 대변한다"(Nancy, 1988: 60)고 정확히 말한다. 다시 말하면 미의 창조와 향유의 과정에서 미가 불완전해지는 순간, '미'만으로는 부족해지는 순간이 있으며, 그러한 미의 '한계'에 맞닿아 있는 어떤 것이 바로 숭고라는 인식이다.

그런데 18세기 후반 숭고가 고전주의의 '미학적 위기'에 대한 낭만주의적 반작용의 의미로 등장했다면, 위고 예술론의 토대를 바로 여기에서 찾을 수 있다. 위고는 미에 대한 숭고의 우위를 열렬히 주장했던 모든 낭만주의자들의 동아리에 속한다. 위고는 초기 희곡 『크롬웰』에 긴 서문을 써서 낭만주의 미학의 이념을 밝힌다. 이 시기는 위고가 아직 칸트를 읽기 전이었다. 칸트의 『순수 이성 비판』은 1835년, 『판단력 비판』은 1846년에 프랑스어로 번역되었기 때문이다. 그렇지만 『크롬웰』 시대에 위고가 칸트를 전혀 몰랐다고는 볼 수 없다. 그는 프랑스 낭만주의의 선구자 슈탈 부인Madame de Staël과 같은 시대의 철학자 빅토르 쿠쟁Victor Cousin을 통해서 칸트와 독일 낭만주의를 접할 수 있었다(Peyrache-Leborgne, 2007: 310).

특히 슈탈 부인이 프랑스에 가져온 낭만주의는 위고의 문학과 사상에 중요한 열쇠가 된다. 『독일론De l'Allemagne』에서 슈탈 부인은 칸트의 『판단력 비판』을 언급하면서, 칸트 저작에서 "숭고를 다룬 부분이 미를 다룬 부분보다 더 주목할 만"하고, 결국 칸트의 "숭고는 도덕의 자유"였다고 요약한다. 그녀는 칸트에 대해 말하는 자리에서 "가없는 힘은 우리를 놀라게 하고, 위대함은 우리를 짓누르지만, 우리는 의지의 엄격함을 통해 우리의 육체적 허약함의 감정을 벗어나게 된다"(Staël, 1968: 137)고 썼다. 그런데 숭고가 미의 대립항으로서 미의 한쪽 극단에 자리 잡고 있다면, 그 반대 극단에는 '그로테스크'가 있을 것이다. 이런 점에서 낭만주의 시대에 숭고와 그로테스크는 미의 양쪽 두 극단에 놓여, 규범적이고 추상적인 미를 동시에 협공하는 개념이 되었다. 위고 미학의 특수성은 바로 이 점에 있으며, 도미니크 페라슈 르보르뉴는 "숭고의 범주와 그로테스크의 범주를 서로 마주보게 만든 것은 완전히 위고에게 고유한 것"(Peyrache-Leborgne, 2007: 313)이라고 평가한다.

'그로테스크'라는 용어는 본래 이탈리아어 '동굴grotta'에서 유래한 것으로 "15세기 말 이탈리아에서 발굴된 특정한 고대 장식 미술을 지칭하는 용어"(카이저, 2011: 43)로 쓰였다. 이는 "자연과 완전히 동떨어진 것이자 주관적인 상상력에서 나온 것"(카이저, 2011: 62)으로 간주되어, 18세기까지 흔히 진지하지 못한 것으로 거부되곤 했다. 무엇보다 낭만주의 이전에 '그로테스크' 개념은 '웃음le rire', '코믹한 것le comique', '우스꽝스러운 것le ridicule'과 연관되어 사용되었다 (Faudemay, 2012: 97). 미하일 바흐친에 따르면 그로테스크는 중세 민중 공연과 축제에서 두드러지는데, "성체 축제의 민중적·대중적 양상과, 악마극 및 성사극聖事劇, 소극笑劇, 익살극에 등장하는 바보들의 축제, 냄비를 두드리며 내는 소동, 카니발"(Bakhtine, 1970: 36) 등에서 찾아볼 수 있다. 그런데 바흐친은 중세와 르네상스 시대의 그로테스크와 낭만주의적 그로테스크를 구분한다. 낭만주의적 그로테스크는 앞선 시대의 그로테스크적 경향을 "제한하고, 심각한 면만을 일방적으로 강조했던 고전 시대와 18세기의 제요소에 맞선 반작용"으로서, 고전주의를 특징짓는 "편협하고 거드름만 피우는 합리주의, 국가와 형식논리학의 독선, 다 갖춰지고, 완성되고, 일의一義적인 모든 것에 대한 갈망, 계몽주의 철학의 교훈성과 공리주의, 순박하거나 진부한 낙관주의"(Bakhtine, 1970: 46) 전반에 대한 총체적인 부정이다.

위고 역시 『크롬웰』 서문에서 "기형, 추, 그로테스크는 결코 예술의 모방의 대상이 될 수 없다"고 주장하는 고전주의자들에 맞서 "그로테스크는 곧 코미디이고, 코미디는 필경 예술의 한 분야"(Hugo, 1985a: 17)이며, "그로테스크는 드라마의 지고한 아름다움의 한 가지"(Hugo, 1985a: 18)임을 분명히 한다. 그에 따르면 현대의 천재는 고집스레 미를 추구하는 대신 고전주의가 오랫동안 잊고 있었거나 의도적으로 배제했던 "기형, 추, 그로테스크"에서 더 큰 효과를 길어낸다. 왜냐하면 "미는 단지 한 가지 유형일 뿐이지만 추에는 수천 가지 유형이 있"(Hugo, 1985a: 12)고, "미가 완전하기는 하지만 인간처럼 제한된 전체를 제공한다면, 이와 반대로 추는 우리가 파악할 수 없는 엄청난 규모의 전체를 제공하며, 이것은 인간이 아니라 고스란히 천지 창조와 어울릴 만한 것"(Hugo, 1985a: 13)이기 때문이다. 달리 말하면 고전주의에서 미의 결여, 혹은 변질로 간주되어 추방되었던 추와 그로테스크와 같은 부정적 범주가 낭만주의에서는 새로운 미적 이상을 추구하는 데 필수불가결한 것으로 인정된다.

그토록 복잡하고, 다채로운 형태를 지녔고, 마르지 않는 창조의 샘인 현대의 천재는 바로 그로테스크 양식과 숭고의 양식의 풍요로운 결합에서 생긴다. 이는 고대의 천재가 갖췄던 일률적인 단순성과 완전히 반대되는 것이다. (중략) [고대와 현대의] 두 문학의 근본적이고 현저한 차이를 세우려면 바로 이 점으로부터 출발해야 한다(Hugo, 1985a: 10).

그로테스크의 개념을 도입하면서 위고가 이를 단지 고전주의의 미적 이상에 대응하는 반대 항으로 삼았던 것만은 아니다. 위고는 고전주의 이상이 인간은 완전성과 절대 미를 향하지만, 동시에 불완전하고 추한 존재를 밝히는 이중성homo duplex을 은폐·왜곡했다고 본다(Albouy, 1963: 180). 그러나 우리는 이러한 이중성을 "결점이 아니라 복잡성"(김찬자, 2010: 48)으로 이해해야 한다. 즉 인간의 추하고 그로테스크한 모습은 이상적 미를 훼손하는 것이 아니라, 단일하고 축소된 시각으로는 파악할 수 없는 조화로운 전체 안에 자연스럽게 녹아들 수 있다. 바로 이러한 점에서 안 위베르스펠트는 "위고에게 그로테스크는 […] 숭고의 다른 짝이자, 문학적 전체의 구성분"임을 분명히 한다. 자신의 추하고 그로테스크한 모습을 내면에서 바라볼 때, 위고의 인물은 필연적으로 자신의 능력으로는 결코 이해할 수도, 도달할 수도 없는 어떤 '무한한' 존재, 즉 "신 앞에서의 자아, 무한의 자아"(Ubersfeld, 1974: 473)를 의식하기 때문이다. 그 존재를 마주하고 시선을 자신에게 돌릴 때 우리는 자신의 기괴함과 우스꽝스러움과 마주하게 될 것이다. 그것이 위고가 말하는 추이자 그로테스크이다. 한편, 자신이 한없이 불완전하다는 점을 자각하고, 그 한계 너머를 바라볼 때 우리는 더 없이 완전하고 전능한 존재와 마주하게 될 것이다. 그것이 위고가 말하는 숭고이다. 위고에게 그로테스크와 숭고는 이중적 인간의 분리할 수 없는 두 얼굴이며, 미래의 예술, 즉 낭만주의는 어느 한쪽이 아닌, 두 모습 전체를 극적으로 보여주는 것으로 고전주의를 극복하고 인간을 가두었던 한계를 뛰어넘게 될 것이다.

3. 『레미제라블』에서 그로테스크와 숭고가 결합된 한 예: 캉브론과 가브로슈

안 위베르스펠트는 위고의 그로테스크와 바흐친의 카니발 개념 사이에 친연 관계가 있음에 주목한다. 그녀에 따르면 그로테스크라는 말은 다의적인데, 그중 첫째가 "코믹한 것, 웃음, 호방한 웃음으로부터 '웃음을 참기'까지 극단적으로 다양한 뉘앙스를 지닌 웃음"이며, 두 번째가 "추상적 미의 부정으로서의 '추'"(Ubersfeld, 1974: 465)로서, "모든 종류의 우스꽝스러운 것, 결함, 추함을 취"(Hugo, 1985a: 12)한다. 위고의 다른 소설과 마찬가지로 『레미제라블』에서도 이러한 사례는 여러 곳에서 찾아볼 수 있지만, 여기서는 2부 첫 장과 5부 첫 장에 등장하는 캉브론 장군과 어린 건달 가브로슈의 에피소드만을 다루기로 한다. 이 두 장면이 소설의 직접적인 배경이 되기 때문이다.

소설의 2부와 5부는 각각 나폴레옹의 1815년 6월의 워털루전투와 1832년 6월의 파리 바리케이드 전투를 다루는 것으로 시작한다. 물론 위고가 말하듯 그는 이들 전투의 "역사를 쓰려고 하는 것이 아니다."『레미제라블』에서 다루는 "사건의 모체가 되는 장면 중 하나가 그 전투와 관련이 있지만, 그 역사 자체가 내 주제는 아니다"(Hugo, 1967, I: 343). 위고는 실재했던 위의 두 역사적 사건을 길게 언급하는데, 먼저 워털루전투는 나중에 코제트와 결혼하게 될 마리우스의 아버지인 퐁메르시 대령과, 앞으로 팡틴의 부탁으로 코제트를 맡아 기르게 될 여관업자 테나르디에가 만나게 되는 곳이며, 바리케이드 전투의 경우, 진보파 비밀 결사조직 'ABC의 벗들'의 구성원으로 시가전에 참여한 마리우스와, 그를 코제트와 결혼시키기 위해 그를 위험에서 구하고자 전투에 참여하는 장 발장이 만나게 되는 곳이다. 그러므로 이 두 장면은 복잡하게 얽힌 소설 전체의 구성에서 일견 전혀 관련이 없어 보였던 인물들을 교차시키고, 다음 사건으로 이어주는 역할을 한다.

그러나 위고는 퐁메르시와 테나르디에, 마리우스와 장 발장을 만나게 하기 전에 희극적 성격을 갖고 있으면서도 비극적 운명을 맞게 되는 부차적인 두 인물, 캉브론과 가브로슈를 내세워 장면의 성격을 전환하고, 드라마에 활기를 불어넣는다. 먼저 위고는 워털루전투에서 나폴레옹이 웰링턴에게 패배했던 역사를 환기하면서도 그들 뒤에 가려져 있던 캉브론을 내세워 이 역사적 사실의 의미를 다른 방식으로 해석하고자 한다. 이야기는 프랑스 군의 마지막 방진方陣을 지휘하던 무명의 캉브론 장군이 영국군이 항복을 권유하자 이에 맞서 "똥이다!"라고 대답했던 데서 시작한다.

[…] 한 영국 장군이 외쳤다. 용감한 프랑스 병사들이여, 항복하라! 이에 캉브론은 이렇게 대답했다. "똥이다!"
[…] 저 모든 거인들 중에 캉브론이라는 거인이 있었다.

[…] 워털루전투에서 이긴 사람은 패주한 나폴레옹도 아니고, 4시에 후퇴하고 5시에 절망한 웰링턴도 아니고, 조금도 싸우지 않은 블뤼허도 아니다. 워털루전투에서 이긴 사람은 캉브론이다(Hugo, 1967, I: 373~374).

위고는 어떠한 종류의 저항도 무의미해진 상황에서 최후의 패배를 기다리는 무명의 장군이 적장에게 쏘아붙인 저 저속한 외마디 소리에 주목한다. 물론 그 말은 고상한 사람들이 입에 담기를 저어하는 말이다. 그러나 위고는 "똥이다"라는 캉브론의 말을 "자기를 죽이는 천둥에 벼락을 치는 것"이라고 본다. "파국에 대해 그런 대답을 하고, 운명에 대해 그런 말을 하고 […] 라블레로 레오니다스를 보충하고, 입 밖에 낼 수 없는 최고의 한마디 말 속에 그 승리를 요약하고, 진지를 잃고도 역사를 간직하고, 그러한 살육 후에도 적을 웃음거리로 만들었으니, 그것은 엄청난 일이다"(Hugo, 1967, I: 374). 위고가 "라블레로 레오니다스를 보충한다"고 할 때, 이는 정확히 그로테스크와 숭고를 결합하는 것이 아닌가? 페르시아 대군에 맞서 삼백 명의 군사로 끝까지 저항했던 스파르타의 왕 레오니다스의 숭고한 행위와, 주어진 상황을 우스꽝스럽고 익살스럽게 만드는 데 천재적이었던 라블레를 나란히 놓음으로써, 위고는 캉브론(혹은 나폴레옹의 프랑스)이 처한 상황을 놀라우리만큼 재치 있게 포착할 수 있었다.

유럽의 모든 왕들이, 행복한 장군들이, 천둥벼락을 내리는 제우스들이 […] 이제 막 나폴레옹을 분쇄했고, 남아 있는 자는 캉브론뿐이었다. 저 지렁이 말고는 항의할 자가 없었다. 이제 그는 항의하리라. 그는 검劍을 찾듯 한마디 말을 찾는다. 입에는 거품을 무는데, 그 거품이 바로 말이다. 저 경이롭고도 보잘것없는 승리를, 승리자 없는 저 승리를 목전에 두고, 절망해버린 자가 다시 일어서는 것이다. 그는 적의 엄청난 승리를 받아들이기는 하지만 그 승리가 아무것도 아님을 통고한다. 그리고 승리 앞에 침을 뱉는 것 이상을 한다. 맞서 싸우기에

중과부적이고, 대항하기에 역부족이고, 버티기에 군비軍備도 부족하니, 마음에서 한 가지 표현을 찾아낸다. 배설물을 말이다. 반복하지만 그것을 말하고, 그것을 행하고, 그것을 찾아내는 것은 승리자가 되는 일이다(Hugo, 1967, I: 374~375).

나폴레옹을 폐위하기 위해 연합한 유럽의 모든 왕들에 맞서, 최후의 항전에 임하게 된 인물은 한낱 "지렁이"에 지나지 않는다. 그 "지렁이"가 뽑아든 '칼'은 "똥이다"라는 상스러운 말이었다. 캉브론은 임박한 패배 앞에서 그를 짓눌러 승리를 확인할 적군에게 침을 뱉듯, 그 말을 외쳤다. '입에 거품을 물고' '침을 뱉'는 등의 이 모든 '배설' 행위는 그것의 성적性的 의미를 포함하여 상대에게 가장 큰 모욕을 가하는 동시에, 모욕을 받은 자에게는 그 모욕을 되갚아주는 가장 강력한 행위가 된다. 바로 이런 의미로 바흐친은 배설의 '비방' 행위가 "비방을 받은 자에게는 파괴와 죽음과 동의어"(Bakhtine, 1970: 151)임을 지적하는 것이다. 따라서 캉브론의 말은 단지 비속한 표현이기에 앞서, 패배를 눈앞에 둔 장군이 상대에게 가할 수 있는 가장 큰 타격이며, 그런 의미에서 그의 저 짧은 말 한마디는 그의 행위를 숭고의 차원으로 단번에 옮기게 된다.

두 번째로 바리케이드 전투의 희생자 가브로슈의 경우를 살펴보자. 우선 가브로슈는 앞서 언급했듯이 워털루전투에서 퐁메르시 대령을 살려내는 데 도움이 되었던 테나르디에의 아들인데, 집을 나와 거리의 불량소년으로 지낸다. 소설에서 가브로슈는 사건 전개에 반드시 필요한 역할을 담당하는 인물은 아니다(Seebacher, 1985: 192~193). 그러나 어느 쪽에도 속하지 않고, 자유로이 모든 경계를 뛰어넘는다는 점에서 가브로슈는 성스러운 공간과 세속의 공간을 자유롭게 뛰어넘을 수 있는 『파리의 노트르담』의 콰지모도처럼 일종의 '괴물'의 역할을 담당한다. 소년은 우연히 태어나 소속 없이 방랑한다. 위고는 여러 차례 가브로슈와 같은 어린 건달을 아주 작은 인간이라는 뜻인 '오문치

오'(Hugo: 1967, II: 104), '거녀巨女의 난쟁이'(Hugo: 1967, II: 105), '피그미'(Hugo: 1967, II: 108) 등으로 불렀다. 이러한 이름들은 어느 쪽으로도 분류가 불가능하고 규정할 수 없는 존재를 가리킨다. 위고가 말썽쟁이 방랑자 기질은 "포클랭에게도 보마르셰에게도 있었"고 그것은 프랑스의 조상 "골 족의 정신의 한 특징이다"(Hugo: 1967, II: 115)라고 쓸 때, 그가 여기서 17세기와 18세기의 극작가 몰리에르와 보마르셰를 언급하는 이유는 분명하다. 위고는 이들 극작가의 민중적 성격과 그로테스크의 양상에 주목하면서, 파리의 수많은 '가브로슈'들에게서 한 가지 전형적인 사례를 찾는 것이다.

이런 의미에서 가브로슈가 1825년 6월의 봉기에 참가하게 되는 것은 자연스러운 일이다. 위고는 "가장 위대한 것과 가장 야비한 것, 모든 것의 바깥에서 얼쩡거리면서 기회를 엿보는 자들, 부랑배, 무뢰한, 거리의 방랑자 […] 빈궁과 허무의 무명씨들, 맨팔과 맨발의 사람들, 이러한 자들이 폭동에 참여하고 있다"(Hugo: 1967, III: 74)고 썼다. 분명히 위고는 "사이비 민중cet à-peu-près de peuple"(Hugo: 1967, III: 77)인 부르주아의 역사의식과 거리를 두고자 한다. 그에 따르면, 부르주아들이 어떻게 보든, 1825년 6월은 폭동l'émeute이 아니라 "봉기l'insurrection"였다. "봉기"의 주체는 민중을 자처하는 부르주아가 아니라, 정치세력화되지 않고 분할된 사회 계급에 속한 적도 없는 민중 그 자체였다. 그러므로 민중은 가브로슈이며, 바로 그가 봉기의 중심이며, 그는 멋대로 지어 부르는 저속한 노래로 봉기에 참여한 이들을 자극하고 선동한다. 바로 그렇기 때문에 가브로슈의 죽음은 봉기의 종말이자 실패와 같다. 바리케이드에서 국민병들에 맞서 싸우는 혁명군은 중과부적衆寡不敵에다 점차 탄약이 부족해져 위기를 맞는다. 이를 눈치 챈 가브로슈는 갑자기 "바리케이드의 끊어진 곳으로 나가, 각면보의 비탈에서 피살된 국민병들의 약포로 가득 찬 탄약 주머니들을 꺼내서 태연스럽게 자기의 바구니에 비워 넣"(Hugo: 1967, III: 242)는다. 혁명군의 만류와 비 오듯 쏟아지는 총탄에도 불구하고 가브로슈는 "사냥꾼을 부리로 쏘고 있는 참새"처럼 전장을 마음껏 누빈다.

> 누웠다가, 일어났다가, 문 한쪽 구석에 숨었다가, 뛰어나오고, 사라졌다가,
> 다시 나타나고, 도망쳤다가, 돌아오고, 산탄에 조롱으로 응수하고, 그러는 동안
> 에도 약포들을 약탈하고, 탄약 주머니들을 비워 자기의 바구니를 가득 채웠
> 다.(Hugo: 1967, III: 244)

열두 개의 동사가 쉴 새 없이 이어지는 단 한 문장으로 된 위의 인용문은 희
극적인 장면을 연출한다. 그는 "요정"처럼 전장을 마음대로 날아다니는 한 마
리 "참새"와 같다. 나타났다 사라졌다를 반복하면서 죽음의 위협조차도 가볍
게 여기는 가브로슈의 '팬터마임'은 이 전투의 잔혹하고 심각한 성격을 코믹한
것으로 바꾸어버린다. 아울러 자신에게 총질을 하는 국민병들 앞에서 가브로
슈는 아마도 당대 최고의 풍자시인이었던 피에르 장 드 베랑제Pierre-Jean de Bé
ranger의 것이었을 가요를 마음대로 바꿔 부르며 그들을 조롱한다.

> 그는 딱 버티고 섰다. 바람이 불어 머리칼이 나부꼈다. 허리에 두 손을 올리
> 고 총질을 하는 국민병들을 노려보면서 이렇게 노래했다.

> 낭테르 사람들은 못생겼네,
> 볼테르의 잘못이지,
> 팔레조 사람들은 어리석네,
> 루소의 잘못이지.

> 그런 뒤 그는 바구니를 주워서, 떨어진 약포들을 일일이 전부 담아, 총탄이
> 날아오는 쪽으로 나아가 다른 탄약주머니를 털러 갔다. 네 번째 탄환이 또 그를

비껴갔다. 가브로슈는 노래했다.

나는 공증인이 아니야,
볼테르의 잘못이지,
나는 작은 참새야,
루소의 잘못이지.

다섯 번째 탄환이 또 빗나가서, 가브로슈는 3절을 불렀다.

명랑하기도 하지, 내 성격은,
볼테르의 잘못이지,
초라하기도 하지, 내 옷은,
루소의 잘못이지.

[…] 그 광경은 무시무시하고도 매혹적이었다. 가브로슈는 사격을 받으면서
도 그것을 짓궂게 놀려 대고 있었다. 그는 재미있어 죽겠는 것 같았다. 사냥꾼
을 부리로 쪼는 참새나 같았다. 총알이 날아올 때마다 한 절씩을 불러 응수했
다. 계속 조준은 했지만 매번 빗나갔다(Hugo: 1967, III: 243~244).

위고의 말대로 이 장면이 "무시무시하고도 매혹적"이라면, 그것은 가브로
슈의 행위가 갖는 더 없는 진지함(탄약의 부족은 곧 전투의 패배를 예고한다)과 가
장 신랄한 풍자(봉기의 책임을 '폭도'의 탓으로 돌리는 것에 대한 조롱)를 동시에 갖
추고 있기 때문이다. 캉브론과 마찬가지로 가브로슈 역시 임박한 패배를 직감
하면서도, 그 상황을 수동적으로 체념하고 수용하는 것이 아니라, 제 힘으로
는 어쩔 수 없는 자기 앞의 적을 조소하고 빈정대면서 그가 할 수 있는 가장 큰

타격을 가하는 것이기에 이 장면은 숭고한 성격을 띠게 된다. 이 장면이 '숭고' 한 까닭은 가브로슈가 결국 국민병의 총탄을 피하지 못하고 죽음을 맞이하기 때문이 아니다. 가브로슈와 캉브론의 숭고는 그들의 코믹하고, 익살스럽고, 그로테스크한 행동 그 자체에서 비롯한다.

4. 장 발장의 숭고와 『레미제라블』의 변신론變神論

앞서 보았듯이 『레미제라블』에는 두 번의 전투가 등장하고, 전투의 주역들은 두 번의 패배를 경험한다. 그러나 소설에는 역사적 배경으로 기능하는 실제 사실로서의 전투보다 더 힘겹고 더 이기기 어려운 전투가 존재하니, 그것은 주인공 장 발장의 내면의 투쟁이다. 소설은 장 발장의 '회심la conversion'으로 시작한다. 그는 19년의 복역을 마치고 출소했지만 사회의 그 누구도 그를 받아들이지 않고, 그는 평생 경감 자베르의 감시와 추적을 감내해야 할 운명이다. 사회에서 환대받지 못하는 장 발장을 그리고 있는 1부 2권의 제목이 '전락la chute'인 것은 의미심장하다. 장 발장의 '전락'은 두 단계로 구분된다. 장 발장의 절도와 이로 인한 터무니없는 오랜 감옥살이가 그의 첫 번째 전락이었다면, 석방되어 사회에 나왔지만 하룻밤 묵어갈 곳 하나 찾을 수 없음을 깨닫게 되는 것이 그의 두 번째 전락이다. 그는 한 마을에 들어서 잠 잘 곳을 찾지만, 가장 좋은 여관에서부터 가장 나쁜 여관에 이르기까지 차례로 거절당한다.

거기서도 받아주지 않았습니다.

농부 얼굴에 의혹의 표정이 생겼다. 그는 이 낯선 사나이를 머리에서 발끝까지 훑어보더니 별안간 몸을 떨면서 소리 질렀다.

─당신이 바로 그 사람이오?

그는 다시 한 번 이 타지 사람을 흘끗 보더니, 서너 걸음 뒤로 물러나, 등燈을 탁자 위에 놓고, 벽에 걸어둔 총을 내렸다. […]

— 꺼져!(Hugo: 1967, I: 92~93).

농부는 나그네에게 존칭으로 이야기하다가 그가 누구인지 알게 되자 바로 반말로 짧게 꺼지라고 명령한다. 장 발장은 반복적으로 거부당하면서, 사회에 그가 머물 곳이 아무데도 없음을 점점 더 뚜렷하게 자각하게 된다. 그에게 이러한 거부는 더 깊은 심연으로의 '전락'과 같은 것이며, 그가 전락함에 따라 사회에 대한 증오 역시 단계적으로 깊어진다. 그가 완전히 고립되었음을 절망적으로 느꼈을 때, 마지막으로 그를 환대해준 유일한 사람이 마을의 주교 미리엘이다. 그는 장 발장을 아무런 조건 없이 환대함으로써 구원한다. 장 발장이 그의 은銀식기를 훔쳐 달아났다가 잡혀 끌려왔을 때에도, 미리엘 주교는 장 발장의 죄를 묻지 않았다.

— 아! 당신이로군요! […] 이것 보시오. 당신에게 촛대도 드렸잖습니까. 다른 것처럼 그것도 은으로 된 것이니 이백 프랑은 족히 받을 텐데. 당신vos 식기를 가져갈 때 그건 왜 가져가지 않았습니까? […] 친구여, […] 떠나기 전에 여기 당신vos 촛대가 여기 있으니 가져가십시오. […] 장 발장, 나의 형제여, 당신은 이제 악이 아니라 선에 속하는 사람이오. 나는 당신의 영혼을 사주었습니다. 나는 당신의 영혼을 암담한 생각과 영벌의 정신에서 끌어내 하느님께 바친 것입니다 (Hugo: 1967, I: 133~134).

이 장면에서 디뉴의 주교와 민중의 대조가 완성된다. 왜 사람들은 장 발장을 환대하지 않았는가? 장 발장은 그들에게 '위험한 자'이기 때문이다. 그는 엄중히 감시받는 절도범이다. 그는 19년의 복역으로 죗값을 치렀지만, 사람들은 여전히 그것이 충분하다고 생각하지 않는다. 그들의 불안이 공연한 것이 아니라면 그것은 장 발장이 그를 맞은 주교의 집에서 다시 한 번 동일한 범죄를 저지르기 때문이다. 그러나 주교는 장 발장이 다시 지은 죄를 죄로서 인정하지 않는다. 사실 문제는 주교가 장 발장을 왜 용서했는가에 있지 않고, 장 발장으로 하여금 제 잘못에 스스로 책임을 지게 만드는 방식에 있다. 주교는 장 발장의 발각된 "절도vol를 해소하는 유일한 방법은 그를 처벌하는 데 있지 않고 동등하거나 더 큰 증여don로 그것을 무효화하는 것"(Rosa, 1985: 219)임을 잘 알았다. 그래서 주교는 헌병들에게 은식기(그리고 그가 가져가지 않았던 은촛대)가 장 발장이 훔치기 이전에 이미 '그의 것vos'이었음을 확인해준다.

그런데 이 '증여'는 무상의 것이 아니다. 증여물이 장 발장의 의지와는 상관없이 ― 그는 그것을 미리엘 주교로부터 직접 받은 것이 아니다 ― 그의 것이 되어버렸을 때, 증여물의 수탁자는 사전에 동의가 없었음에도 그 증여가 자신에게 요구하는 무언의 대가 역시 수용하지 않으면 안 된다. 이것은 장 발장으로서는 이중의 구속이다. 증여의 사건이 없었다고 사실대로 말한다면 그는 다시 절도범으로 체포되어 이번에는 영영 감옥살이를 하게 될 것이다. 아울러 증여가 주교와 그 사이에 실제로 이루어졌다고 말한다면 그는 자기에게 주어진 증여에 뒤따르는 책임을 수행하지 않으면 안 된다. 물론 이 장면에서 주교와 장 발장 사이에, 어떤 점에서 '지연遲延된' 증여 행위를 증언하는 증인은 헌병들이지만, 사실은 그들과는 다른 둘을 매개하는 제삼자가 존재한다. 왜냐하면 주교는 장 발장에게 "나는 당신에게 영혼을 사주었다"고 말하고 있기 때문이다. 증여는 주교와 장 발장 사이에서가 아니라, 단지 주교를 매개로 이루어 진 것이다. 그러므로 장 발장이 어쩔 수 없이 주교가 은밀하게 제시하는 일종의 '계약'을 체결하지 않을 수 없을 때, 그는 주교가 아니라 주교를 매개로 자기에게 증여를 행한 존재에게 구속되는 것이다.

사실 이 소설에서 장 발장의 '절도'는 테나르디에의 '절도'와 끊임없이 비교

된다. 앞서 언급한 워털루전투의 마지막 장면에 등장했던 테나르디에는 살육된 병사들에게서 제게 소용이 될 만한 것을 훔치는 "절반은 도둑이고 절반은 종복從僕인 자"이자, "전쟁이라 부르는 저 황혼이 빚어내는 박쥐"(Hugo: 1967, I. 386)로 묘사된다. 테나르디에는 그곳에서 퐁메르시 대령을 우연한 계기로 살려주는데, 대령이 제게 남아 있는 것을 가져가라고 하자 "아무것도 없소"라고 짧게 대답한다. 이미 그가 취해갔기 때문C'était déja fait이다(Hugo: 1967, I. 390). 이 장면은 주교와 장 발장의 증여와 정확히 같은 것이면서 전혀 다른 효과를 만들어낸다. 장 발장과 테나르디에는 어쨌든 절도를 했고 필요한 것을 손에 넣었다. 그리고 증여 행위가 사후에 승인받는다는 점에서 이 둘은 동일하다. 다만 장 발장은 증여 행위를 인정하면서 그 행위의 매개자가 아니라 제3자에게 그것에 상응하는 증여를 되돌려주겠다는 계약을 했지만 테나르디에의 경우는 이와 다르다. 퐁메르시와 테나르디에 사이의 증여는 증여자의 오인에서 비롯한 것이고, 실제로 증여자 쪽에서는 증여한 것이 전혀 없기 때문에 오히려 증여물의 수탁자에게 빚을 지게 되었다. 그러므로 증여의 상황은 역전되어 있다.

이러한 상황은 테나르디에와 팡틴, 테나르디에와 장 발장의 관계에서도 동일하게 반복된다. 팡틴은 딸 코제트를 테나르디에 부부에게 맡기면서 매달 송금을 약속했다. 반면 테나르디에 부부는 여러 가지 명목으로 팡틴에게 추가 비용을 요구하면서, 결국 그녀의 모든 것을 사취해간다. 이 부당한 행위는 나중에 그들에게 코제트를 요구하는 장 발장에게도 똑같이 적용된다. 테나르디에 부부가 코제트를 넘겨주는 대가로 천오백 프랑을 요구하자, 장 발장은 전액을 즉각 지불한다. 사실 테나르디에는 퐁메르시의 경우와 마찬가지로, 팡틴, 코제트 그리고 장 발장에게 그가 받을 자격이 전혀 없는 증여를 강요한다. 그리고 팡틴과 코제트는 증여의 제공자이기는 해도, 퐁메르시의 경우에서처럼 증여물의 수탁자 테나르디에게 점점 더 큰 빚을 지게 되는 것이다. 결국 장 발장이 이 사취의 관계를 끊으러 온다. 이는 미리엘 주교가 장 발장의 절도를 처벌하는 대신 동등하거나 더 큰 증여로 무효화한 것과 동일한 방법이다. 코제트에게 부과된 '역전된 증여'의 빚을 완전히 청산하기 위해서는 그녀의 빚과 동등하거나 더 큰 증여가 필요했기 때문이고, 이를 위해 장 발장은 두 말 없이 미리엘 주교의 방식을 따른다.

여기서 증여에 대한 장 발장과 테나르디에의 두 가지 방식이 거울에 비친 것처럼 좌우가 바뀐 것을 제외한다면 완전히 같은 방식으로 나타난다는 점에 주목하자. 테나르디에는 거짓 구실을 대면서 상대가 자신에게 점점 더 큰 증여를 하게끔 강요한다. 그가 이렇게 반복적으로 증여를 받을 때 그의 그로테스크한 성격이 점점 뚜렷해짐과 동시에, 그는 도덕적으로 야수野獸가 되어 점차 깊은 구렁 속으로 타락한다. 이에 반해 미리엘 주교가 그랬듯이 장 발장은 무조건적인 증여를 반복할수록 숭고해지며, 결국 그는 스스로 타인의 죄를 대속代贖하는 "순교자"가 되기에 이른다.

사실 『레미제라블』이 한 선한 주교로부터 감화 받은 범죄자가 자신의 죄를 뉘우치고 선행을 베풀게 된다는 이야기였다면, 소설은 1부의 은촛대 사건에서 끝날 수도 있었다. 미리엘 주교와 장 발장은 극단적으로 대립하는 자아의 두 얼굴이며, 이는 선악의 간단間斷 없는 투쟁, 천사와 괴물의 상징적 대면으로 해석할 수 있다. 그러므로 한쪽의 패배는 곧 이야기의 종말을 의미하게 될 것이다.

어떤 목소리가 그의 귀에, 운명의 엄숙한 시간을 그가 막 지나왔고, 그에게 더는 중간이란 존재하지 않는다고, 장차 가장 훌륭한 사람이 되지 않는다면 가장 나쁜 사람이 되고 말리라고, 이제 주교보다 더 높이 오르거나 갤리선의 노를 젓는 형벌을 받은 죄수보다 더 아래로 다시 떨어지고 말리라고, 선해지고 싶다면 천사가 되어야 하고, 악한 채로 남고자 한다면 괴물이 되고 말리라고 말하고

있었던 것일까?(Hugo, 1967, I: 140)

　미리엘 주교의 가르침은 장 발장이 사회와 자신에 대한 증오 때문에 그동안 그가 듣지 못했던 양심의 목소리를 다시 듣게끔 해준 것이다. 그는 앞으로 끊임없이 두 가지 길 중 하나를 선택하지 않을 수 없을 것이다. 다시 테나르디에와 같은 자가 되어 악의 심연에 떨어지는 것이 하나라면, 스스로 주교가 되어 자신의 괴물성 이면에 존재했던 곧고 착한 심성을 되찾는 것이 다른 하나이다. 이런 점에서 장 발장의 원형을 『파리의 노트르담』의 콰지모도에서 찾을 수 있을 것이다. 콰지모도는 "애꾸눈이요, 곱사등이요, 앙가발이"로 "대충 생기다 만 존재un [être] à peu près"(Hugo, 1985b: 599)이다. 그가 에스메랄다를 위해危害한 죄목으로 태형을 받고 죄인 공시대에 묶여 고통을 겪고 있을 때, 그는 제가 가해했던 피해자로부터 물 한 잔을 건네받고 장차 그녀를 위해 헌신하게 된다. 위고에게 '괴물성'은 정도의 차이는 있을지라도 모든 존재의 조건이며, 인간의 존엄성은 제가 가진 그 괴물성을 겸허히 인정하고 자기보다 더 완전한 존재를 의식하고 사랑하는 데 있다. 장 발장과 테나르디에는 사회의 괴물로서 모든 이가 경멸하고 배척하는 존재이다. 그러나 미리엘 주교(그리고 『파리의 노트르담』의 에스메랄다, 『웃는 남자』의 위르쉬스와 데아)는 장 발장의 '괴물성'을 무효화함으로써 무한자 앞에 그들 모두가 동등한 존재임을 말없이 웅변한다. 이때가 위고의 기형적인 인물들이 거울처럼 그리고 꿈처럼 둘로 나뉘는 자아를 경험하는 순간이다.

　그러므로 그는 말하자면 자기 자신을 마주 보았고, 동시에 그 환각을 통해 어떤 신비로운 심연을 비추는 빛과 같은 것을 보고 있었다. 처음에 그는 그것이 횃불인 줄 알았다. 그의 의식에 나타나는 그 빛을 더 주의 깊게 바라보다 보니 그것이 사람 형상을 하고 있고, 그 횃불로 보였던 것이 주교였음을 깨달았다.

그의 의식은 자기 앞에 그렇게 놓여 있는 두 사나이, 주교와 장 발장을 번갈아 바라보았다. 그런데 장 발장에게 잘못을 깨닫게 하기 위해서는 그래도 주교가 필요했다. 이런 유(類)의 환희에 특징적인 기이한 효과 하나 때문에 몽상이 계속될수록 주교는 점점 커져 그의 눈에 번쩍이고, 장 발장은 점점 작아져 지워지고 있었다. 얼마큼 시간이 지나자 그는 그저 그림자뿐이었다. 갑자기 사라지고 만 것이다. 주교만이 남아 있었다.

주교는 이 불쌍한 사나이의 온 영혼을 휘황찬란한 빛으로 가득 채우고 있었다.

장 발장은 오래오래 울었다. 뜨거운 눈물을 흘리며 울었다. 여자보다도 더 연약하게, 어린아이보다도 더 두려워하며 흐느껴 울었다(Hugo, 1967, I: 141~142).

장 발장은 자기 내부에 존재하는 두 존재를 응시한다. 그가 거울을 보듯 바라보는 장 발장 자신과 주교는 앞서 우리가 언급한 선과 악, 천사와 야수, 미와 추, 숭고와 그로테스크, 빛과 그림자, 현실과 백일몽 등의 모든 대조를 한꺼번에 요약하고 있다. 장 발장은 스스로 이들 대립 항들의 중간, 즉 정념과 자기 안위에 굴복하는 보통의 인간으로 살아갈 가능성이 제게 남겨져 있지 않다는 점을 깨닫는다. '주교가 될 것인가, 죄수로 남을 것인가'의 문제는 "인간은 천사도 아니고 짐승도 아니며, 천사가 되려는 자는 짐승이 된다"(Pascal, 2000: 781)고 했던 파스칼을 떠올리게 한다. 신과 야수 사이에 놓여 상승과 전락을 반복하는 인간의 조건에 대한 오래된 신학적 주제인 셈이다. 장 발장에게 미리엘 주교의 환대와 용서는 단지 지극히 인자한 자의 배려가 아니라, 증여를 되갚으라고 강력히 주장하는 자와의 언약의 체결이었다. 주교는 장 발장의 죄를 탕감하고 그에게 자유를 주었지만, 장 발장이 그 자유를 누리기 위해서는 생명을 건 헌신이 필요하다. 장 발장은 앞으로 마들렌 시장으로, 수녀원에서 일하는 포슐르방 씨로, 마리우스를 지키기 위해 바리케이드 전투에 참여하는 코제트의 아버지로 살아갈 것이다. 매순간 그는 상징적인 죽음을 경험하지만 끊임없이 '살아서' 돌아온다. 장 발장으로 오인되어 죽을 처지에 놓인 샹마티외를 위해 법정에 자진 출두하여 재수감되고, 감시망을 좁혀오는 자베르를 피해 수녀원에 은둔할 목적으로 관棺에 갇혀 묘지에 묻히고, 부상당한 마리우스를 살려내기 위해 파리의 하수도에서 사투를 벌이는 그는 목숨을 걸고 제게 주어진 과업을 성취한다. 그 과업은 장 발장을 영웅으로 만들기 위한 것이라기보다는 영원히 죽을 수 없는 운명 때문에 끊임없이 고통을 반복하지 않을 수 없는 영벌永罰로 기능한다. 그러나 제게 맡겨진 과업을 하나하나 성취해나가면서 그는 비로소 숭고해질 수 있다. 단 한 번의 회심으로는 충분하지 않다. 그는 삶의 매순간 보통의 인간이라면 감히 시도도 하지 못할 선행으로 자신을 드높인다. 바로 그런 과정에서야 자기 안에 존재하는 끊임없이 자신을 유혹하는 죄 많은 야수 '장 발장'을 지우고 가장 선한 존재인 주교만을 남길 수 있기 때문이다.

5. 『레미제라블』: 무한의 드라마

위고는 『레미제라블』의 2권에서 "이 책은 무한을 첫째 인물로 삼고 있는 한 편의 드라마다. 인간은 둘째 인물이다"(Hugo, 1967, II: 38)라고 썼다. 이때 '무한'은 무엇보다 유한자인 인간으로서는 감히 인식하고 판단하기가 아예 불가능한 무한자로서의 신을 가리킨다. 그러나 이 문제는 동시에 인간이 어떻게 그러한 무한에 대한 관념을 가질 수 있는지, 어떻게 무한자로서의 신을 의욕하고 그의 뜻을 따를 수 있는가에 대한 질문을 포함한다. 위고에 따르면 유한자로서는 전혀 전체를 파악할 수 없는 무한이 우리의 외부뿐만 아니라 우리의 내부에 필연적으로 존재한다.

우리들 밖에 하나의 무한이 있는 동시에 우리들 속에도 하나의 무한이 있지 않은가? 이 두 개의 무한(얼마나 끔찍한 복수複數인가!)은 서로 겹쳐 있지 않던 가? 우리 내부의 무한은 말하자면 우리 밖의 무한에 잠재되어 있는 것 아니던 가? 그것은 우리 밖 무한의 거울이요, 반영이요, 반향이요, 심연이 아니던가? 우리 안의 무한도 정신적인 것인가? 그것도 사유하는가? 사랑하는가? 의욕하는 가? 두 무한이 정신적인 것이라면 제각기 하나의 바라는 원리가 있고, 아래의 무한 속에 자아가 있듯이 위의 무한 속에도 하나의 자아가 있다. 이 아래의 자 아, 그것이 영혼이고, 이 위의 자아, 그것이 신이다(Hugo, 1967, II: 45).

'무한'은 우리의 감각으로 파악할 수 없고 의식으로 이해되지도 않는다. 그 러나 의식이 점차 고양되면서 우리의 무한에 대한 인식을 가로막는 장애물을 넘어설 때, 우리의 의식은 직관적으로 무한을 의식하고 의욕할 수 있게 된다. 이것이 바로 낭만주의의 '숭고' 이론이다. 장 발장은 매순간 자신의 회심을 무 너뜨리게 만들 수 있을 유혹을 받는다. 또 자베르는 장 발장을 '괴물'로 규정하 고 그가 감춘 '괴물'같은 모습을 만천하에 공개하기 위해 수단과 방법을 가리 지 않는다. 비록 장 발장이 다른 이름으로 자신을 감추고 선행을 하면서 살고 자 하지만, 자베르는 괴물의 본성은 그런 몇 가지 선행으로는 결코 변화될 수 없다고 생각한다. 그때마다 장 발장은 자베르에 맞서 자신의 회심을 지키기 위해 고뇌하고 투쟁하며, 장 발장의 내면의 투쟁의 장소에서 그들은 다시 마 주친다. 그러나 장 발장이 두려워하는 것은 결코 자베르의 냉혹한 시선이 아 니라, 그의 내면에 존재하면서 그에게 명령하는 '무한'이다. 장 발장은 오직 '무한'의 명령만을 듣고자 하며, 그것이 그의 행동을 '숭고'한 것으로 만든다. 단지 '괴물'이었던 존재가 숭고해지면서 주교의 지위로, 무한의 지위로 올라가 는 것, 이것이 위고 문학의 주제로서 '낭만주의 변신론'이며, 그의 문학적 힘은 바로 여기서 나온다.

참고문헌

김찬자. 2010. 「빅토르 위고 연극과 그로테스크 미학: 『크롬웰』 서문과 『뤼 블라스』 를 중심으로」. 《한국프랑스학논집》, 69, 45~70쪽.

바이저, 프레더릭. 2011. 『낭만주의의 명령, 세계를 낭만화하라: 초기 독일낭만주의 연구』. 김주회 옮김. 서울: 그린비.

베갱, 알베르. 2001. 『낭만적 영혼과 꿈』. 이상해 옮김. 문학동네.

카이저, 볼프강. 2011. 『미술과 문학에 나타난 그로테스크』. 이지혜 옮김. 서울: 아르 모문디.

Albouy, Pierre. 1963. *La Création mythologique chez Victor Hugo.* Paris: José Corti.

Bakhtine, Mikhaïl. 1970. *L'œuvre de François Rabelais et la culture populaire au Moyen Age et sous la Renaissance.* trad. par Andrée Robel. Paris: Gallimard.

Baudelaire, Charles. 1976. *œuvres complètes,* t. II, éd. par Claude Pichois. Paris: Gallimard, Bibliothèque de la Pléiade.

Boileau, Nicolas. 1966. *Traité du Sublime,* in *œuvres complètes,* éd. par François Escal. Paris: Gallimard, Bibliothèque de la Pléiade.

Burke, Edmund. 1998. *Recherche philosophique sur l'origine de nos idées du sublime et du beau.* trad. par Baldine Saint Girons. Paris: Vrin.

Faudemay, Alain. 2012. *Le Grotesque, l'humour, l'identité. Vingt études trans-versales sur les littérautres européennes(XIXe-XXe siècles).* Genève: Éditions Slatkine.

Hugo, Victor. 1967~1979. *Les Misérables,* éd. par René Journet. Paris: GF Flammarion. 3 vol.

_____. 1985a. *Critique, œuvres complètes,* éd. par Jean-Pierre Reynaud, Paris: Robert Laffont.

_____. 1985b. *Notre-Dame de Paris, œuvres complètes. Roman I,* éd. par Jacques Seebacher. Paris: Robert Laffont.

Kant, Immanuel. 1985. *Critique de la faculté de juger.* trad. et éd. par Ferdinand Alquié. Paris: Gallimard, coll. Folio.

Longin. 1993. *Du sublime.* trad. par Jackie Pigeaud, Paris: Rivages.

Michel, Alain. 1999. "La rhétorique, sa vocation et ses problèmes: sources antiques et médiévales." in *Histoire de la rhétorique dans l'Europe moderne 1450-1950*, sous la direction de Marc Fumaroli. Paris: PUF.

Nancy, Jean-Luc et al. 1988. *Du sublime.* Paris: Belin.

Pascal, Blaise. 2000. *Œuvres complètes*, t. II, éd. par Michel Le Guern. Gallimard, Bibliothèque de la Pléiade.

Peyrache-Leborgne, Dominique. 2007. "Le héros sublime dans Titan et L'Homme qui rit." in *Littérature et le sublime*, sous la directiobn de Patrick Marot. Toulouse: Presses universitaires du Mirail.

Rosa, Guy. 1985. "Réalisme et irréalisme des Misérables." in *Lire Les Misérables.* Paris: José Corti.

Saint Girons, Baldine. 1993. *Fiat Lux. Une philosophie du sublime.* Paris: Quai Voltaire.

_____. 2005. *Les Monstres du sublime. Victor Hugo, le génie et la montagne.* Paris: Éditions Paris-Méditerranée.

_____. 2007. "Le "surplomb aveuglant" du sublime." in *Littérature et le sublime*, sous la direction de Patrick Marot. Toulouse: Presses universitaires du Mirail.

Seebacher, Jacques. 1985. "Le Tombeau de Gavroche." in *Lire Les Misérables.* Paris: José Corti.

Staël, Anne-Louise Germaine Necker de. 1968. *De l'Allemagne*, t. II, éd. par Simone Balayé. Paris: GF-Flammarion.

Ubersfeld, Anne. 1974. *Le Roi et le bouffon. Etude sur le théâtre de Hugo de 1830-1839.* Paris: José Corti.

연민을 이끌어내는 문학과 도덕적 상상력
영화 〈레미제라블〉과 소설 『레미제라블』의 비교를 중심으로*

고 정 희

서울대학교 국어교육과 교수

1. 머리말

2012년 12월에 개봉한 톰 후퍼 감독의 〈레미제라블〉이라는 뮤지컬 영화를 보고 필자는 양가적인 느낌을 받았다. 좋았던 점은 아주 오랜만에 영화에서 보여주는 '타인의 고통'을 비교적 마음 편하게 바라볼 수 있었다는 것이다. 타인의 고통이 스펙터클로 제시될 때 그것을 바라보는 관객은 어쩔 수 없이 그 광경에서 흥미와 재미를 느끼는 관음증 환자 내지는 구경꾼이 되고 만다(손택, 2004: 67~68). 만일 영화 〈레미제라블〉이 프랑스 민중의 비참한 삶과 혁명의 실패 과정을 잔인하고 끔찍하게 재현했더라면, 필자는 아마 구경꾼으로서 그 장면을 향유하고 있다는 수치심에서 자유롭지 못했을 것이다. 〈레미제라블〉

* 이 글은 한국문학치료학회, 《문학치료연구》 제26집(2013)에 실린 「연민을 이끌어내는 문학과 도덕적 상상력: 영화 〈레미제라블〉과 소설 『레미제라블』의 비교를 중심으로」를 다듬은 것이다.

은 죄 없고 연약한 민중들이 당한 "부당한 불행"을 강조함으로써 연민을 불러일으키되, 그 불행을 잔인하고 생생하게 그려내지 않는다는 미덕이 있어 보였다.

그러나 바로 이렇게 "비교적 마음 편하게 남의 고통을 바라볼 수 있었다"는 사실 때문에 〈레미제라블〉은 아쉬움을 주는 영화이기도 하다. 이 영화는 관객들을 관음증 환자로 전락시키지도 않지만 동시에 작품 속 민중들에 대한 충분한 '연민'을 관객들로부터 이끌어내지도 않는다. 필자는 어린 시절 『장 발장』이라는 아동용 소설을 읽으면서 나와 비슷한 또래로 보이는 코제트가 겪고 있는 불행에 함께 몸을 떨었던 기억이 있다. 추운 겨울에 어두운 숲에서 무거운 물통을 질질 끌고 다니는 코제트의 맨발을 상상하는 것만으로도 고통이 느껴졌다. 그런데 영화에서 물을 길어 오는 코제트는 너무 어여쁘고, 코제트의 맨발이 특별히 강조되지도 않았다.[1] 비단 코제트만이 아니라 이 영화에서 민중의 비참함을 대표해야 할 배우들은 불쌍해 보이기보다는 아름답게 보이는 장면이 더 많았다.

뭔가를 미화하는 것은 카메라의 전통적인 기능인데, 문제는 이런 기능이 보이는 것에 대한 사람들의 도덕적 반응을 하얗게 표백해버린다는 데 있다(손택, 2004: 116~125). 이처럼 어여쁘고 매력적인 인물들을 바라보면서 관객이 프랑스혁명기 당시 민중의 비참한 현실과 고통을 생생하게 느끼기는 어렵다. 따라서 관객을 사로잡은 것은 고통 중에 있으면서도 아름다움을 발하는 민중의 이미지이지, 실제로 고통당하는 민중의 모습 그 자체는 아니었던 것이다. 이 점에서 관객이 영화를 통해 프랑스 민중들이 처한 비참한 처지에 동감하고 그들

---

1 영화는 천사 같은 목소리로 「구름 위의 성Castle on a cloud」을 부르는 코제트의 얼굴을 클로즈업하는데, 숯검정만 묻혔을 뿐 천사같이 어여쁜 얼굴이다. 반면에 코제트의 맨발은 코제트를 풀 샷으로 잡는 장면들에서 언뜻언뜻 노출될 뿐이다.

에 대해 연민을 느낀다고 단언하기는 어렵다고 본다.

잔혹하게 그리든지 아름답게 그리든지, 타인의 고통을 시각적으로 재현하는 것만으로는 윤리적인 행동을 이끌어내지 못한다는 사실에 대해 수전 손택은 철저하게 반성하고자 했다. 우리는 수전 손택의 문제의식에 동의하면서, 뮤지컬 영화 〈레미제라블〉과 빅토르 위고의 원작 소설 『레미제라블』에서 타인의 고통을 어떻게 재현하는지를 비교하고자 한다.[2] 이 글은 영화와 소설의 비교를 통해 타인의 고통을 어떤 식으로 재현하거나 묘사할 때 관객이나 독자의 연민이 더 잘 유발될 수 있는지를 알아보는 데 목적이 있다. 이러한 목적이 효과적으로 달성된다면 문학과 도덕적 상상력의 관계에 대해서 좀 더 분명한 실마리를 얻을 수 있지 않을까 한다.

2. 타인의 고통에 대한 시각적 재현의 한계

우리가 타인의 끔찍한 불행에 적지 않은 호기심이나 심지어 시각적 쾌락을 느끼는 경향이 있다는 것은 일찍이 플라톤이 『국가』 제4장에서 레온티우스의 일화를 통해 지적한 바 있다. 레온티우스는 어느 날 처형당한 범죄자들의 시체가 가득한 사형 집행장을 지나게 되는데, 그는 그 시체들을 보고 싶어 하는 자신의 욕망과 사투를 벌이다가 결국 그에 굴복하면서 "보려무나, 너희 고약한 눈들아! 그래 저 좋은 구경거리를 실컷 보려무나"라고 절규하고 만다(손택,

---

2 뮤지컬 영화 〈레미제라블〉은 뮤지컬을 영화로 구현한 독특한 장르의 영화로, 전체 서사가 노래로 이어지는 '송스루' 방식으로 되어 있다. 이 방식이 인물의 감정 전달에 어느 정도 효과적인가를 두고 논란이 적지 않다. 이 글에서는 이러한 논란을 논외로 하고, 오직 '타인의 고통'을 보여주는 방식에만 초점을 맞추어 영화와 소설을 비교하는 것임을 말해 둔다.

2004: 146).

레온티우스가 보여주는 관음증적 욕망을 누구보다도 철저하게 문제 삼았던 수전 손택은 1977년에 출간한 『사진론』이란 책에서 사진 매체를 관음증 및 폭력과 연결 지으면서 강하게 비판한 바 있다. 그러나 이 책에 대한 여러 사람들의 비판을 의식해서인지 2003년에 출간한 『타인의 고통』에서는 사진 매체의 윤리적 문제를 좀 더 다차원적으로 해석하고 있다(민은경, 2008: 83). 타인의 고통을 시각적으로 보여주는 것이 반드시 도덕적인 반응을 불러일으키는 것은 아님에도, 희생자들은 자신의 고통이 재현되는 데 관심을 보인다. 이는 사진이 어느 정도 윤리적 의미를 지니고 있음을 암시하는 것이다. 수전 손택에 따르면, 사진 자체가 우리를 변화시킬 수 없는 것은 분명하지만, 사진은 일종의 '초대'로서 우리가 그러한 고통을 겪고 있는 희생자들에 대해서 사고할 수 있게끔 도와준다는 점에서는 윤리적인 의미를 가질 수도 있다는 것이다(민은경, 2008: 83~84).

오늘날 윤리적인 문제를 다루는 몇몇 영화를 보면 타인의 고통에 대한 시각적 재현이 『타인의 고통』에서 주목한 윤리적 의미를 지닌다기보다는 『사진론』에서 비판한 관음증적 쾌락을 자극하는 쪽에 더 가까운 듯이 보인다. 그 예로 2012년에 개봉한 〈케빈에 대하여〉라는 영화를 들 수 있다. 자유로운 여행가로 살아가던 에바는 어느 날 원치 않은 임신으로 인해 한 곳에 주저앉게 된다. 그렇게 태어난 아기 '케빈'은 손쓸 수 없이 울음을 터뜨리는 등 도무지 소통이 안 되는 아이였다. 다른 사람들 모르게 엄마를 지속적으로 괴롭히며 어느덧 사춘기 소년이 된 케빈은 뭔가 엄청나게 잔인한 범죄를 저지른다. 이 일로 에바는 감당할 수 없는 고통을 당하게 된다. 주변 사람들은 그녀의 집과 차를 빨간색 페인트로 도배하거나, 길거리에서 만난 그녀의 뺨을 있는 힘껏 후려치거나, 마트에서 그녀의 카트에 담긴 달걀을 박살내는 방식으로 적개심을 표현한다.

영화는 에바의 기억 속의 과거와 현재를 넘나들며 전개된다. 에바의 회상 속에서 케빈이 다니던 학교 체육관의 닫힌 문과 노란색 자물쇠, 비오는 밤 그녀가 넋이 반쯤 나가서 체육관으로 차를 몰고 가는 장면은 수없이 반복되고 있지만 체육관 안의 장면은 보여주지 않는다. 그래서 영화를 보는 내내 관객은 체육관의 닫힌 문 너머에서 일어난 일을 차마 볼 수 없을 것 같다고 느낀다. 그러는 동시에 마음 한 구석에서 '도대체 무슨 일이 있었는지 궁금해서 못 견디겠다'라는 호기심이 일어나지 않을 수 없게 된다. 마치 레온티우스가 시체들이 가득 쌓인 곳을 지나면서 사투를 벌인 것처럼 관객들이 보고 싶지 않다는 마음과 보고 싶다는 마음 사이에서 사투하면서 기진맥진하게 되었을 무렵에야 비로소 영화는 에바의 회상 신을 통해 체육관 안에서 화살을 발사하는 연습을 하는 케빈의 모습을 보여준다. 여기까지는 영화가 관객을 배려해서 잔인한 장면에 대한 시각적 재현을 최대한 억제하고 있는 것처럼 보인다.

그러나 막바지로 가면서 영화는 그러한 배려를 잊은 듯이 보인다. 영화의 첫 장면은 '칙칙칙칙' 하는 미지의 소리와 함께, 열린 베란다 창문 사이로 바람에 나부끼는 얇은 하얀색 커튼을 소파에 누운 에바가 힘겹게 응시하는 모습으로 시작된다. 이 장면은 영화의 마지막에 다시 되풀이된다. 체육관에서 케빈의 체포 장면과 연이어 실려 나오는 희생자들의 처참한 모습을 목격한 에바가 혼비백산한 채 집으로 돌아와서 본 것이 바로 그 장면이다. 커튼을 향해서 한 발 한 발 천천히 나아가는 에바의 모습을 보면서 관객은 에바가 아닌 자신들이 또 무엇을 보게 될까 불안한 마음과 호기심을 동시에 느끼게 된다. 결국 커튼 뒤로 간 에바는 정원에 처참한 모습으로 쓰러져 있는 딸과 남편의 모습을 목격하게 된다. 화살을 여러 발 맞아 피투성이가 된 채 쓰러져 있는 두 구의 시체 옆에서 '칙칙칙칙'하던 소리는 점점 더 커지고, 사방의 분수에서는 물줄기가 세차게 쏟아진다.

바람에 나부끼는 반투명의, 얇은 하얀색 커튼을 사이에 두고 영화는 관객들에게 "당신은 이 커튼 너머의 장면을 두 눈 똑똑히 뜨고 바라볼 수 있는가?"라고 묻는다. 관객이 스스로 그 장면을 보기를 원한다는 것을 느낄 때쯤 "보려무나, 너희 고약한 눈들아! 그래 저 좋은 구경거리를 실컷 보려무나"라고 시위하듯이 시체들 옆의 사방에서 분수들이 시원하게 쏟아지는 광경을 관객들의 눈앞에 펼쳐놓는다. 이러한 영화의 재현 방식 앞에서 관객은 이 영화에 나오는 무고한 희생자들이 당한 불행에 대해서 미처 숙고할 겨를이 없다. 영화를 보는 내내 키워왔던 자신의 어처구니없는 호기심에 대해 수치심과 죄책감을 느끼기에도 바쁘기 때문이다.

윤리적인 문제를 다루는 현대 영화들은 이처럼 희생자들이 겪는 고통을 잔인하고 폭력적으로 재현함으로써 구경꾼의 입장에서 이를 바라보는 관객을 한없이 불편하게 만든다. 그래서 이러한 영화의 주인공들이 겪는 불행이나 폭력에 대해서 관객은 '연민'보다는 '공포'의 감정을 느끼게 된다. 아리스토텔레스의 『시학』에 따르면, "연민은 부당한 불행을 당하는 사람에 대해서 느끼는 것이고, 공포는 우리 자신과 비슷한 사람이 겪는 불행한 사건에 대해서 느끼는 것이다". 이에 대해 많은 이론가들이 공포는 불행한 '사건'에 대해서 느끼는 정서이고, 연민은 그 사건의 당사자, 즉 '사람'에 대해서 느끼는 정서라고 해석해왔다. 아리스토텔레스는 비극은 사건에 대한 공포의 정서만이 아니라 사람에 대한 연민의 정서를 정화시킨다고 보았기 때문에 『시학』의 입론을 충실히 따라가다 보면 비극 고유의 진정한 미학은 공포가 아니라 연민에서 유래한다는 결론에 다다르게 된다. 공포는 연민을 극대화시키기 위한 보조 장치인 것이다(김효, 2011: 90~91).

수전 손택은 비극적인 불행을 그린 드라마에서는 원래부터 공포와 연민이 쌍둥이일지는 모르나, 흔히 공포(두려움, 무서움)가 연민을 압도하는 경향이 있는 한, 공포는 연민을 희석시키고 만다고 지적한다(손택, 2004: 115). 결국 공포의 시각화는 끔찍함 속에 놓인 매력적인 아름다움만을 강조할 뿐, 그를 통하여 불행을 겪고 있는 주인공에 대한 연민을 불러일으키는 효과는 사라지게 하고 만다는 것이다. 따지고 보면 〈케빈에 대하여〉라는 영화에서 연민의 대상이 되는 인물은 한둘이 아니었다. 체육관에서 희생된 아이들, 그 한 아이의 엄마로 에바 옆에서 오열하던 여인, 그리고 무엇보다도 케빈의 행동을 도저히 이해할 수 없지만 함께 죗값을 치르면서 아들을 있는 그대로 받아들이고자 몸부림치던 에바가 있다. 그런데 영화를 보는 관객들은 케빈이 저지른 '사건'에 대한 공포에 압도되어 정작 사건의 당사자인 '사람'에 대한 연민을 느끼기 힘들었던 것이다. 이는 이 영화만의 문제라기보다는 무언가를 '모방'하는 시각적 재현이 가지는 근본적인 한계와 관련해서 이해할 필요가 있다.

아리스토텔레스는 아주 보기 흉한 짐승이나 시체의 형체처럼 실물을 볼 때는 혐오감을 주는 것들도 매우 정확하게 묘사했을 때는 인간이 그것을 보고 쾌감을 느낀다는 것을 간파했다(에코, 2008: 33). 실러는 "슬픈 것, 끔찍한 것, 심지어 무서운 것들까지도 거부할 수 없을 만큼 매혹적이라는 것, 그리고 고통과 공포의 장면에 불쾌감을 느끼면서도 동시에 매혹되는 것은 우리 본성의 일반적인 현상이다"(에코, 2008: 282)라고 지적하기도 했다. 이러한 이중의 감정을 느끼면서 인류가 잔인한 구경거리를 즐겨왔다는 사실은, 누군가의 고통을 처참하고 잔인하게 재현하는 것이 인간의 도덕적 본성을 일깨우는 데 반드시 득이 되는 것은 아니라는 수전 손택의 통찰로 이어진다.

앞서 언급한 바처럼 수전 손택은 타인의 불행을 무섭게 그렸을 때와 마찬가지로, 미학적으로 아름답게 그렸을 때도 역시 인간이 지닌 도덕적 본성을 발휘하지 못하게 하는 효과를 낳는다는 것을 강조했다. 영화 〈레미제라블〉에 나오는 어린 코제트는 이자벨 알렌이라는 소녀가 연기했는데 아무리 숯검정 칠을 해놓아도 빛나는 얼굴이어서 원작에서 묘사한 코제트와는 거리가 멀다. 코제트는 "여덟 살밖에 안 되었지만, 벌써 어찌나 큰 고생을 겪었는지 노파 같은 비통한 얼굴을 하고" 눈두덩은 시커멓게 멍이 들어 있었다(위고, 2012, II: 141).

숲 속에서 코제트를 만난 장 발장이 여관에 들어가서 자세히 살핀 그녀의 모습은 다음과 같았다.

코제트는 못생겨 보였다. 행복했더라면 아마 예뻤을지도 모른다. (중략) 그녀는 여위고 파리했다. 여덟 살이 거의 다 되었으나 여섯 살도 채 못 되어 보였다. 깊숙한 그늘 속에 잠긴 듯한 그녀의 쑥 들어간 커다란 눈은 하도 많은 눈물을 흘렸는지라 거의 빛을 잃고 있었다. 그녀의 입아귀는 죄수들과 중병 환자들에게서 흔히 볼 수 있듯이 평소의 고통으로 인해 꼬부라져 있었다(위고, 2012, II: 169~170).

위에서 묘사한 대로 "행복했더라면 아마 예뻤을지도 모르"는 어린아이가 이토록 여위고 파리하며, 노파나 죄수, 중병에 걸린 환자와 같은 표정을 가진다는 것이 바로 불행한 사람들의 현실이다. 탐스러운 머리카락을 가지고 한때는 매력적이고 교태스러웠던 팡틴도 밑바닥 생활을 하면서는 "화장한 음산한 유령"(위고, 2012, I: 338)의 몰골을 띨 수밖에 없었다. 그런데 이 팡틴 역을 앤 해서웨이라는 아름다운 여배우가 연기함으로써 몇몇 장면에서 도저히 훼손되지 않는 눈부신 아름다움을 발하고 만다.

영화 〈프린세스 다이어리〉로 데뷔한 앤 해서웨이는 오드리 햅번 이후 '공주'라고 말할 때 머릿속에 떠올리는 이미지에 가장 가까운 배우이다. 그녀의 필모그래피 또한 그런 이미지에 기댄 역할이 주류를 이루어왔다. 전문가들과 관객들은 이토록 아름다운 '여배우'가 비참한 팡틴 역을 훌륭히 소화해냄으로써 '배우'로서 거듭났다고 호평을 아끼지 않는다. 그러나 매우 야위고 피폐한 '팡틴'이 원래는 너무나도 아름다운 '앤 해서웨이'라는 사실을 모르는 사람은 한 명도 없다. 이 배우에 대한 사람들의 기대에 부합하듯 공장에서 일할 때의 팡틴과 죽어가는 장면에서의 팡틴은 천사처럼 아름다운 모습으로 그려지고 있다. 사실 눈부시게 아름다운 팡틴을 그리고자 하지 않았다면 처음부터 앤해서웨이라는 여배우를 캐스팅하지도 않았을 것이다.

원작의 장 발장은 임종 직전 코제트와 마리우스 부부가 찾아왔을 때 "얼빠진 듯하고, 창백하고, 험상궂은 얼굴에, 눈에는 무한한 기쁨을 나타내고" 있었다(위고, 2012, V: 472). 그러나 휴 잭맨이라는 매력적인 배우가 연기한 장 발장은 죽는 순간까지도 코제트의 젊은 연인 마리우스를 압도할 만큼 단단한 육체적 매력을 내뿜고 있었다.

빅토르 위고는 "비참한 사람들"의 얼굴에는 고생의 흔적이 새겨져 있어서 눈부시게 아름답기는커녕 추하고 음산하고 험상궂게 보일 수밖에 없다고 생각하고 그렇게 묘사해놓았다. 『레미제라블』의 서문을 보면 그가 그리고 싶어한 인물들이 어떤 사람들인지를 알 수 있다.

> 법률과 풍습에 의하여 인위적으로 문명의 한복판에 지옥을 만들고 인간적 숙명으로 신성한 운명을 복잡하게 만드는 영원한 사회적 형벌이 존재하는 한, 무산계급에 의한 남성의 추락, 기아에 의한 여성의 타락, 암흑에 의한 어린이의 위축, 이 시대의 이 세 가지 문제가 해결되지 않는 한, 어떤 계급에 사회적 질식이 가능한 한, 다시 말하자면, 그리고 더욱 넓은 견지에서 말하자면, 지상에 무지와 빈곤이 존재하는 한, 이 책 같은 종류의 책들도 무익하지는 않으리라(위고, 2012, I: 5).

위의 서문에서 빅토르 위고는 법률과 풍습의 모순과, 사회의 부조리에 의해서 나타난 세 가지 문제로서 "무산계급에 의한 남성의 추락", "기아에 의한 여성의 타락", "암흑에 의한 어린이의 위축"을 들고 있다. 장 발장과 팡틴, 코제트는 이 세 가지 문제를 대표하는 인물로서 비참하게 묘사되어야 했다. 이 가운데 "암흑에 의한 어린이의 위축"은 어두운 숲 속으로 물을 길러 가는 코제트의 고통과 두려움을 통해 극적으로 묘사되고 있는데, 이 장면이 어떻게 독자의 연민을 불러일으키는지에 대해서는 뒤에서 살펴기로 한다. 아무튼 원작에서의 인물들의 묘사나 작가의 의도와 비교해보았을 때 영화 〈레미제라블〉에서 재현된 인물들의 모습은 연민을 불러일으키고 그들의 처지에 대한 우리들의 행동을 요구하는 것과는 거리가 멀다는 것을 알 수 있다. 관객은 등장인물들이 겪고 있는 모진 경험들이 그들의 아름다움을 조금도 상하게 하지 않았다는 사실로부터, 아름다운 배우들이 19세기 프랑스 민중이 겪은 고통을 흉내내고 있다는 사실을 어렵지 않게 알아차릴 수 있게 된다.

이처럼 원작 소설 『레미제라블』이 영화 〈레미제라블〉에 비해서 타자의 고통에 대한 연민을 더 잘 이끌어낼 수 있는 것으로 보이지만, 이것만으로 소설이 영화보다 연민을 더 잘 유발하는 장르라고 주장하는 것은 성급한 일일 것이다. 사진 매체가 지닌 한계를 날카롭게 지적했던 수전 손택은 윤리적 판단을 이끌어내는 데 '내러티브'가 효과적이라고 말하는데, 이때 그녀가 염두에 둔 것은 소설과 영화였다(민은경, 2008: 84). 영화는 사진 매체와는 달리 내러티브를 가지고 있다는 점에서 윤리적 판단을 더 효과적으로 이끌어낼 수 있다고 본 것이다. 그러나 필자는 영화의 '스펙터클'이 '내러티브'의 장점을 방해하는 것은 아닌지 의심한다.

『레미제라블』은 여러 번 영화화되었는데, 비교적 최근 버전으로는 1998년에 나온 빌 어거스트 감독의 영화 〈레미제라블〉을 들 수 있다. 이 영화는 팡틴 역에 우마 서먼이라는 여배우를 캐스팅했다. 우마 서먼도 도자기 인형처럼 아름다운 얼굴을 지녔지만 그녀는 컬트영화 감독인 쿠엔틴 타란티노의 뮤즈로 불릴 정도로 독특한 필모그래피를 쌓아왔다. 이러한 그녀의 필모그래피와 빌 어거스트 감독의 의도가 결합됨으로써 이 영화는 더 원작에 가까운 팡틴의 모습을 구현한다. 이 영화에서 죽어가는 팡틴의 모습은 전혀 천사와 같이 보이지 않는다. 팡틴은 자베르가 자신을 잡으러 온 것으로 착각하여 극도의 광기를 드러내면서 숨을 거둔다. 관객들은 이 장면에서 원래는 아름다웠던 우마 서먼의 모습을 잊을 정도로 기괴한 모습의 팡틴을 보게 된다.

이처럼 빌 어거스트 감독의 〈레미제라블〉은 팡틴의 모습만큼은 비참함을 비참함으로 재현하고 있다. 그러나 코제트의 모습은 오히려 뮤지컬 영화보다 더 원작에서 멀게 묘사되었다. 코제트를 연기한 미미 뉴먼이라는 아역 배우는 볼이 통통하고 생기가 넘쳐 보이며, 심지어 맨발도 아니었다. 이 영화는 장 발 장이 코제트를 여관에서 처음 만나는 것으로 설정하고 있는데, 이는 어두운 숲 속으로 맨발로 물을 길러 가는 코제트의 고통에 감독이 큰 의미를 부여하지 않았다는 것을 뜻한다.

『레미제라블』을 영화화한 다른 많은 영화들을 참조하지 못하여 조심스럽기는 하지만, 배우를 통해 인물을 표현하는 영화가 비참한 민중에 대한 관객들의 연민을 이끌어내는 데는 일정한 한계를 지니지 않는가 생각한다. 배우는 영화에 생명을 불어넣고 감독이 미처 의도치 않은 새로운 인물을 그려내는 경이로운 존재이지만, 윤리적 메시지를 전달하는 데 방해가 되기도 한다. 그 자신이 밑바닥 인생을 살고 있지 않은 배우들은 최선을 다해 다른 사람의 모습을 흉내 내지만 그 자신은 물론 관객들도 그가 흉내 내고 있다는 사실을 이미다 알고 있다. 누군가가 흉내 내는 비참한 민중의 모습에 대해 연민의 감정을 느끼기란 처음부터 쉽지 않은 일이다.

배우라는 물질적 존재가 지니는 또 다른 한계는 어떤 인물에 대한 우리의 상상을 상당히 제한한다는 것이다. 수업 시간 중에 제인 오스틴이 쓴 『맨스필드 파크』라는 소설을 영화화한다면 여주인공 '패니'를 누가 맡았으면 좋겠는가를 두고 학생들과 한참 토론을 벌인 적이 있다. 소설 속의 패니는 '아름답지는 않지만 기품 있고 현명한 여인'이었다. 그런데 후보로 떠오른 여배우들은 모두 결국은 아름다운 사람들로 판명되었다. 아름답지 않으면서 동시에 기품 있고 현명한 여인의 이미지에 해당하는 실존 인물을 찾기가 이렇게 어렵다는 것을 몸소 느낀 끝에, 문학이 영화보다 상상력의 폭이 넓다는 데 모두 흔쾌히 동의할 수 있었다.

『타인의 고통』에 부록으로 실린 「문학의 자유」라는 글을 보면 수전 손택도 역시 다른 장르에 비해 문학이 윤리적 행동을 더 잘 유발할 수 있다고 생각했음을 알 수 있다. 그녀는 "문학은 우리 아닌 다른 사람들이나 우리의 문제 아닌 다른 문제들을 위해서 눈물을 흘릴 줄 아는 능력을 길러주고, 발휘하도록 해줄 수 있다"라고 단언한다(손택, 2004: 208). 다음에서는 영화에 비해서 문학이 어떤 면에서 연민을 불러일으키는 데 유리한지를 생각해보기로 한다.

3. 연민을 불러일으키는 문학의 특징

일군의 문학비평가들은 수전 손택이 말한 '내러티브'의 윤리적 효용을 아담 스미스의 『도덕감정론』과 관련해서 풀이하고자 시도했다. 아담 스미스는 타인의 고통을 관망하는 사람은 즉각적으로 반응하는 것이 아니라 상상력을 동원해서 타인의 감정이 어떤 상황에서 표출되었는지를 판단한다고 했는데, 이로부터 문학비평가들이 도출해낸 공감의 조건이 바로 '시간'이었다. 즉 공감은 시간 속에서 태어난다는 것이다. 벤더는 서술자가 인물과 공감적 일체가 되어 서술하는 방식이 공감을 이끌어낸다고 보았다. 그의 논의를 검토한 민은경 교수는 타인의 고통을 바라보며 우리는 우리 마음에 소설을 써 내려감으로써 그의 고통을 우리 안에서 잠시나마 현존시킬 수 있다고 주장한다(민은경, 2008: 84~86).

그러나 모든 소설이 타자의 고통을 우리 안에 현존하게 만들어주는 것이 아니라고 할 때, 단순히 내러티브를 만들어내는 것으로는 공감의 필요충분조건이 되지 못한다. 벤더가 '자유간접화법'과 같이 서술자와 인물의 공감적 일체가 된 화법을 강조한 데서도 엿볼 수 있듯이, 내러티브를 써 내려갈 때 누구의 시각과 관점을 가지는지가 윤리적 판단을 이끌어내는 데 관건이 된다. 서술자는 고통을 당하는 당사자의 시각이나 아니면 그의 불행을 가장 가슴 아프게 바라보는 제삼자의 시각을 갖추어야 할 것이며, 이를 읽는 독자 또한 자신이 아닌 다른 사람의 입장에서 사태를 바라볼 수 있는 상상력을 지니지 않으면 안 된다.

아담 스미스는 타자의 기쁨에 대해서도 공감이 가능하지만 기본적으로 공감은 타자의 슬픔과 고통에 반응하는 동포 감정임을 강조했기 때문에 그의 공감 이론은 아리스토텔레스의 연민 개념과도 연결된다. 아담 스미스의 공감 개념과 아리스토텔레스의 연민 개념을 비교한 김용환 교수는 공감과 연민의 감정은 공통적으로 상상력이라는 마음의 기능이 전제될 때 가능하다는 사실을 강조한다. 다시 말해, 타인의 불행에 대한 이해는 상상력의 도움이 없이는 불가능하다는 것이 아담 스미스와 아리스토텔레스로부터 얻을 수 있는 교훈이라는 것이다(김용환, 2003: 165).

이러한 공감과 연민 이론을 참조할 때, 고통 받는 사람들의 모습을 우리 눈앞에 바로 들이대는 영화의 시각적 재현이 왜 고통 받은 사람에 대한 충분한 연민을 불러일으키지 못하는가를 더 잘 이해할 수 있다. 시각적 재현은 고통 받는 사람들에 대한 표상을 방관자들의 마음속에 만들어낼 수 있는 '시간'과 '상상력'의 자유를 허락하지 않는다는 문제가 있다. 그에 비해 문학은 독자로 하여금 '시간'과 '상상력'의 자유를 최대한 활용할 수 있는 기회를 준다는 점만으로도 시각적 재현에 비해 공감을 불러일으킬 가능성이 높다고 할 수 있다.

그렇다면 문학은 어떻게 독자들을 주어진 '시간' 속에서 자신이 가진 '상상력'을 활용하도록 자극할 수 있는 것일까? 우선 앞에서 본 '아름답지는 않지만 기품 있고 현명한 여인'의 예와 같이 문학이 지닌 무한한 상상력이 독자가 지니고 있는 경험과 상상력의 폭을 확장하는 데 도움을 주리라고 생각해볼 수 있다. 또 다른 이유로 문학은 같은 장면을 동시에 여러 명의 시선으로 보게 할 수 있다는 점을 꼽을 수 있다. 영화에서도 감독과 인물, 관객의 시선이 교차하는 경우가 없는 것은 아니지만(김진진, 2012: 5~24), 다양한 시선이 '카메라 렌즈'를 통과하면서 하나로 융합되고 만다. 영화 〈레미제라블〉에서 관객은 카메라가 자세히 비추지 않는 코제트의 맨발에 주목할 도리가 없다. 카메라의 렌즈와 일체가 된 관객은 그 장면을 자신이 아닌 다른 누군가도 함께 지켜보고 있다는 상상을 하기가 힘들다. 그러나 소설 『레미제라블』의 서술자는 같은 장면을 자신과 함께 다른 이들도 바라보고 있다고 증언한다.

그녀는 앞으로 몸을 구부리고 고개를 수그린 채 늙은이처럼 걸어가고 있었는데, 물통의 무게는 그녀의 여윈 팔을 끌어당겨 뻣뻣하게 만들었고, 쇠 손잡이는 물에 젖은 그녀의 자그마한 손을 끝내 마비시키고 얼려버렸다. 때때로 그녀는 걸음을 멈추지 않을 수 없었는데, 걸음을 멈출 때마다 통에서 넘쳐흐르는 찬물이 그녀의 맨 다리 위에 떨어졌다.

이러한 일이 숲 속에서, 밤중에, 겨울에, 사람 눈에서 멀리 떨어진 곳에서 일어나고 있었는데, 그녀는 여덟 살짜리 어린아이였다. 이때 이 애처로운 것을 보고 있는 것은 하느님밖에 없었다.

그리고 아마 그녀의 어머니도. 오호. 슬프도다!

세상에는 무덤 속 죽은 사람의 눈도 뜨게 하는 그러한 일들도 있는 것이니까.

(중략)

"오, 하느님! 하느님!"

그 순간, 그녀는 갑자기 물통이 더는 전혀 무겁지 않은 것을 느꼈다. 엄청 커보이는 손 하나가 물통의 손잡이를 잡아 힘차게 들어 올린 것이다(위고, 2012, II: 153~155).

인용문은 테나르디에의 아내한테 얻어맞는다는 두려움과 어두운 숲 속이 주는 공포심 사이에서 갈등하던 어린 코제트가 간신히 물을 길어 돌아오는 장면을 묘사한 것이다. 앞서도 말했듯이 빅토르 위고는 이 장면을 통해 "암흑에 의한 어린이의 위축"을 전달하는 데 상당한 공을 들인다. 그가 묘사한 것을 읽다 보면 물에 젖은 쇠 손잡이를 잡는 꽁꽁 언 자그마한 손의 고통, 통에서 넘쳐흐르는 찬물이 붉고 가느다란 다리 위에 쏟아질 때마다 느껴지는 살을 에는 고통 등이 저절로 머릿속에 떠올라 독자로 하여금 비슷한 감정을 느끼게 한다. 이러한 고통은 독자만이 아니라 서술자도 느끼고 있는 듯이 보인다. 서술자는 "이러한 일이 숲 속에서, 밤중에, 겨울에, 사람 눈에서 멀리 떨어진 곳에서 일어나고 있었는데, 그녀는 여덟 살짜리 어린아이였다"라고 하는데, 그가 격앙된 감정을 애써 누르고 짐짓 객관적인 서술 태도를 취한다는 것을 눈치챌 수 있다. 이 서술은 겨우 여덟 살짜리에게 어떻게 이런 일이 일어날 수 있는가라고 개탄하는 작가의 목소리인 동시에 "숲 속에서, 밤중에, 겨울에, 사람 눈에서 멀리 떨어진 곳"에 있는 코제트의 입장을 반영하고 있다. 서술자는 모든 것을 알고는 있지만 그 장면에 들어가서 이 어린 소녀를 도와줄 수 없는 처지이다. 코제트와 아무런 관계도 없는 무관심한 독자들도 어린 아이가 겪는 이 고통에 대해 연민을 느끼기에 충분한데, 서술자는 한 걸음 더 나아가서 이 사태를 "하느님"과 "그녀의 어머니"의 입장에서도 바라보도록 한다.

빅토르 위고는 이 소설을 통해서 "한 저주받은 비천한 인간이 어떻게 성인이 되고, 어떻게 예수가 되고, 어떻게 하느님이 되는가 하는 과정을 그리"고 있다. 그는 소설에서 "하느님이 장 발장 속에 보였다"라고 직접적으로 명시하기도 했다(위고, 2012, V: 497~498). 장 발장이 예수가 되어갔다고 말할 수 있는 것은 예수 자신이 하느님의 아들이지만 인간의 고통과 멸시를 모두 겪었을 뿐만 아니라 평범한 인간이라면 겪지 않았을 극한의 고통을 맛보기도 하기 때문이다. "하나님이 세상을 이토록 사랑하사 독생자를 주셨으니…"라고 한 『요한 복음』 3장 16절을 상기해보면, 예수가 이렇듯이 고통을 맛보아야 하는 이유가 인간을 향한 하느님의 사랑 때문임을 알 수 있다. 그런데 자기 아들을 내어주기까지 세상을 사랑한 하느님이 작고 애처로운 어린 소녀가 당하는 고통을 그대로 보고 있다는 것은 얼마나 고통스러운 일이겠는가.

서술자가 "이때 이 애처로운 것을 보고 있는 것은 하느님밖에 없었다"라고 말하는 순간 어떤 독자들은 하느님의 심정을 헤아릴 수도 있겠지만, 더 많은 독자들은 인류가 아주 오랫동안 품어왔던 그 질문을 떠올리지 않을 수 없다. 즉 "죄 없는 사람이 고통을 당하고 있는데 하느님은 어디 있는가?", "왜 이 사태에 개입하지 않는가?"라는 의문과 절망을 느껴보지 않고 어른이 된 독자는 그리 많지 않을 것이다. 절망한 가엾은 어린 것이 "오, 하느님! 하느님!"이라고 절규하는 순간 물통이 가벼워지는 기적이 일어났다는 것은 두 가지로 해석된다. 이 어린 것의 가련함을 더는 보고 있을 수만은 없는 신의 마음을 표현한 것이거나, 아니면 인간들의 절규에 이제 응답할 때가 되었다는 신의 마음을 표현한 것이거나. 어느 경우든지 작가가 신의 마음을 읽어내고 그 마음으로 이 소설을 써 내려가고 있다는 점에서는 다르지 않다.

이어지는 구절에서 서술자는 "그리고 아마 그녀의 어머니도"라고 말함으로써 이제 코제트의 어머니 팡틴의 시각에서 이 사태를 보도록 유도한다. 사악한 테나르디에 부부의 거짓말에 속아 코제트의 약값을 보내기 위해 머리카락과 이齒, 몸을 내다 팔고 어린 딸을 사무치게 그리워하며 죽어간 그의 어머니 팡틴이 이 장면을 보았다면 어떠했을까. 서술자는 "오호 슬프도다!"라고 자기 목소리로 말하는 한편, "세상에는 무덤 속 죽은 사람의 눈도 뜨게 하는 그러한 일들도 있는 것이니까"라고 하여 이미 죽은 팡틴의 심정까지도 대변하고 있다. 만약 팡틴이 알았더라면 무덤 속에 누워서도 눈을 번쩍 뜰 수밖에 없었을 것이라고 서술자는 죽은 사람에게까지 공감하고 있다. 이처럼 현재 벌어지고 있는 상황에 참여하고 있지 않은 인물들의 시각까지 포함하여 그 상황으로 인해 가장 힘들어하는 이가 누구인가를 상상하는 문학적 서술 방식은 독자의 상상력을 자극하여 인물에 대한 연민과 공감을 더 잘 이끌어낼 수 있다.

아담 스미스가 말하는 공감의 정서가 결국 상상적인 문제라는 점에 주목한 오드리 자페는 공감력이 장면을 상상할 수 있는 능력에서 나온다고 주장하기도 했다. 즉 다른 사람의 실질적인 고통이나 상처를 아는 것만으로는 공감을 일으키기 어렵고, 그보다는 그 고통이나 상처를 중심으로 전개될 다채로운 서사와 이미지를 상상할 수 있을 때 공감력은 커진다는 것이다(Jaffe, 2000: 4~18). 빅토르 위고는 '코제트의 고통이나 상처'가 코제트만의 것이 아니라 다른 누군가의 것일 수도 있다는 생각에서 다채로운 서사와 이미지를 상상하고 있다. 그 서사의 중심에 코제트의 어머니가 자리 잡고 있다는 것은 예사롭지 않다.

빅토르 위고보다 약 한 세기 전, 즉 18세기 중반을 살았던 아담 스미스는 병에 걸려 고통을 당하고 있으면서도 스스로의 느낌을 표현할 수 없는 아기의 신음소리를 듣는 어머니는 "비참함과 고통의 가장 완벽한 이미지를 형성"하게 된다고 말한다. 이 어머니는, 아기가 이처럼 고통을 당하고 있다는 생각에다, 그런데도 자신은 아기에게 아무런 도움이 되어주지 못하고 있다는 의식과, 아이가 질병 때문에 앞으로 어떻게 될지도 모른다는 공포를 결합시키기 때문에 비참함과 고통의 가장 완벽한 이미지를 형성하고 큰 슬픔에 빠지게 된다. 사실 아이는 생각할 줄도 모르고 앞일을 내다볼 능력도 없기 때문에, 공포와 걱정에 대해서는 일종의 해독제를 가지고 있다. 반면에 아픈 아이의 어머니는 '공포와 걱정'이라는 인간의 마음속에 있는 거대한 고문자에게 속수무책으로 당하고 있는 가장 불행한 사람이 되고 만다(스미스, 2009: 10~11).

인간이 겪는 가장 큰 비참함과 고통으로, 아픈 아기를 바라보고 있는 어머니의 고통을 떠올리는 상상은 동서고금에서 보편적으로 발견되지만 위대한 문호文豪들의 글에서는 더 뚜렷이 묘사되는 경향이 있다. 빅토르 위고나 아담 스미스가 살았던 시대나 문화와 아무런 연관이 없는 17세기 조선의 송강 정철의 글에서도 위의 인용문과 매우 유사한 서술을 볼 수 있다.

> 너희들은 비록 두 사람이긴 하나 한 어미에게서 같이 태어난 것이 아니냐. 비
> 유컨대 한 뿌리에서 나온 두 가지나, 한 몸에 붙은 네 팔다리와 같은 것이다. 바
> 야흐로 어렸을 때 너희 둘이 한 어미의 젖을 먹고 또 같이 한 어미의 무릎에 있
> 을 적에, 어미가 왼손으로는 형의 머리를 어루만지고 오른손으로는 아우의 머
> 리를 어루만지며 말하기를 "너희들은 각각 장성하여 내가 살아 있을 때는 효도
> 하고 내가 죽으면 제사를 지내거라. 너희는 나의 뜻을 어기지 말라"고 했을 것
> 이다. 그런데 오늘에 와서 백수白首 만년에 서로 송사를 하여 원수와 같이 대하
> 니, 만일 너희 어미가 알게 된다면 네 어미의 혼은 서러움을 이기지 못하여 목메
> 어 울지 않을 수 없으리라. 혹 어둡고 비가 축축히 내리는 밤이면 슬피 울며 돌
> 아가서 의지할 곳이 없을 것이니, 너희들이 제사하며 맞으려 해도 머리를 흔들
> 고 멀리 한없는 물가로 가버리고 말 것이다. 그래도 너희들은 차마 이런 일을
> 하려느냐?(정철, 1988: 425~426)

인용문은 송강 정철이 강원 감사가 되었을 때 송사하는 형제들을 만류하면
서 지은 글이다. 정철은 서로 송사하는 형제들을 타이르기 위해 지금의 이 사
태를 보면서 가장 가슴 아파할 이가 누구인지를 생각하게끔 만든다. 우선 그
들이 어렸을 때 똑같이 어머니의 젖을 먹고 어머니의 무릎 위에서 길러졌음을
상기시킨다. 정철 자신이 형제들의 어머니의 목소리를 상상하면서 형제들을
향한 어머니의 기대와 바람을 들려주고, 오늘날 이렇게 송사하는 형제들을 보
면서 죽은 어머니의 혼백이 어떻게 느낄지를 헤아려보라고 권고한다. 비가 축
축하게 내리는 밤에 울며 떠도는 혼백을 상상하게 하며 심지어 "너희들이 말
리며 맞으려 해도 머리를 흔들고 멀리 한없는 물가로 가버리고 말 것이다"라
고 하여 혼백이 방황하는 모습을 그려 보이고 있다. 어릴 때 자신들을 향해서

품었던 어머니의 기대를 저버렸음을 깨닫고도 회한을 느끼지 않을 자식이 없는데, 하물며 그 어머니의 혼이 흐느끼며 구천에 떠돌아다닌다고 생각하면 아무리 악한 사람이라도 느꺼운 마음이 없지 않을 것이다. 정철은 송사하는 형제들을 향해서 지금의 상황에서 가장 큰 고통을 받고 마음 아파하는 이가 그들의 죽은 어머니임을 상상적으로 그려 보여줌으로써 본성의 선함을 회복시키고자 했다.

아담 스미스의 공감 이론은 빅토르 위고와 정철이 '죽은 어머니'의 시각으로 사태를 바라보도록 한 것이 우연의 일치가 아닐 수도 있다는 짐작을 하게 해준다. 아담 스미스는 "비참함과 고통의 가장 완벽한 이미지를 형성"한 어머니에 대한 서술에 이어서 "우리는 심지어 죽은 사람, 즉 고인에 대해서까지도 동감한다"라고 말한다. 그들이 비참하게 되었다고 우리가 생각하는 것은, 그들은 햇빛을 볼 수 없게 되었다는 것, 그들은 생활과 대화로부터 격리되었다는 것, 차가운 무덤 속에 드러누워 썩어가면서 땅속 벌레들의 먹이가 된다는 것들 때문이다. 이처럼 죽은 사람이 처해 있는 환경은 어둡고 한없이 음울하다고 우리는 늘 자연스럽게 환상幻想하는데, 그러한 생각은 그들의 신상身上에 일어난 변화와 그 변화에 대한 우리의 의식을 결부시키고, 그들이 놓여 있는 처지에 우리 자신을 놓음으로써 생겨난다는 것이다(스미스, 2009: 11).

자식이 아프거나 고통 받는 상황이거나 잘못된 길에 들어선 상황을 보더라도 '죽은 어머니'들은 아무것도 할 수 없다. 무덤 속에서 눈을 뜨고 구천을 헤매도 아무 소용이 없는 것이다. 그들이 어머니이기 때문에 느끼는 고통과, 자식의 곁에서 자식을 보살필 수 없는 '죽은 사람'이기에 느끼는 고통이 한데 어우러져서 그들은 인간이 상상할 수 있는 가장 큰 고통을 겪는 이들로 표상된다. 이들의 고통을 덜어주는 것은 산 사람들의 몫이다. 산 사람들이 죽은 사람들에 대해서 할 수 있는 최소한의 배려를 할 수 있도록 작가들은 죽은 어머니의 극단적인 고통을 상상하도록 유도한다.

정철은 백성들이 본디 지니고 있는 아름다운 마음을 발현하도록 해주는 것이 자신의 사명이라고 생각하고, 이런 생각을 담은 글을 여럿 남기고 있다. 정철이 강원도 감사를 지낼 때 올린 상소문을 보면 도내道內의 백성들이 유난히 분쟁이 많은 것은 모자의 온정, 형제의 우애, 남녀의 예의를 몰라서가 아니라 다만 굶주림과 추위에 해를 입어 예의를 돌아볼 여지가 없기 때문이라고 변론해주기도 했다. 정철의 유명한 「훈민가」는 "하늘은 능히 사람에게 지극히 착한 성품을 주기는 하되, 하여금 그 성품을 온전케는 못하니, 그러므로 능히 하여금 그 성품을 온전케 하는 것은 군君과 사師의 책임이라"는 생각을 실천하기 위하여 지어진 노래였다(정철, 1964: 140).

『레미제라블』을 번역한 정기수의 작품 해설에 따르면, 빅토르 위고도 빈궁이 민중들을 죄와 악으로 밀어 넣고 있다고 생각했으며, 사회의 암흑을 형성하고 있는 헐벗고 굶주린 민중에게 빛을 주기 위해 교육을 실시하고, 일터를 주고 자애를 베풀어야 한다는 사회사상을 그의 소설 속에 펼쳐놓았다. 또한 그는 시인들은 예종하는 자들에 대한 사랑과 고통 받는 자들에 대한 연민의 정으로 인색과 야욕, 사치, 이기심을 규탄하고 빈궁을 감소시키고 사회의 진보와 더 나은 사회의 도래를 위해 노력해야 할 임무가 있다고 믿었다(위고, 2012, V: 499~500).

목민관으로서, 그리고 시인으로서의 사명감을 가지고 사회의 어두운 데서 신음하는 이들에 대한 적극적인 행동을 촉구했던 송강 정철과 빅토르 위고가 지닌 공통점은 문학이 어떻게 연민을 불러일으키는 힘을 갖는지에 대한 실마리를 던져준다. 그들은 고통 받는 이와 가장 내밀한 관계에 있기 때문에 그의 고통에 대해서 가장 큰 고통을 느끼게 될 인물(죽은 어머니)의 시선으로 사태를 서술함으로써, 서술자의 시선을 따라 읽는 독자는 자신이 바로 그 고통 받는 사람과 연결되어 있는 것처럼 느끼고 상상하게 된다.

이들 문학의 독자는 단지 고통 받고 있는 한 인물의 입장만을 상상하도록 요청받는 것이 아니라 고통 받는 이도 그들의 어머니나 하느님에게는 가장 소중한 존재였음을 적극적으로 상상하도록 한다. 이는 타인의 고통을 아무렇지도 않게 바라보는 습성에 젖어 있던 독자를 어쩌면 자신이 그의 고통에 책임이 있을지도 모른다는 생각으로 이끈다. 왜냐하면 고통 받는 그가 이렇게 고통 받아야 할 이유가 없는 무구한 존재라고 생각하는 순간, 그를 이러한 고통에 내몬 것은 부조리한 사회이고, 사회를 그런 식으로 방치하여 무고한 희생자들을 양산한 우리의 책임도 없지 않다는 깨달음으로 나아갈 가능성은 훨씬 커지기 때문이다.

4. 문학과 도덕적 상상력의 관계

최근 들어 도덕교육 쪽에서는 상상력이 도덕적 판단에 미치는 영향에 대한 논의가 많아지는 추세이다. 전통적으로 철학자들은 도덕 문제를 일반적이고 추상적이며 이론적인 방향으로 접근해온 데 비해, 20세기 후반 철학자들은 개별적인 행위 주체가 그들만의 특수한 도덕적 상황에 처했을 때 내리는 도덕 판단에 주목한다. 그 결과 개별적인 상황에 대한 구체적이고 풍부한 내용을 떠올리기 위해서는 상상력이 중요하다고 생각하기 시작했다(박진환·박문정, 2007: 134). 특히 인지 심리학자 마크 존슨이 "다른 사람의 경험에 감정이입적으로 참여하는 것 이상으로, 타자의 복지를 위해 가능한 행동과 그 결과를 상상할 수 있는 능력"을 가리키는 개념으로 "도덕적 상상력moral imagination"을 언급한 이후, 이 개념을 중심으로 상상력이 도덕교육에 미치는 영향에 대한 논의가 활발하게 이루어지고 있다(김명규, 2007: 23).

이러한 논의들의 공통적인 강조점은 상상력이 자기 자신의 상황과 시공간의 경계를 벗어나서 타인의 입장에서 상황을 보도록 해주며, 타자의 감정 상태를 잘 이해하고 자신의 행동이 타자에게 미칠 영향에 민감하도록 만들기 때문에 도덕적 판단에 긍정적으로 작용한다는 것이다. 이처럼 도덕적 판단에 미치는 상상력의 영향력을 강조하는 논의들은 자연스럽게 상상력의 보고寶庫라고 할 수 있는 문학에 관심을 갖게 되고, 문학이 도덕적 상상력을 배양하는 데 매우 효과적이라는 사실을 발견하게 된다(김형철·이미식·최용성, 2001: 37~63; 김용환, 2003: 155~180).

비슷한 시기에 문학교육 쪽에서도 '도덕적 상상력'에 대한 언급들이 많아졌다. 첫째, 문학이 타인의 고통을 형상화함으로써 타자의 시각에서 자아를 성찰하는 윤리적 기능을 할 수 있다는 것(우한용, 1999: 1~19), 둘째, 문학이 수행하는 '형상적 사유'가 감수성 차원에서 인간의 문제에 접근하도록 함으로써 도덕적 상상력으로 승화될 수 있다는 것(우한용, 2004: 11~40), 셋째, 문학을 통해서 타자의 삶 속으로 상상적으로 들어설 수 있거나, 그와 같은 동참과 관련된 정서를 소유할 수 있다는 것(정재찬, 2004: 41~78)이 지금까지 논의에서 주목된 지점들이다.

이처럼 도덕교육과 문학교육 양쪽에서 문학과 도덕적 상상력의 밀접한 관계에 대해 주목하고 있지만, 문학의 어떤 면이 도덕적 상상력을 촉발시키는지를 해명하는 논의들은 아직 많지 않은 편이다. 아담 스미스는 이 문제에 대해서 구체적인 수준의 논의를 편 이론가로서 주목된다. 타인의 고통에 대한 수전 손택의 통찰이나 빅토르 위고와 정철의 문학적 성취를 아담 스미스의 공감 이론을 통해서 풀이하는 것이 가능했던 이유는 아담 스미스가 상상력이 지니는 도덕적 힘에 대해서 구체적으로 접근할 수 있게 해주기 때문이다.

아담 스미스는 "우리는 타인이 느끼는 것을 직접적으로 체험할 수도 없고, 따라서 그들이 어떻게 느끼고 있는지 알 수도 없다. 그러나 상상을 통해 우리는 그와 유사한 상황에 처해 있다면 어떻게 느끼게 될지를 상상할 수는 있다"(스미스, 2009: 4)라고 말한다. 많은 이론가들은 아담 스미스의 이 말이 본래 타인의 것이었던 감정이 어떻게 우리 안에서도 생겨나는지를 설명하고 있다고 평가한다. 즉 우리가 상상력의 힘을 빌려서 다른 사람과 입장을 교환할 때 자연적으로 공감(즉, 사람과 사람 사이에서 의사 전달이 이루어지는 감정)이 우리의 자연적인 감정 그 자체 안에 생긴다. 즉 공감은 상상 속에서 다른 사람의 입장에서 다른 사람이 처해 있는 상황을 생각할 때에 저절로 생겨나는 자연적인 감정이라는 것이다(강진영, 2001: 7~16).

이러한 아담 스미스의 이론에 기댈 때 우리는 타인의 고통을 시각적으로 재현한 영화가 그 압도적인 스펙터클에도 불구하고 문학만큼 고통 받는 사람에 대한 연민을 느끼게 해주지 못하는 이유를 설명할 수 있다. 시각적 재현이 우리 자신을 고통 받는 사람의 상황 속에 놓는 상상력을 제한하기 때문이다. 어린 시절 필자는 『장 발장』을 읽으면서 단지 코제트가 나와 같은 또래의 아이라는 이유만으로 코제트가 겪고 있는 상황 속에 자신을 놓을 수 있었다. 그런데 만일 그때 필자가 〈레미제라블〉이라는 영화를 봤다면 어땠을까. 아마도 금발머리에 인형같이 생긴 코제트를 나와 같은 아이로 상상하기는 어려웠을 것이다.

문학은 이처럼 독자로 하여금 그 주인공을 자기 자신에 가깝게 마음껏 상상할 수 있는 자유를 주어 독자의 공감을 용이하게 만든다. 게다가 빅토르 위고와 같은 대문호에 의해서 잘 짜인 문학은 한 장면을 바라보는 여러 가지 시각을 동시에 제시함으로써 등장인물 한 사람 한 사람을 둘러싼 세계의 총체성을 그려낸다. 개인들은 개인이기 이전에 누군가의 딸이자 아들이거나, 누군가의 어머니로 존재한다. 더 높은 곳에서 조망한다면 어머니와 딸은 모두 하느님의 자녀들이다. 그래서 그들의 모든 행위들은 우발적이지 않고 세계의 총체성 안에서 서로 연대되어 있는 다른 개인들의 영향 관계 안에서 일어나는 행위가 된다. 그러므로 부도덕한 행위를 하는 주인공이 있더라도, 그 행위의 책임은 주인공 자체에만 있는 것이 아니라 그를 둘러싼 세계 자체에 더 큰 책임이 있을 수도 있다. 빅토르 위고는 비참한 민중들이 죄에 내몰리는 사태에 책임이 없는 사회 구성원은 있을 수 없다고 보고, 자신의 작품을 읽는 독자들이 비참한 사람들의 상황을 이해하고 그들의 고통을 개선하기 위한 행동으로 돌아설 수 있기를 기대했다(김성택, 2005: 21~64).

이러한 문학 작품과 만난 독자는 작품 속 인물이 겪는 고통을 여러 인물의 시각을 통해 바라보면서 연민을 느끼게 되는데, 그 가운데서도 '어머니'의 눈을 통해서 인물을 바라보는 것은 각별한 의미를 지닌다. 코제트의 저 고통을 그의 어머니 팡틴이 본다면 어땠을까를 생각하는 마음을 확충擴充하면 현실에서 각양각색의 모습으로 고통당하는 타인들의 고통에 대한 민감성을 높일 수 있을 것이다. 정철은 서로 송사하는 형제들을 파렴치한으로 보기 이전에 그의 어머니의 마음으로 보고 어머니와 아들들 모두를 불쌍하게 여긴다. 영화 〈케빈에 대하여〉에서 도무지 이해할 수 없는 반사회적 범죄를 저지른 케빈도 그의 어머니 에바에게는 혐오감의 대상이기 이전에 가슴 아픈 자식이었다. 이런 작품들을 접한 후의 독자는 예전의 자신보다는 타자들의 행동을 이해하고자 노력하고, 그들의 상태를 개선하기 위해서 자신이 할 일이 무엇인지를 좀 더 적극적으로 생각하게 될 것으로 기대한다.

이상에서 본바, 아담 스미스의 이론은 문학과 도덕적 상상력의 관계를 비교적 구체적으로 논의할 수 있는 실마리를 제공하지만 아직 풀리지 않는 많은 문제들이 남아 있다. 문학이 지닌 구체성과 상상력, 시각의 다중성, 세계의 총체성으로 인해 문학이 영화에 비해 더 많은 도덕적 상상력을 제공한다고 치자. 그것이 독자의 도덕적 상상력을 자극한다는 것을 어떻게 입증할 것인가? 문학을 읽고, 문학에서 보여준 모범적인 사례를 내면화하는 가운데 도덕적 상상력은 저절로 확충된다고 보는 근거는 무엇인가? 이러한 문제들은 문학의 내면화 과정이 투명하게 밝혀지지 않은 지금의 상황에서 쉽게 답을 마련하기 어려운 것이 분명하다.

5. 맺음말

지금까지 영화 〈레미제라블〉과 원작 소설 『레미제라블』을 비교·검토하면서, 영화보다는 문학이 타인에 대한 연민을 이끌어내는 데 비교적 유리한 지점을 점하는 것을 볼 수 있었다. 잔인하게든지 아름답게든지 타인의 고통을 시각적으로 재현한다는 것은 그것을 바라보는 관객을 윤리적 곤경에 빠뜨리고 만다. 관객은 잔인한 구경거리를 즐기는 관음증 환자가 되거나, 아름다운 이미지를 즐기는 도덕적으로 둔감한 관람자가 되기 쉽다. 사진 매체에 비해 내러티브를 지닌 영화의 윤리적 가능성에 대해서는 긍정적으로 보는 입장들도 있지만, 이 글은 그렇게 볼 수 있는 근거를 찾지 못했다. 오히려 '타인의 고통을 흉내 내는' 배우를 통해 영화의 윤리적 메시지를 전달하는 데는 한계가 있으며, 배우들은 관객이 지닌 도덕적 상상력을 제한하기도 하는 것을 볼 수 있었다.

반드시 그렇다고 단언하기는 어렵지만, 대체로 문학은 영화에 비해 독자에게 작품 속에 그려져 있는 타인의 고통을 떠올려볼 수 있는 '시간'과 '상상력'의 자유를 허용함으로써, 타인의 고통에 연민을 느낄 수 있는 여지를 풍부히 남긴다고 말할 수 있다. 이러한 장르적 특성에 더하여, 『레미제라블』같이 위대한 문호에 의해 잘 짜인 문학은 영화보다 훨씬 더 큰 연민을 불러일으킨다. 빅토르 위고는 어린 소녀 코제트가 겪는 고통을 코제트의 시선, 서술자의 시선, 어머니 팡틴의 시선, 하느님의 시선에서 동시에 서술하고 있다. 코제트의 '죽은 어머니' 팡틴의 시선을 접한 독자는 코제트에 대한 연민의 감정을 금할 수 없는데, 그것은 아픈 자식을 바라보는 어머니의 고통이야말로 인간이 감당하기 어려운 고통이라는 사실은 누구도 부인할 수 없기 때문이다. 이처럼 위대한 문학은 타인이 고통을 당하는 그 장면에 지금 당장 현존하지는 않지만, 그고통으로 인해 더 큰 고통을 느낄 법한 인물들까지 상상하게 함으로써, 타인의 고통을 개인의 몫으로만 바라보지 않도록 해준다.

문학의 이러한 속성은 문학이 왜 '도덕적 상상력'을 불러일으키는 데 효과적인지를 말해준다. '도덕적 상상력'은 자신을 고통당하는 타자의 입장에 놓고, 그 상황에서 타자가 느낄 감정을 상상하고, 타자의 복지를 위해 자신이 할 수 있는 행동이 무엇이며 그 결과는 어떠할지를 상상하는 능력을 일컫는다. 세계를 총체적으로 묘사하는 문학은 개인들의 모든 행위들이 우발적이지 않고 서로 연대되어 있는 다른 개인들의 영향 관계 안에서 일어난다는 사실을 깨닫게 해준다. 이러한 문학을 읽을 때 독자는 고통당하는 타자가 자기와 무관한 존재가 아니라 연대되어 있는 존재임을 느끼면서 도덕적 상상력을 갖게 되거나 확충할 가능성이 높아질 것으로 예상된다. 그러나 문학이 도덕적 상상력을 풍부히 제시하는 데 머무는 것이 아니라 도덕적 상상력을 촉발한다거나, 문학을 통해 도덕적 상상력을 확충한다는 것은 아직 입증되지 않은 가설에 불과하다. 이를 입증하기 위해서는 '도덕적 상상력'이라는 개념을 이론적으로 정교화하거나 경험적으로 구체화하는 작업이 필요하리라 본다.

　　끝으로 영화 〈레미제라블〉에서 팡틴과 코제트, 장 발장이 비참한 삶에 긁히고 찌든 모습 그대로 나왔디라면 어땠을까 생각해본다. 영화 〈레미제라블〉 열풍이 한때의 집단적 감상주의에 그치지 않고, 현대 사회에서 고통 받고 있는 사람들에 대한 연민과 그에 따른 실질적인 행동의 변화로 이어지길 바랐다면 등장인물들을 "비참한 사람들(레미제라블)"이라는 그들의 이름 그대로 비참하게, 그러나 잔인하지는 않게, 그렸어야 하지 않을까 싶다.

참고문헌

1. 기초 자료

위고, 빅토르. 2012. 『레미제라블 1~5』. 정기수 옮김. 서울: 민음사.

정 철. 1964. 『송강전집』. 성균관대학교 대동문화연구원.

_____. 1988. 『국역송강집』. 송강유적보존회.

2. 논문 및 단행본

강진영. 2001. 「아담 스미스의 공감의 교육적 의미」. 《교육철학》, 제26집.

김명규. 2007. 「도덕교육에서 도덕적 상상력의 역할과 함양 방법에 관한 연구」. 서울
　　대학교 석사학위논문.

김성택. 2005. 『레미제라블 읽기의 즐거움: 낭만적 영혼의 서사시』. 살림.

김용환. 2003. 「공감과 연민의 감정의 도덕적 함의」. 《철학》, 제73집.

김진진. 2012. 「영상서사의 장르 문식성 이해 교육 연구」. 서울대학교 석사학위논문.

김형철 · 이미식 · 최용성. 2001. 「도덕적 상상력을 위한 서사교육접근」. 《초등교육연
　　구》, 제16집.

김 효. 2011. 「아리스토텔레스의 카타르시스: 비판적 고찰과 한국에서의 수용 문제」.
　　《연극교육연구》, 제18집.

민은경. 2008. 「타인의 고통과 공감의 원리」. 《철학사상》, 제27집.

박진환 · 박문정. 2007. 「도덕 판단에 있어서의 상상력의 위상에 대한 연구」. 《윤리교
　　육연구》, 제17집.

송원섭. 2013. 「〈레미제라블〉은 왜 힐링 무비일까」. 《무비위크》, 2013년 1월 1일.

손택, 수전. 2004. 『타인의 고통』. 이재원 옮김. 이후.

스미스, 아담. 2009. 박세일 · 민경국 옮김. 『도덕감정론』. 비봉출판사.

우한용. 1999. 「문학교육의 윤리적 연관성에 대한 연구」. 《사대논총》, 제41집. 서울
　　대학교 사범대학.

_____. 2004. 「문학교육과 도덕성 발달의 의미망」. 《문학교육학》 제14집.

에코, 움베르토. 2008. 『추의 역사』. 오숙은 옮김. 열린책들.

이진희. 2008. 「공감과 그 도덕교육적 함의에 관한 연구」. 《도덕윤리과교육연구》, 제26집.

정재찬. 2004. 「문학교육과 도덕적 상상력」. 《문학교육학》, 제14집.

최재헌. 2013. 「비참한 사람들(Les Miserables)」. 《서울신문》, 2013년 1월 19일.

한승주. 2013. 「〈레미제라블〉 흥행 비결은… 비참한 사람들, 이 시대 아픈 이들을 위로하다」. 《국민일보》 쿠키뉴스, 2013년 1월 16일.

Jaffe, A. 2000. *Scenes of Sympathy*. Ithaca and London: Cornell University Press.

『레미제라블』, 뮤지컬 영화로 다시 태어나다

이 상 민

가톨릭대학교 ELP학부대학 창의교육센터 교수

1. 2012년 한국을 달군 〈레미제라블〉

2012년, 〈레미제라블〉이 우리의 마음속으로 들어왔다. 중·고등학교 필독서, 고전으로만 여겼던 『레미제라블』이 새롭게 우리의 가슴을 울린 것이다. 숱한 블록버스터 영화를 제치고 〈레미제라블〉이 흥행에 성공한 이유는 무엇일까? 이는 『레미제라블』이 빅토르 위고의 작품이었기 때문만은 아닐 것이다. 2012년 당시 한국이 처한 정치적·사회적·문화적 배경에 〈레미제라블〉의 서사가 투영됨으로써 공감대가 형성될 수 있었기 때문이다.

사실 한국에서 뮤지컬 영화가 성공한 사례는 극히 이례적이다. 중심 서사를 노래로 풀어가는 뮤지컬 영화는 뮤지컬에서 성공한 작품이 영화로 매체를 옮겨 놓는 경우가 대부분이다. 〈레미제라블〉 이전에 한국에서 뮤지컬 영화로 가장 많은 관객을 모은 작품 〈맘마미아!〉도 그러한 경우인데, 약 450만 명(www.kobis.co.kr)의 관객이 관람한 영화 〈맘마미아!〉의 흥행 성공은 뮤지컬에서 비롯되었다. 2004년 예술의 전당에서 초연된 뮤지컬 〈맘마미아!〉는 매년 공연을 올렸고, 이는 2008년 영화 〈맘마미아!〉의 성공으로 이어진 것이다.

그러나 영화 〈레미제라블〉의 경우는 이와 다르다. 1985년 카메론 매킨토시가 뮤지컬 〈레미제라블〉을 제작하여 이를 세계 4대 뮤지컬의 하나로 만들었지만, 한국에서 뮤지컬 〈레미제라블〉의 공연은 1996년과 2002년 영국 오리지널 팀이 내한했을 때에만 이루어졌다. 뮤지컬 〈레미제라블〉이 한국어로 초연된 것은 2012년 11월이었다는 점을 고려해보면, 2012년 12월 영화 〈레미제라블〉의 성공은 뮤지컬 〈레미제라블〉의 흥행 보증과 함께 원작 소설인 빅토르 위고의 『레미제라블』 다시 읽기 열풍까지 이끌어냈다고 볼 수 있다.

뮤지컬 영화이면서 동시에 작품 전체가 노래로 구성된 낯선 형식의 영화 〈레미제라블〉. 물론 〈레미제라블〉이 성공한 이유는 소설 『레미제라블』의 탄탄한 서사를 바탕으로 한 영화 〈레미제라블〉의 완성도 높은 영상에 귓가를 맴도는 음률의 조화가 뛰어났기 때문일 것이다. 그러나 2012년 영화 〈레미제라블〉을 관람한 관객들은 모두 '레미제라블', 즉 '불쌍한 사람들'로 자신을 투영했다. 장 발장을 비롯한 18세기 비참하게 살았던 프랑스 시민들과 함께 2012년 우리는 모두 불쌍한 사람들이 되어 '하루만 더One day more'를 꿈꾸며 내 노랫소리가 들리기를 간절히 바랐던 것이다.

2. 영화 〈레미제라블〉이 담아낸 두 개의 서로 다른 이야기

빅토르 위고의 『레미제라블』은 수십 차례에 걸쳐 영화, TV영화, 드라마, 다큐멘터리, 뮤지컬, 그림책, 애니메이션 등으로 각색되었는데, 그중에서도 가장 활발하게 제작된 콘텐츠는 단연 영화이다. 1913년 알버트 카펠라니Albert Capellani 감독의 〈레미제라블〉을 시작으로 2012년 톰 후퍼 감독에 이르기까지 미국, 프랑스, 멕시코, 이집트, 핀란드 등 여러 나라에서 영화로 제작되었다.

그중에서 우리나라에는 총 두 편의 영화가 개봉되었는데, 2012년 톰 후퍼 감독의 〈레미제라블〉과 1998년 빌 어거스트 감독의 〈레미제라블〉이 그것이다.

영화로 풀어낸 두 편의 〈레미제라블〉은 같으면서도 서로 다른 이야기를 담아내고 있다. 두 영화의 러닝타임은 1998년 〈레미제라블〉은 133분, 2012년 〈레미제라블〉은 157분으로, 2012년 작품이 24분 더 길다. 우선 두 작품의 대강의 줄거리는 다음과 같다. 이 부분에서는 필자의 논문(이상민, 2013: 559~583)을 바탕으로 서술하고자 한다.

1998년의 〈레미제라블〉(그림 7-1 참조)은 ① 장 발장이 출옥하여 미리엘 주교의 은수저를 훔쳐 달아났다가, 그의 배려로 풀려나게 된다. ② 9년 후 비구시의 벽돌공장 사장이자 시장이 된 장 발장은 자베르와 만나게 되고, 부당하게 판결받은 팡틴을 구한다. 가짜 장 발장이 잡히자 자신의 신분을 밝힌 장 발장은 코제트와 함께 파리의 수도원에서 숨어 살게 된다. ③ 10년 후 장 발장과 코제트는 수도원에서 나오고, 마리우스와 코제트는 사랑에 빠진다. 코제트의 아버지가 장 발장임을 알게 된 자베르는 코제트를 만나러 나가는 마리우스의 뒤를 밟지만, 도리어 'ABC의 벗들'에 잡힌다. 시민혁명 당일 마리우스를 구하기 위해 바리케이드 안으로 들어간 장 발장은 자베르를 풀어준다. 장 발장을 잡으러 온 자베르는 마리우스만 데려다주고 오겠다는 장 발장의 요구를 들어준다. 다시 되돌아온 장 발장을 풀어준 자베르는 강으로 뛰어들어 자살한다.

2012년 〈레미제라블〉(그림 7-2 참조)은 ① 감옥에서 집단 노역에 시달리는 장면에서 시작한다. 출옥한 장 발장은 미리엘 주교의 은수저를 훔친 뒤 경찰에게 잡힌다. 장 발장의 영혼을 사는 대가로 미리엘 주교에게 은촛대를 받은 장 발장은 자신의 타락한 영혼에 대해 괴로워한다. ② 8년 후 공장의 사장이면서 시장이 된 마들렌(장 발장)은 자베르와 만나고, 사창가 창녀가 된 팡틴을 간호하던 장 발장은 자신이 진짜 장 발장임을 밝히고, 팡틴의 딸 코제트를 데리고 도망간다. ③ 9년 후 파리에서는 공화당의 복원을 원하는 학생혁명단의

그림 7-1 ● 1998년 빌 어거스트의 〈레미제라블〉의 서사 전개

시간: 00:00 | 3:38 | 8:46 | 9:46 | 12:50 | 17:52 | 9:32 | 33:30 | 42:11 | 53:45 | 57:30 | 66:04 | 73:35 | 78:00 | 93:53 | 99:38 | 105:00 | 111:00 | 116:00 | 122:00 | 127:47 | 133:00

- 3:38 미리엘 주교 만남
- 8:46 은촛대 반환
- 12:50 장 발장 자베르 만남
- 17:52 팡틴 라파페 해고 사고
- 33:30 장 발장, 팡틴 좋아함
- 42:11 가짜 장 발장 체포
- 53:45 장 발장 신분 밝힘
- 57:30 팡틴 죽음
- 66:04 장 발장, 코제트 데리고 옴
- 78:00 크레트와 마리우스 첫 만남
- 93:53 자베르, 장 발장에게 편지
- 99:38 자베르, 라마르크 장례식 정체 정체를 앎
- 105:00 마리우스 장례식 정체
- 111:00 장 발장, 라마르크 마리우스 장례식 체포
- 116:00 장 발장, 자베르 좋아줌
- 122:00 자베르 장 발장 보내줌
- 127:47 자베르 자살

(9년 후 / 10년 후)

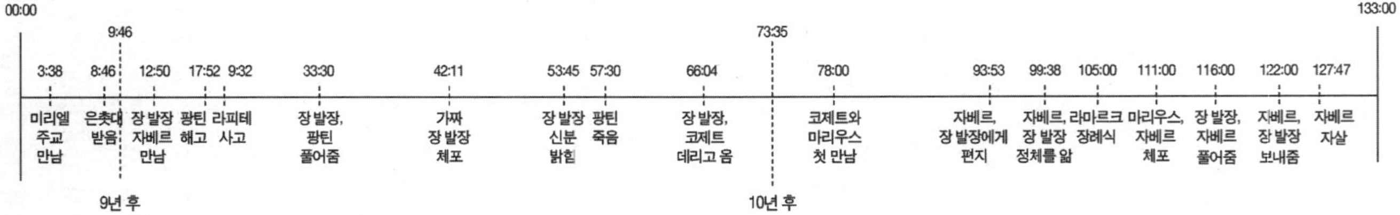

그림 7-2 ● 2012년 톰 후퍼 〈레미제라블〉의 서사 전개

시간: 00:00 | 3:38 | 14:31 | 15:46 | 21:05 | 22:21 | 35:42 | 40:11 | 43:18 | 53:31 | 63:37 | 69:47 | 71:14 | 73:13 | 97:48 | 101:10 | 106:37 | 112:05 | 119:26 | 127:07 | 130:00 | 138:00 | 147:08 | 147:51 | 157:00

- 3:38 장 발장 출옥
- 14:31 은촛대 반환
- 21:05 장 발장, 자베르 만남
- 22:21 포숑르방 사고
- 35:42 장 발장 팡틴 만남
- 40:11 장 발장 신분 밝힘 팡틴 죽음
- 43:18 팡틴 죽음
- 53:31 장 발장 코제트 만남
- 63:37 수도원 생활
- 71:14 코제트 마리우스 만남
- 73:13 장 발장 정체 탄로
- 97:48 라마르크 장례식에서 정체 탄로
- 101:10 에포닌 죽음
- 106:37 장 발장 자베르 좋아줌
- 112:05 가브로슈 죽음
- 119:26 자베르 죽음
- 127:07 자베르 장 발장 자살 좋아줌
- 130:00 장 발장 자살
- 138:00 마리우스에게 자신의 정체 알리고 떠남
- 147:08 장 발장 임종의
- 147:51 코제트에게 정체 느낌

(감옥 안 집단노역 1815 / 8년 후 몽트뢰유 1823 / 9년 후 파리 1832)

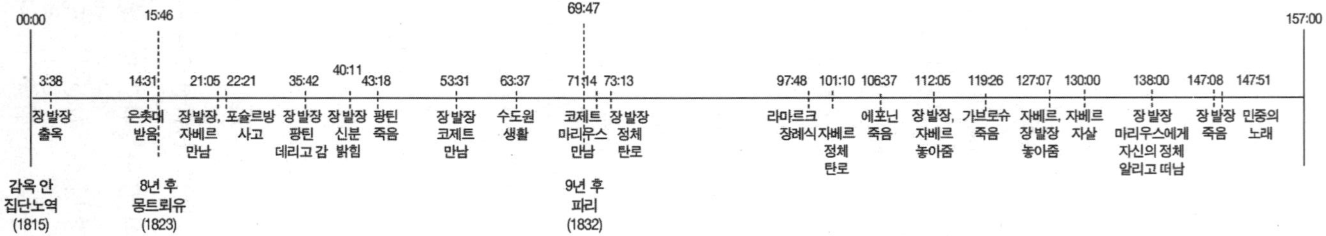

집회가 열리고 있다. 학생혁명단을 이끄는 마리우스는 코제트와 사랑에 빠진다. 테나르디에 부부의 딸 에포닌은 마리우스를 짝사랑한다. 공화당의 영웅인 라마르크의 장례식 날 혁명이 거행된다. 가브로슈에 의해 정체가 탄로 난 자베르는 포로로 잡히고, 에포닌은 총에 맞아 죽는다. 장 발장은 마리우스를 찾으러 시위 현장 속으로 들어가고, 자베르와 마주친 장 발장은 포로 자베르를 풀어준다. 장 발장은 중상을 입은 마리우스를 업고 하수도로 빠져나왔지만, 출구에서 기다리고 있는 자베르에게 잡힌다. 마리우스를 업는 장 발장은 총을 겨눈 자베르 앞을 지나가는데, 자베르는 쏘지 못한다. 자베르는 자신의 행위에 대해 괴로워하며 강에 빠져 죽는다. 자신만 살아남은 것에 대해 괴로워하는 마리우스. 장 발장은 코제트와 결혼을 하려는 마리우스에게 자신의 정체를 밝히고 수도원으로 떠난다. 결혼식 날, 신분을 속이고 참석한 테나르디에 부부로부터 장 발장의 소식을 접한 코제트와 마리우스는 수도원으로 그를 찾아간다. 죽음을 눈앞에 둔 장 발장은 자신의 편지를 코제트에게 전한 뒤 눈을 감는다.

1998년과 2012년 〈레미제라블〉의 이야기 전환점은 시간적 배경에 따라 크게 세 부분으로 나뉜다. 그것은 ① 세상에 대한 증오로 가득 찬 채 출옥한 장 발장이 미리엘 주교를 통해 영혼의 구원을 받는 모습, ② 8년 뒤 마들렌 시장으로 변한 장 발장의 모습, ③ 9년 뒤 코제트의 아버지, 라피테가 된 장 발장의 모습이다. 1998년 〈레미제라블〉이 자베르의 죽음으로 자유를 얻은 장 발장의 모습을 그리는 것으로 끝을 맺고 있는 반면, 2012년 〈레미제라블〉에서는 자베르의 죽음 이후 마리우스와 코제트의 사랑 이야기, 코제트 곁을 떠나는 장 발장 이야기, 죽음을 앞둔 장 발장이 코제트를 다시 만나고 죽게 되는 부분까지 다루고 있다.

동일한 원작을 토대로 각색했지만, 두 편의 영화 〈레미제라블〉에서 비중있게 다루고 있는 서사는 다르게 나타난다. 이 두 영화는 1820~1830년대 프랑스의 격동기 사회를 다루는 시대극 영화라는 점에서 같지만, 감독이 담아내

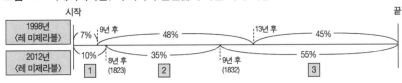

그림 7-3 • 〈레미제라블〉의 이야기 전환점에 따른 서사 비중

려는 바에 따라 다른 의미를 가진 영화가 되었다. 우선 〈레미제라블〉의 이야기 전환점에 따른 서사의 비중을 도식으로 표현해보면 그림 7-3과 같다.

2012년 〈레미제라블〉은 1998년 작품에 비해 1832년 이후 파리를 배경으로 하는 ③의 비중이 상대적으로 크다. 반면 1998년 〈레미제라블〉에서는 ②와 ③이 구현되는 비중이 비슷하다.

우선 1823년부터 1832년 사이를 그린 ②의 부분을 비교·분석해보자. 1998년 〈레미제라블〉에서는 비구시에 부임한 자베르가 자신의 임명장을 확인하지 않는다고 부하를 질책하는 장면에서 시작한다. 법의 테두리 안에서 한 치의 오차도 없는 자베르의 단면을 보여주는 장면이다. 자베르는 비구시의 시장이 장 발장일 것 같다는 의심으로 비구시의 인구조사를 시행하려 하고, 글을 못 읽는 시장에게 일부러 글을 읽어보라고 시험한다. 이러한 자베르의 의심은 장 발장이 법원에서 자신의 신분을 밝힐 때까지 ② 부분이 전개된 64분 중 34분 동안 전개된다. 이는 2012년 〈레미제라블〉에서 자베르의 의심이 진실로 밝혀지는 과정을 그린 17분보다 두 배나 많은 분량이다. 다시 말해 1998년 〈레미제라블〉의 ② 부분 중 1/2은 자베르가 마들렌 시장인 장 발장을 의심하는 스토리와 1/2는 자신의 존재가 발각된 장 발장과 이를 쫓는 자베르의 추격 스토리로 구성되어 있다. 따라서 장 발장이 위기에 처한 팡틴을 구출해내고, 팡틴의 죽음 후 코제트를 데리고 가는 일련의 사건들은 장 발장과 자베르의 대립을 더욱 첨예하게 만들어주는 보조적 사건으로 기능하게 된다.

1998년 〈레미제라블〉은 자베르와 장 발장이 쫓고 쫓기면서 깨닫는 법과 정의, 자유에 대한 인간적 성찰에 주로 초점을 두고 있다. 이를 위해 자베르와 장 발장의 적대적 관계에 있는 캐릭터 대결에 중심 플롯을 둔다. 이러한 갈등이 선과 악의 이분법적 대립으로 인한 권선징악의 고전적 결말로 끝내지 않기 위해 주인공 장 발장 못지않게 적대자 자베르에 대한 형상화가 치밀하게 이루어지고 있다.

캐릭터를 형상화할 때 가장 주안점을 두는 것 중 하나가 적대자를 형상화하는 것이다. 관객이 주인공이 겪는 갈등에 빠져들어 몰입할 수 있기 위해서는 적대자가 반드시 매력적으로 형상화되어야 한다. 적대자의 힘은 주인공보다 너무 세거나 약해서는 안 된다. 주인공과 적대자의 힘이 비등비등하게 설정되어야 갈등의 각이 세워질 수 있다. 또한 적대자가 주인공의 행위에 반할 수밖에 없는 이유가 설정되어야만 한다. 1998년 〈레미제라블〉에서는 정의를 수호하는 법의 질서에 매달린 자베르의 행위가 그 시대와 사회적 분위기에 의해 그럴 수밖에 없는 것으로 그려진다. 근대적 이분법 사고를 가진 자베르에게 법을 지키지 않는 것은 곧 정의를 수호하지 않는다는 것이고, 이는 처벌로 다스려야 하는 것이다. 이에 반해 탈근대적 사고와 인류애를 가지게 된 장 발장은 법보다 사랑과 포용으로 정의를 다스리고자 한다. 장 발장과 자베르의 정의와 사회 구현에 대한 서로 다른 인식이 그들의 캐릭터로 형상화되어 행동으로 나타났고, 이는 1998년 〈레미제라블〉에서 적대적 관계로 나타나는 것이다.

2012년 〈레미제라블〉 ②에서는 장 발장과 자베르의 대립과 함께 팡틴의 처절한 몸부림과 코제트의 학대받는 삶, 돈이라면 사족을 못 쓰는 테나르디에 부부의 사기 행각을 비중 있게 다루고 있다. 또한 영화 ③에서 등장하는 테나르디에 부부의 딸 에포닌도 ②에서 잠깐 얼굴을 비추면서 복선 역할을 한다. 물론 2012년 〈레미제라블〉 ② 부분에서도 장 발장과 그의 정체를 알게 된 자베르가 추격해오는 긴장이 형성된다. 그러나 이러한 긴장은 장 발장과 자베르의 인물 간의 외적 갈등보다 과거의 장 발장과 현재의 장 발장 사이에서 괴로워하는 장 발장의 내적 갈등이 더 강조된다. 장 발장의 내적 갈등은 진짜 장 발장이 잡혔으니 자신을 벌하라는 자베르의 말에 자신의 정체를 드러내야 하는가 아닌가로 갈등하는 장 발장이 노래하는(「나는 누구지?Who am I?」) 모습에서 최고조에 이른다. 팡틴 역시 공장에서 쫓겨나 사창가를 전전하면서 당시 사회의 밑바닥에까지 추락한 인간의 절망을 보여주는데, 그녀의 절망의 절정은 몸을 팔고 난 뒤 자신의 운명을 노래 부르는(「나는 꿈을 꾸었네」) 장면에서 드러난다. 장 발장과 팡틴이 혼자 부르는 노래는 이들의 내면을 들여다 볼 수 있는 매개체가 되어 관객은 몰입하게 된다. 또한 코제트를 데리고 파리로 떠나는 마차 안에서 부르는 장 발장의 노래(「갑자기Suddenly」)는 사랑을 받지 못한 자(코제트)와 사랑을 주지 못한 자(장 발장)가 만나 사랑을 완성해나가는 기대를 갖게 만든다.

이처럼 1998년 〈레미제라블〉에서는 장 발장과 자베르의 인물 간 대립과 갈등이 중심 플롯인 반면, 2012년 〈레미제라블〉에서는 '나는 누구인가'를 외치며 정체성에 대해 괴로워하는 장 발장의 내적 갈등이 중심 플롯으로 작용한다. 이는 곧 두 영화의 긴장감을 유도하는 장치가 서로 다르다는 것을 의미한다. 1998년 〈레미제라블〉에서는 장 발장을 뒤쫓는 자베르의 추격이 영화 전반의 긴장감을 유도한다. 반면 2012년 〈레미제라블〉에서는 과거 죄수에서 마들렌 시장으로, 그 후 코제트의 아버지로 바뀌는 삶의 궤적을 따라 수면 아래에 숨어 있는 장 발장의 자아 정체성이 어느 순간 표면 위로 떠오를 것인가 하는 긴장감이 영화 전반에 흐르고 있다.

중심 플롯의 설정은 영화 후반부에까지 관객의 긴장감을 어떻게 유지시키느냐에 큰 영향을 미친다. 할리우드 영화로 대표되는 상업 영화는 대개 도입부 - 전개부 - 결말부의 3장 구조로 구성되는데, 각 장은 시작되기 전에 플롯 포인트plot point를 가진다. 플롯 포인트는 각 장이 시작되기 직전에 어떤 하나의 계기를 만들어 장 전환이 일어나게 한다. 3장 구조로 구성된 영화 속에서 플

그림 7-4 • 〈레미제라블〉의 3장 구조

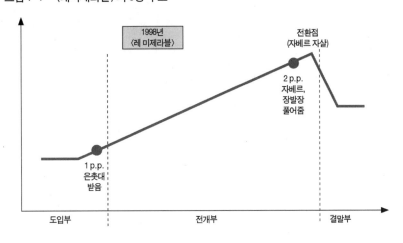

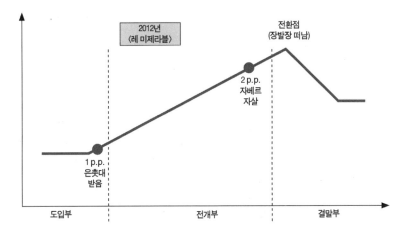

롯 포인트는 두 번 일어나게 되는데, 첫 번째 플롯 포인트는 영화가 시작되어
중심 플롯을 전개하기 위해 설정한 사건이 된다. 두 번째 플롯 포인트는 영화
의 중심 플롯이 어느 정도 해결되어갈 때 자칫 지루해질 수 있는 극의 후반부
에 긴장감을 불어넣기 위해 중심 플롯을 제치고 수면 위로 올라온 보조 플롯
에 의해 발생한 사건이 된다.

두 편의 〈레미제라블〉 도입부에서 발생한 첫 번째 플롯 포인트는 같다. 첫 번째 플롯 포인트는 장 발장이 미리엘 주교에게서 은수저를 훔친 뒤, 경찰에 잡힌 후 주교로부터 은촛대를 더 받게 된 사건이다. 이를 계기로 장 발장은 자신의 과오를 뉘우치고 새로운 장 발장으로 탄생하게 되는 전환점을 거쳐 전개부로 넘어간다. 전개부에서 서사는 중심 플롯을 중심으로 갈등 양상의 극적 긴장을 최대한 끌어올려 절정에 이르게 한 뒤 전환점turning point을 갖고 결말부로 넘어가게 된다. 전개부는 그림 7-3에서 표현된 ②와 ③의 상당 부분에 해당하는 것으로, 영화의 본론에 해당하는 격이다.

1998년 〈레미제라블〉 ③ 부분에서는 장 발장을 잡기 위한 자베르의 집요한 집착이 계속된다. ③ 부분에서 등장하는 공화당 지지자들의 모임인 'ABC의 벗들'과 공화당의 상징 라마르크의 죽음, 시민 봉기로 대표되는 바리케이드 시위 등은 영화 〈레미제라블〉의 내러티브를 한층 풍부하게 구현시킬 수 있는 보조 플롯이다. 그러나 1998년 〈레미제라블〉에서는 이러한 보조 플롯을 모두 장 발장을 잡기 위한 자베르의 추적 과정에 편입시킨다. 왜냐하면 1998년 〈레미제라블〉에서는 인물의 중심 구도를 장 발장과 자베르의 대립에 철저하게 맞춰져 있기 때문이다.

자베르는 'ABC의 벗들'의 리더 마리우스를 잡기 위해 그가 사랑에 빠진 한 여인(코제트)의 아버지(장 발장)에게 편지를 쓴다. ③ 부분이 진행된 지 20여 분이 지났을 때에야 자베르는 그 여인이 코제트이고, 그 아버지가 장 발장이었다는 사실을 알게 된다. 결국 라마르크의 장례식 날, 대규모 시위가 있을 것이라는 것을 알면서도 자베르는 장 발장의 은신처를 알기 위해 'ABC의 벗들'에 침입한다. 자베르의 추격 대상은 정부를 모욕하는 시위대가 아닌 오직 장 발장을 향하게 된다. 자신의 신념대로 행동하는 데 한 치의 흔들림이 없었던 자베르의 이러한 변화는 자베르와 장 발장의 인물 간의 대립이 법을 통한 정의의 수호를 바라보는 인식의 대립으로 변하는 데 기인한다. 다시 말해, 이들의 대립은 세상을 지탱하는 힘을 바라보는 데에서 자베르의 봉건주의적 시각과 장 발장의 시민사회적 인식의 대립으로 나타나는 것이다.

따라서 1998년 〈레미제라블〉의 서사는 장 발장과 자베르의 대립을 통해 세계를 바라보는 인식의 대결을 치밀하게 드러내는 데 주력한다. 강력한 법 아래에서 정의가 수호된다는 믿음을 가지고 봉건주의적 인식을 드러낸 자베르와 자유롭고 독립적인 인격체로서 휴머니즘을 실천하는 시민사회적 인식을 가진 장 발장의 세계관 대립은 1998년 〈레미제라블〉에서 팽팽하게 대립된다. 그렇기에 코제트와 마리우스, 'ABC의 벗들' 등의 행위는 1998년 〈레미제라블〉에서 장 발장과 자베르의 갈등을 부각시키는 보조 장치로 역할하게 된다.

이렇게 극한으로 치닫는 장 발장과 자베르의 대립은 장 발장이 마리우스를 구하고 다시 자베르에게 돌아와 자신을 체포할 것을 요구하는 장면에서 무너져버린다. 장 발장을 체포하는 것이 자신이 인식하는 세계의 틀을 지키는 데 의미가 없다는 것을 깨달은 자베르는 결국 장 발장을 풀어주고 강에 뛰어들게 되는 것이다. 자베르는 장 발장에 대한 고착에서 벗어나지 못했다. 아니카 르메르에 따르면, 고착은 욕망을 추구하게 만드는 의식이 한 사물이나 대상에 얽매여 움직이지 않고 고정된 현상이라고 한다. 왜냐하면 삶은 고착 상태에서 벗어나 또 다른 대상을 찾아가고 또 다시 벗어나는 반복 행위를 통해 지속되는 것이기 때문이다(르메르, 1998).

2012년 〈레미제라블〉에서는 ③ 부분에 와서 다양한 캐릭터와 보조 플롯이 등장하면서, '장 중반의 절정the Mid Act Climax'이 나타난다. 로버트 맥기가 말한 '장 중반의 절정'은 제2장의 중간에 주요 반전이 일어나는 것을 가리키는데, 제2장이 너무 지루하게 흘러가지 않도록 하기 위해서 사용한다. 이것이 일어난 장면은 2012년 〈레미제라블〉에서는 라마르크 장군의 장례식을 하루 앞둔 전날 밤이 대표적이다. 마리우스를 사랑하지만 내일 아버지와 함께 떠나야 하는 코제트, 코제트를 사랑하지만 내일 혁명에 동참해야 하는 마리우스, 사랑하는 코제트와 함께하기 위해 내일 다른 곳으로 피해야 하는 장 발장, 법과 정의의 수호를 위해 내일 학생혁명단의 시위를 막아야 하는 자베르, 내일 어수선한 틈을 타고 한탕벌이를 노리는 테나르디에 부부, 내일 새로운 세상을 기대하는 시민들까지 '내일'에 대한 저마다 다른 생각이 노래 한 곡에 담겨 '장 중반의 절정'을 극대화시켰다.

이들의 이야기는 〈레미제라블〉의 중심 플롯이 극이 전개되면서 자칫 늘어질 수 있을 때마다 보조 플롯으로 작용하면서, 중심 플롯을 더 복잡하게 얽거나 중심 플롯의 긴장이나 폭력을 잠시 코믹하게 또는 낭만적으로 완화시키는 역할을 한다. 그러나 보조 플롯의 주된 목적은 주인공, 장 발장의 삶을 더 꼬이게 만드는 것이다. 자베르의 추격을 받으면서 자신의 정체성에 대한 의문을 던지는 장 발장의 갈등은 ③에 와서 다양한 보조 플롯의 변주로 더욱 강화된다.

보조 플롯의 다양한 변주는 〈레미제라블〉에 등장하는 인물들이 모두 '내일'에 대해 이야기하는 장면에서 극대화된다. 내일에 대한 어떤 이야기는 내일이면 다시는 만나지 못하게 될 가슴 아픈 사랑 이야기이고, 어떤 이야기는 한탕 벌어보고자 하는 음흉한 사기꾼의 이야기이며, 어떤 이야기는 민중의 힘으로 일어나는 새로운 세상을 꿈꾸는 이야기로 표현된다. 즉 보조 플롯이 중심 플롯의 주제 의식을 같지만 다르게, 이왕이면 독특한 방식으로 표현될 때 영화의 주제가 변주되면서 더 강화되는 것처럼, 2012년 〈레미제라블〉에서는 바리케이드 넘어 내일의 또 다른 나를 꿈꾸는 중심 플롯이 끊임없이 변주되고 있는 것이다.

마침내 그 '내일'이 '오늘'이 되었을 때, 내일의 세상을 꿈꿨던 바람은 안타깝게도 모두 이루어지지 못했다. 내일 이곳을 떠나려 했던 이들(장 발장, 코제트)은 떠나지 못했고, 다시 만나지 못하게 되었던 가슴 아픈 사랑(마리우스, 코제트)은 다시 만나게 되었다. 새로운 세상을 꿈꿨던 이들(학생혁명단)은 죽음을 당했고, 한탕 사기 치려던 이들(테나르디에 부부)은 실패했다. 내일을 꿈꿨던 사람들 중에서 자베르만이 시위단을 소탕하려 했던 어제(내일)의 바람이 이루어졌다. 그러나 아이러니하게도 유일하게 내일의 바람이 이루어진 자베르는 바리케이드 안에서 장 발장이 풀어줬을 때, 죽은 가브로슈 가슴에 자신의 훈장을 내려놓을 때, 마리우스를 업은 장 발장을 쏘지 못했을 때 자신을 지금껏 지탱해온 법과 정의의 수호에 대한 신념이 흔들리는 것을 깨닫는다. 자신이 믿어온 의무와 정의의 근본이 흔들릴 때, 장 발장과 양립해서 살아갈 수 없는 자베르가 탈출할 수 있는 길은 단 하나밖에 없는 것이다.

2012년 〈레미제라블〉의 후반부에서 장 발장은 자베르에게 체포되는 것을 두려워하지 않는다. 오히려 자신을 대신해 코제트 옆에

그림 7-5 • 2012년 영화 〈레미제라블〉에 나타난 장 발장의 모습

자베르를 풀어주는 장 발장

죽은 가브로슈에게 훈장을 놓아주는 자베르

마리우스를 업은 장 발장을 쏘지 못하는 자베르

있어 줄 마리우스를 구해주고, 자베르에게 잡힐 각오를 한다. 그러나 자베르가 자살하고 난 뒤에도 장 발장은 자신의 존재를 적극적으로 드러내지 못한다. 왜냐하면 이제 장 발장의 과거, 그의 실체를 알고 싶어 하는 이는 자베르가 아닌 코제트이기 때문이다. 자베르가 없는 현실 세계에서도 자신의 존재를 드러내지 못하는 장 발장은 결국 마리우스에게 자신의 과거를 털어놓고 수도

원으로 들어간다. 자신의 과거와 이름이 자신의 실재라는 사실을 자각하게 된 장 발장은 죽음 앞에서, 코제트 앞에서 자신의 실체를 밝힘으로써 중심 갈등 이 비로소 해소되는 것이다.

선과 악의 이분법적 구분, 강력한 법 아래에서 정의가 실현될 수 있다는 봉 건주의적 믿음을 가진 자베르와 악은 선으로 치유될 수 있고 인류애를 통해 정의와 사랑을 실천할 수 있다는 탈근대주의적 신념을 가진 장 발장의 대립을 첨예하게 그린 빌 어거스트 감독의 1998년 〈레미제라블〉. 세계를 향한 자베 르와 장 발장의 인식의 대립을 넘어 이들 모두 '레미제라블', 불쌍한 사람들일 수밖에 없는 상황을 처절하게 그려내어 관객의 공감대를 형성한 톰 후퍼의 2012년 〈레미제라블〉. 빅토르 위고의 동일 작품을 담아내고 있지만 서로 다 른 이야기를 보여주고 있는 두 편의 〈레미제라블〉 영화인 것이다.

3. 노래로 풀어내는 욕망의 삼각 구도

뮤지컬 영화로 흥행에 성공한 2012년 톰 후퍼의 작품 〈레미제라블〉. 영화 를 보고 나온 후 귓가에 맴도는 선율 「인민의 노랫소리가 들리는가」는 가슴 속에서 뜨거움이 치밀어 오르는 것을 느끼게 해줄 정도로 강렬하다.

영화 〈레미제라블〉에는 뮤지컬 제작자 카메론 매킨토시의 뮤지컬 〈레미제 라블〉을 그대로 스크린으로 옮겼다고 해도 과언이 아닐 정도로 뮤지컬의 장 대한 배경과 유명한 노래들이 녹아들어 있다. 그동안 국내외에서 흥행한 뮤지 컬 영화를 살펴보면 노래와 함께 빼놓을 수 없는 것이 바로 춤이다. 흥겨운 노 래로 다함께 춤을 추는 장면은 뮤지컬이나 뮤지컬 영화에서 백미로 꼽힐 만큼 매력적이다.

그런데 영화 〈레미제라블〉은 모든 대사를 노래로 읊으면서도 주인공들이 춤을 추진 않는다. 춤을 추는 장면은 코제트를 맡아 양육하던 테나르디에 부부를 소개할 때에만 등장한다. 테나르디에 부부의 사기 행각을 군무群舞로 유쾌하게 풀어낸 이 장면은 뮤지컬 영화의 진수를 보여주려는 양 흥겨운 노래와 춤으로 관객의 시선을 고정시킨다. 뮤지컬에서는 한바탕 춤을 추고 나면 관객이 박수를 치며 잠깐의 휴지기를 가지기 때문에 공연의 흐름이 잠시 끊기는데, 이는 자연스럽게 다음 장면 전환으로 연결되는 역할을 한다. 대개 뮤지컬에서는 관객과 소통하는 하나의 방법으로 노래와 춤이 펼쳐질 때 관객의 호응을 유도하기도 한다. 이는 관객과 배우가 직접 대면하는 뮤지컬에서는 매우 효과적이지만, 스크린으로 소통하는 뮤지컬 영화에서는 오히려 서사의 흐름을 끊어버릴 수 있다.

그래서 영화 〈레미제라블〉에서 뮤지컬을 보는 것 같은 착각을 일으키면서 관객을 몰입시키는 방법으로 색다른 영화 기법을 활용했다. 그것은 바로 노래하는 인물을 정면으로 풀 클로즈업full close-up함으로써 마치 관객과 일대일로 눈을 맞추는eye contact 상황을 연출한 것이다. 이를 효과적으로 살리기 위해 〈레미제라블〉의 장면 대부분은 두 명 이상의 배우를 한 장면에 담지 않고, 한 장면에 노래를 부르는 한 명의 배우를 밀착하여 담아냈다. 이는 기대 이상의 효과를 가져왔다. 관객들은 마치 뮤지컬 객석 맨 앞자리에서 뮤지컬 배우의 호흡을 느끼며 보는 듯한 경험을 영화관 안에서 하게 된 것이다. 뮤지컬 영화가 단지 뮤지컬을 매체만 바꾸어 영화로 만들어놓는 것이 아니라, 영화 스크린을 관객과 직접 소통할 수 있는 매개체로 활용했다는 점에서 뮤지컬 영화를 한 단계 발전시켰다고 볼 수 있다.

〈레미제라블〉은 뮤지컬의 장점을 스크린으로 옮겨놓으면서 영화 속 카메라 기법을 적극 활용했다. 특히 높은 곳에서 장 발장을 감시하는 자베르를 담아내거나 혁명을 염원하는 시민의 봉기를 다룰 때는 위에서 아래로 내려다보는(high-angle) 카메라 기법으로 담아내었다. 하이앵글로 담은 집단 노역에 시

그림 7-6 ● 2012년 영화 〈레미제라블〉의 카메라 기법

집단 노역에 시달리는 죄수들 장면   시민 봉기를 하는 바리케이드 장면

달리는 죄수들의 엄청난 고통을 그린 첫 장면과 내일을 기다리는 시민의 봉기 장면을 그린 마지막 바리케이드 장면은 지배자와 피지배자의 극적 대립이 적나라하게 표출되었다. 여기에 울려 퍼지는 노래는 영상과 함께 더욱 강렬한 감동을 안겨주었다. 첫 장면에서는 노래 「눈 내려 깔아!」로 상/하 수직적 대립을, 마지막 장면에서는 노래 「인민의 노랫소리가 들리는가」로 좌/우 수평적 대립을 더욱 첨예하게 보여주었다.

뮤지컬 영화 〈레미제라블〉은 장 발장이 자신의 이름을 숨기고 24601번, 마들렌 시장, 라피테로 살아가지만 자베르에 의해, 코제트에 의해 장 발장이란 존재를 드러내야 하는 그의 심리 변화를 섬세하게 묘사하고 있다. 이러한 내면의 심리 변화는 영화 속 인물들의 행위를 통해 드러내기 어렵다. 팡틴, 마리우스, 코제트, 자베르, 에포닌 등이 겪는 내적 갈등도 마찬가지이다. 대사를 통해 내면의 아픔을 드러내는 것은 영화가 가지고 있는 영상미를 적극 구현하기 어렵다. 또한 행위를 통해 이들의 심리를 표현하기에는 정해진 시간 내에 극적 긴장감을 표현해내지 못한다. 그러하기에 〈레미제라블〉은 노래를 통해 인물의 내면을 들여다볼 수 있도록 만들었다. 〈레미제라블〉 촬영 현장에서 직접 배우들이 노래를 부르며 찍은 영상에는 배우들의 숨소리마저 의미가 담기게 된 것이다. 현장에서 노래를 직접 녹음하는 음향 기술의 발전은 연기 따로, 노래 따로 제작되던 뮤지컬 영화를 한 단계 진일보시키는 계기가 되었다.

특히 〈레미제라블〉에서는 하나의 사건에 나타난 인물 간의 갈등 양상을 삼각관계가 될 수 있도록 구성했다. 이른바 욕망의 삼각 구조인데, 〈레미제라블〉에서는 이를 통해 사건에 대한 갈등을 드러내고 있다. 노래를 통해 진행되는 〈레미제라블〉의 서사가 사건에 대한 갈등을 관객에게 효과적으로 전달하기 위해서는 갈등 양상을 단순하게 만들어야 한다. 이러한 욕망의 삼각형은 서사를 노래로 전달해야 하는 뮤지컬 영화에서 사건과 갈등을 명료하게 표현하는 데 효과적이다(그림 7-7).

욕망의 삼각형 이론을 제기한 사람은 르네 지라르이다. 그는 '삼각형의 욕망' 구조를 제시했는데, 그가 말하는 욕망의 문제는 욕망을 느끼는 주체나 욕망하게 하는 대상 사이의 직접적인 문제가 아니라, 욕망하게 만드는 중개자를 포함한 삼각형의 문제라는 것이다. 지라르에 따르면, 욕망의 주체는 독자적으로 욕망하지 못하며 타자의 중개를 통해야만 비로소 욕망할 수 있게 된다. 즉, 모든 욕망은 타자에 의해 중개되고 촉발된 것이다. 그러므로 지라르의 욕망 이론은 이상적인 타자의 욕망을 모방하기에 주체와 대상 사이에는 타자가 매개되어 있고, 욕망은 주체와 대상이 직선으로 연결된 것이 아니라 그 사이에 타자가 매개된 삼각 구조를 이룬다. '외적 매개'는 주체와 타자의 거리가 멀게 상정되도록 이상적인 타자로서 신이 매개된 욕망의 삼각 구조이고, '내적 매개'는 주체와 매개자의 거리가 아주 가까워진 구조를 말한다. 욕망이 외적 매개에 의한 것이든 내적 매개에 의한 것이든 모든 욕망은 중개된 욕망이며, 그런 의미에서 자신의 욕망은 자발적이며 자기는 자기의 주인이라고 믿는 것은 낭만적 환상, 낭만적 거짓이다. 진정한 소설은 그 낭만적 거짓을 드러내 모든 욕망은 매개된 욕망이라는 것을 보여준다.

〈레미제라블〉을 총 3막으로 나누어 나타난 사건을 살펴보면, 1막과 3막에서는 하나의 사건이 등장한다. 그리고 2막에서는 세 개의 사건이 동시에 나타나 극의 서사를 풍성하게 만들어준다. 각 사건에는 이를 해결하려는 세 명의

그림 7-7 • 〈레미제라블〉에 나타난 욕망의 삼각형

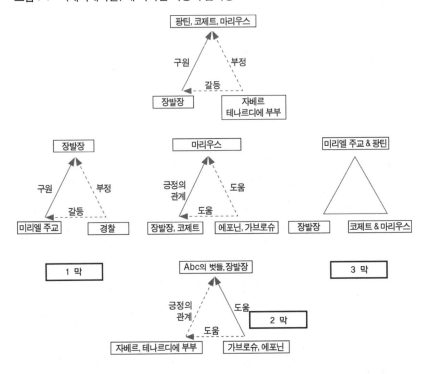

인물 혹은 인물군群이 나타나 욕망의 삼각 구조를 형성한다.

1장에서는 은촛대를 훔쳐 달아난 장 발장의 첫 번째 시련이 '미리엘 주교-장 발장-경찰'의 삼각 구도로 극 초반에 나타난다. 위기에 처한 장 발장과 그를 구원해주고자 하는 미리엘 주교, 그리고 이를 부정하면서 갈등을 빚는 경찰의 삼각 구도는 〈레미제라블〉의 극 전반을 이끌어가는 갈등 구조이다. 장 발장을 구원하려는 미리엘 주교의 욕망은 경찰에게 저지당함으로써 발현되는 것이다. 미리엘 주교의 욕망은 타자에 의해 중개되고 촉발됨으로써 더욱 강화되어 장 발장의 삶을 송두리째 뒤흔들어놓는다.

2장에 들어서면 인물 간 욕망의 삼각 구도는 크게 세 유형으로 나타난다.

첫 번째 유형은 1장에서 나타난 삼각 구도와 유사하다. 위험에 처한 이들을 구원하고자 하는 미리엘 주교의 위치에 장 발장이 위치한다. 장 발장은 가난과 탐욕, 혁명의 위험 속에 놓인 팡틴, 코제트, 마리우스를 구하고자 하고, 자베르와 테나르디에 부부는 이를 부정하고 방해한다. 장 발장의 행위가 지속적으로 방해받는 이 유형의 삼각 구도는 자베르와 장 발장의 대립 갈등을 통해 끊임없이 극적 긴장감을 유발한다. 두 번째 유형은 긍정의 관계를 형성하고자 하는 두 인물 간에 조력자가 등장하여 도움을 주고 관계를 맺게 하는 구도이다. 에포닌은 마리우스를 사랑하지만, 코제트를 사랑하는 마리우스를 위해 그 둘을 이어주는 매개 역할을 한다. 가브로슈는 장 발장이 코제트를 사랑하는 마리우스의 진심을 알게 해줌으로써, 장 발장이 위험에 처한 마리우스를 구하러 가는 촉매 역할을 한다. 세 번째 유형은 부정적 욕망을 성취하고자 하는 인물의 욕망에 부정적 중개를 가하는 경우이다. 자베르와 테나르디에 일당은 극 전반에 걸쳐 부정적인 욕망을 표출한다. 그들의 욕망이 실현되지 못하도록 타자의 중개가 일어나는데, 가브로슈와 에포닌이 그러하다. 'ABC의 벗들'에 잠입한 자베르의 정체를 폭로한 가브로슈, 장 발장에게 그를 잡으러 온 테나르디에 일당을 알려준 에포닌의 역할은 장 발장을 비롯한 새로운 내일을 꿈꾸던 사람들에게 희망을 갖게 해주었다.

마지막 3장에서는 다시 하나의 욕망의 삼각 구도가 나타나는데, 여기에서는 갈등이나 부정, 폭로의 갈등 관계가 아닌 용서와 화합, 사랑의 삼각 구도를 만들어낸다. 코제트와 마리우스의 결혼은 봉건적 신분제도를 넘어서 평등의 관계 위에 성립되었고, 24601번 장 발장으로 자신의 정체를 밝힌 장 발장은 증오와 분노가 아닌 포용과 자비의 상징으로 거듭난다. 미리엘 주교와 팡틴은 그런 장 발장이 현세의 굴레를 벗어날 수 있도록, 내일을 꿈꾸는 자들이 바라는 갈등과 부조리가 없는 곳으로 인도한 것이다.

이처럼 〈레미제라블〉은 인물들 간 욕망의 삼각 구도를 다양하게 구성하여 하나의 사건에 대해 서로 다른 시각으로 노래하고 바라봄으로써 다각적 시선을 표출해냈다. 이러한 서사 전개는 〈레미제라블〉이 다양한 변주적 플롯을 갖게 하여 사건과 주제의 입체성을 부각시켰다. 사랑, 정의, 평등, 나눔, 헌신, 민주주의에 대한 갈망을 통해 더 나은 내일을 꿈꾸고자 한 〈레미제라블〉은 18세기 프랑스 봉건주의 사회에 국한된 것이 아니었다. 그것은 지금도 바리케이드 너머 내일을 꿈꾸고, 이들의 노랫소리가 들리기를 바라는 이 시대 사람들도 여전히 바라고 있는 것이다.

4. 오늘날 우리 자화상, 〈레미제라블〉

톰 후퍼 감독의 〈레미제라블〉은 한국에서 크게 성공했다. 뮤지컬 영화가 이렇게 인기를 끈 것은 매우 이례적이었다. 오랜만에 영화관을 찾은 중·장년층은 시종 눈물을 훔쳤고, 두세 번 반복해서 보는 열성 팬들도 생겨났다. 〈레미제라블〉이 앞서 살펴본 것처럼 잘 짜인 서사와 뛰어난 영상, 가슴 저미는 노래로 완성도가 높은 것은 사실이지만, 이러한 이유만으로 그 열풍을 설명하기에는 왠지 좀 모자란 느낌이 든다. 〈레미제라블〉 열풍에 대해 많은 이들은 2012년 대선 직후 어수선했던 사회 분위기와 연관 지어 말하기도 하고, 민주화에 대한 염원과 바람이 영화에 투영되었다고 보기도 한다. 하지만 우리가 〈레미제라블〉에 열광한 것은 우리 모두 자신이 '레미제라블'이라 여기고 있기 때문은 아니었을까? 이 사회에 속한 우리가 놓인 상황이 억압적이라고 느끼고 있기 때문은 아니었을까? 인간관계 속에서 발생하는 갈등이 부조리하고 불평등하다고 생각하고 있기 때문은 아니었을까?

영화가 열풍을 일으키고 있을 때, 공군에서 만든 동영상 하나가 화제가 되었다. 그것은 〈레미제라블〉을 패러디해 공군에서 제작한 〈레 밀리터리블〉이었다. 끊임없이 내리는 눈을 치우는 공군의 제설 작업으로 시작하는 〈레 밀리터리블〉은 장 발장과 자베르의 대립을 군대 안에서 선임과 후임 사이의, 사회에 두고 온 여자 친구와의 갈등으로 풀어냈다. 15분 남짓의 짧은 영상이지만 군대를 다녀온 사람이라면 누구나 그렇지 하고 공감을 표현했을 정도로 인상적이었다. 이후 〈레미제라블〉과 〈레 밀리터리블〉을 패러디한 〈레 스쿨제라블〉도 대한민국의 고3 수험생들에게 큰 공감대를 자아냈다. 야간자율학습 시간에 쫓겨 여자친구와도 헤어지고, 끝이 보이지 않는 문제집 풀이에 시달리는 학생들이 졸업 후 봄을 기다리는 노래를 부르며 끝을 맺는다.

이렇듯 뮤지컬 영화 〈레미제라블〉을 패러디한 동영상은 18세기 억압받던 프랑스 시민사회를 군대와 학교로 환치시켜 오늘날 장 발장과 자베르의 대립을 보여주었다. 관객들에게 〈레미제라블〉이 18세기 프랑스 사회 안에 그대로 머물러 있었다면, 이러한 패러디물은 등장하기 어려웠을 것이다. 그런데 이들은 18세기 '레미제라블'을 21세기 '레미제라블'로 만들었다. 대한민국 '레미제라블'은 군대를 가야 하는 남성이었고, 입시 경쟁에 내던져진 학생들이었다. 군대와 학교는 대한민국 국민이라면 의무로 가야 하는 곳이고, 그곳은 또 하나의 사회를 형성하여 상하 관계가 성립되는 곳이다. 그러기에 장 발장과 같이 부조리한 사회 속에서 억압받는 군인, 학생들은 시대적·공간적 배경은 비록 다르더라도 또 다른 내일, 새로운 내일을 꿈꾸는 오늘날 '레미제라블'인 것이다.

소비자들이 스스로 영화를 재해석하여 패러디한 영상물이 화제가 되자 지상파 방송에서도 〈레미제라블〉을 패러디하기 시작했다. SBS의 〈개그투나잇〉에서 선보인 〈개투제라블〉은 일상생활에서 볼 수 있는 소재를 패러디하여 반전 있는 개그물로 만들었다. 비슷한 시기에 MBC의 〈무한도전〉에서는 8주년 기념 특집 뮤지컬 〈무한상사 레미제라블〉을 제작했다. 〈무한상사 레미제라블〉에서는 학교와 군대를 거쳐 사회로 나온 직장인들의 갖은 애환을 담아내면서 결국은 정리해고를 감행하는 과정을 그려냈다. 장 발장이 그 시대, 사회 속에서 그럴 수밖에 없었던 자베르의 행동을 이해하는 것처럼, 〈무한상사〉에서는 정리해고를 해야 하는 상사와 당해야 하는 부하 직원 사이의 대립을 넘어 상사의 고뇌와 부하직원의 아픔을 함께 다루었다.

뮤지컬 영화 〈레미제라블〉에서 관객은 지금 우리 사회상과 그 안에서 억압받고 있는 내 모습을 발견했다. 세상을 봉건주의적 시각으로 바라보는 자베르와 세상을 시민사회적 시각으로 바라보는 장 발장의 대립은 여전히 살아 있는 것이었다. 〈레미제라블〉은 관객에게 「나는 누구지?」라고 묻는다. 그리고 「하루만 더」를 통해 내일이 오면 어떤 세상이 있을지를 기대하게 한다. 또한 「인민의 노랫소리가 들리는가」에서 이 시대에 어떤 주체적 삶을 살아야 하는지를 스스로 생각해보게 한다.

이처럼 〈레미제라블〉은 1800년대 프랑스를 중심으로 일어난 사회 변혁의 과정을 사실적으로 그리고 있지만, 〈레미제라블〉이 추구하는 바는 바리케이드 너머 있을 것 같은 내일의 더 나은 미래이기에 오늘날에도 생동감 넘치는 감동으로 우리에게 다가올 수 있었던 것이다.

참고문헌

권택영. 1995. 『영화와 소설 속의 욕망 이론』. 민음사.
권택영 엮음. 1999. 『욕망 이론』. 문예출판사.
김 현. 1987. 『르네 지라르 혹은 폭력의 구조』. 나남.
르메르, 아니카. 1998. 『자크 라캉』. 이미선 옮김. 문예출판사
맥기, 로버트. 2005. 『시나리오 어떻게 쓸 것인가』. 고영범·이승민 옮김. 황금가지.
이상민. 2013. 「영화 〈레미제라블〉의 스토리텔링 연구」. 《문학과 영상》, 제14권 제3호.

www.boxofficemojo.com.

연극, 뮤지컬 그리고 레미제라블

강 익 모

서울디지털대학교 문화예술경영학과 교수 / 영화평론가

1. 콘텐츠로서의 『레미제라블』

책, 영화, 음악, 드라마, 뮤지컬, 애니메이션, 패션디자인과 캐릭터 등은 예술창작활동이 낳은 미학적 가치를 지닌 것들이자 동시에 경제적 활동을 부르는 분야들이다. 《중앙일보》 4월 23일자 3면의 "미국이 1인당 소득을 평가하는 방식을 바꾸었다"는 보도는 21세기 문화예술이 갖는 가치가 평가받는 현주소를 보여준다. 기존의 상공업에 문화와 예술을 포함한 서비스업이 크게 증가된 추세를 말하는 것이다.

창구 효과Window effect란 소설이나 스토리로 시작된 하나의 창작콘텐츠를 만화, 게임 영화 뮤지컬 드라마 등의 부가(캐릭터)상품시장으로 확대되는 것을 말한다. 이는 범위의 경제Economies of Scope를 추구해서 새롭게 창출된 콘텐츠 유통 창구를 다각화해 이윤을 극대화하는 새로운 산업으로 21세기를 문화의 시대라고 부르는 근거를 마련했다. 이 문화의 시대라 부르는 정점에 인문학과 창의적 이야기들이 숨어 있음을 보여주는 핵심에는 몇몇 기억에 남는 콘텐츠들이 있다. 이들은 바로 문학적 가치가 큰 고전이나 정전들이다. 이러한 고전들의 문학 가치를 활용한 창구 효과와 원소스 멀티유스 전략One Source Multi Use: OSMU은 동전의 양면 관계처럼 밀접하다.

최근 2012년 12월을 기점으로 〈레미제라블〉 텍스트를 비롯한 퍼포밍 아트(이하 공연예술로 칭하며 연극과 뮤지컬, 발레 등의 무대작품 〈레미제라블〉을 통칭)과 관련 이벤트는 부쩍 늘었고 이 글의 말미 '참고문헌'에서 보는 것처럼 지금도 진행형이다. 그것은 톰 후퍼 감독의 영화화로 인한 전반적 붐이 상승한 빅토르 위고의 명성 부각과 그와 기존의 다른 작가들의 고전문학 작품들이 동반상승하는 계기를 가져왔다. 더불어 "〈웃는 남자〉를 보고서 관객은 웃을 수 없다"는 인구 회자 등이 트위터에서 리트윗되는 상황이나 〈레 밀리터블〉과 〈레 스튜던트블〉의 패러디물의 생성은 SNS를 타고 콘텐츠의 사회적 영향력을 실감나게 보여주었다. 2013년 3월 개봉한 〈웃는 남자〉 역시 그런 추세의 영화 중 하나로 위고의 명성에 기댄 콘텐츠의 부가적 발견에 해당한다. 더군다나 이 영화는 〈레미제라블〉 이전의 뮤지컬 〈노트르담 더 파리〉의 한국공연 당시나 그 이후에도 일어나지 않던 새로운 현상이어서 〈레미제라블〉 흥행의 본질과 동기를 궁금하게 만들었다.

톰 후퍼 감독의 〈레미제라블〉이 소개된 이후 『파우스트』, 『안나 카레니나』, 『위대한 개츠비』 등의 문학과 〈헤라클레스〉, 〈허큘리스〉와 같은 신화 작품들의 연이은 영화화와 성공적인 흥행 결과는 주목할 만한 메시지를 남겼다. 인문학 콘텐츠의 창구 효과에 대한 동기 유발과 제작 사이에는 흥행 공식 등 제작 방법이나 형식에서 성공 요소가 필연이든 우연이든 있을 것이라는 추론을 품게 만든다.

예컨대 〈명량〉이라는 영화의 한국영화 신기록 수립(최다관객, 최단시간 흥행 갱신)은 진도라는 공간과 지형에서 전혀 다른 연관성이 화학작용을 일으킨 결과로 해석할 수 있다. '세월호의 침몰'과 관객의 '새로운 구국영웅 찾기' 염원은 사회적 관심의 조우와 마케팅의 시의적절함이 작용한 결과로 보아야 할 것이다. 제작자의 흥행공식보다는 관객을 만나는 시점에 일어나는 (이 책의 제목과 같은) 사회적 반향이 가장 중요한 대박기회의 관건이 된 것이다. 이제 퍼포먼스와 영화 등의 콘텐츠를 만드는 문화예술 창작자들은 한 가지 이야기소재를 가지고 급변하는 사회적 환경과 정치, 경제, 인간 심리, 사회적 여론 등을 보아가며 경제학 용어인 창구 효과를 적절히 활용하는 시대에 이르렀다. 문화산업의 전·후방 효과는 창구 효과에서 제조업과 같은 타 산업에 비해 매우 강력하다는 특징을 가진다. 즉 초기 문화상품 생산에는 기초 투자비용이 발생하지만 파생 이후에는 투자보다 수익이 크게 발생할 수 있다는 것이다. 마케팅과 재무 관리 등에서의 이익 창출 전략은 디지털 기술과 SNS 등으로 이익 가치 사슬에 새로운 국면을 맞았다.

이 글은 그런 사례로 적합한 인문학 콘텐츠인 『레미제라블』(1862)이 151년이 지난 오늘날 디지털 환경 속으로 들어온 것에 주목(범우사에서 번역 출판된 플레이아드판과 포슈판 버전)하여 문학의 가치 변형과 퍼포먼스를 살펴볼 것이다. 이 현상과 결과는 기술의 진보와 밀접한 연관이 있다. 『레미제라블』이 쓰일 당시의 영국이나 프랑스의 대량 생산이 가지고 온 사회적 환경 변화가 작품의 서사를 불러왔다면 대량 생산이 디지털 환경으로 바뀐 오늘날의 멀티소스 멀티유스MSMU나 원소스 멀티유스는 이야기를 전달하는 방식의 변형을 필수로 동반한다. 같은 소재의 작품이라 하더라도 장르별 서사 전달 방식에 서로 영향을 주면서 달라질 수 있는 것이다.

오로지 영화 한 편만으로 얻은 수익보다 비디오(블루레이나 DVD) 등의 부가판권 수익과 프랜차이즈와 캐릭터 상품(완구, 인형, 티셔츠, 신발, 가방, 장신구 등)은 특히 관객의 심리 및 반응과 밀접한 상관관계를 가져왔다. 또한 이러한 흥행과 유행 현상은 사운드 트랙과 음원(모바일 컬러링 등의 다운로드)판매, 지적재산권, 라이선스 등 저작권 판매와 케이블과 IPTV, 공중파 방영권 수익 등의 경제적 가치 사슬로 연결되어 막대한 이익 사슬로 끊임없이 재발견되는 것이다. 그 반면 이러한 트렌드에 영향을 받았거나 메이저가 아닌 영세 제작사의 경우 아이디어를 통한 2차적 크리에이티브로 난관을 뚫으려는 노력을 시도할 수도 있다. 한 가지 장르의 성공은 즉각 다른 장르의 문화예술계에 빠른 입소문을 타고 영향력을 미친다. 새로운 창작이나 패러디, 재가공과 같은 형태로 성공한 코드나 작품 소재를 다루거나 만화, 애니메이션, 무용(발레와 전통춤), 드라마, 공연예술, 소설, 웹툰, 게임, UCC, 공연어플리케이션, 예술 교육과 예술 치료와 놀이 분야로까지 응용을 고민하는 트렌드를 형성하게 된다. 바로 문학 작품의 형태가 변형된 고전과 인문학의 역동성을 발견하는 것이다.

따라서 이 글은 톰 후퍼의 영화가 가져온 영상 시장과 공연예술에 나타난 변화 관점을 예로 들어 인문학이 기여할 수 있는 요소와 양상을 살폈다. 국내외를 막론하고 동명 〈레미제라블〉 아르코 대극장 연극(2011~2013년) 버전, NA 컴퍼니의 창작 뮤지컬 〈레미제라블〉(2013~2014년), 학생 영어 에디션 버전(2014, 금나래 아트홀)이 모양과 형태, 내용의 차이를 지닌 독창성을 가지고 공연되고 있으며 이러한 변주는 여전히 진행 중이다.

이러한 공연예술들은 콘서트 뮤지컬 〈레미제라블〉 10주년(1996년판)과 25주년 버전, 2013년 뮤지컬 블루스퀘어 삼성전자홀 버전 등에서 보인 로열티와 저작권으로 변화를 꾀하지 못하고 판박이처럼 영국이 프랑스의 역사와 콘텐츠를 가지고 만든 소재를 미국 버전의 흥행으로 되풀이하는 정지된 무변화와 구식에 일침을 가한 것이다. 그 결정타는 같은 곡(넘버)을 가지고 부르는 방식과 캐스팅의 파격으로 전혀 다른 영화의 깊이와 형식을 가져온 톰 후퍼의 창의력이 성공의 물꼬를 튼 것이라고 본다. 빌 어거스트 감독(1996)의 〈레미제라블〉은 10주년 버전의 나이와 같은데 변화가 없었기에 주목받지 못했고 타 장르에도 영향을 미치지 못한 범작으로 남았다.

기실 '창의적인 콘텐츠들'은 소재의 응시GAZE를 통해 시대에 반응하며 재해석되어왔다. 이러한 의미에서 공연예술시장에서 신규장르로 변형을 시도하는 것이 어떤 사회변혁 성향으로부터 어떻게 이루어지는가 하는 문제는 흥미롭다. 더불어 작품에 투영된 작가의 철학과 정치경제적 경험은 연장선상에서 어떤 평가를 주고받을 수 있을까? 특히 즉시성을 가진 공연예술은 톰 후퍼 영화의 장면들로부터 받은 사회적 반향을 자신들의 무대에 어떻게 꾸미고 차별화를 두었는가? 또 라이선스가 아닌 독창적 음악극의 형태로 전환하기 위하여 어떤 변화를 가져왔는지 살펴보는 것도 흥미로운 작업이 될 것이다.

2. 문학으로부터 공연예술과 영화의 감성에 편승하기

자주 등장하는 영화나 공연예술에서 감동은 아주 중요한 흥행코드이다. 힐링의 동기와 가치는 무엇보다 인간과 종교적인 것이 우선된다. 종교적 가치와 문학적 대하 사극의 형식은 작가의 경험과 역사성에 기반을 둔 인물캐릭터의 철학을 담아내기 안성맞춤이다. 위고의 경우 가톨릭 성향이나 세례 신자는 아니었다. 한편 개념적 교회 의식과 교리에 대해서는 반발했으나, 자비를 베푸는 신은 섬기는 철학자였다. 위고에게 종교적 주체는 진리, 정의, 법과 연민이며 곧 아가페였다. 인간의 운명을 결정짓고 흔드는 야훼로서가 아닌 인간 스스로를 초월하려는 의지와 행위를 통해 깨닫는 신념에 몰두하고 있었다.

빌 어거스트 감독의 영화 〈레미제라블〉(1998)에서 장 발장 역을 맡은 리암 니슨Liam Neeson은 '외투와 모자를 벗는 행위'를 하는 주교에 의하여 종교적인 적자로 의미지어진다. 이는 누이와 조카 등 7인의 레미제라블들(아사 직전의 비참한 가족)의 생계를 위하여 산업사회 대열에서 낙오하고 대량생산 체제에 들어가는 과도기의 극심한 사회 혼란을 정지 화면으로 우리에게 각인시킨다. 이에 역동성을 불어넣어 묘사하며 구체화한 작가의 집필 기간은 당시엔 엄청난 동질감을 느끼는 현실적 독자들과 조우했을 것이다. 구시대와 적응치 못한 도시민의 애환은 다섯 권의 책이 완성되어가는 동안에도 현재 진행형이었기에 개과천선과 종교적 귀의에만 초점을 둔 것이었다. 빌 어거스트 감독의 〈레미제라블〉에서 우마 서먼이 맡은 팡틴과 톰 후퍼의 〈레미제라블〉의 앤 해서웨이가 비천한 인간으로 전락해가는 과정은 비록 같은 역할이지만 받아들이는 관객의 몫은 달랐다. 즉 "법률, 관습, 풍속 때문에 사회적 처벌이 생겨나고 문명의 한복판에 인공적인 지옥이 만들어져 신이 만들어야 할 숙명이 인간이 만드는 운명에 의하여 헝클어지고 있다"는 책 서문에 적힌 위고의 의식을 고스란히 노정하는 의미와 환경의 규정은 같았다. 하지만 노래하는 형식이나 연기의 톤과 호흡에서 두 여인의 슬픔은 공감대를 '나 스스로, 혹은 내가 겪는 것' 과 같은 동질성으로 바꾸는 공감대에서는 어긋나는 차이점이 있다면 그것은 관객의 심리와 동시대 사회적 온도나 분위기와 연관이 있을 것이다. 곧 레미제라블이라는 원작으로 각기 영화를 만든 빌 어거스트 감독의 1996년과 톰 후퍼 감독의 2012년대는 확연히 다르다고 말할 수 있다. 동성애도 다르고 경제적 관념이나 이혼에 대한 사회적 시각도 다른 것처럼 말이다.

그럼에도 작가의 의도한 본질은 문학적 텍스트에서는 변하지 않는 같은 것이다. 예로 들어 주교의 은식기를 훔쳤다가 은촛대까지 얻은 발장은 뉘우침 없이 어린아이에게서 동전 5프랑을 훔친다. 실제 이들 행위는 다르지만 행동의 양식과 훔친 것의 구별은 무의하다. 그것이 돈이든 은이든 같기 때문이다. 위고는 은銀의 불어 어휘의 음가와 돈의 음가가 같음을 지칭한 것인데 그것은 연출하는 이에 따라 또는 동시대 은과 5프랑의 차이에 따라 독자가 읽고 느끼는 죄의 경중은 달라질 것이기 때문이다. 빌 어거스트에게 선善은 악惡의 경험을 관통해 달성될 수 있는 행위의 결과로 본 것이며 톰 후퍼의 경우 발장이 나중에 일군 공장 사장과 시장의 자격을 획득하는 자본을 획득한 종자돈이 되었다고 묘사하는 차이로 보일 수도 있다. 두 감독과 1934년의 베르나르 감독에게 고행, 불행, 고통, 가난과 추위, 먹고살기 위해 저지른 죄악의 비참함은 장 발장 개인을 지칭하느냐 당시의 모든 레미제라블을 지칭하느냐, 사회와 구성원들과 동일시한 관객을 포함하는 맞서 싸울 대상을 향해 바리케이드를 친 대상을 묘사하느냐에 따라 진보의 주체와 대상은 달라진다.

단테는 지옥을 표현해내려고 골몰했지만 위고는 17년간 기록하고 2,400여 쪽(원고지 7,000여 쪽)에 이르는 방대한 레미제라블들이 처한 위기와 상처로 지옥을 표현하려 애썼다. 이러한 차이를 감독들은 문학에서 받은 그들 각자의 영감대로 표현하려고 했다. 빌 어거스트의 영화에서 장 발장(수감번호 24601)이 재판정으로 가서 가짜 장 발장을 풀어주려는 장면에서 잦은 근접 화면이 등장한다. 하지만 이 근접 화면은 톰 후퍼의 근접 화면과 다른 효과를 가져오기 위해 사용되었다. 근접 화면을 사용하는 케이스는 변화나 역동성을 표현하려는 기술로 후퍼의 〈레미제라블〉이 춤사위가 별로 없는 서사 구조라는 측면에서 오히려 역동적이다. 즉 심리 변화나 심리 상황을 묘사할 일이 있을 때 효과적이다. 이는 대사가 없는 '노랫말 잇기 방식'의 송스루 뮤지컬의 기술적 문제를 해결할 방편으로 등장한 것이다. 1934년 베르나르 이후 1957년, 1981년까지의 동명 영화 버전에서는 나타나지 않던 기법이다. 그나마 렌즈와 카메라의 기술이 발전된 1996년 빌 어거스트의 영화에서 사용되었지만 그나마 후퍼와는 방식과 효과가 달랐던 것이다. 특히나 후퍼 영화에서는 사용 횟수가 잦았다.

빌 어거스트의 들여다보기(줌인)가 프랑스의 과거를 본 것이 아니라 청교도혁명 기간에 해당하는 시기인 영국 내전 종결 및 찰스 1세의 처형과 찰스 2세를 추대한 스튜어트 왕조의 복위(올리버 크롬웰을 영도자로 하는 청교도 의회에 의하여 통치)까지를 본 것이다. '레미제라블'은 위고가 영국 역사에서 본 1658년을 극중 라마르크로 대칭되는 크롬웰의 죽음으로 등치시켰다. 프랑스 공간에서 몇백 년을 건너 시간 및 장소와 위치를 줌인zoom in한 것이다. 역사와 현재를 오가며 다수의 인물 중 누구에게 초점을 맞추느냐는 역시 시대상과 사회 환경이 반영된다. '춘향전'에서 제목이 '방자전'으로 바뀌게 되면 춘향과 이도령은 조연으로 바뀌는 것처럼 위고의 「크롬웰」이라는 희곡은 또 다른 레미제라블의 근접 촬영 대상자를 보는 척도가 된다. 이처럼 대중에게 여럿의 인물 중 부각하고자 하는 인물을 입체적으로 지칭할 때 퍼포먼스는 아주 유용한 무대로의 초대를 통하여 캐릭터에게 집중적으로 스포트라이트를 줄 수 있다. 또 당대의 대중이 콘텐츠 속에서 알고 싶어 하고 관심을 가지는 캐릭터에게 재미난 공연의 형식을 빌려 근접으로 다가가는데 이를 영화에서는 클로즈업이라는 기술적 문제로 통상 해결한다.

위고는 그의 이름 속 글자인 휴고(인간적 존재)처럼 스스로 엔터테이너였던 문학적 영웅으로 당대의 가장 발달한 연극을 이용하여 무대에서 상연되는 라이브 재연을 희망했을 것이다. 그리하여 크롬웰이라는 희곡을 썼고 나아가 민중 속에서 더욱 오래 회자되어 새로운 공연예술로 표현되기를 희망했던 것이다. 이 점은 인쇄술과 책의 유통이 연극과 더불어 산업사회에서 장르를 넘나드는 텍스트변형의 새로운 의미를 작용했다는 점에서 위고가 직시한 기술발달로 인한 문학 가치 창조의 가능성에 큰 가치부여를 했음을 알 수 있다.

따라서 처음부터 극의 형식으로 다루려고 했지만 극장이 문을 닫게 되는 시대적 상황과 함께 다양한 인물과 방대한 시간, 빈번한 무대 전환 등이 극으로 나타내어지기에는 한계가 있어 르네상스 시대의 최소의 문학 형태인 서사시의 형식을 빌려 탄생한 것이다. 이는 호메로스homer나 베르길리우스virgil의 전통을 잇는 것이며 〈레미제라블〉 뮤지컬은 그 시적 운율과 노랫말 때문에 그대를 잇는 작품으로 평가된다. 영웅시heroic poem의 거부 반응을 가장 비천하고 낮은 단계인 서민들과의 동일화를 이룬 것으로 프랑스판 영웅 찾기의 결과물이다.

그러나 현대에 들어 1980년 프렌치 뮤지컬로 탄생될 무렵, 오페라와 뮤지컬의 분리·독립 현상이 생기면서 음악적 요소에서 이 작품의 시적 가능성을 텍스트의 후손들인 프랑스와 영국의 창작자들은 발견했다. 결국 이 발라드 형태는 영국과 프랑스의 낭만파 문학의 여파를 타고 감성에 접근하는 여러 장치를 고안하고 승화되기를 반복하다가 오늘날 송스루 뮤지컬에까지 이르게 된다. 종교적 힐링이건 대중적 민주주의의 희망이건, 사랑으로 맺어지는 연인들의 아픔과 희생이건 간에 공연예술이 갖는 들여다보기와 근접 돋보기(몽타주 기법과 무대 기술의 발전)로 다양한 해석적 지평의 영역을 넓힌 무대 예술과 연관성을 지니게 된다.

이는 종교적 공연예술로의 기능과 더불어 정치적 대중성도 갖게 했다. 찢기고 진흙에 묻힌 프랑스 깃발 위로 1815년(혁명 후 26년이 지났지만) 사라지지 않은 왕정과 무뎌진 시민 봉기 의식은 비천한 서민들의 처한 당시 사회의 비참한 상황을 동시에 나타냈고 톰 후퍼의 영화를 보는 한국의 관객은 투표 당일 방송된 개표 방송과 현실이 같아진 정치적 상황을 동일시화한 것이다. 영화의 시대적 배경과 주인공들은 다르지만 정치적 상황과 맞물리며 정치를 그 표적 대상으로 한다. 2012년 12월 19일 투표를 한 자신이 경험한 정치 상황과 권력을 상징하는 자베르의 양심 문제로의 투신, 바리케이드의 저항과 군중들의 합창 등은 영화와 현실의 경계에서 마구 혼돈된 무질서 그 자체로 뚜렷한 구분과 분류를 원하지 않는 아우라와 무드의 그 무엇에 경도된다. 바로 서민들 누구나가 바라는 정치적 승리를 위하여 각자가 생각하는 미완의 대상이자 후일 다가올 그 무엇으로 스스로 환각하기를 투영시킨 것이다. 그것은 텍스트에서 수백 년을 이어온 곧 독자의 마음이기도 하다.

영화 〈레미제라블〉이 한국에서 개봉한 뮤지컬 영화사상 최고의 흥행 성적을 거둔 이유는 역시 '원작의 힘'과 정치적 상황 때문이었겠지만 뮤지컬 마니아층의 열성적 호평도 주요한 원인으로 작용했다. 열흘 남짓한 기간에 321만 107명의 관객이 들었고 공식 누계 591만 390명으로 종영했다. 〈광해〉, 〈변호인〉, 〈명량〉이 구체적인 인물을 그린 천만 관객 동원 작품이라면 문학 작품 원작에 뮤지컬 영화라는 점을 감안하면 이 또한 국내 기록이다. 이 결과는 이 영화의 국내 파급력과 파괴력을 웅변하며 27년 만의 한국어 초연인 국내 라이선스 공연 뮤지컬 〈레미제라블〉(블루스퀘어 삼성전자홀)을 탄생시킨다. 그러나 이 공연은 결론적으로 문학적 가치의 변형도 없이 상업적으로만 근접한 기존 공연의 판박이로 변화 없는 곡의 라임과 연주, 춤과 노래의 운율로 끝이 났다. 〈레미제라블〉의 이야기가 극적이고 남성적이며 정치적 우울과 허무를 빗댈 소재라는 것에만 집착한 밀어붙이기 마케팅으로 괄목할 만한 성적을 내지 못했다. 여기서의 성적이란 금전적 흥행과 마케팅의 성공이 아니라 문학 가치와 공감대의 인식과 호응이 일어났는가를 따지는 말이다. '머서'는 이러한 현상을 구체적 특성을 가진 특별한 관극층觀劇層을 타깃 마케팅으로 하는 상업주의적 대중문화를 찾는 독자를 위한 텍스트의 산물이면서 재현 과정의 산물(Mercer, 1988: 63)이라고 표현했다.

머서는 도시의 대중문화를 하나의 산업이자 새로운 아이콘과 창작의 전기를 위하여 대중을 관찰하는 중심 역할을 추가했다고 밝힌다(Mercer, 1988: 41). 고전으로부터의 소재를 얻은 영상화 문제는 『레미제라블』의 경우 특히 초미의 관심사로 어느 시대건 창작 관계자로부터 재해석의 유혹을 받은 작품으로 이해되는데 한국의 경우도 예외는 아니다. 특히 오래전 정치적인 색채와도 연관이 깊었는데 기술과 환경이 변하면서 문학의 재해석과 표현 기법이 다른 양상은 4·19 이전의 경우에서도 나타났다. 《동아일보》 1959년 10월 21일자 4면의 생활·문화 기사에는 『레미제라블』 관련 기사가 실렸다.

文豪作品의 映畵化콩클 기사가 실렸다. 『레 미제라불』이라는 톱에 이은 "「쟝·갸방」이 主演하는 최초의 色彩版 「레·미제라불」이 들어왔다. 과거 十餘차례에 걸쳐 監督들이 挑戰(도전)하면서 그 眞價를 완전히 옮기지 못한 것을 이번에서야 이루었다.”

이로부터 열흘 뒤 《동아일보》 10월 30일자 4면에 다시 기사가 실렸다.

  “보륨있는 '갸방'演技는 빵한조각을 훔친 죄로 끝내 苦難에 가득찬 인생행로”
  를 겪는다. 특히 장가방의 연기를 最適材로 표현했으며 쟌·폴·드·샤누이監督
  을 그저 着實한 商業 監督으로 표현했다.

  위 기사는 머서가 지적한 대중을 위한 상업적 작품 구색 맞추기를 통한 대
중접촉이 중심이다. 휴머니즘과 힐링의 다양성이 농축된 원작은 바로 머서의
이런 이론에 더해진 문화 기술cultural technologies을 활용한 공연예술들의 근본 존
재가 된다. 이는 음악 혹은 시청각 매체를 경유한 관객 혹은 독자와의 소통을
하나의 통시적인 사건 이상으로 각인하게 만드는 살아 있는 그 무엇이 될 때
관객과 독자는 감동을 받는다. 톰 후퍼 감독이 만든 영화에서 부른 꼭 같은 곡
이지만 가수가 아닌 배우들에 의한 리얼리티와 거친 호흡이 고스란히 살아 있
는 휴 잭맨과 러셀 크로우, 아만다 사이프리드, 앤 해서웨이 등의 음성을 듣던
관객에게 대사만 한국어로 바뀐 퍼포먼스는 무의미하고 공허했다. 특히 번역
과 음악적 가치와 기술력이 문제였다.
  원작자의 표현이 무엇이었건 대중들이 판단하는 것을 우선으로 긍정해야
한다는 논리인 기술과 경제성, 공간과 시청자 간의 중재 방식(Berland, 1991:
39)을 사회적 생산 방식을 통하여 더욱 구체화한다는 지적을 소홀히 한 것이
다. 블루스퀘어 극장의 매킨토시 버전의 고민 없는 상연은 “레미제라블이 지
금 시대 상황에 맞게 유행하고 영화가 관객 동원에 성공했으니 뮤지컬 원작도
유행할 거야”라는 착오가 부른 패착이었다. 콘텐츠가 의미를 생산하고 그것을
경험한 대중들의 관찰로 인해 다음 콘텐츠는 모든 양식과 질적인 변화를 통해

의미 재생산의 기호를 '대중'에게 질문해야 하며 그에 순응하여 조치하는 것은 곧 '문화 기술'이 된다(Berland, 1991: 39).

거듭 말하지만 톰 후퍼의 작품은 이런 측면에서 수동적인 콘텐츠의 영향력 아래에 놓인 것이 아니라 대중들 스스로 영역을 확장하고 의미를 확장할 수 있는 계기와 25년의 답습을 과감히 변혁시킨 공로로 인정된다. 예를 들어 톰 후퍼의 영화 이후 공연된 연극(아르코 대극장 2012년 버전)에서 주교의 식모 마글로아 부인이 예전 왕정시대 주교에게 마차와 여행 경비의 보조 내역서를 사용한 장면의 묘사(위고, 2003: 26~27)가 길게 연결되었었다. 이는 배역을 등장시키기 위한 장치이기도 하고 주교의 청빈에 초점을 맞추어 이 작품의 근원이 어디를 지향하는지 대변하기로 한다. 하지만 후퍼 영화 이후 2013년에서는 이 장면이 삭제되고 이야기는 간결해지면서 속도감 있는 자체 제작의 주제곡을 창작하여 전혀 다른 버전의 극적 진행이 이루어졌다. 당연히 관객의 반응은 뜨거웠으며 티켓 파워와 마케팅도 성공을 가져왔다. 이런 가변이 시대를 따라 작품 속에서 의미하는 바들이 적지 않다. 하나의 예로는 장 발장이 훔친 빵의 크기로 영화나 퍼포밍 아트에서는 이를 대사로 표현하지 않고 직접 보여줄 때 극적 효과와 리얼리티가 살아난다. 즉 훔친 빵은 손바닥만 한 빵 한 조각이 아니라 캉파뉴Pain De Campagne였다. 이는 개인용(1.8Kg), 가족용(5.4Kg)으로 나뉘며 그중 어느 것이든 범죄에 해당하는 절도에 해당함을 알 수 있다. 이미지는 이러한 힘을 갖고 변형된다. 압축된 초점은 많은 가변성의 효과를 낳는다. 바로 인문학과 고전의 재발견이다.

레미제라블은 근대 사회의 파노라마로 지칭되기도 한다. 특히 오트빌 하우스에서 집필을 마친 위고가 운명할 때 『노트르담의 꼽추』(〈노트르담 드 파리〉)와 이 작품 '레미제라블'을 본 200만 명의 국민을 국민장으로 부른 역사를 만들어낸다. 위고의 작품 속 엔딩 장면을 떠올리게 만든다.

3. 〈레미제라블〉영화가 다른 공연예술에 끼친 영향

영화사 유니버설 픽처Universal Picture Presents 설립 100년 기념작으로 만들어진 뮤지컬영화 〈레미제라블〉은 몇 가지 특징을 가진다. 레치타티보Recitativo 형식과 징슈필의 이력을 가진 유럽 창작인들의 새로운 장르 '뮤지컬'의 발견이라는 측면이 가장 큰 이슈다.

간단히 설명하면 레치타티보는 판소리의 발림에 해당하기도 한다. 오페라 주인공의 슬픔이나 기쁨을 표현하는 대사에 사용한다. 노래가 등장하는 아리아Aria는 주인공의 감정을 노래로 표현해 음악적인 표현 수단을 구사하고 가수의 기량을 나타낸다. 레치타티보는 오페라의 구성 요소로 중요한 부분과 대사를 통한 공연 시간 전체의 함축적 무대와 줄거리를 설명하는 역할을 맡는다. 노래보다는 대사에 중점을 두고, 상황 설명이나 이야기를 전개해나가는 부분이다. 이탈리아의 초기 오페라 형식은 레치타티보를 사이에 두고 아리아, 2중창(또는 3중창), 합창, 발레 등으로 연결되어 연주하는 각 음악 순서대로 번호를 붙였다. 이러한 형식의 오페라를 번호Number 오페라라고 하며 오늘날 뮤지컬의 원형이다. 41곡㎖ 뮤직 넘버들의 녹음 기법 등에 독창성을 투여한 톰 후퍼가 감독한 영화의 차별성이 가장 대별된다. 후퍼 영상의 특징은 기존 41곡의 넘버링으로부터 박진규의 새로운 창작곡(아르코 대극장 2012년 버전의 연극 〈레미제라블〉)의 뮤지선처럼 여겨질 근본적 토대인 가사만 남기고 곡의 진행시간을 늘이거나 줄이거나 반복하는 방법 등을 사용한 편곡에 집중한 것이다. 특히 바흐의 코랄과 같이 종교적 색채를 무디게 하면서도(김홍인, 2004: 303) 극적 긴장을 높였다.

그랜드 오페라의 음악적 스케일을 획득한 송스루Song Through 뮤지컬은 대사 없이 음악으로만 이루어진 뮤지컬 형식이었다. 그러나 톰 후퍼의 영화는 그 형식의 틀을 깨버렸다. 이들 배우와 가수들의 조합은 콤 윌킨슨, 헬레나 본햄 카터로 이어지는 전문가와 사카바론 코헨 등 자신이 신뢰하는 전문 배우들로 구성하여 음악과 촬영에 의한 이미지를 장악하려 했다.

캐스팅은 아주 전문적인 실험의 결과로 대표적인 것이 휴 잭맨의 뮤지컬 가수 경험을 높이 사고 주인공을 맡기고 이들의 감성과 독백의 레치타티보, 징슈필의 흥행성에 확신을 가진 것이다. 이때 박자, 화성, 음정, 리듬, 음색은 라임 등의 특정 가사의 운율과 단어가 주는 임팩트에 의해 결정되는데 이들 인물을 묘사할 때 특히 클로즈업에서 특유의 악기를 골라 사용했다. 전율과 긴장, 이동 시에는 가볍고 작은 현악기를 사용하고, 고정fix 장면에는 육중하거나 아주 코드가 높은 금관과 목관악기로 리드를 길게 표현하기도 했다. 가사까지 도착 직전의 장식 부분(데커레이션 파트)은 거의 재즈 수준의 변형을 이루고 천천히 금관, 목관 악기 등의 조합으로 감정 유입과 몰입의 순차적 시간을 연기자의 호흡과 같이 끌어올리는 것이다. 마지막 후주의 결말은 하프와 같은 스트링이다.

후퍼의 작품이 전혀 새로운 뮤지컬 형식임에도 전 세계적으로 성공을 거둔 것은 이런 섬세한 음악적 변형과 편성에 있다. 41곡 전체의 조직적인 반복 Replay을 통해 통일성을 주고 인물, 심리, 특정 상황에 따라 반복과 극적 모티브가 극 전반에 걸쳐 유기적 관계와 조화를 이루고 있다.

갈등의 표현도 새로운 형식을 빌렸다. 각기 다른 장소에서 서로 다른 멜로디를 둘 이상의 배우가 동시에 부르며 장소와 이미지가 다른 가사를 통해 그들의 대립되는 관계와 심리를 표현하는 대위 선율은 무대에서는 표현되지 않는 가상의 공간을 빌려 왔다. 시장으로 변신한 마들렌이 가로기plag pole를 일으킬 때 쓰인 곡의 일부를 자베르가 기억 속의 죄수를 회상할 때와 같이 붙여 들려주며 죄수와 시장의 모습이 닮았다고 이야기하는 장면이 한 예이다.

이렇게 번호를 붙인 곡 넘버들이 송스루로 연결된 것이 가장 큰 특징이고 그다음으로 들 수 있는 것이 앞에서도 언급한 이미지의 근접 효과로 이른바 클로즈업Close-up이다. 이미지에서 근접 화면은 다양하게 표현되었다. 액션달리나 스테디캠, 지미집 카메라 등의 온갖 효과를 동원한 공중 촬영과 자유로운 유영이 가능한 영상이 몽타주 이론에 의해 편집되었다. 또한 클로즈업을 통하여 작은 소리로 말하고 노래하는 호흡이 거슬리지 않았다. 대부분 높은 음역을 노래하며 록과 오페라를 섞은 형식의 샤우트의 특징을 보이는 배우들의 음색 표현과 전형적인 대편성에서 벗어나 첼로, 하프, 피콜로, 바이올린, 반도네온 등의 악기 편성을 통해 다채로운 장소 이미지를 대변했다.

그중 팡틴이 연기한 애절함과 비천함의 극적인 효과인 근접 화면 사용은 도앤이 지적한 바 있다. 즉 비극 장면의 경우나 심경의 변화, 고백과 같은 최루성 장면의 경우 카메라와 피사체의 관계는 화면의 크기가 아닌 거리에 영향을 받는다. 도안에 따르면 근접 화면의 '거리' 문제는 이미지의 질도 포함된다는 것이다(Doane, 1996: 91).

처음엔 코제트와 함께, 나중엔 마리우스와 함께 한 장 발장을 놓친 후 자베르는 정체성에 혼란을 가져오고 자유를 알게 되며 자비와 용서를 구한다. 천국과 지옥의 경계를 걷는 자베르의 발길을 클로즈업으로 두 번이나 보여주고 피콜로, 바이올린, 트레몰로 금관악기들의 하이톤 등은 그가 신봉한 별이 차갑고 검게 변한 모습과 허공을 주목하게 만든다. 곧 천국과 지옥이 한 순간의 경계에 있음을 알게 되고 그것은 추락을 의미한다. 그 추락이 하수구 슬러지로부터 3단의 정화 장치로 연결된 하얀 포말로 사라지는 것은 그가 떨어지되 정화된다는 것을 상징하는 미장센의 강조로 인상적인 장면이다.

이처럼 기교와 기술은 일반적으로 '뮤지컬' 하면 연상되는 화려한 무대 장치, 현란한 춤, 특수효과 등과 거리가 먼 새로운 창작물을 가능하게 했다. 하지만 위고의 두 작품 〈레미제라블〉과 〈노트르담 드 파리〉는 그 어떤 특수효과도 기교적인 군무에도 기대지 않는다. 현대 무용가들이 극찬한, 인간의 몸이 연출될 수 있는 아름다운 춤의 극치. 청각적 뇌리에 각인되는 강렬한 음악.

몽환과 현실을 넘나드는 독특한 조명과 무대의 디자인과 색채. 〈노트르담 드 파리〉가 프랑스의 융합형 콘텐츠에 대한 자존심이라면 〈레미제라블〉은 인문 학적 세계유산에 대한 창구 효과와 그 노력의 산물이다. 54곡의 아리아로 작품 전체를 이끌어내고 있는 〈노트르담 드 파리〉의 선율 역시 매킨토시와 영· 미의 합작으로 인한 스케일과 기술의 상호 발전인데 위고의 작품의 경우 송스루 형식이 많음은 이야기의 운율에 대한 자신감이다.

또 캐릭터들의 반목과 동질성, 집단 스타일을 연출한 악기 편성이 알찬 성공을 거두었다. 이들은 극중 사실적 분위기와 처한 상황에 현실감을 더해주어 아카데미 시상식에서 사운드믹싱 음향효과상과 헤어 메이크업상을 받으며 팡틴의 여주조연상까지 3관왕을 일구어냈다. 그 예로 팡틴의 긴 머리가 잘리고 짧은 머리로 노래하는 장면에서는 뮤지컬이나 연극에서 도저히 재현이 불가능한 클로즈업 기능이 극대화된다. 당연히 자연스러운 최루 효과와 짙은 메이크업 효과는 큰 애잔함과 잔혹성을 불러일으켰다.

퍼포먼스에서 재현되지 못하거나 송스루 형식에서 늘 스틸 사진이나 무대 전환 시 가볍게 대사 혹은 영상으로 짧게 대체되던 장면은 후퍼의 영화에서 실제 매우 긴 1분 13초 동안 재현된다.

「나는 꿈을 꾸었네I dreamed a dream」와 같은 경우 무대에서는 그저 '서서 노래 부르기only standing'로 재현하는 데 비해 호랑이(tiger lily로 표상되는 시적 표현)들을 만나는 장면을 떠올리게 하는 장면은 압권이다. 영화의 이 장면에 힘입어 2012년 아르코 대극장 버전과 2013년 같은 무대 연극의 팡틴 역은 리얼리티와 조명, 효과음에서 더욱 배가되었다. 머리카락, 이齒, 그리고 몸을 차례로 돈과 바꾸며 증오를 감춘 채 딸의 양육을 위하여 창녀로 전락하는 과정에 상당한 사실성의 강조가 연결되는데 이는 바로 지공 시간을 연장한 감독의 늘리기 기법에 있다. 특정 이야기에만 시간을 늘려 관객의 실제 시간 배열에 이상을 느끼게 하는 '낯설게 하기'로 8분 34초에 이른다.

테나르디에의 솔로와 교차 편집되어 코믹함을 동반한 악인의 열정이 펼쳐지는 장면은 시작부터 줄곧 웃음을 박탈해가는 가운데 처음 코믹요소를 맛본 관객들이 릴리스를 하는 장면으로 인지되어 크게 반응한다. 마치 가수 싸이의 「강남 스타일」이나 「젠틀맨」에서 가사의 라임과 이미지가 연동되어 돌아가는 형국으로 악기와 편곡 모두에서 유머와 위트, 강약과 스타카토가 연속된다.

효과음의 사용이 퍼포먼스에서 늘어난 것은 당연하다. 관객의 박수소리와 환호성도 커졌다. 수레에 깔려 죽을 뻔한 포슐르방을 구해주고 후에 그의 도움으로 수도원에 숨어든 장 발장과 코제트 장면에서, 수도원 수녀들의 '코러스'는 더없이 성스럽게 여기게 하는 장치로 충분했다. 바로 이 장면은 10주년과 25주년의 동영상 장면에서는 실제 100명 이상의 합창단원의 모습으로 비추어진다. 자베르의 솔로곡, 독수리의 비상을 나타내는 동상을 배경으로 하여 장 발장을 잡겠다고 별에 맹세하는 신scene이나, 9년 후 1832년 가브로슈가 코끼리상 아래로 나타나는 트로이군과 같은 학교로 칭해지는 셍 미렛 빈민가에서 '팔로 미'라고 소리치는 장면은 앙시앵레짐이 가브로슈의 입을 통해 사망, 전복, 희망, 스파이 제보, 경고가 시작되거나 통보되는 장면으로 연결되는 장치이다.

코제트의 고독, 외경도 잘 드러난다. 특히 테나르디에가 코제트의 이름을 콜레트로 반복적으로 실수하는 장면은 또 하나의 콘텐츠를 발견할 기회를 삽입한 것으로 PPL로 인한 스토리 획득이 빚은 장치로 보인다.

코제트의 「구름 위의 성」 역시 슬픔과 기쁨의 조화를 잘 만들어진 틀 속에서 보여주는데 테나르디에의 산타 장면까지는 인도 영화들의 클라이맥스에서 보이는 '맛살라'와 뮤지컬의 필수 요건인 군무를 위한 장치로 10분 25초 동안 (마차로 코제트와 장 발장이 파리의 북문North Gate Paris으로 향하며 부르는 독백. 과거는 사라지고 새로운 여정)의 장면은 효과가 매우 극대화되어 있다.

행복을 알게 해준 태양처럼 따뜻하게 해준 나의 선물, 갑자기 시작된 「갑자기Suddenly」에서 'Something Suddenly has begun'과 자베르의 'Keeping watching in the night' 등 10분 3초는 이 영화가 가진 최대의 독립적인 신이다. 음악의 새로운 창조와 그것을 선보이는 기법이 독특하다. 밤을 지킨다는 수호자와 타락으로부터 정의를 지키려는 양심을 가진 인간적 면모를 드러내는 장면「별에 맹세하리라Star」(3분)에서는 자베르를 위한 감독의 연민이 느껴진다. 그에 이어 대칭적으로 보이는 "자유를 위해 싸운 나라가 이젠 먹을 것을 놓고 싸워야 해, 변화가 올 것이야"라며 바리케이드를 치게 되는 장면까지의 3분 28초에 이르는 생동감은 영화가 가진 특징이자 장점 중 하나이다.

첫 뮤지컬 방식의 영화 촬영은 매우 어려운 기술이었다. 기존의 뮤지컬 영화들의 방식과는 다른 매 테이크 신마다 세트 바깥의 피아노 반주에 맞춰 노래를 실시간으로 녹음했고 피아니스트가 배우들의 연기에 맞춰 실제 연주를 해주고 라이브로 녹음을 했다. 이런 방식의 활용으로 자칫 지루했을 레치타티보가 관객들에게는 생동감과 리얼리티 전해지는 감성과 클로즈업으로 섬세함과 동질성을 강조했다. 특히 영화에서만 들을 수 있는 휴 잭맨을 위한 솔로곡「갑자기」는 영화의 강점과 부성애, 인간적 간절한 고해, 내지르지 않는 부드러운 음성의 느낌을 최대한 살렸다. 발장의 삶이 담긴 미학적 절제와 화려한 스케일의 의상, 헤어스타일 등 19세기 엄청난 규모의 블록버스터형 뮤지컬 형식과 효과가 혼재하며 영화는 그랜드 오페라에 근접하는 효과를 얻었다.

이와 더불어 음악과 촬영의 동시 진행, 동시녹음 진행과 편집 효과까지 즉석에서 더해지는 더욱더 복잡하되 진화된 기술의 힘을 완벽하게 빌려 창작 녹음에 임했다. 그것이 톰 후퍼와 유니버설 스튜디오의 전략이었고, 이는 성공했다. 이 전략들 중에 레치타티보 세코recitativo secco(건조한 레치타티보라는 뜻)는 노랫말의 강세에 따라 리듬을 자유롭게 운용하면서 부르고 반주는 대개 숫자에 의해 간단한 수직 화음으로 만들어 저음 악기인 첼로와 하프시코드에 의한 선율로 만들었다. 간단한 음만을 사용함으로써 대화체에 가깝고 대화자의 얼굴이나 환경을 카메라에 담기가 원만했다. 발장, 팡틴, 에포닌의 독백들이 이 기법을 따랐다.

또 다른 형태는 아콤파냐토recitativo accompagnato(감정적으로 강렬하여 극적으로 중요한 순간에 사용)를 사용하여 선율이 서정적이고 종종 아리아로 이어진다. 영화의 후반부 대다수 바리케이드 부분에서 쓰인 것을 알 수 있다. 마지막으로 스트로멘타토recitativo stromentato(리듬이 더 엄격하고 반주는 대부분 관현악에 의해 좀 더 복잡하게)로 구성했다. 주인공의 상황이나 스토리 전개를 설명하는 레치타티보가 지루해질 것을 우려한 창의적 작곡가와 영민한 연출가들은 대사를 곡으로 바꾸어 간결화를 이루어냈다. 대다수 이 과정을 거친 프랑스 뮤지컬들의 특징에서 한 발 더 나아가 아리아를 장면마다 균등하게 배치하고 조화를 이룬 후퍼 감독은 성공을 거머쥐었다.

나머지 마케팅에서 특이한 점은 정치적 선동의 개념을 흥행코드로 글로벌 국가들 중 선거를 앞두었거나 정치, 사회적인 배경이 관건인 나라들에 한국의 경우 12월 19일에 우선 맞추듯 시의적절한 개봉 시기를 골랐다는 점이다. 최근 몇 년 사이 미국과 영국의 자본 기술들은 한 국가의 역사성을 역지사지로 세계인의 자유·평등·박애로 확장하여 지구촌 공통의 관심사로 묶어내는 작업을 해왔다. 종교적으로도 교황 스스로 직위를 내려놓은 시기와도 겹친다. 이들 문화 창작자들은 프랑스의 고전들이나 영웅들의 서사이야기를 찾아 스토리텔링으로 풀어내곤 했다.

원작에서 크리스마스가 중요한 시기이듯 극 중에서는 기독교적 대사와 상징이 마음껏 드러난다. 팡틴이 생을 마감하기 전 코제트를 만나는 상상이나 행복한 조우 등의 판타지도 원곡 넘버링보다 늘어난 이미지의 확장이다. 또 자베르가 "감옥에서 태어나고 스스로 쓰레기였다"라고 표현하는 장면 등은 공연예술에서 모두 삭제되었다. 실제 무대에서는 관객과 환상성이나 몽상성을 공유할 수 없었기 때문이다.

이처럼 인문학과 기술의 융합이 빚은 영상들은 공연예술에도 유사한 영향을 미쳤다. 이러한 고전들과 영상에서 전이되는 공연문화에 대한 관심이 증가하면서 공연예술 분야는 다양해지고 또한 질적으로도 향상을 가져왔다. 특히 대표적 공연문화인 뮤지컬은 역사가 짧음에도 빠른 속도로 발달, 성장하고 있다.

이러한 후퍼 작업 이후의 영향은 연극에서 가장 빠르게 나타났다. 침묵과 간극, 행간의 의미를 이미지로 전달하는 설득적 방법이 영화에서 강조되고 영화의 성공과 특징으로 자리 잡은 만큼 연극은 막을 줄이고 빠른 전개를 가져오면서 자베르의 부분에서 인간성에 초점을 두어 2011년보다 2012년에 시간을 더 할애했다. 특히 곡 넘버들 사이를 연결하는 가교로서의 기호가 매우 상징성을 지니거나 컴퓨터그래픽의 교묘한 기술로 처리되었던 영화에 비해 감성과 인물들 간의 갈등을 긴장으로 극대화했다.

공연예술로서의 〈레미제라블〉은 영화의 그런 측면을 매우 발 빠르게 이어받았다. 저작권과 연관성이 큰 연극 무대는 저작권료로 아예 새로운 음악을 만들어 전혀 새로운 OST(박진규)를 발매했다. 이는 톰 후퍼의 영화 이후 예술가들이 창작적인 측면에서 심기일전을 한 방증으로 읽힌다. 매킨토시의 레미제라블과는 전혀 다른 창작품이 탄생된 것이다. 또한 창구 효과에서도 새로운 형식의 장르가 추가된 것으로 콘텐츠 표현 방식이 늘어나게 된 확장과 융합의 사례가 될 것이다.

4. 문학 작품에 상상력 강화와 변형을 가하는 궁극점:
인문학적 상상력 24601의 계시revealing

융합 엔터테인먼트 장르의 리얼리티와 자연스러운 연출Naturalism은 최근 영화에 나타난 트렌드들이다. 멈추지 않는 논스톱과 라이브에서 처친 숨소리와 호흡, 그리고 관객의 숨결, 이야기의 계량화로 인한 리얼리티의 극대화는 이미 이야기 산업의 중요 요소가 되었다.

이러한 전형은 뮤지컬 〈레미제라블〉의 영어 시를 한국어로 번역하는 과정에서 가장 먼저 희생되는 요소인 율격meter과 압운rhyme 등의 구조적인 시적 형태를 어떻게 해야 하는지를 보여주었다. 시적 텍스트로 분석되는 노래 번역에서는 바로 그 구조적인 요소가 내용보다 더 중요하게 여겨지기 때문에 작품의 질적 손실을 발생을 알면서도 보존된다. 비교 분석과 번역이라는 제한적인 환경에서 언어적인 측면만을 강조하는 데 초점을 맞추어 노래를 일종의 시적 텍스트로 소리와 연동하는 데 실패했다.

시 번역은 일반적으로 내용과 정서적인 요소들의 번역을 위주로 진행하기 때문에 멜로디의 제약으로 원본 텍스트의 운율이 번역 텍스트에서도 보존되는 특별한 번역 환경에서도 영어에서 나타나는 시적 효과는 몇 사례를 제외하고 한국어로 전승되지 못했다. '내일로'의 경우 원작들이 내일이면으로 부르고 의미를 두는 데 반하여 한국어버전에서 지나치게 시적인 '내일로'를 고집하며 바둑의 마지막 한수 같은 악수를 두었다. 이러한 번역 전략은 노래 번역에서 필연적으로 생기는 내용 상실을 더욱 증가시키는 결과를 가져온다. 이 바탕에는 이념적 문제와 음악적 운율의 다양성문제가 걸림돌이 되고 있다.

이에 비해 매킨토시가 이룬 〈오클라호마〉와 〈사운드 오브 뮤직〉을 젖히고 세계 3대 혹은 4대 뮤지컬이라는 말을 유행시키는 기법은 독특한 것이며 독창적인 이미지로 고안된다. 뮤지컬 로고 이미지를 단순화시키는 기술적 방법을 원용한 것이다. 〈레미제라블〉의 경우 방황하는 코제트의 얼굴 크로즈업, 〈오페라 유령〉에서는 흰 마스크, 〈캣츠〉에서는 어둠 속에 빛나는 두 개의 고양이 눈, 〈미스사이공〉의 한자형漢字形 헬리콥터의 상징(캘리그라프) 등으로 간결하면서도 오래 시각적 이미지로 인지될 다자인을 고려했던 대중성을 되짚어보아야 한다. 이것은 위고가 그린 무대디자인을 선별하고 세트를 구상하는 데에도 많은 영향을 미쳤다.

키워드는 바로 형식의 문제가 된다. 잔 다르크 이야기의 연장선상에서 레미제라블의 혁명성과 뮤지컬의 사용, 이데올로기의 문학화 등이 주제가 되는 사회가 된 것이다. "왜 지금에 와서 레미제라블이 유행하고 복고주의가 아닌 신新유행을 일으키는가"라는 미디어들의 토론에 대하여 《중앙일보》 2월 2일자 19면의 톰 후퍼 감독의 전화 인터뷰는 좋은 변곡점을 시사한다.

느끼는 자마다 각기 다른 사유의 체계와 철학적 심성을 갖게 되겠지만 이러한 이유에서 레미제라블의 흥행과 영화, 뮤지컬, 연극, 텍스트(책, 5권 1질)의 품귀현상이 빚은 세간의 관심과 흥행을 분석해볼 가치가 무궁무진한 것이다.

그것은 후퍼 감독이 위 인터뷰에서 말한 것처럼 힐링의 역할이다. 영화 관람 후 눈시울을 붉히거나 감동적이었다고 하는 이들이 바로 이러한 사례이다. 링은 치유라는 뜻으로 치료라는 단어와는 차이가 있다. 그것은 소통이며 오해나 억압으로부터 해방되어 공감하는 것이다. 소통은 역지사지의 입장일 때 가장 설득력이 커진다. 타인의 입장이 되어보는 것은 일반인이 장애 체험을 하여 그들을 이해하는 것과 같다. 이러한 공감과 대리 체험은 151년 전의 시대를 오늘날의 시대와 같은 이데올로기의 연장이라 생각하게 한다. 위고 역시 그로부터 70년 전인 1853년을 거슬러 올려다보았을 것이다.

위고가 거슬러 올려다보았을 때 인문학적 상상력인 24601의 계시가 보였다. 24601은 죄수 번호로 인간 이름을 대신하는 비인격적인 상징이다. 숫자의 배열은 마지막 1을 제외하고는 모두 짝수이며 종교적 피보나치수열 같기도 하다. 그렇다면 유독 하나인 숫자는 무엇을 뜻하는지 짐작이 간다. 유일신을 강조하는 기독교적 교리가 보인다. 예컨대 십계명의 디스Dix는 '디스'로 읽히며 마지막 숫자 두 개의 조합이다. 가리개를 치우듯 존재ㆍ진실을 보이면 어떤 뜻을 유추할 수 있을까?

후퍼의 영화는 이 숫자의 강조와 호명될 때마다 이미지를 극대화한다. 일단 두 가지 방법으로 드러내기를 시도해볼 수 있다. 하나는 앞에서 뒤로, 또 하나는 뒤에서 앞으로 읽을 때 실마리가 잡힌다. 그중 위고가 숨겨둔 진실과 비슷한 유추는 〈크롬웰〉이라는 전작 희곡을 쓴 연도 일천육백사십이년(1642년, 1-0-6-4-2)이다. 위고가 영국의 역사로부터 보아온 영문학과 영국의 역사 그리고 영웅들이 대중에게 비추어지는 인지도와 숨죽인 군중의 이중적 모습이었다. 이는 무라카미 하루키가 조지 오웰의 『1984』를 『1Q84』로 표현한 것(남진우, 2013: 507~513)이나 백남준이 〈굿모닝 미스터 오웰〉로 호명한 것과 같은 이치이자 변용에 비견된다.

또 하나의 이론으로 숫자의 계시를 유추해볼 수 있는 것은 2(장 발장과 팡틴), 4(자베르, 에포닌, 가브로슈, 앙졸라), 6(바리케이드의 전멸자 혹은 하수구의 비천한 자나 미제라블의 또 다른 뜻인 테나르디에와 같은 부류의 악질적 인자의 경우 악마의 숫자 6)은 모두 주교나 예수로 대변되는 하나(창조주)인 숫자 1one(알파와 오메가)를 상징한다고 볼 수 있다(위고, 2003: 389~397).

위고는 그의 작품 속에서 "다섯이 줄고 하나를 더해"라는 원작 4권 5부 4장의 제목처럼 특히나 숫자로 인한 상징에 의미를 두는 것을 즐겼다. "내가 예리고와 그 왕을 네 손에 붙인다"(여호수아 6장 2절)에서 아멜렉족이나 여부스, 미디안족 등을 처리할 때 신의 사랑으로 용서를 한 것처럼 자베르가 추적한 24601은 용서와 사랑, 그리고 구속과 부활, 새 생명 등을 상징하는 성경의 텍스트적 기표로 통칭되고 오히려 자베르는 그 숫자로부터 사랑이라는 이름에 의해 스스로 보복을 가하는 것이다.

"수감번호 24601로 나를 매장했어"란 장 발장의 절규는 후퍼의 영화에서 가석방 신분서를 찢음으로써 장소와 시간을 모두 거슬러 오르는 장면으로 상징된다. 1642년은 1823년의 몽트뢰 장면으로 바뀌는 것이다. 마들렌 캐릭터는 장 발장의 과거 조카와 누나에 대한 책임감의 연장선상에 있으면서도 좀 더 확장된 면모를 보이는데, 비천한 자들을 돌보아야 할 수장인 사장으로의 신분 상승을 한 것이다. 사원 모두는 그의 조카이자 자식인 것이다. 프랑스 국기가 상징하는 자유·평등·박애의 기본 정신을 지도자가 반드시 숙지해야 하고 실천해야 함을 보여주는 전환점이다. 당연히 다음 차례의 장 발장의 변신은 위고가 궁극적으로 다루고자 한 사장보다 더 큰 시장의 모습이다. 위고의 장례식에 참석한 "수백만 노동자"라는 단어처럼.

24601의 비밀은 극의 중심적 키워드들과 관통한다. 바로 박애적 사상과 새롭게 거듭 태어나는 기독교적 부활의 철학이자 희망인 자유를 노래하는 것이다. 오늘날 비천한 사람들 즉 모든 대중 관객에게 화면 속의 동일시와 공감을 구하는 것이다. 자유·평등·박애를 상징하는 프랑스 국기를 혼자 짊어지고 자베르에게 다가가는 모습과 예수의 십자가를 짊어진 모습은 바로 24601의 상징을 수식한다. 그 이미지의 잔류 현상과 사운드의 기억 효과를 다시 호명하는 순간 박애자이자 순교자인 예수와 오버랩된다. 나아가 주교, 그리고 가석방 이후 산 위에 있는 수도원에 이르렀을 때 화면을 좌우로 가득 채운 순간 펼쳐진 넘버송(「나는 누구지?」)이 되는 것이다. 바로 이 영화의 주체성과 정체성이 되는 장면으로 은식기와 타다 남은 초가 얹힌 은촛대는 신분과 역할을 대물림하여 주고받는 대용물로 기능을 한다.

결국 숫자를 거꾸로 되돌려보면 쉽게 이해된다. 1642년에 일어난 기독교적 사건인 뉴잉글랜드의 조합교회 개척과 이 공연의 초연지를 떠올리면 연결의 실마리가 보인다. 1640년에는 청교도들이 의회의 대다수를 차지했고, 1642년에서 1649년까지 왕당파와 청교도들 사이의 내란과 전쟁에서 청교도들이 승리했고, 1643년에는 웨스트민스터 사원이 열리는 해이다. 1642년의 영국 크롬웰과 작품 속 혁명 지도자인 라마르크는 동일인일 가능성이 높다.

아가페적(주교와 장 발장, 팡틴의 박애), 혹은 플라토닉 사랑(에포닌, 가브로슈의 평등)으로, 새로운 삶의 세계를 동경한(앙졸라와 자베르의 자유), 자신의 목숨을 더 높은 곳으로 올려놓고자 하는 자들의 헌신과 투신을 표현하는 데 초점을 맞추고 있다.

'ABC의 벗들'의 식구들은 글자그대로 알파벳 숫자인 26과 다수를 의미한다. 바리케이드를 지탱하던 이름들인 바오렐, 콩브페르, 쿠르페락, 장 프루베르, 노인과 에포닌, 가브로슈까지 직접 죽음에 이른 숫자를 상징 할 수도 있다. 다수의 남성들이 등장하고 혁명이나 의지를 불태운다는 측면에서 친親남성 특징이 있는 점도 영웅의 상징적 맥락을 가진다고 볼 수 있다. 스케일이 크고 박력이 있어 감명을 체험하는 효과도 낳는다. 특히 진보적 기질의 남성들은 이 극의 출연진이 되어 나타나기도 한다(최정호, 2005: 309).

결국 희곡인 「크롬웰」을 통하여 위고는 『레미제라블』의 기초적 바탕을 마련했다고 보며 그 와중에 강렬하게 24601 같은 기호를 드러내고 싶었을 것이다. 후퍼 작품 전후의 24601 드러내기와 게시적 효과 중 어느 것을 그는 염두에 둔 것일까? 이 같은 계시를 드러내고 다시 크롬웰이나 라마르크의 영웅적 희생을 넘어서는 초인의 경지로 탄생시킨 점은 변형과 희구의 결과이다. 영웅보다 헌신하고 희생하는 감성과 낭만을 통하여 힐링의 요소를 부각한 것이다.

5. 문학의 매체변형론은 중단 없이 흐르는 영원성이 결론

융합콘텐츠인 〈레미제라블〉로부터 퍼포밍 아트가 받은 영향은 휴머니즘과 힐링을 기술적 감성표현으로 극대화하는 것이었다. 이 순간 시대상에 반영된 휴머니즘은 이야기를 음악에 담은 젊은이들의 피 끓는 혁명정신은 문학에서 음악으로 새로운 창구 효과를 통해 변형된 것이다. 이 가치 사슬이 작곡가 쇤베르크의 강렬하면서도 웅장한 음악으로 태어날 수 있게 한 원동력이며 전 세계 44개국에서 공연되게 한 파급력을 지녔다. 이 중 절반인 22개 국가에서는 자국어로 번역되어 라이선스 공연이 이루어진 것이다. 오늘까지 6,500만 명이상이 총 5권의 텍스트를 41곡으로 줄이고 압축하여 음악으로 듣고 감명을받는 문학 작품의 변형으로 재탄생한 것이다.

7,000쪽에 달하는 원작은 41곡의 가사로 축약되었다. 작사가인 크레츠머가조성한 표현 기법은 원작의 시적 이미지를 바탕으로 배우의 연기와 호흡에 따라, 듣는 이의 느낌과 처한 환경에 따라 수용자들의 태도와 의미 두기에도 가변성이 생기게 계산되어 만들어졌다. 예를 들어 '아버지가 방에 들어가신다'와 같은 문장이나 단어인 Nowhere의 띄어쓰기와 발성으로 보면 된다. 이는읽는 이의 인식에 가깝게 '아버지(가) 가방에 들어가는' 우스꽝스러운 극적 장면을 연상하게 하거나 No Where와 같은 갈 곳 없는 폐쇄성을 보이도록 만든다층적 인식과 해석의 문을 열어둔 점이다. 형식과 조성을 나누고 이해하는방식처럼 인식도 열리도록 장치해놓은 것이다. 다시 말해 등장인물 중 어떤인물이 닥친 상황에서도 '내일로', '내일이 찾아오면', '내일에는'과 같은 가사의 내용이 창작된 인물들에 맞춤식으로 적용되도록 변형한 기술이 놀라운 수준을 강조하고자 하는 것이다. 각각의 수용자에게 가변 양상으로 다가가게 객관화를 시켜놓은 점은 대단한 창의성이다.

같은 맥락에서 비슷한 문학적 사례가 있다. 하루키의 『1Q84』 제목에서 볼수 있듯이, 일본어 숫자 9와 알파벳 Q가 비슷한 음가를 가진 것을 착안해 "큐"가 9로 읽히거나 보이도록 배치해둔 것과 같다. 사실 큐로 읽거나 9로 읽거나상관없지만 1984의 1을 Q라는 글자 때문에 I라는 알파벳으로 읽는 경우도 계산된 장치라는 것이다. 하루키는 다만 Q의 의미만큼은 탐색과 의문, 그리고신을 상징하는 알파와 오메가로서의 전능한 세상으로 규정하여 독자가 오독해 읽어주기를 바랐다. 중국인들이 복(福)이라는 음가와 숫자 8의 음가를 서로등치하여 인식하는 것과 같은 이치다. 특히 조지 오웰, 백남준, 하루키가 서로같은 소재와 시대를 직시하고 겨냥하며 쓴 『1984』나 미디어 퍼포먼스 〈굿모닝 미스터오웰〉, 『1Q84』의 화두가 시대와 작가를 통하여 달리 보는 것처럼 창작자의 틀에 의하여 변형이 이루어진다면 콘텐츠는 훨씬 풍성해지는 것이다. 이와 같은 틀 속에서 뮤지컬 분야의 『레미제라블』이 장르와 형식, 내용적 비틀기를 통하여 새롭게 나타나지 못한 것은 고착화된 아쉬움이라 하겠다. 그러나 독창적인 뮤지컬의 제작과 저작권 사용을 통한 음악 창작과 연극 무대의 뮤지컬 도입 등은 큰 변화 양상을 가져왔다.

이 같은 문학을 통한 예술의 새로운 창작을 통하여 장르와 고유한 독자층의 창출은 앞으로도 계속될 것인가에 대한 질문에 답을 해야 할 시기인 듯하다. 특히 디지털 시대의 기술진보와 문화적 가치의 고양은 미국과 한국의 GDP 산출 방식의 변경처럼 지금껏 인류가 경험하지 못한 새로운 차원의 놀라움과 의의를 가져다 줄 것이다.

스마트폰을 중심으로 한 문학의 확산 패턴은 이미 종이책의 폐기가 아니라 종이책과 연계된 공동의 디지털 방식의 보편성이 여전히 주요함을 보여준다. 왜냐하면 감성은 인간의 생각과 꿈, 열정, 사랑, 희망을 완성해가는 가장 최소의 필수 요건이기 때문이다. 최고의 카타르시스를 경험하는 아우라는 디지털 방식이 아닌 전통적인 감동의 방법을 통하는 오랜 방식에서 비롯된 것이다. 특히 '공연예술'에서의 감동과 대중을 움직일 그동안의 경험들은 더욱 변형되고 오래도록 변신을 거듭할 것이다. 24601처럼 신의 계시를 되새기는 기호를 통한 표현 기법과 해독이 지구촌 관객들의 다양한 오독에 의하여 대중 각자가 힐링을 하고자 하는 모습을 분명히 목도한 2012년의 〈레미제라블〉의 기억은 오래갈 것이다.

특히 주목되는 성신여대 미아운정캠퍼스의 공연장과 극장용, 여수엑스포 홀에서 2013년부터 2014년까지 창작 뮤지컬로 공연된 NA뮤지컬의 한국형 버전이나 학생 100여 명이 참여하여 금나래 아트홀에서 공연된 스쿨 에디션 버전은 문학 콘텐츠의 변형과 시대 환경의 조화를 실감할 수 있는 무대들이다. 영어원문으로 노래를 부르며 〈레미제라블〉을 가창 교재로 쓰거나 장발장이나 주교, 자베르 등의 대사를 영어로 말하는 교육적 공연예술 텍스트로 쓰이기도 한다. 문학강좌를 배우가 진행하며 작품 속 캐릭터를 설명하고 친밀도를 높이는 다변화를 꾀하는 블루스퀘어 극장 내 드레스서클 문학 수업이 실제 사례이다. 연극이 뮤지컬이나 연극, 발레와 같은 공연예술이 되기도 하고 교육도구로 쓰이기도 하며 문학의 수요를 확장해가는 것이다. 문학으로만 간신히 기능하던 이전 시대와는 확연히 달라진 문학의 변형과 응용 모형을 보이는 것이다. 이처럼 영화 한 편이 만들어낸 시대 읽기의 사례와 유행은 한동안 계속될 것이다. 그것은 위고가 서문에서 언급한 "지상에 비참함이 존재하는 한 문학적 상상력은 더욱 시대에 밀착하여 변형되고 강화될 것"이라는 명제가 변형의 의미를 반복·재생할 것이기 때문이다.

참고문헌

강수현. 2010. 「뮤지컬 레미제라블 분석을 통한 음악의 극적 기능에 관한 연구」. 이화여대 석사학위논문.
김홍인. 2004. 『화성』. 현대음악출판사.
남진우. 2013. 『폐허에서 꿈꾸다』. 문학동네.
무라카미 하루키. 2009. 『1Q84』. 양윤옥 옮김. 문학동네.
오웰. 2007. 『1984』. 정회성 옮김. 민음사.
위고, 빅토르. 2003. 『레미제라블』. 방곤 옮김. 범우사.
최정호. 2005. 『세계의 공연예술기행』 3권. 시그마프레스.

Berland, Jody. 1991. "Angel's Dancing: Cultural Technologies and the Production of Space." Lawrence Grossberg, Cary Nelson & Paula Treichler(ed.). *Cultural Studies*. London: Routledge, pp.38~51.

Doane, Mary Ann. 2012. "The Close up: Scale and Detail in the Cinema." *A Journal of Feminist Cultural Studies*, 14: 3. acaste 4 on Jul 21.

Mercer, Colin. 1988. "Entertainment, or the Policing of virtue." *New Formations*, No.4, Spring. pp.51~71.

영화 〈레미제라블〉(1934) 레몽 베르나르(281분 3부작).

영화 〈레미제라블〉(1996) 빌 어거스트 감독.

영화 〈레미제라블〉(2012) 톰 후퍼 감독.

영화 〈변호인〉(2013).

영화〈광해〉(2013).

영화〈명량〉(2014).

연극 〈레미제라블〉(2011.12) 아르코 대극장.

연극 〈레미제라블〉(2012.12.19~30) 아르코 대극장.

연극 〈레미제라블〉(2013.12.4~8) 아르코 대극장.

국내 창작 뮤지컬 〈레미제라블(작·연출 김재한)〉. 2014.5.27~31. 여수 엑스포 홀.

콘서트뮤지컬 〈레미제라블〉 10주년(1996).

콘서트뮤지컬 〈레미제라블〉 25주년(2010).

콘서트뮤지컬 〈레미제라블〉 스쿨에디션(2014.2.23.) 금나래 아트홀.

뮤지컬 〈레미제라블〉(2013) 삼성블루스퀘어극장(한국어 초연).

뮤지컬 〈레미제라블〉 N.A창작(2013.12.23~29) 성신여대 미아운정캠퍼스.

뮤지컬 〈레미제라블〉(2014.4.18.~5.21) 극장용.

뮤지컬 〈노트르담 드 파리〉(2012) 세종문화회관.

백남준 미디어퍼포먼스 〈굿모닝 미스터 오웰〉(1984.1) 생중계.

강좌 〈레미제라블 속 캐릭터이야기〉(2013.3) 문종원(자베르 경감 역) 블루스퀘어 드 레스 서클.

《동아일보》, 1959년 10월 21일, 4면.

《동아일보》, 1959년 10월 30일, 4면.
《중앙일보》, 2013년 4월 23일, 3면.

09

레미제라블과 그 불만
노트르담의 꼽추 기억하기

김 상 률

숙명여자대학교 영어영문학부 교수 / 문화비평가

사회 법률과 관습이 세상을 지옥으로 만들고, 인간을 불행하게 만드는 한,
노동자, 창녀 그리고 고아 이 세 문제가 해결되지 않는 한,
이 책은 읽을 가치가 있다.
— 빅토르 위고, 『레미제라블』서문

불완전한가? 지어낼 때 완전하게 만들었어야 했다.
절름발이로 태어났는가? 그렇다고 목발을 짚지 마라.
— 빅토르 위고, 『파리의 노트르담』보탬글

1. 왜 빅토르 위고인가?

늦깎이 시인 문인수의 『배꼽』(2008)이란 시집에 「이것이 날개다」라는 시가 있다. 이 시에는 "좋겠다, 죽어서"라는 표현이 나온다. 이 말은 뇌성마비 중증 지체 언어장애를 겪고 있는 여자가 같은 장애를 겪고 있는 오빠의 장례식에서 한 말이다. 죽음을 부러워할 수밖에 없는 장애인의 말에 슬픔을 넘어 형언할 수 없는 먹먹함이 앞을 가린다. 또한 이창동의 〈오아시스〉(2002)가 처연하게 그려내고 있는 전과자 종두와 뇌성마비 장애인 공주의 그 시린 사랑은 어떠한 가? 그래서 신형철은 "장애인을 다룬 시를 좋아하기란 어렵다"(신형철, 2011: 122)고 말했다. 그것은 "슬픈 삶을 한없이 슬픈 눈으로만 들여다보아서 기어이 영영 슬픈 삶으로 만들어버리기"(신형철, 2011: 122) 쉽기 때문이라는 것이다. 이렇듯 문학이 사회적 약자를 재현하는 일은 쉽지 않다.

그러나 장애인을 재현하는 문학과 영상의 시선은 그 슬픔을 넘어서야만 한다. 이창동의 〈오아시스〉가 그러했고, 공지영의 『도가니』가 그랬다. 최근 〈7번 방의 선물〉도 마찬가지다. 문학과 영상이 슬픔을 넘어서 현실을 직시할 때만이 비로소 장애인에 대한 폭력과 불의를 사회적 추문으로 만들 수 있으며, 그 불가능성과 씨름함으로써 마침내 인간의 존엄성에 한줄기 빛을 비출 수 있기 때문이다. 물론 문학과 영상이 진실을 있는 그대로 담아내기엔 본질적으로 한계가 있다. 그럼에도 언어와 이미지는 언제나 진실에 극한적으로 가깝게 접근해야 하며, 최소한 "진실이 거주하는 구조물"(신형철, 2011: 17)이라도 만들어야만 한다.

빅토르 위고가 오늘날 다시 주목받는 이유가 여기에 있다. 그는 『레미제라블』에서 가난과 질병의 "어둠 속에 사는 사람들을 위해 한 줄기 빛을 비추기 위해서 글을 쓴다"(Hugo, 2012: 1219)고 말한 바 있다. 그에게 문학이란 바로 "불가능성의 유혹the temptation of the impossible"(Llosa, 2007: 165)이기 때문이다. 그의 문학이 시공을 초월해서 끊임없이 기억되는 이유는 위고의 낭만성이 대중의 취향에 부합되기도 하지만, 인간의 추함과 궁핍함, 굶주림과 질병, 불의와 불평등의 문제를 들춰내는 그의 문학 정신이 기여하는 바가 크다. 2012년 개봉되어 전 세계적인 반향을 일으킨 뮤지컬 영화 〈레미제라블〉의 성공은 위고에 대한 '글로벌 기억a global memory'을 입증하는 단적인 예이다.

지난겨울 한국 사회의 변화를 꿈꾸던 사람들의 상처를 치유한 톰 후퍼의 뮤지컬 영화 〈레미제라블〉은 가난과 굶주림의 비참함을 폭로하고, 정의와 박애 정신의 고결함을 역설한 위고 정신의 부활을 알리는 문학영화이다. 19세기 유럽사회의 계급, 젠더, 섹슈얼리티의 소수성을 통합적으로 상징하는 팡틴의 삶과 죽음은 시공간을 뛰어넘어 21세기 전 세계인의 눈시울을 적셨으며, 바리케이드를 치고 깃발을 휘날리는 민중의 합창은 영화관을 나오는 관객들의 입가에 맴돌았다. 이 장엄한 '역사 서사historical narrative'를 다시 읽고, 그것을 은막 위에 화려하게 연출된 뮤지컬 영화로 다시 본다는 것은 위고가 호메로스, 단테 Dante, 그리고 셰익스피어와 함께 세계 4대 문호의 반열에 오르는지를 알게 할 뿐 아니라, 문학의 확장으로서 영화의 위력을 다시 한 번 실감케 한다.

위고를 한마디로 말하는 것은 불가능하다. 굳이 한다면 그것은 페루의 문학 비평가 요사(Mario Vargas Llosa)가 말하듯 "드넓은 바다ocean"(Llosa, 2007: 9)와 같다 는 말이 가장 근접한다. 왜냐하면 그는 신, 사탄, 나폴레옹, 셰익스피어, 자연, 인류, 도시, 전쟁, 혁명과 같은 방대한 주제를 다루었기 때문이다. 그는 단순 히 문학적 위대성을 넘어서 "신화적 존재였으며, 공화국의 상징이자, 시대의 증인"(Llosa, 2007: 6)이었던 것이다. 이렇듯 그의 명성은 어느 하나에 가둬둘 수 없다. 그는 문화적으로 시인, 극작가, 화가, 소설가 그리고 비평가로 이름 을 떨치며 다양한 삶을 살았다. 위고가 21세기에 태어났었다면 뮤지컬과 영화 감독까지 했을 정도로 그의 관심사는 실로 대양과 같았다. 그리고 정치적으로 그는 보수주의자에서 자유주의자로, 낭만적 공화주의자에서 혁명적 사회주의 자로 자신의 신념을 관철하기 위해 끊임없이 진화했다. 그리고 상원의원으로 현실 정치에 직접 참여했을 뿐 아니라, 20년 가까이 정치적 망명을 할 정도로 권력과 불화하는 모습을 보여주었다. 그러나 개인적·가정적으로는 매우 불 행하고 "그로테스크하고 비극적인 삶"(Ionesco, 1982: 9)을 살았다.

위고와 동시대의 프랑스 작가 라마르틴Lamartine은 위고를 소설 문학의 셰익 스피어라고 말했으며, 영국 시인 스윈번Swinburne은 위고 소설의 '비장미a terrible beauty'는 그를 당대 최고의 산문 작가로 만들었다고 말했다(Brombert, 1984: 2에 서 재인용-). 또한 앙드레 지드Andrea Gide는 그를 프랑스의 가장 위대한 시인이라 칭송했고, 장 콕토Jean Cocteau는 위고를 가리켜 "자신을 빅토르 위고라는 위인 으로 착각한 미치광이였다"라는 말을 할 정도로 위고를 극찬했다. 작가에게 인색한 사르트르Jean Paul Sartre조차도 위고를 "당대 최고의 작가the supreme lord of his epoch"라고 말한 바 있다(Brombert, 1988: 82). 위고 문학의 폭과 깊이에 견줄 수 있고 대중의 사랑을 한 몸에 받은 서양문학가가 있다면 그것은 찰스 디킨스Charles Dickens이다. 디킨스가 사회 개혁을 이야기했다면 위고는 혁명을 노래했으며, 디킨스가 국민적 이야기꾼이라면 위고는 민중의 양심이었다(Gopnik, 2008: xiii).

위고가 남긴 업적은 다음 세 가지로 요약할 수 있다. 먼저 그가 프랑스 낭만주의의 선구자라는 점이다. 둘째로는 그가 새로운 역사소설의 개척자라는 사실이다. 마지막은 그가 프랑스 '참여engagement' 문학의 전범이라는 것이다.

먼저, 위고는 프랑스 낭만주의의 새로운 미학을 소개했다. 위고는 그의 비평서 『윌리엄 셰익스피어William Shakespeare』에서 낭만주의의 탄생을 다음과 같이 선언한다. "19세기 낭만주의는 스스로 탄생했다. 그것은 앞선 시대의 산물이 아니라, 하나의 사상에서 잉태되었다. 다시 말해서 19세기 낭만주의의 어머니는 바로 프랑스 혁명이다"(Bloom, 1988: 1에서 재인용). 위고는 일찍이 1827년에 『크롬웰Cromwell』이라는 극작품 서문에서 낭만주의 문학의 새로운 미학 원리를 전개해나간다. 그는 숨 막히는 형식적 신고전주의로부터 벗어나기 위해 '그로테스크'의 중요성을 옹호함으로써 사실상 프랑스 낭만주의와 영국의 낭만주의와의 차별을 선언한다. 이 새로운 미학 원리는 『파리의 노트르담』에 잘 드러나 있다. 예컨대, 이 소설에서 위고는 독자들에게 현실 문제를 효과적으로 인식시키기 위해서 '그로테스크함the grotesque'과 '숭고함the sublime'을 병치시키는 충격적 방법으로 고딕 스타일을 전유했다(Roche, 2004: v). 리얼리즘이 대세였던 시대에 그는 후기 낭만주의 미학을 유감없이 발휘함으로써 그의 정치적 비전과 세계관을 표현한 것이다. 위고가 『파리의 노트르담』에서는 그로테스크 미학을 통해서 정상과 비정상의 수직적 이분법을 강요하는 근대의 부정적 요소를 해체하려 했다면, 『레미제라블』에서는 사회질서를 토대로 인류의 진보적 개혁을 희망함으로써 근대의 긍정적 요소를 포용하는 낭만주의적 개혁주의를 취한다.

두 번째, 위고는 새로운 역사소설의 지평을 개척했다. 젊은 시절 역사소설에 심취한 위고는 영국의 낭만주의 역사소설가 월터 스콧Walter Scott을 탐독했다. 위고의 『파리의 노트르담』은 동시대 프랑스를 배경으로 스콧의 『퀜틴 듀워드Quentin Durward』란 역사소설과 비교되는데, 스콧이 산문을 통해 당대 상류 계층과 하류 계층을 무미건조하게 묘사하고 있다면, 위고는 주로 무지와 범죄를 배경으로 하는 하류 계층들을 스콧의 소설에서 볼 수 없는 서정성, 극적 다양성, 서사적 묘사를 잘 배합해서 스콧과는 다른 역사소설을 탄생시켰다(Sturrock, 1978: 14~15). 그러나 위고는 스콧의 묘사적이고 산문적인 소설의 한계를 넘어서 서사적이면서 동시에 시적인 소설, 사실적이면서 동시에 이상적인 소설, 그리고 무엇보다도 위대한 진실을 담아낼 수 있는 새로운 소설의 탄생을 희구했다. 그는 호머의 서사시에 스콧의 역사소설을 결합한 새로운 역사소설을 창조하려 했던 것이다(Washington, 1997: x). 여기서 주목할 점은 19세기 위고의 역사소설의 특징이 '트랜스내셔널trans-national'한 '레미제라블'을 주제로 한다는 데 있다. 위고가 그의 소설에서 일관되게 다룬 주제는 단순히 프랑스나 유럽의 특수성이나 지역성에 머물지 않고, 보편적이며 글로벌한 문제, 다시 말해 이 세상에 저주받은 모두에 관한 것이었다.

위고는 1818년에 발표된 그의 첫 번째 소설 『노예 왕The Slave King; Bug Fargul』에서 식민지 산 도밍고Saint Domingue에서 일어난 근대 최초의 노예들의 탈식민 봉기를 다루고 있다. 이와 같은 위고의 역사의식은 당시 서구 제국의 중심부에 있는 지식인으로서 식민지 변방의 역사를 논하고 있다는 점에서 당대에는 보기 드문 '대위적 상상력contrapuntal imagination'을 보여준다. 사이드Edward Said는 『문화와 제국주의』에서 '대위적 상상력'이란 제국의 중심부의 문화를 이야기하면서 식민지 폭력과 수탈에 침묵하지 않고, 자신이 속한 문화는 물론 타자의 문화에 대해 동시에 사유할 수 있는 균형적인 비평 정신이라고 말한다. 청년 위고의 눈에 당시 프랑스 치하의 흑인 노예들의 비참한 삶이 가장 레미제라블한 인간으로 보였다는 것은 그의 탈식민 의식의 면모를 엿볼 수 있다. 그의 두 번째 소설 『아이슬란드의 한Han of Iceland』에서는 1699년 스칸디나비아 노르웨이를 배경으로 살인과 폭력이 난무한 그로테스크하고 엽기적인 괴물의 이야기를 소재로 하고 있다. 그리고 처형 날짜를 하루 앞둔 어느 사형수의 독백을 통해서 사형제도의 폐지를 주장한 세 번째 소설 『어느 저주받은 자의 최후The Last Day of a Condemned Man』(1929)를 통해 위고는 점차 그의 '레미제라블'의 범주를 넓혀간다. 이 소설은 후에 미셸 푸코의 『감시와 처벌』이란 역작을 가능하게 했을 정도로 감옥에 대한 자세한 묘사로 잘 알려져 있다. 이와 같이 그의 '레미제라블'은 식민지의 흑인, 사형수, 흉악한 괴물에서 노트르담의 꼽추와 팡틴과 같은 가난한 민중들로 이어지고 있다. 바로 이러한 시공간을 초월하고, 계급, 인종, 성, 민족 그리고 신체적 차이를 넘어서는 위고의 트랜스내셔널 '레미제라블'에 대한 연민과 사랑의 목소리는 오늘날 가난의 대물림이나, 실업에 의한 전통적 빈곤과 달리 취업을 하고도 비정규직이라는 고용 차별로 인해 여전히 빈곤 상태에 처한 소위 '근로 빈곤'이라는 새로운 문제에 직면하고 있는 21세기에도 여전히 유효하다. 최근에 개봉된 프랑스 영화 〈학생서비스Student Services〉를 비롯해서 중국 영화 〈북경에서 잃어버린 삶Lost in Beijing〉과 〈빼앗긴 인생Stolen Life〉 그리고 〈삼협호인Still Life〉 등은 생계를 위해 몸과 생명을 매매하고 착취해야만 하는 '레미제라블'한 삶의 이야기들이다.

마지막으로 가장 중요한 위고의 문학적 유산은 문학과 정치를 분리하지 않는 그의 참여문학 정신이다. 사실 영국 문학 전통과 달리 프랑스 문학은 정치와 밀접한 관계를 유지해왔다. 볼테르Voltaire부터 사르트르를 지나 바르트Barthes와 바디우Badiou에 이르기까지 프랑스 인문학의 전통은 문학과 정치를 분리하지 않았다. 위고 자신이 국회의원 활동을 하면서 정치에 직접 참여한 것으로만 봐도 잘 알 수 있다. 그렇다면 이런 전통에서 위고를 유독 참여문학의 전범이라 칭하는 것은 무엇 때문인가? 그것은 위고가 동시대 작가들과 달리 자신의 계급을 뛰어넘어 현실에 적극적으로 참여하여 민중을 위한 정의와 평등의 가치를 역설한 작가였기 때문이다. 프랑스대혁명이 일어나자 귀족들에 기생하던 대부분의 작가들은 자신들의 계급적 귀속성을 상실하고 시민과 노동자 어느 계층에도 속하지 못한 채 이른바 문화의 공동묘지 속으로 숨어들었다. 예컨대 보들레르나 플로베르 등은 부르주아 계급과도 프롤레타리아 계급과도 연대하지 못한 이중적인 작가들이었다. 사르트르는 이런 작가들을 "무기력한 기사들The Knights of Nothingness"(Sartre, 1972: 162)이라고 비판했다. 사르트르는 위고만이 지식인의 책무를 망각하지 않고 당시 억압받는 민중의 마음을 열 수 있었으며, 아직도 노동자들에게 읽혀지는 유일한 작가였다고 말한다(Brombert, 1984: 3). 그는 "불의에 침묵하는 자는 그것에 공모하는 자"와 같다고 말하면서 위고를 그 시대의 '레미제라블'들을 위해 권력을 향해 진실을 말한 작가였다고 옹호한다.

사르트르는 문학의 책무를 "사회악이라는 극한적 상황과 씨름하는 것이며, "작가는 그 시대를 외면해서 안 되며 항상 시대와 함께 살아가야" 하고, "작가의 침묵은 그 자체가 스캔들이다"(Sartre, 1948: 246)라고 말하면서 위고를 높이 평가했다. 하지만 마르크스와 루카치는 위고가 민중을 신뢰하지 못했을 뿐만 아니라 민중을 역사적 사회적 실체로 받아들이지 못하고, 계급투쟁과 사회경제적 문제를 이해하지 못했을 뿐 아니라 자유주의적 유토피아 세계관을 견지함으로써 부르주아 질서를 정당화했다고 비판했다. 후자의 관점 또한 위고를 이해할 수 있는 중요한 측면이기도 하다.

2. '레미제라블'과 그 불만

이와 같은 위고의 역사의식과 현실 인식을 고려할 때 그의 '레미제라블'의 개념은 소설을 넘어선다. 그는 당대 지하 세계의 언어인 '은어argot'들의 어원을 밝힌 부록에서 '레미제라블'이란 이 세상에 존재하는 가난한 사람, 굶주린 사람, 버림받은 사람, 병든 사람, 죄지은 사람들을 의미한다고 말한다(Hugo, 2012: 1216). 주지하다시피 이 소설은 1845년에 'Miseres'란 제목으로 쓰였다가, 1862년에 'Les Miserables'이란 이름으로 출간되었다. 불어에서 'misere'는 영어의 'misery'란 뜻과 함께 '빈곤poverty, 곤궁destitution'이란 뜻을 가진다. 따라서 위고의 'miserables'은 이 지구상의 가난한 자, 굶주린 자, 버림받은 자, 내쫓긴 자, 병든 자, 죄지은 자, 이단자 등을 의미한다(Denny, 2012: 9). '레미제라블'은 한 마디로 프란츠 파농Frantz Fanon이 말한 "대지의 저주받은 자들The wretched of the earth"과 같은 의미라 할 수 있다.

그러나 소설 『레미제라블』과 그 영화 텍스트에 재현된 '레미제라블'의 세계는 우리 시대의 관점에서 보면 한계가 있다. 왜냐하면 초기 작품과 달리 이 작품은 가난하고 버림받고 죄지은 사람들의 세계이지만, 신체적으로 장애와 질병으로부터 자유로운 것처럼 보이는 지극히 정상적인 건강한 사람들의 세계로 구성되어 있다. 이 소설은 총 5부로 구성되어 있는데, 4부를 제외하면 모두 제목이 팡틴, 코제트, 마리우스 그리고 장 발장으로 되어 있다. 그만큼 위고는 이 소설에서 '근대적 인간'의 중요성을 이야기하고 있다. 이 소설의 등장인물들은 어떻게 해서든지 살아보려고 하는 사람들이다. 그래서 그들은 분노하고, 사랑하고, 슬퍼하고, 투쟁한다. 장 발장이 말하듯이 오로지 "살기 위해서" 말이다. 그래서 이 소설에는 "죽어서 좋"은 사람들을 찾을 수 없다. 물론 위고가 서문에서 밝힌 것처럼 "감시와 처벌로 세상이 지옥이 되고, 노동자, 창녀, 고아의 문제를 해결하기 전에는" 이 소설은 의미가 있다. 그러나 계급, 인종, 성이라는 특수한 타자성을 넘어서 우리 시대의 보편적 타자성으로서의 질병과 장애의 문제를 생각해볼 때, 이 소설의 세계는 아직 살고 싶은 세계이고 살만한 세계이다. 왜냐하면 『레미제라블』에는 우리 시대가 외면하고 있는 죽고 싶을 정도의 '레미제라블'한 사람들은 보이지 않기 때문이다.

그렇다면 위고의『레미제라블』에 질병과 장애가 보이지 않는 이유는 무엇일까? 위고가 이 소설에서 이야기하려고 했던 것은 서문에서 밝힌 바와 같이 신체적 결함을 지닌 소수자들의 불행보다는 노동자, 창녀, 고아와 같은 '다수'의 '레미제라블'들을 불행하게 하는 제도적 장애와 그로 인해 곪아터진 인간의 내면의 질병이었기 때문이었으리라. 그는 그것이 당대의 우선적인 해결과제이자 더 좋은 세상을 만들 수 있는 지름길이라고 믿었을지도 모른다. 이러한 위고의 사회적 비전은 '도덕은 최대 다수의 최대 행복을 목적으로 한다'는 근대의 부르주아적 공리주의에 기초한다. 이러한 공리주의적 세계관에는 질병과 장애를 지닌 '소수자'들은 배제되었다.

19세기 공리주의는 자유주의와 자본주의 체제하에서 최대 다수의 행복을 위해서 다수를 위한 범주를 과학적으로 이성적으로 만들어야만 했다. 다시 말해서 근대 국가 권력은 지식과 담론을 동원해서 '정상normalcy'이란 개념을 임의적으로 구성했다(Davis, 2010: 4). 국가 권력은 규율 사회 안에서 개인을 효율적으로 통제하고 지배하기 위해서 정상의 기준에서 벗어난 '비정상적인' 사람들은 배제하고, 추방하고, 감금하고, 격리시켰다. 심지어 신체적으로 정신적으로 이상한 사람들은 계급, 성, 인종의 차이로 차별받는 사회적 약자라는 범주에 조차 들지 못한 소위 "불가능한 주체impossible subjects"(Ngai, 2004: 12) 혹은 "죽음을 향한 주체death-bound subject"(JanMohammed, 2005: 5)인 것이다. 요컨대, 『레미제라블』세계에는 신체적으로 정상적이지 않으면 사랑도 할 수 없고, 슬퍼할 수 없고, 분노할 수 없고. 혁명에도 참여할 수도 없다. 왜냐하면 그들은 역사의 현장에서 보이지 않기 때문이다.

소설『레미제라블』의 재현의 한계는 텍스트 결말에서 사회 질서에 공모하고 마는 위고의 낭만적 이상주의와 긴밀하게 관계한다. 왜냐하면 소설 초기에 보여주는 마리우스의 혁명적 계시는 소설 결말에 역사화되지 못하기 때문이다. 그의 혁명적 열기는 바리케이드를 치고 저항하지만 결국 실패하고 만다. 소설은 혁명 성공의 주체가 민중이 되는 민주국가의 탄생이 아니라, 장 발장이란 한 개인의 죽음으로 끝이 날 뿐이다. 이와 같은 『레미제라블』의 결말은 위고의 '개인주의적 휴머니즘'이 부르주아 사회 질서에 뿌리 깊게 공모하고 있음을 드러낸다(Barberis, 1971: 92~93). 위고는 이 소설에서는 근대의 권력에 미학적으로 저항하기 위해 신체적 결함과 기형을 지닌 인물들에게는 주체적 역할을 부여하지 않는다. 그는 민중의 봉기를 통한 혁명보다는 근대적 인간에 대한 신념과 낭만적 이상주의에 근거한 질서에 입각한 개혁을 선택했던 것이다.

21세기에 종합예술로 재탄생한 뮤지컬 영화 〈레미제라블〉은 소설의 한계를 더욱 심화시킨다. 시각과 청각을 중요시하는 장르의 특성상 영화에서의 등장인물의 신체적 재현은 소설의 묘사를 능가한다. 비록 영화 속의 등장인물들이 각자 자기만의 지옥을 가지고 살아가고 있지만, 장 발장, 팡틴, 마리우스, 코제트 그리고 심지어 자베르 경감에 이르기까지 그들의 신체는 완벽에 가까운 근대적 인간들이다. 특히 아름다운 음악으로 표현되는 그들의 삶의 이야기는 관객들의 동정과 연민을 불러일으키면서도 동시에 그들의 외모와 연기에 매료되고 만다. 바로 이 점이 뮤지컬 영화 〈레미제라블〉이 성공한 이유 가운데 하나이다.

그러나 문화복지 차원에서 볼 때, 이토록 아름다운 뮤지컬 영화의 노래와 음악 그리고 주인공들의 모습과 입체적인 장면들을 시각과 청각의 장애를 겪고 있는 사람들이 온전히 감상할 수 없었다는 것은 유감이다. 이와 같은 제작진의 외면은 우리 시대의 문화가 여전히 장애자를 비롯한 소수자에 대한 공감과 배려가 부족함을 말해준다. 최근에 시청각 장애인들에게 생활복지를 넘어서 문화복지를 향유케 하기 위해서 영상에 자막이나 음성 설명을 제공하는 '배리어 프리barrier-free(장애 없는)' 문화 운동이 조금씩 확산되고 있다. 〈7번 방의 선물〉이 가장 좋은 예이다. 〈레미제라블〉도 제작 단계에서부터 장애자를 위한 '배리어 프리' 영화를 같이 제작했어야 했다.

　장애인들은 우리 시대의 레미제라블이다. 그들은 사회적·정치적 장애에 의해서 차별받으며 살아가고, 장애인 가운데 정도의 차이는 있지만 많은 이들이 태어나는 동시에 '사회적 죽음social death'(Patterson, 1985: 1)을 경험한다. 다시 말해 19세기에 신체적 기형이나 불구로 '비정상적'인 사람으로 분류된 이들은 법의 심판 없이 죽을 운명에 놓인 '벌거벗은 생명bare life: homo sacer'(Agamben, 1998: 4)과 다를 바 없다. 그들은 미국의 흑인 노예나 아우슈비츠 수용소의 포로처럼, 법의 보호를 받지 못하는 불법이주자들과 같이 사회적 냉대와 외면 속에서 감금과 격리, 은폐와 소외의 삶을 살아간다. 이들은 제도적 무관심과 냉혹한 시선이란 보이지 않는 사회적 린치에 의해 침묵당하고 아무도 기억하지 않은 채 역사의 저편으로 사라지고 있다. 위고가 이와 같은 우리 시대의 레미제라블의 원형을 소설 『레미제라블』보다 30년이나 앞선 19세기 초 『파리의 노트르담』이란 소설에서 재현하고 있음은 가히 놀라운 일이라 하겠다.

3. 노트르담의 꼽추, 더 레알 레미제라블

　위고는 소설 『레미제라블』에서는 찾아볼 수 없는 장애인을 『파리의 노트르담』에서 주인공으로 등장시킨다. 중세를 배경으로 한 이 역사소설에서 그는 규율과 감시, 차별과 멸시를 당하고 살아가는 장애인의 전형을 기형과 불구의 꼽추 콰지모도를 통해 끔찍하리만큼 구체적으로 묘사한다. 사실 이 소설의 주인공은 콰지모도가 아니다. 이 소설의 주인공은 제목이 암시하듯 파리라는 도시와 노트르담 성당이다. 위고는 이 소설에서 파리의 분위기와 노트르담의 고딕 양식이라는 메타포를 통해서 당대의 낭만주의 혁명 이데올로기와 계급 문제를 전달하려고 했다. 위고는 당대 북서 유럽에 유행하고 있던 권위적이고 교조적이며 정착 사회의 지배계급 구조를 강요하려는 로마네스크 건축 양식 대신에, 자유롭고 반권위적이며 혁명적인 고딕 양식을 통해서 인류를 무지와 범죄라는 어둠의 세계에서 평등과 조화라는 밝은 희망의 세계로 인도하려 했던 것이다. 그러나 텍스트의 의미와 가치는 독자들이 만들어가는 법. 이 소설은 오늘날 '파리의 노트르담'이란 원제목보다는 '노트르담의 꼽추'라는 제목으로 널리 회자되고 있다는 것은 기형과 불구라는 그로테스크한 인상이 독자에게 강렬하게 각인되었기 때문일 것이다.

특히 노트르담 성당의 기괴한 동물 석상gargoyle과 성당 종치기 콰지모도의 모습에서 잘 볼 수 있듯이, 위고는 고전주의적 엘리트주의를 거부하고 미학적으로 그로테스크함을 아름다움과 병치시켜 민중들의 미와 추의 조화로움을 통해서 평등의 메시지를 전하려고 했다. 위고는 일찍이 1827년 그의 『크롬웰』에서 미와 추, 선과 악, 육체와 영혼, 인간과 동물, 정상과 비정상을 가르는 모든 경계를 허물고 대립적 개념이 함께 공존하고 통합하는 '그로테스크' 이론의 총체적 비전을 제시했다(Brombert, 1984: 53~55). 이후 위고의 그로테스크 미학은 현대 그로테스크 이론의 대가 볼프강 카이저Wolfgang Kayser를 통해 완성되는데, 그는 『예술과 문학의 그로테스크The Grotesque in Art and Literature』에서 그로테스크 미학의 발생과 전개 과정을 설명하면서 '그로테스크' 혹은 '괴물적'인 것은 인간과 비인간, 아름다움과 추함을 병치함으로써 근대적 질서와 정상의 헤게모니를 해체하고 대안적 미적 가능성을 열어주었다고 말한다.

위고가 『파리의 노트르담』에서 중세 노트르담의 고딕 양식을 통해 보여주려 했던 것이 바로 근대적 질서와 정상의 헤게모니를 해체하고 미추와 정상과 비정상의 공존을 열망한 이데올로기적 변화였는지도 모른다. 그러나 분명한 것은 그가 『레미제라블』보다 이 소설에서 19세기 파리 민중의 평등한 삶에 대한 열망을 더 구체적으로 구현하려고 했다는 점은 주인공 꼽추 콰지모도의 재현을 통해서 짐작할 수 있다. 그러나 위고의 혁명적 이상의 예술적 씨앗을 뿌린 이 소설의 제목이 판매와 흥행 목적으로 '노트르담의 꼽추'란 제목으로 영어권에 번역되고, 20세기 영화로 제작된 것은 아이러니가 아닐 수 없다. 특히 '노트르담의 꼽추'의 비극적 삶이 대중의 인기를 얻으면서 낭만화되고 희화화된 것은 장애인들에게는 가슴 아픈 일이다. 이 소설에서 진짜 괴물은 콰지모도가 아니라, 성직자이면서도 신체가 지극히 정상적인 프롤로Frollo이기 때문이다. 그는 고결한 성직자의 신분에도 자신의 정념을 다스리지 못하고 무자비한 악행을 저지르는 사악한 인물이다.

자유와 평등과 박애를 구현하려는 당대 부르주아 혁명적 이데올로기에 사로잡혀 있었던 위고로서는 19세기 중엽에는 인간의 정상적 범주에서 제외된 비정상적인 존재들을 생각할 여유가 없었을지도 모른다. 그러나 1830년 프랑스대혁명의 실패를 경험한 위고는 노트르담의 꼽추를 통해 근대 신체적 기형을 놀라운 상상력으로 재현한다. 위고가 이 소설에서 아름다움과 기괴함, 정상과 비정상, 민중과 귀족의 경계를 넘어서 서로 다른 것들이 평등하게 공존할 수 있다는 새로운 지평을 제시하려 했다는 점은 위고의 역사의식이 얼마나 선진적이었는지 잘 말해준다.

위고는 고딕 러브 스토리 『아이슬란드의 한』에 등장하는 괴물 '한'의 묘사에서 이미 고딕적 기괴함을 잘 나타내고 있다. 이 소설은 영어로 '난쟁이 악마 Demon Dwarf'로 번역되었을 정도로 사악하고 무자비한 빨강 머리의 난쟁이 괴물을 등장시키는데, 그 괴물 '한'이 바로 노트르담의 꼽추 콰지모도의 원형이다. 위고는 이렇게 추함의 재현을 통해서 그로테스크함을 문학에 적극 사용한다. 보들레르가 위고의 천재성이 "인간을 감싸고 있는 모든 괴물성을 그릴 때 놀랄 만큼 발휘"(이충훈, 2012: 3에서 재인용)된다고 말한 것처럼, 위고는 『파리의 노트르담』 1부 5장 '콰지모도'에서 꼽추의 기형적 외모에 대한 놀라운 서술의 힘을 보여준다. 콰지모도는 외눈박이, 절름발이, 곱사등의 고아로 태어났다. 자라서 입양되어 성당의 종치기가 되어 귀까지 먹은 흉물스런 괴물이다. '반수반인Quasi modo: half- formed as new'이라는 그의 이름이 암시하듯 콰지모도는 그로테스크하고 고딕적인 낭만주의 상상력의 전형이다. 위고는 콰지모도를 다음과 같이 묘사한다.

[…] 납작한 코, 말발굽 같은 입, 커다란 무사마귀 아래 완전히 사라진 오른쪽 눈과 덥수룩한 붉은 눈썹에 가로막힌 조그만 왼쪽 눈, 요새의 총안처럼 여기저기 빠진 고르지 못한 이빨, 그 이들 중 하나가 코끼리의 어금니처럼 뻗어 나와 그대로 굳어진 입술, 두 갈래로 갈라진 턱, 그리고 특히 이 모든 것이 만들어내는 완벽할 정도로 흉측한 표정은 사악함과 놀라움 그리고 슬픔의 형용할 수 없는 혼합 그 자체였다. […] 머리는 붉은 머리털이 곤두선 채 엄청나게 크고, 두 어깨 사이에 솟아난 어마어마하게 큰 곱사등은 앞에서도 느껴질 정도였다. 무릎끼리는 이상야릇하게 뒤틀려서 서로 닿지 않고, 허벅지와 다리는 앞에서 보면 자루에서 합쳐진 반원형 낫 모양으로 두 반달처럼 생긴 모습이었다. 커다란 발, 괴물 같은 손, 이 모든 기형과 더불어, 뭐라 설명하기 힘들지만, 힘 있고, 날쌔고 씩씩한 걸음걸이의 그의 모습은 아름다움뿐만 아니라 저 무시무시한 힘마저도 조화를 이루기만 하면 된다는 그 영원한 법칙에서 기이하게 벗어나 있었다.[1]

코, 입, 눈의 기형적 묘사로 시작되는 위고의 콰지모도 묘사는 마치 카메라처럼 이빨과 입술 턱 모양으로 자세히 옮겨가면서 그 표정에 사악함과 슬픔과 기이함이 뒤섞여 있다고 말한 뒤, 좀 더 거리를 두면서 엄청나게 큰 머리와 머리카락, 그리고 어깨선으로 타고 내려오는 곱사등, 그리고 허벅지와 다리로

---

1 번역은 정기수가 번역한 『파리의 노트르담』(서울: 민음사, 2008), 98쪽을 참고하여 필자가 수정·가필했다.

이어지는 콰지모도를 묘사하면서도 괴물의 손과 발을 연상하는 그의 기형에서 나오는 민첩함과 씩씩한 분위기에서 느낄 수 있는 알 수 없는 조화로운 미를 느낀다고 기록한다.

이 소설을 각색한 영화들은 위고가 소설에서 묘사한 콰지모도의 곱사등과 일그러진 한쪽 얼굴과 눈의 기형적 배치를 영상에 잘 담아내고 있다(그림 9-1 참조).[2]

이와 같은 영화를 통한 콰지모도의 괴물적 형상화는 텍스트 안과 밖에서

그림 9-1 ● 영화 〈노트르담의 꼽추〉의 주인공 콰지모도

1923년 무성영화 〈노트르담의 꼽추〉의 콰지모도(Lon Chaney 분)

1939년 영화 〈노트르담의 꼽추〉의 콰지모도(Charles Laughton 분)

꼽추에 대한 공포와 멸시를 불러일으키고, 이 심리적 효과는 장애인에 대한 사회적 편견과 차별로 일반화 과정을 겪는다.

흥미로운 점은 '정상'의 개념이 지배한 근대 유럽사회에서 위고가 외면한 기형적 존재를 전근대 사회에서 불러내고 있다는 점이다. 중세 시대 루이 11

---

2 〈노트르담의 꼽추〉는 1957년 안소니 퀸Anthony Quinn과 1982년 안소니 홉킨스Anthony Hopkins, 그리고 1997년 *The Hunchback*이란 제목으로 맨디 파틴킨Mandy Patinkin과 샐마 헤이Salma Hay가 각각 연기한 바 있다.

세가 파리를 배회하는 거리의 집시와 부랑자들을 감시하고 처벌하기 위해서 감옥과 다름없는 피신처(『파리의 노트르담』에서의 '기적궁')를 만든 것처럼, 위고는 꼽추 콰지모도를 15세기 전근대의 권력의 상징인 노트르담이란 성당에 감금한다. 정상이란 범주에 기초한 부르주아적 계몽주의 가치와 최대 다수의 행복을 지향하는 공리주의 가치가 지배한 19세기 유럽 사회에 신체적·정신적 기형아들은 근대적 거리에 전시될 수 없기 때문이다. 그들은 오로지 박물관 같은 전근대 과거의 공간 속에서만 존재할 뿐이다.

문제는 위고의 장애인에 대한 문학과 영상의 재현 방식에 있다. 인간의 괴물성을 천재적으로 그려낸 위고의 꼽추는 근대 이전에 문학에서 재현된 꼽추와 사뭇 다르게 재현되고 이미지로 재생산되기 때문이다. 전근대 문학 가운데 꼽추를 주인공으로 다룬 대표적인 문학 작품으로 16세기 셰익스피어의 『리처드 3세』가 있다. 이 작품의 리처드(1452~1485)는 공교롭게 노트르담의 꼽추와 동시대 인물이다. 셰익스피어에 의해 묘사된 꼽추 리처드 역시 콰지모도와 같이 "서투르게 그려지다 만" 기형아로 태어났다. 리처드는 "사지의 균형이 일그러지고" "뒤틀린 미완의 육체"를 지닌 "볼품없는 절름발이"(Richard III, I, i: 20) 곱사등으로 재현된다. 그러나 연극과 영화에 나타난 셰익스피어의 리처드의 모습은 위고의 콰지모도처럼 괴물같이 재현되지 않는다.

리처드가 용맹함과 교활함, 권모술수와 사악함으로 무장한 카리스마의 소유자로서 결국 왕이 된 남자여서 그런 것일까? 착하지만 무모하기까지 한 흉물 콰지모도와 악하지만 용맹한 미남 리처드는 근대와 전근대 사이에서 왜 이렇게 다르게 재현되고 인식되고 있는 것일까? 18세기에 리처드 역을 맡은 데이비드 개릭David Garrick이나, 1960년대 영화 리처드 3세 역을 맡은 로렌스 올리비에Laurence Olivier의 모습을 보자(그림 9-2).

16세기 셰익스피어의 묘사에 근거한 꼽추의 재현과 19세기 빅토르 위고의 묘사에 의한 꼽추의 재현은 이렇게 다른 것일까? 셰익스피어의 극에서 추론

할 수 있듯이 중세 시대의
기형은 지금처럼 장애로 분
류되거나 차별받지 않았다.
고대에는 장애가 신의 저주
나 죄의 결과로 인식되었다.
그러나 그리스·로마 시대
를 지나면서 전쟁의 결과로
군인들의 장애가 발생하자
장애에 대한 인식은 점차 변
하기 시작했다. 사회는 장애
를 전쟁에 참가한 애국심의
상징으로 간주하여 차이를
인정하고 보상금을 지원했
다. 그러나 중세로 접어들면
서 장애는 다시 불가시적 존
재로 전락하면서 영웅으로
의 대접은 점차 사라지게 되
었다. 주목할 것은 영국과

그림 9-2 • 연극과 영화 〈리처드 3세〉의 주인공 이미지

1745년 연극 〈리처드 3세〉에서 리처드 역할을 한 연극
배우 데이비드 개릭

1955년 영화 〈리처드 3세〉의 로렌스 올리비에

프랑스의 장애인에 대한 사회적 인식의 차이이다. 영국은 장애를 역사적 신체
적 차이로 관용적으로 수용한 반면, 프랑스는 장애에 대한 역사적 차별이 심
했다는 점이다. 근대에 접어들어 민족국가의 탄생과 과학과 의술의 발달로 인
간의 정상적인 신체에 대한 근대적 환상이 자리 잡게 되었으며, 장애는 비로
소 처음으로 국가 권력과 과학에 의해 비정상으로 분류되기 시작한다.

다시 말해서 근대 이전에는 장애는 평범한 인간들 사이에 존재하는 신체적
차이로 받아들여졌다. 기형과 불구는 지금의 정상인과 다름없으며, 심지어 용

맹과 애국심을 지닌 더 나은 면모를 지닌 인간 유형으로 재현되기도 했다. 이와 같은 면을 고려할 때, 셰익스피어의 리처드 3세는 역사 기록과 문학적 재현 사이에 존재하는 근대적 기형의 차이를 잘 보여준다. 셰익스피어의 리처드 3세 재현은 역사적 사실보다는 튜더 왕조의 관점에서 악의 화신으로 재생산되었다(Chute, 1956: 285). 리처드 3세는 척추기형으로 태어났으나 이 외형적 차이는 역사적 격변기에 그에게 오히려 위장과 전략이 되어 그가 권력을 장악하는 숨은 능력이 된다. 역사적으로 리처드는 범인의 능력을 뛰어넘는 지략과 용맹함과 비전으로 영국의 왕권을 강화하고 귀족들을 견제하려는 리더십이 넘치는 군주로 기록되었다.

셰익스피어는 역사적으로 기록된 것처럼 리처드를 마키아벨리적 권력 추구형 인물로서 잘 묘사하고 있지만, 당대 정치적 상황을 고려하여 그의 기형을 언어적 수사를 동원해서 도덕적 타락과 연결시킨다. 그러나 문학적으로 튜더 왕조의 문인 셰익스피어조차 리처드의 신체적 기형을 언어적 수사의 힘과 수행적 연기력을 발휘함으로써 정적들을 제거하는 사악하지만 유능한 전략과 위장술로 묘사하고 있다(Williams, 2009: 1). 그것은 튜더 왕조의 이데올로기에서 자유롭지 못한 셰익스피어의 고도의 서술 전략으로 이해할 수 있다. 그러나 셰익스피어가 당대 정치 권력의 시선하에 역사적 진실을 직접적으로 말할 수 없었지만, 언어의 마술을 통해 진실을 담아내려는 고도의 언어의 구조물을 만들었다고 말할 수 있다.

반면에 19세기 소설에 쓰인 『파리의 노트르담』의 콰지모도는 리처드와 같이 15세기를 배경으로 하지만, 단순히 신체적 차이를 갖고 태어난 게 아니라, '정상'의 기준에서 벗어난 비정상인으로 태어났다는 근대의 관점에서 재생산되었다는 점이 다르다. 1830년대 청년 위고에게는 정치적 망명 등 인간의 모든 역정을 겪고 돌아온 1860년대 위고가 지녔던 성숙한 사회 변혁의 이상을 지니지 못했기 때문이었을까. 바로 이러한 이유 때문에 콰지모도는 에스메랄다로 상징되는 변화의 열망은 있었지만, 장 발장처럼 사회와 끝내 화해하지 못하고 죽은 에스메랄다 옆에 시체로 발견된다.

근대의 권력은 신체적 차이를 지는 인간을 담론과 지식으로 규율하고 감시해야 마땅한 비정상적인 주체로 전락시켰다. 여기서 주목할 점은 이와 같은 '정상의 헤게모니'에 사로잡힌 근대문학의 장애의 재현은 신체적 결함을 지닌 인물들을 장식물로 도구화하거나, 비정상의 개념을 창조하는 담론적 행위를 통해 원주민과 피식민 주체를 타자화했던 제국적 담론과 유사하다. 특히 위고의『파리의 노트르담』을 포함해서 이후 모파상, 플로베르, 조셉 콘래드 등 근·현대 소설가들이 그들의 소설을 통해서 자본주의와 제국주의 이데올로기를 생산하고 보급한 것처럼, 유사하게 작품 속에서 질병, 불구, 기형아들에게 대한 사회적 편견을 심화시켰으며, 정상의 기호를 이데올로기적으로 재생산하고 보급하는 데 기여했다(Davis, 2010: 13).

4. 정상의 폭력을 넘어서

위고의『파리의 노트르담』과 〈노트르담의 꼽추〉는 신체적 장애를 문화적으로 정형화한 가장 대표적인 서구의 문학과 영화이다. 서구의 문학과 영화에서 장애는 일부 주요 작가들과 감독들의 관심의 대상이었으며, 동시에 그것은 정상인의 편견으로부터 자유롭지 못한 해석적 행위의 역사를 상징하는 소재이기도 했다(Norden, 1994: ix). 문학의 경우 성서와 고대 그리스 문학에 나타난 맹인과 앉은뱅이와 같은 신체적 장애는 신의 운명적 계시나 저주, 죄의 결과로 재현되었다. 근대에 이르러 계몽과 과학의 힘을 빌려 신체적 결함과 기형 그리고 정신 이상을 '비정상the abnormal'으로 범주화하여 주변부로 타자화했다.

고대부터 지금에 이르기까지 문학과 예술에서 장애를 재현하는 관점은 다음 세 가지로 요약할 수 있다. 첫째는 도덕적 관점이다. 도덕적 관점은 고대부터 중세에 이르기까지 신체적 기형이나 결함을 죄나 신의 저주의 관점에서 이해해온 장애에 대한 부정적 재현이다. 둘째는 의학적 관점이다. 의학적 관점은 근대 과학의 발달로 인해 신체적 기형이나 결함을 비정상으로 간주하고 치료의 대상이나 극복되어야 할 문제로 간주하는 정상의 헤게모니에 근거한다. 마지막으로는 사회적 관점이다. 사회적 관점은 최근 장애 문제에 대한 사회적 정치적 해결을 모색하는 문화 연구의 일환으로서 기형이나 결함을 개인의 도덕적 문제나 극복해야 할 대상으로 이해하지 않고, 개인의 신체적 차이를 용인하지 못하는 사회와 문화가 만들어낸 구성물이라는 것이다. 도덕적 관점과 의학적 관점은 모두 장애란 개인적인 문제이며, 사회와는 아무 상관없는, 개인의 불행을 강조한다. 그러나 사회적 관점은 개인의 장애는 사회가 만든 장애이며 사회적 문제이자 정치적 문제임을 강조한다(Davis, 1997: 1).

근대 이전에 '불구impairment' 혹은 '기형deformity'이 신체적 차이로 인해 '비정상'으로 범주화된 것은 바로 19세기였다(Foucault, 2003: 9). 푸코에 따르면, 19세기 '비정상'으로 분류되는 기준은 "인간 괴물human monster", "범죄자individual to be corrected" 그리고 "성적 변태자onanist" 세 가지였다(Davidson, 2003: xvii). 이렇게 신체적·정신적·성적인 기형과 불구로 인해 '비정상'으로 분류하는 제도적 폭력은 20세기에 '장애disability'라는 사회적 개념으로 사용되기 시작했다. 19세기는 효율성과 생산성을 강조하는 산업화의 가치, 정상과 평균과 중간층을 강조한 계몽적 가치로 개인을 규율하고 통제하려는 권력과 지식의 네트워크로 짜인 근대국가가 탄생한 시기이다. 다시 말해서, 장애란 개념은 계급, 성, 인종, 섹슈얼리티 등의 개념과 같이 수직적 이분화를 통해 차이를 차별과 억압으로 전유한 근대의 폭력적 산물이다. 정상의 기준, 평균적 외모, 중산층의 가치범주에서 벗어난 사람들은 신체적·정신적으로 '비정상인'으로 분류되어 배제, 추방, 감금, 격리되었던 것이다.

위고가 소설을 쓰던 19세기에 개인이 비정상으로 분류될 경우, 권력의 규율과 감시와 처벌과 감금 등 제도적 폭력에 의해서 철저히 차별받는 존재로 살아가야만 했다. 당시 비정상은 범죄자와 같은 낙인이 찍혀 사회적으로 소외되고 추방되거나 불가시적 존재로 인식되었다. 그 이유는 근대권력이 통계학과 우생학, 유전학, 정신분석학, 노동의 표준화와 가치 등의 지식과 권력의 네트워크를 통해서 정상, 표준, 평균 등의 기준을 만들어 정상의 범주에 들어오는 사람만을 근대적 개인의 전형으로 간주했기 때문이다. 반면에 키가 작거나 크거나, 기형이거나 불구자들, 우울증과 신경질환자들을 정상의 범주에서 제외시킴으로써 배제의 원칙에 따라 타자화했다(Davis, 2010: 5).

근대 서구문학에서 신체적 기형이나 결함을 지닌 인물들은 두 가지 유형의 정형화를 보이고 있다. 하나는 악마의 화신이고 다른 하나는 자선의 천사이다. 예컨대 허먼 멜빌Herman Melville의 『백경Moby-Dick』의 '아합Ahab' 선장은 복수에 불탄 악의 화신으로 공동체 구성원을 파멸로 몰고 간다. 반면에 찰스 디킨스의 『크리스마스 캐럴A Christmas Carol』에서 자선 활동을 하는 '티니 팀Tiny Tim'은 천사와 같은 인물의 전형이다. 그러나 두 인물은 주변부 소수자이기는 마찬가지이다. 위고의 콰지모도는 바로 이 두 가지 정형화를 모두 가진 천사 같은 마음에 복수의 화신이 중첩된 비극적 소수자인 것이다.

현대로 접어들면서 작가들은 인간을 범주화함으로써 개인을 감시하고 지배하려는 국가 권력에 문제를 제기하며, 신체적 결함을 도덕적 결함이나 운명적 결과로 이해하지 않고, 사회가 담론적으로 구성한 타자화된 소수자라고 주장한다. 일부 작가들은 장애를 신체적 차이로 이해하고 정상인과 비정상인의 경계를 허무는 인문학적 노력을 지속적으로 전개해왔다. 이와 같이 장애를 차별, 돌봄의 대상, 무관심이 아니라, 차이의 관점에서 재현한 서구문학 작품으로는 나다니엘 호손Nathaniel Hawthorne의 「배꼽Birthmark」, 로렌스D. H. Lawrence의 「장님A Blind Man」, 플래너리 오코너Flannery O'Conner의 「착한 시골 사람Good Country

People」, 카슨 맥컬러Carson M'Cullers의 『마음은 외로운 사냥꾼The Heart is a Lonely Hunter』, 레이먼드 카버Raymond Carver의 「대성당The Cathedral」 등이 있다.

영상의 경우 문학보다는 사뭇 다른 면을 견지해왔다. 영화 산업과 흥행을 외면할 수 없었던 영화는 신체적 결함과 기형을 흥행을 목적으로 장애를 과장되게 각색하거나, 관객의 관심을 끌기 위해 공포를 조장하거나 기형적 괴물을 등장시킴으로써 장애를 부정적으로 묘사했다. 결정적인 것은 영화에 등장하는 신체적 불구를 범죄자의 이미지와 연결시켰다는 점이다(Longmore, 2001: 4). 가장 대표적인 예가 바로 〈노트르담의 꼽추〉이다(Longmore, 2001: 5). 인간은 욕망하는 것을 두려워하고, 두려워하는 것을 욕망한다는 심리를 이용해서 초기영화는 인간의 기형을 괴물이나 범죄자 이미지로 형상화하여 관객의 공포에 대한 욕망을 채우려 했다. 한마디로 영화는 소비 자본주의의 산물답게 '장애'조차 상품화시켜버린 것이었다(Norden, 2001: 24). 이는 역사적 인간이 기형적 존재에 대한 매료와 배척이라는 역설적 행동을 반복적으로 해왔음을 의미한다. 이렇게 함으로써 사회의 주류인 정상의 헤게모니는 비정상적인 기형과 결함을 사회적으로 격리하고 소외시킨다.

레슬리 피들러Leslie Fiedler는 그의 『기형! 비밀스런 자아의 신화와 이미지Freaks: Myths and Images of the Secret Self』에서 주류 사회의 구성원들은 난쟁이, 거인, 자웅동체, 샴쌍둥이와 같은 유전적 변형을 갖고 태어난 사람들에 대한 신기함과 매료를 보인다. 왜냐하면 그들은 정상인들의 욕망이자 공포를 반영하는 신화적 아이콘들이며 자아의 거울이기도 하기 때문이라고 주장한다(Fiedler, 1978: 23~24). 물론 피들러는 유전적 변형과 장애를 구분하고 있지만, 그의 주장은 넓은 의미에서 역시 기형과 결함을 지닌 사람에게도 적용될 수 있는 '정상의 폭력The tyranny of the normal'인 셈이다. 그는 영화 산업이 〈노트르담의 꼽추〉의 재생산을 통해서 해온 것처럼, 유사 이래로 인류는 인간 기형을 미학적 주술과 상업적 목적으로 사용해왔다고 주장한다. 특히 1939년 〈노트르담의 꼽추)는 기형과 결함을 지닌 사람에 대한 주류 사회의 사회적 매료를 의식적으로 고려한 이른바 상업적 흥행을 목적으로 제작된 영화이다. 이와 같은 대중의 이중적 욕망은 그 이후 지금까지 공포영화, 뱀파이어 영화, 좀비 영화, 사이보그 공상과학영화로 확대 생산되고 있다.

사실 이와 같은 신체적 기형과 결함의 상업화의 기저에는 상업 영화 제작자와 관객의 공모가 존재한다. 프로이드는 인간의 신체적 결함에 대한 공포와 불안 심리를 거세 공포와 연결시켜 이미 이야기한 바 있다. 그는 유명한 논문 「섬뜩함The Uncanny」에서 인간의 장애에 대한 두려움을 거세 공포와 동일화시키면서 다음과 같이 말한다. "꿈과 환상 그리고 신화에서는 눈이 멀어 장님이 되는 것에 대한 인간의 두려움이 종종 거세 공포로 환치된다"(Freud, 1955: 231). 더 나아가 이와 같은 거세 공포는 다른 신체 기관들도 잃어버릴지 모른다는 강한 불안 심리를 유발한다. 따라서 문학에서 신체적 기형과 결함을 지닌 사람들은 남성성을 상실한 부정적 이미지를 갖게 되고, 거세당한 주체들은 가부장적 권위에 대한 복수심에 불타는 부정적 인물들로 정형화되었다. 이와 같은 이론적 토대하에서 아버지(프롤로, 신부이자 콰지모도의 양아버지)의 권위에 대한 복수의 화신으로서 노트르담의 꼽추 콰지모도가 문화적으로 탄생한 것으로 해석할 수 있다.

프로이드 주장에 근거한 추론은 페미니즘을 비롯하여 많은 반론의 여지가 있지만, 이 영화가 제작되던 1930년대는 프로이드의 정신분석이 영향력이 있던 시기라는 점에서 가능한 추론이다. 그러나 인문사회학에서 장애 연구가 본격적으로 형성된 1980년대 후반부터, 그리고 미국의 장애법안이 통과된 1990년 이후에야 비로소 장애에 대한 부정적 재현에 대한 비판적 성찰이 있기 시작했으며, 영화계에서도 장애에 대한 새로운 시선을 던지기 시작했다(Smit and Enns, 2001: x). 근대 문학과 현대 영상에 재현된 장애의 부정적 정형화는 인종의 차이에 대한 부정적 재현과 마찬가지로 타자에 대한 무지와 오해에서 비롯된 것이다.

'장애'라는 범주가 정치적·문화적 형태를 띠기 시작한 것은 불과 50년 전인 1970년대이다(Davis, 2002: 9). 데이비스Leonard Davis에 따르면, 미국 문화비평 연구에서 정치적·문화적·사회적 소수로서 장애 문제가 본격적으로 등장한 것은 다음 두 단계를 거친다. 첫 단계로 1970~1980년대 흑인 문제와 동성애 문제가 사회적 억압으로 등장할 무렵, 장애에 대한 차별에 반대하는 운동이 함께 일어나기 시작했다. 둘째, 장애 문제가 본격적으로 사회적·정치적·문화적 이슈로 등장한 것은 1990년대이다. 이 시기에 '불구'와 '결함'이라는 개념이 팔, 다리 등의 신체 일부가 결여된 신체적 사실을 말한다면, '장애'는 사회가 불구자들이 생활하기 불편하게 장애물을 만들거나 방치함으로써 신체적 불구를 부정적 존재로 만드는 사회적 과정(Davis, 2002: 303)이라는 비판적 인식이 일어났다. 즉, 신체적 불구의 차이는 계단 중심의 건물과 정상인 중심의 횡단보도와 같은 환경적 요인에 의해 장애라는 차별의 개념으로 재탄생하게 된 것이다.

데이비스는 이와 같은 '비정상'을 분류하고 범주화하는 담론적 기호의 생산을 중산층 부르주아들의 '정상의 헤게모니hegemony of normalcy'(Davis, 2002: 14)라고 비판한다. 요컨대, '정상'이란 장애자를 비정상으로 분류하여 차이를 타자화하여 차별적 대상으로 만든 근대의 폭력적 개념이라는 것이다. 그래서 그는 정상의 헤게모니에 도전하기 위해서 정상적인 완벽한 신체를 소유한 근대적 주체의 환상을 해체하고 '비정상'의 개념을 새롭게 사유하기 위한 '디스모더니즘'적 사유를 제안한다.

'비정상'은 계급, 성, 인종 등과 같이 차이를 수직적 이분화하여 서열 구조를 강요하고, 권력관계로 전유하려 했던 모더니티의 개념 가운데 하나이다. 모더니티는 산업화와 계몽주의적 가치에 입각해서 평균과 중간치, 표준의 이름으로, 정상과 비정상을 폭력적으로 이분화했으며, 과학과 의학의 이름으로 비정상을 분리한 뒤, 배제의 원리를 통해 개인을 통제하고 억압해왔다. 비정상에 대한 모더니티의 부정적 폭력을 거부하기 위한 대안적 사유가 '디스모더니즘 dismodernism'이다. 디스모더니즘은 만인에게 공통적으로 존재하는 신체적 차이의 개념에 근거한 새로운 사유 방식이다. 사실, 인간은 누구나 보편적으로 불완전한 신체를 가지고 있다. 다시 말해서 모든 신체는 불완전하게 태어나서 불완전한 상태로 죽는다. 인간은 단지 '일시적으로' 완전한 신체Temporarily Abled Bodies: TAB'를 유지할 뿐이라는 것이다.

장애 연구에서 '디스모더니즘'을 대안적 사유로 제안한 이로는 레너드 데이비스이다. 그는 "인간은 본질적으로 불완전한 존재라는 신체상의 내재적 공통분모를 지니고 있다"(Davis, 2002: 31)고 주장하면서, "완벽하고 평균적인 신체, 정상적인 정신, 효율적인 노동이라는 근대성이 생산한 주체는 환상"(Davis, 2002: 32)이라고 말한다. 그는 정상이란 개념의 폭력적 등장을 비판하고 근대적 주체의 소멸을 주장함으로써 과학과 이성의 이름으로 지식과 담론을 동원하여 생산한 정상과 비정상의 이분법을 해체한다. 그리고 인간이란 불완전한 신체와 정신으로 태어나 성장하고 살아가다 죽는 '디스모던 주체dismodern subjectivity'의 소유자임을 깨우쳐야 한다고 말한다. 여기서 '디스모던'적 사유란 개념은 완전한 인간에 근대의 환상에서 깨어나면서도, 인간의 주체성을 부정하는 '포스트모던'과는 일정한 거리를 두는 사유방식을 의미한다.

디스모더니즘은 인간의 불완전한 존재의식을 공유할 때 정체성의 정치를 벗어나서 이론적 보편성을 획득할 수 있다. 인간이란 세월과 함께 신체적 변형을 겪으며 살다가 다시 불완전한 신체로 돌아가는 존재들이다. 또한 공시적으로는 매일 매일 우리는 다양한 산업소비재의 도움을 통해서 완전한 존재를 순간적으로 경험할 뿐이다. 이러한 디스모더니즘의 인식은 우리로 하여금 장애의 개념적 소멸로 인도한다. 우리 모두가 잠재적 장애라는 사실을 인정할 때, 근대적 주체의 환상에서 벗어날 때 타자화된 장애는 소멸된다.

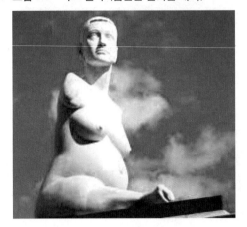

그림 9-3 • 마크 퀸의 〈임신한 앨리슨 래퍼〉

영국 런던 트라팔가 광장에 전시되어 있는 마크 퀸Marc Quinn의 〈임신한 앨리슨 래퍼 Allison Lapper Pregnant〉(그림 9-3) 동상을 감상해보자. 이 동상을 보면 처음엔 모델인 앨리슨 래퍼만큼이나 불편할지도 모르고, 가슴이 먹먹해지는 슬픔을 느낄지 모른다. 그러나 그 불편함과 슬픔을 넘어 우리는 인간성과 미의 새로운 지평을 찾아내기 위해 이 동상을 직시해야만 한다. 그리고 그 속에서 인간다움과 아름다움의 새로움과 차이를 찾아낼 수 있어야 한다. 토빈 시버Tobin Siebers는 『장애 미학Disability Aesthetics』에서 "예술이란 우리가 받아들일 수 있는 인간성의 스펙트럼을 새롭게 탐구하고 확장하는 것이다"(Siebers, 2010: 73)라고 말한다. 그때야 비로소 우리는 고정된 주체의 환상에서 벗어나 새롭게 진화된 주체를 만나게 된다. 그래야만 타자화된 '장애'란 낯선 개념을 지울 수 있다.

5. 대안을 찾아서

지금까지 빅토르 위고의 『파리의 노트르담』와 〈노트르담의 꼽추〉에 나타난 장애 문제를 재현의 관점에서 살펴보았다. 위고는 『레미제라블』에서 부르주아의 계급적 한계를 뛰어넘지 못하고 개인주의적 휴머니즘으로 도피한 채 당대 사회 질서와 공모하는 결말을 보여주고 있다. 근대적 주체의 환상에 기초하는 위고의 부르주아 개인주의는 『파리의 노트르담』의 콰지모도와 같은 장애인을 배제시킨다.

위고의 '레미제라블'은 우리 시대에도 여전히 존재하며 아직 해결하지 못하고 있는 문제이다. 오늘날 국경지대에서 인권을 유린당하는 불법입국자들, 노동착취에 신음하는 이주노동자들, 계급, 인종, 성의 차이에서 비롯되는 차별과 억압에 노출되어 있는 수많은 소수자들의 비참한 삶은 19세기 위고의 시대와 다름이 없다. 그럼에도, 장애인의 현실은 이들의 문제와 함께 지금까지 사회적 관심과 조명을 받지 못한 보이지 않는 우리 시대의 진정한 레미제라블이라 말할 수 있다.

위고의 문학성이 끊임없이 재조명되는 이유 가운데 하나는 『파리의 노트르담』의 꼽추를 통해서 근대가 강요한 정상과 비정상의 이분법을 해체하고 신체적 타자에게 인간의 존엄성을 부여하고 있기 때문이다. 그는 콰지모도라는 꼽추의 그로테스크한 몸을 통해 인간에게 가능한 모든 기형의 가능성을 글로 형상화함으로써 정상적인 독자들에게 신체적 차이를 대면하게 한다. 위고가 에스메랄다의 감성적 미와 프롤로의 이성적 권력을 콰지모도의 타자성과 나란히 배치한 이유는 인간 사회가 미와 추, 선과 악, 정상과 비정상이 공존하는 세계임을 보여주기 위함이었으리라. 그리고 그는 프롤로의 악마성을 통해서 더 경계해야 할 것은 눈에 보이는 신체적 차이가 아니라, 보이지 않는 정신적 기형이라는 사실을 일깨워준다.

위고는 『파리의 노트르담』에서 셰익스피어의 『리처드 3세』의 꼽추와는 전혀 다른 꼽추를 재현함으로써 근대 부르주아 이데올로기에서 자유롭지 못함을 보여주었다. 하지만 그가 19세기 부르주아 '정상 헤게모니'에 대한 저항으로서 그로테스크와 고딕 미학을 통해서 비정상과 정상의 경계를 해체하려고 시도한 점. 그리고 '정상'이란 기준으로부터 벗어난 신체적 타자들의 존엄성에 빛을 비추었다는 점은 높이 평가할 만하다. 이렇게 탄생한 '노트르담의 꼽추'가 영화적 재현 과정을 거쳐서 장애인 차별의 대명사가 되고, 낭만적으로 희화화되고 있는 것은 아이러니가 아닐 수 없다. 이와 같은 영상 문화의 부정적 재현에 대해서 '버터 읽기'를 통해 검색하고 비판함으로써 원작의 의미를 되살림으로써, 작가의 문학 정신을 복원해야 한다.

기실, 우리는 모두 잠재적 장애인이자 예비 장애인이다. 티베트의 의사이자 승려인 다이야쿠라 야타로는 "인간은 병을 달래며 살아가"는 존재라고 말한다. "인간의 몸은, 돌을 던지면 돌이 긋는 포물선처럼 원초 생명에서 점점 발전하여 한창 때를 누리다가 마침내 기운을 잃고 떨어져 원래의 상태로 되돌아가는"(야타로, 1991: 25) 것이다. 또한 알퐁스 도데는 『통증의 땅에서』에서 "지금 뭘 하고 있나요?"라는 질문에 "아프고 있습니다"라고 답한 바 있다. 동서양을 막론하고 인간은 누구나 '죽음에 이르는 길'로부터 자유롭지 못하다. 폴 오스터Paul Auster는 죽음을 직면하는 것은 모든 인간에게 주어진 하나의 "신성한 의무"라고 말한다(Auster, 2006: 192). 그래서 인간은 질병과 장애와 함께 죽음을 향해 살아가는 존재이다. 인간이 신의 형상을 본뜬 피조물로서 완전하고 건강한 신체는 근대적 환상일 뿐이다. 우리는 평생 잠시 동안 완전한 신체를 경험할 뿐 대부분을 불완전하게 삶을 살아간다. 호세 사라마구Jose Saramago의 『눈먼 자들의 도시Blindness』는 인간이 얼마나 연약한 존재인지를 잘 말해준다.

인문학은 그동안 계급적·인종적·성적 차별의 소멸을 위해 담론과 실천으로 개입해왔다. 백인은 흑인이 될 수 없으며, 여성이 남성이 되는 것은 거의 불가능하다. 빈자들이 하루아침에 부자가 될 수 없으며, 동성애자가 이성애자가 되기는 힘들다. 그러나 우리 모두 언제든지 장애인이 될 수는 있다. 몸의 차이는 보편적이다. 따라서 인간의 완전한 신체와 온전한 정신에 대한 근대적 환상에서 깨어나 우리 모두가 불완전한 주체임을 인정할 때 비로소 장애 개념은 소멸될 것이다. 보편적 정체성으로서 장애의 개념을 소멸시켜야 계급, 성, 인종 그리고 신체를 볼모로 삼는 이른바 정체성의 정치를 종식시킬 수 있다.

우리나라에서 "장애인 차별 금지 및 권리 구제에 관한 법률"이 제정된 지 이제 5년이 지났다. 지금은 장애인들을 위해 생활복지와 더불어 문화복지로 확산이 필요한 때이다. 이를 위해 인문학은 장애 문제에 대한 이론적 성찰뿐만 아니라 실천적 참여를 해야 한다. 슬픔을 넘어 장애 문학에 대한 냉철한 비평이 나오는 시대, 시청각 장애인들과 영상문화를 공유하기 위해 '배리어 프리' 문화 운동을 전개하는 시대, 더 나아가 빅토르 위고처럼 따뜻한 세상을 만들기 위해 지식인이 언제나 추운 "겨울의 마음a mind of winter"(Said, 2000: 281)을 품고 사는 시대는 아직 살 만하다. 이제 우리도 장애를 차별하는 사회적 인식과 장애를 생산하는 사회적 장애물들을 제거하는 데 동참함으로써 장애를 소멸하는 길, 차별의 벽을 허무는 길을 걸어가야 한다.

참고문헌

다이쿠바라 야타로. 1991. 『병을 달래며 산다』. 서울: 여강출판사.
셰익스피어. 2011. 『리처드 3세』. 강태경 옮김. 서울: 지식을만드는지식.
신형철. 2011. 『느낌의 공동체』. 서울: 문학동네.
위고, 빅토르. 2008. 『파리의 노트르담』. 정기수 옮김. 서울: 민음사.
이충훈. 2012. 「레미제라블 다시 읽기/보기」. 문학과영상학회 2012년 봄 학술대회 발표집.

Agamben, Giorgio. 1998. *Home Sacer: Sovereign Power and Bare Life*. Trans. Daniel Heller-Roazen. Palo Alto: Stanford UP.
Auster, Paul. 2006. *Man in the Dark*. New York: Picador.
Barberis, Pierre. 1971. "A Propos de Lux: La Varie Force de chose." *littérautres*, 1(Feb.), pp.92~105.

Bloom, Harold. 1988. "Introduction." in Harold Bloom(ed.). *Victor Hugo: Modern Critical Views*. New York: Chelsea, pp.1~4.

Brombert, Victor. 1984. *Victor Hugo and the Visionary Novel*. Cambridge: Harvard UP.

_____. 1988. *The Hidden Reader: Stendhal, Balzac, Hugo, Baudelaire, Flaubert*. Cambridge: Harvard UP.

Chute, Marchete. 1956. *Stories from Shakespeare*. New York: New American Library.

Davidson, Arnold. 2003. "Introduction." in Michel Foucault. *Abnormal: Lectures at the College de France 1974-1975*. New York: Picador, pp.xvii~xxvi.

Davis, Lennard. 1997. "Introduction: The Need for Disability Studies." in Lennard Davis(ed.). *The Disability Studies Reader*. New York: Routledge, pp.1~6.

_____. 2002. "The End of Identity Politics: On Disability as an Unstable Category." *Bending Over Backwards: Disability, Dismodernism and Other Difficult Positions*. New York: New York UP, pp.9~32.

_____. 2010. "Construction of Normalcy." in Lennard Davis(ed.). *The Disability Studies Reader*. New York: Routledge, pp.3~19.

Denny, Norman. 2012. "Introduction." in Victor Hugo. *Les Miserables*. translated by Norman Denny. New York: Penguin, pp.9~13.

Fieldler, Leslie. 1978. *Freaks: Myths and Images of the Secret Self*. New York: Simon and Schuster.

Foucault, Michel. 2003. *Abnormal: Lectures at the College de France 1974-1975*. translated by Graham Burchell. New York: Picador.

Freud, Zigmund. 1955. "The Uncanny." James Strachey(ed.). *The Standard Edition of the Complete Works of Sigmund Freud*, vol.17(1917-1919). London: Hogarth P, pp.219~235.

Gopnik, Adam. 2008. "Introduction." in Victor Hugo. *Les Miserables*. translated by Julie Rose. New York: The Modern Library, pp.xi~xx.

Ionesco, Eugene. 1982. *Hugoliad or The Grotesque and Tragic Life of Victor Hugo*. New York: Grove.

Hugo, Victor. 1978. *Notre-Dame of Paris(1831)*. translated by John Sturrock.

Harmondsworth: Penguin.

_____. 2004. *The Hunchback of Notre-Dame(1831)*. translated by Anonymous. New York: Barnes and Noble.

_____. 2012. *Les Miserables(1862)*. translated by Norman Denny. New York: Penguin.

JanMohammed, Abdul. 2005. *Death-bound Subjects. Richard Wright's Archaeology of Death*. Durham: Duke UP.

Llosa, Mario Vargas. 2007. *The Temptation of the Impossible*. Princeton: Princeton UP.

Longmore, Paul K. 2001. "Screening Stereotypes: Images of Disabled People." in Christopher R. Smit & Anthony Enns(eds.). *Screening Disability*. New York: UP of America. pp.1~17.

Ngai, Mae M. 2004. *Impossible Subjects: Illegal Aliens and the Making of Modern America*. Princeton: Princeton UP.

Norden, Martin F. 1994. *Cinema of Isolation: A History of Physical Disability in the Movies*. New Brunswick, NJ: Rutgers UP.

_____. 2001. "The Hollywood Discourse on Disability: Some Personal Reflections." in Christopher R. Smit & Anthony Enns(eds.). *Screening Disability*. New York: UP of America, pp.19~31.

Patterson, Orlando. 1985. *Slavery and Social Death*. Boston: Havard UP.

Roche, Isabel. 2004. "Victor Hugo." *The Hunchback of Notre-Dame*. New York: Barnes & Noble. pp.v~vi.

Siebers, Tobin. 2010. *Disability Aesthetics*. Ann Arbor: U of Michigan P.

Said, Edward. 2000. *Reflections on Exile*. New York: Knof.

Sartre, Jean-Paul. 1948. *Situations*, 2. Paris: Gallimard.

_____. 1972. *L'Idiot de la famille*. Paris: Gallimard.

Shakespeare, William. 2000. *Richard III*. London: Arbor.

Smit, Christopher R. and Anthony Enns. 2001. "Introduction: The State of Cinema and Disability Studies." Christopher R. Smit & Anthony Enns(eds.). *Screening Disability*. New York: UP of America. pp.ix~xviii.

Sturrock, John. 1978. "Introduction." *Notre-Dame of Paris*. translated by John

Sturrock. Harmondsworth: Penguin, 7~24.

Washington, Peter. 1997. "Introduction." *Les Misérables*. translated by Charles E. Wilbour. New York: Everyman's Library, pp.ix~xxii.

Williams, Katherine Schaap. 2009. "Enabling Richard: The Rhetoric of Disability in Richard III. *Disability Studies Quarterly*, vol.29, no.4.

엘리트에게 빼앗긴 민중의 에너지에 관한 단상

신 항 식

연세대학교 객원교수

> 가장 자유를 추구했으며 가장 해방적인 혁명이었다 해도
> 결국 편견과 압제자들에게 복종하는 결과를 냈다.
> ― 피에르 조제프 프루동

1. 들어가며

그리스 시대부터 지금까지 공화국Res Publica은 국가, 사회, 개인의 개념만큼
이나 모호한 정신 상태 속에서 이해되고 있다. 주권이 민중과 법으로부터 나
온다는 원칙에 문제가 있는 것이 아니다. 다만 어떻게 나오느냐는 방법이 모
호한 것이다. 기껏 해왔던 것이 혈연이나 투표로 대표자를 뽑거나 입법자에게
법을 맡기고 집행자에게 일을 맡기는 수준이었다. 그러니까 공화국의 일이란
것이 죄다 자기 일을 남이 해주는 것이었다. 자신의 삶과 권리와 사고와 감정
을 누군가 대표representation할 수 있다는 브로커 정치학, 그것도 수천, 수만 명
의 그것을 한 사람이 대표한다는 수학적 엉터리 정치학이었던 것이다.

그럼에도 지난 200년이 넘어가도록 사람 수가 많으니 직접 민주주의가 불
가능하다는 이른바 '현실 정치'라는 엘리트의 핑계에 속아 '당신을 나에게 맡
겨 달라'는 사이비 공화주의가 팽배해왔다. 민중은 서로 함께 사는 나라Country
나 동포인 민족Nation을 권력 집단이자 행정 제도일 뿐인 정부Government와 혼동
했다. 더 나아가 정부의 외교 및 행정 용어인 국가State와 이를 혼동했다. 21세

기인 현재까지도 민중은 RF, ROK, UK, USA 국가와 France, Korea, England, America의 나라를 잘 구분하지 못한다. 근대에 들어 일본, 한국 같은 나라에서 용어 혼란은 극도에 달한다. 단일 민족이라는 미명하에 민족이나 나라를 국가로 통일시켜버렸다. 시민과 민중citizen, people을 국민이라 번역했다. 민족국가Nation state를 국민국가, 동포애patriotism를 애국심, 배신자traitor를 매국노, 민족가요national anthem를 애국가로 번역했다. 그리고 공공대표제the Republic를 공화국이라 번역했다. 어느 단어에도 국國, State이라는 표현이 없음에도 일본과 한국은 '국'자를 버릇처럼 사용하면서 하나의 정부제도에 지나지 않는 국가를 핏줄, 전통, 사회 체계에 엮어버렸다. 서구는 좀 덜했지만 심성적으로는 이 두 나라와 크게 다를 바 없었다. 18세기에도 그랬듯이, 아직도 Nation이나 Government를 State 개념으로 착각하며 사회society가 회사society와 다른 것인 양 근거 없는 확신을 가지고 살아가고 있다. 더 나아가 사람human과 개인 individual의 차이도 모른다. 어찌 이런 착각이 가능했을까.

이는 바로 통치 제도인 정부 - 국가 이외에 인간 공동체로서의 나라, 계급으로서의 시민, 결사체로서의 사회, 민중이 대표하는 권력 개념을 제거하려 갖은 모략을 일삼은 엘리트 때문이다. 마키아벨리부터 홉스, 루소, 헤겔과 마르크스, 레닌 그리고 김일성에 이르기까지 각종 엘리트는 공화국의 이름으로 엘리트 독재를 추앙해왔다. 물론 일본과 한국도 예외가 아니었다. 일본에서는 천황과 무사 엘리트 외에 민의 개념 자체가 없었고, 한국에서는 민중의 뜻이 곧 하늘의 뜻이라 했지만 그들 대표는 결국 왕과 엘리트였다. 국가에 대한 의심하나 없이 공화제를 받아들였으니 국가주의자Statist가 나라의 아름다운 단어를 모두 빼앗는 희한한 상황이 연출되었다. 친정부 세력이나 민중으로부터 국가 권력을 빼앗으려는 자들에게 애국자라는 단어를 갖다 붙였다. 진정한 애국자들(즉 나라를 사랑하는 사람들)을 국가 전복 세력이라 부르는 상황도 연출되었다. 일본과 한국의 예는 극단적이지만, 서구 또한 크게 다르지 않다. 민족을 배신하고 나라를 팔아넘기거나 멋대로 위험에 빠뜨린 국가주의자들이 애국, 민족, 국가, 시민, 사회 등 손에 결코 잡히지 않는 그러나 무언가 존중해야 할 가치를 지닌 무엇으로 자신을 내세우며 민중을 속여왔다.

그리 오래되지 않은 200년 전의 푸리에는 "단어는 생각을 감추는 가면"이라면서 공화국의 "금융가와 대기업에게 국가와 민족은 없다. (이들에게 국가와 민족이란) 이용하고 버리는 것이다"라고 했다(Fourier, 2001: 12). 내용과 표현의 거리가 어마어마한 공화국의 정곡을 찌른 말이다. 공화국의 내용은 결코 공화국의 표현을 대표한 적이 없다. 지난 200년 동안의 동서양의 공화국은 엘리트만의 것이었다. 오래된 자치 공동체에 근거한 나라를 세웠어야 함에도 엘리트는 '현실 정치'라는 핑계를 들이대며 국가 기관은 그대로 놓아두고 그것을 통해 나라를 장악하고 민중을 발밑에 복종시켰다. 정부 기관에서 대학교과서까지 애국, 민족, 국가, 시민의 단어는 흘러넘치지만 민중에게 이득이 되는 내용은 없다. 권력에 의해 그토록 고통당했던 민중은 혁명을 일으켰음에도 자신을 대표한다는 공화 정부와 의회 그리고 각종 권력의 말을 꾸준히 믿어왔고 그들에게 권력을 내어주기를 밥 먹듯 했다.

이 글은 공화국의 민중과 엘리트에 관한 에세이다. 법, 세금, 전쟁, 외교, 미디어, 교육의 모든 공적 영역이 개인에 의해 잠식되어가는 오늘날, 공화주의의 사적 면모가 여지없이 드러나고 있다. 행정부는 개인의 소유물로 운영되고 있고 입법부는 협잡과 조작을 일삼으며 사법부는 금융과 대기업의 시녀로 전락하고 말았다. 공공성을 완벽하게 버린 엘리트는 수치심도 버렸다. 이리하여 사회의 공적 영역이 대표성의 위선을 벗었고, 개인과 개인이 1%와 99%로 부딪치고 있다. 공화국은 민중으로부터 충분히 독립되었다.

공화국 이념의 가장 모범적이고 오랜 전통을 가진 사례가 프랑스라는 점은 누구나 동의할 것이다. 그러나 지금의 공화국 프랑스는 좌우가 구분이 되지 않고, 계급의식도 사라졌으며, 민족과 나라와 연관한 모든 개념이 엉망진창이

되어버렸다. 작금의 문제는 공화국이나 민주주의의 구현 과정에 있는 것이 아니다. 그렇다고 해서 마르크스가 말했던 경제적 토대의 변화도 아니다. 문제는 국가 기관을 이용하여 민중의 에너지를 강탈해온 엘리트의 역사이며 현재도 그렇다.

2. 공화국의 장면들

여기 들라크루아Eugène Delacroix의 〈민중을 이끄는 자유의 여신La Liberté guidant le peuple〉(원제 '7월 28일Le 28 juillet', 1831 Oil on canvas, 260×325㎝, Musée du Louvre, Paris)이 있다(287쪽 그림 참조). 중앙의 여인과 밑변 위의 죽은 남자를 중심으로 수직과 수평의 건축학적 구도를 가졌다. 여인에게 다가오는 사람과 여인 오른쪽의 소년은 이 구도가 피라미드 구조를 이룬다는 것을 보여준다. 수평 밑변의 죽음, 상승하는 노동자와 소년, 상승의 꼭짓점에 여인과 삼색 깃발이 있다.

프랑스의 삼색기는 1790년 혁명 제헌의회와 합의하에 라파이에트 장군이 선택한 국기이다. 프랑스인들은 그 밑에서 대혁명을 시작했고 공화국을 세웠다. 나폴레옹도 국기 밑으로 전쟁 동원령을 내렸다. 1814년 왕정복고에 의해 사라졌던 프랑스 국기는 1830년 민중혁명에 의해 다시 선택되었다. 7월 27일부터 29일까지 민중은 「라 마르세유」를 합창하고 파리의 바리케이드 위에 삼색기를 휘날림으로써 공화국의 재건을 알렸다. 1848년에도 국기는 혁명을 대표했고 1862년과 1871년에도 그랬다. 또한 1914년에도 그랬으며 1939년에도 그랬다. 프랑스공화국Republique Française: RF의 상징 밑에서 애국심을 쏟아냈던 민중의 역사, 민중과 엘리트가 구분 없이 한 몸이 되는 역사는 실은 공화국을 선택한 나라들의 공통분모다. 엘리트가 민중을 대표할 것이라는 신뢰가 있었기 때문이다.

과연 그렇게 대표되었던가? 색채의 기호학적 역사부터 살펴보자. 백색은 프랑스 왕실과 종교를 상징했고, 적과 청은 파리 시청의 색채였다. 왕실이 선호했던 청색은 파리시청의 청색과 교차하니, 결국 혁명은 왕실 및 교회와 함께 색채를 공유했던 것이다. 한편 네덜란드가 먼저 사용했던 삼색기가 수평이었기 때문에 프랑스는 이를 수직으로 향하도록 세웠다. 즉 역사를 품은 상징 symbolic 구도가 아니라 인공적인 공시synchronic 구도다. 민중이 파괴하고자 했던 왕실과 교회를 감싸 안은 것이다. 한국의 태극기가 '독립' 한국을 상징할 때, 태극 문양과 팔괘 그리고 구도는 이미 중국과 일본 국기의 디자인에 종속하는 사실과 같다. 태극과 팔괘는 중국 지식의 역사이며 흰 바탕에 중앙 원을 그린 국기는 세계에서 일본이 유일하다. 프랑스의 국기와 마찬가지로 해방되고자 했던 압제 권력을 무의식으로 모방한 것이다.

1790년 청백으로 대표되는 구체제 왕정과 청적으로 대표되는 혁명 세력이 청색(왕실)을 중심으로 프랑스 제1공화국을 세웠다. 혁명 지도자들은 삼색 띠를 배나 어깨에 둘렀고 보통 사람들은 백색 속옷과 청색 겉옷을 입고 벨트나 모자는 적색으로 차거나 쓰고 다니며 공화주의를 표명했다. 물론, 삼색에 대한 감수성은 사회 각 계층마다 달랐다. 왕정의 유산을 주장했던 이들에게 적색은 폭도의 색채였다. 지나치게 혁명적이어서 현실적으로 호소하지 못했다.[1] 혁명 분위기상 용인은 되었지만 느낌은 부정적이었다. 왕정의 청색은 희한하게도 왕정에 대항하는 공화주의자의 그것이었고 부르기도 그렇게 불렀

---

1   적색을 향한 민중의 욕망은 결국 1848년 2월 25일 파리 민중이 공화국을 선언하면서 터져 나왔다. 혁명 프랑스의 국기를 붉은색으로 바꾸려 한 것이다. 그러나 라마르틴 Lamartine은 프랑스의 삼색기는 프랑스의 평화 정신을 담지하고 있으며 전 유럽에 혁명의 이상을 알린 만큼 삼색을 그대로 유지하자고 설득했다(http://www.assemblee-nationale.fr/histoire/lamartine/adiscours/25-02-1848-1.asp; Alphonse de Lamartine, "Histoire de la Révolution de 1848," https://archive.org/details/histoiredelarv01lama).

다. 1793년 왕당파의 본거지 벙데Vendée에서 반혁명이 일어났을 때, 가톨릭의 백색 띠를 두른 이들은 "저기 청색이 간다. 잡아라!"라고 외쳤다. 한때 함께했던 청색과 백색은 공화주의 엘리트에 의해 처음으로 대립했다. 즉 혁명의 와중에 청색을 강조하면 공화주의를, 적색을 강조하면 민중과 급진 혁명을, 백색을 강조하면 군주제의 유산을 방어하는 입장을 표명했다. 1794년 혁명의회는 청색, 백색, 적색으로 순서를 확정했는데 이는 공화주의, 왕정, 민중 순서로 감수성을 정한 것과 같다. 삼색의 선택 과정과 그 배열 및 구조는 엘리트 공화국의 진심을 상징하고 있었고 청색은 부지불식간에 민중의 적색을 덮고 이를 대표했고 왕정의 백색과 어깨를 나란히 했다.

들라크루아의 그림에는 밑으로부터 백색, 청색 그리고 꼭짓점에 흩날리는 삼색이 있다. 밑변에 누워 죽은 이들의 색채는 백색(②, ③)이다. 양말이나 상의를 통해 청색의 톤을 배합하지만 결국 왕정의 색이다. 삼각형 변을 구성하는 성인과 소년의 상의가 청색(④, ⑦)이다. 공화국의 색이다. 이 청색은 여인의 머리 위의 삼색과 구도상 다시 만난다. 삼색 깃발의 청색은 왼쪽으로 휘날리는 반면 붉은색이 화면의 움직임과 반대 방향으로 흩어진다. 청색의 공화국은 앞서 나아가지만 적색의 민중은 꼬리에 붙어 있다(⑥).

이제 이를 형상과 함께 보자. 형상의 운동은 회화의 기본을 따라 좌에서 우로 간다.[2] 현실(왼편 어둠)에서 미래(오른편 밝음)로 가는 것이다. 현실의 중산층(⑦)과 서민(⑧)이 뒤를 밀어주고 어린아이가 앞선다. 아이(④)는 미래다. 포탄 연기 뒤로 노트르담(종교)과 생 루이 섬의 귀족 저택(구체제)이 보인다. 붉은 두건을 쓴 아래의 노동자(⑨)는 여인을 응시한다. 공화국의 상징 마리안Marianne

---

[2] 화폭의 오른쪽은 미래를 투사하고 왼쪽은 과거를 투사한다. 광고에서도 청년 소비자는 왼편에, 노년 소비자는 오른편에 두어 화폭의 반대 방향으로 미래와 과거를 투사하도록 유도한다.

외젠 들라크루아 〈민중을 이끄는자유의 여신〉

(①)이다. Maria+Anna(성모 안나), 즉 민중의 가톨릭 어머니다. 얼굴은 뒤를 돌아보지만 몸은 앞으로 나아간다. 젖가슴은 모국, 총은 혁명, 삼색 깃발은 목표를 뜻한다. 삼색의 화면이 삼색기와 정체성을 이루는 1830년 7월 28일이었다.

등장인물을 보자. 이들은 모든 사회 계급을 포괄한다. 삼각형 왼쪽 모서리에 얼굴만 가까스로 보인 채 칼을 든 소년은 명문 폴리테크닉 대학 마크가 찍힌 왕실 호위병 모자를 쓰고 있다(⑤). 엘리트와 서민, 왕정이 섞여 있다. 그의 바로 위에 있는 서민(⑧)의 백색도 그렇다. 민중과 교회가 섞여 있다. 원통형 모자를 쓴 이는 부르주아(⑦)이며. 두건을 쓴 이는 서민이며 혁명에 적극 참가한 노동자(⑨)이다. 속옷을 일부러 노출시켜 삼색의 존재를 알린다. 오른쪽 소년(④)은 권총을 든 파리의 부랑아다.[3] 그 또한 청백으로 표현된다. 1830년 7월은 99% 민중이 일으킨 반란이었다. 그들은 1789년과 비슷하게 반귀족, 반교회, 반왕정을 외쳤다. 퇴역 군인이 가세하면서 나폴레옹의 영광도 정치 이념과 한데 뒤섞여 있었지만 주체는 민중이었다. 그 꼭짓점에 공화주의가 있다.

1830년 들라크루아 그림이 공화주의에 이끌려가는 민중을 그렸다면, 위고의 『레미제라블』은 1832년 공화주의 민중을 안으로부터 그리고 있다. 혁명에 앞장선 이들은 언제나 서민과 노동자였다는 것을 위고는 잘 알고 있었다. 시민 엘리트에게 공화주의는 국가 권력을 얻는 수단이자 권력을 유지하는 체제였지만 노동자들에게 공화주의는 신뢰하고픈 현실이었다. 공화주의를 이념으로만 받아들였던 형사 자베르가 장 발장이 보여준 민중에 대한 신뢰에 굴복한다는 점에서 위고는 공화주의 현실을 그렸지 이념을 그린 것이 아니다. 그러나 공화주의의 현실은 여전히 엘리트적일 수밖에 없었다. 당시 민중이 현실적으로 원했던 것은 정규직 일자리와 하루 10시간 노동이었다. 더 많은 일자리

---

3   1830년 혁명에 참가한 이들의 상당수가 10대 초반의 소년이었다(Yvorel, 2002: 39~68).

를 기대했고 산업재해 보상을 원했고 간접세 인하를 원했다. 빵값 안정, 외국인과 지방 노동자에 대한 대책을 원했다(de Broglie, 2011: 464). 민중의 요구는 이처럼 구체적이었지만, 방법에 대해서는 착오가 있었다. 모든 일을 정부가 해주길 원했으며, 이런 이유로 비교적 순해 보이는 국가 수장인 루이 필리프를 원했다.

1830년 들라크루아의 그림이 민중을 그렸음에도 공화국 밑으로 민중을 이끌었다면, 1862년 위고의 레미제라블은 민중을 그리며 민중의 편에 선다. 그럼에도 민중 자체의 수동성은 위고도 어찌할 수는 없었을 것이다. 구체적인 민중에게 추상적인 이념을 들이대는 공화주의가 결국 청백의 제 모습을 이 두 작가에게 드러낸다. 1831년 들라크루아의 그림은 왕이 직접 구매했고 1862년 위고의 작품은 엘리트 공화주의자에게 집단적으로 욕을 먹었다. "우리 시대 최고로 위험한 책"(Barbey d'Aurevilly), "너무 위험해서 행복한 이에게는 두려움을 불행한 이에게는 지나치게 희망을 주는"(Alphonse Lamartine) 책으로 이해되었다. 공화국은 "짖는 개에게는 부드러울 수 있지만 무는 개에는 전혀…"(Gustave Flaubert)라거나 "공화국을 부르주아에게 일단 줘라. 시간이 흐르면 민주화가 되고 몇 세기가 흐르면 사회공화국이 되겠지"(Alexandre Dumas)라는 경멸을 받았다(Châtain, 2012).

1789년의 공화주의는 이상이자 몽상이었고, 1830년대의 공화주의가 엘리트의 가면이었다면 1848년부터의 공화주의는 현실의 제 모습을 처음 드러낸 것이었다.[4] 엘리트와 민중이 대립했다. 엘리트 공화주의자에게 공화주의자 민중은 위험하고 불행하고 무는 개이며 사회주의자였다. 들라크루아의 여신

---

[4] 1848년 이후 공화주의 혁명 조직이 구체화되었다. 당시 200개가 넘었던 조직 중 노동자가 의장으로 있던 조직이 23%, 교수나 작가 같은 지식인이 의장으로 있던 조직이 22%, 기업인이 21%, 기업 간부급이 18%, 프티부르주아가 9%, 대학생이 5%를 차지하고 있었다(Amann, 1975: 41).

은 1848년에 와서야 민중에 대한 위선과 협박으로 똘똘 뭉친 '공공' 엘리트로서 제 모습을 드러냈던 것이다.

3. 왕정복고의 프랑스

워털루전투가 끝난 1814년 9월에서 1815년 6월까지 영국, 프로이센, 오스트리아, 러시아가 빈Wien에서 모였다. 패전한 나폴레옹으로부터 건네받을 땅과 전쟁 원금 및 잔금 처리에 들어갔다. 연합국은 프랑스의 실물을 배분했고, 프랑스는 15년간 제국과 혁명의 영광을 접었다(Sked, 1979: 14~33). 역사를 뒤로 돌려 1789년 이전 구체제 세월을 용납하라 했던 영국 - 프러시아 연합국의 요구에 따랐다. 그렇게 루이 18세(1814~1824년)와 샤를 10세(1824~1830년)의 부르봉 왕조가 복귀되었다.

1789년 대혁명의 에너지는 무뎌졌다. 마라Jean Paul Marat와 같은 자생적인 혁명가는 이제 족적을 찾을 수 없었고 일반 시민이나 농민 출신의 서민은 정치 영역에서 자리를 차지할 수 없었다. 부동산 귀족과 고위 공무원, 대부호와 같은 부르주아 엘리트가 국회의원 자리를 40%와 60%로 사이좋게 나누어 가졌다. 이들은 지대와 부동산 매매, 금융 투자에만 관심을 가졌지 근대 산업에 대한 관심은 구체제 시절보다도 못했다. 제조나 무역 산업이 이들의 수입에 큰 영향을 끼치지 않았기 때문이다(Higgs, 1990: 175). 17세기 이래로 상업에 종사했던 대부르주아는 새로 취득한 귀족 작위를 방어했고 중간급의 산업 부르주아는 의회에 목을 맸다. 장인 출신의 소부르주아는 산업 자체를 이해하지 못할 정도로 멍청했고 노동자는 지방의 아버지 말씀에 맞추어 하루하루를 살았다. 어떻게 해야 삶을 개선할지 몰랐던 것이다.

프랑스 노동자는 그저 '촌놈'이었다. 인구의 80%가 농촌에 살았고 농업에 종사했다. 대혁명을 일으켰어도 자신들이 진정 역사를 바꿨다는 것은 알지 못했다. 나폴레옹의 대국민 동원령에 의해 전쟁에 끌려가서야 비로소 프랑스가 무슨 일을 하고 있는지를 어렴풋이 알았다. 이들 중 많은 수가 패전 후 시골로 내려가거나 대도시에 남아 임금노동자로 살아갔다. 시골 농사가 힘들어지면 어차피 도시로 다시 올라온다는 점에서 도시노동자란 도농 노동력 순환 체계에 얽매인 농민이었다. 땅이나 기예, 지식 등 생산 수단 없이 단순한 기술과 몸을 파는 월급쟁이기 때문에 자기를 써주는 이들의 처분에 인생을 맡기는 노예와 다름없는 사람들이다. 1831년 이후 노동자 투쟁이 계속 일어나기는 했지만 어느 정도의 임금 협상이 이루어지면 잦아드는 이른바 임금 투쟁에 자존심을 꺾었다. 이것을 "유럽의 최고 선진국에서 벌어진 최초의 계급투쟁"(Engels, 1978: 57)이라던 뺑쟁이들이 1848년 이후 나타날 것이지만 그런 뺑도실은 노동자가 오랫동안 지녀왔던 노예적인 사고방식이 그 이면에 내재되어 있었기 때문에 가능했다. 노동자가 노예적이지 않았다면 마르크스나 엥겔스처럼 노동자를 역사의 수단으로 파악하는 엘리트가 나올 수 없었다.

1815~1830년의 프랑스 민중은 심리적으로 '선'했다. 급진적인 사람들은 폭력적이라 의심을 받았다. 비교적 온건한 진보주의자들이 바른 사람이라 인식되었다. 혁명은 요원했다. 샤를 10세는 민중에 의해 물러났지만 민중은 '민중만을 위한 국가'를 생각할 정도의 의식 수준을 갖추지 못했다. 여전히 공화국과 투표 타령을 했고 낭만적이고 심정적으로 좌절한 사람들이 1830년 7월의 바리케이드에 참여했다. 몸은 혁명의 에너지를 가졌지만 권력 엘리트의 시혜에 뒤처리를 맡겼다. 산업 부르주아도 마찬가지였다. 왕정복고 후 산업 기반의 혁신은 이루어지지 않았다. 18세기까지만 해도 자유로웠던 영국과의 소통도 전쟁 이후 원활하지 않았으며 영국으로부터의 기술 이전도 어려웠다. 산업이 무역과 연계되지 못했고 기술이 산업으로 들어오지 못했다.[5] 하늘을 장악할 듯 달려들었던 1780년대 자연과학의 혁신도 대학은 잊었다. 교수와 학생

은 지적 호기심을 잃어버렸다. 왕정복고 18년 동안 쥐꼬리만 한 월급에 도시 노동자들이 열심히 일을 했다 해도 프랑스 전체의 GNP는 연간 1.5% 정도였다(Leon et al, 1972: 324). 농민은 잃을 것이 없었고, 노동자는 배신당했고, 중소 부르주아는 멍청했고, 대귀족과 대기업 엘리트만이 자산을 챙겼다.

마지막으로 제도 정치를 이끌었던 권력 수뇌부를 보면, 나폴레옹이 집중시켜놓은 행정법의 권력도 채 활용하지 못했다. 혁명으로 무너진 줄 알았던 왕조를 다시 세워주니 부르봉 왕조는 무슨 정책을 어떻게 펴야 할지 몰랐다. 그래서 집권 15년 동안 내내 나약했다. 나폴레옹 정권이 만들어놓은 제반 정치, 경제의 근대적인 제도 덕분에 별다른 개혁이 없었어도 구체제의 산업이 흘러갔던 것뿐이다. 왕정이 제 할 일을 못하니 세금도 적었고 재정도 늘지 않았다. 사회기간 시설 투자나 기업 투자도 변변치 않았다. 1821년 금융업자 라피트 Laffite가 전국적으로 대운하를 만들자며 당시 돈 2억 4,000만 프랑을 내어놓았을 때 정부는 거절했다.[6] 금융업자에게 국가 산업을 맡기기가 위험하다고 믿었던 것이다(Cameron, 2000: 113). 산업화에 대한 의혹의 눈초리와 부정적인 평가는 주권에 대한 가족적인 집착을 가진 정부만이 가질 수 있었다. 다른 면으로 보면, 국가와 사기업의 공동투자와 프로젝트를 두려워할 만큼 정부가 나약했다고 볼 수도 있다.

민중 생활, 산업, 무역, 행정에 둔감했던 반면 돈과 엘리트에 대한 정부의

---

5 프랑스의 철강기업은 1828년 Creusot와 함께 일어나기 시작했다. 실은 1781년부터 철강업이 시작된 지역이었지만 기업 발기인은 매우 상징적이다. 귀족정치인 A. de Barante, 금융가이자 나폴레옹 3세의 재무장관 Fould, 1870년대 대통령이 되는 Thiers의 친척 Dosne이었다. *Rapport sur l'établissement du Creusot,* 1828년 10월 24일, France Bibliothèque Nationales, 4 V 17 475 (Ed. Sociales 별쇄본) 참조.

6 라피트 가문은 엥겔스의 후원자였고 그에게 돈을 주어 백수인 마르크스를 먹여 살렸다. 후에 마르크스의 『공산당선언』 인쇄비용을 대주기도 했다(Laffite, 2009: 126, 132~133).

집착은 강했다. 1815년 이후 정부는 대혁명으로 잃어버린 땅 주인들에게 수억 프랑을 보상해주었다. 이들은 이미 귀족과 부동산 대부호들이었으며 의회와 정부를 장악하고 있었다.[7] 유통업도 장악한 귀족과 부호들이 수입 밀과 옥수수에 높은 가격을 먹여 빵 가격을 올리는 것을 용인했다. 이런 문제를 해결하기 위해 의회를 소집한 중소 부르주아와 반대파의 의견을 묵살한 정부가 결국 1830년 혁명을 맞은 것이다. 혁명의 결과는 이전보다 나아진 것이 아니라 더 비참해졌다. 마르크스(Marx, 1850)뿐만 아니라 스탕달 또한 그의 '루시앙 뢰방'Lucien Leuwen에서 그려냈듯이 "7월 혁명과 함께 은행이 국가 수장이 되었다". 얼빠진 정부와 민중의 권력을 낚아챈 이들은 대 부르주아 특히 라피트로 대표되는 은행가였다. 혁명은 복고된 왕정을 무너뜨린 것이 아니라 이전의 왕을 새로운 왕으로 교체했다. 왕은 귀족과 지주들이 견지하고 있었던 국가의 주권을 분산시켜 대기업과 금융가에게 나누어주었다. 혁명 이후 도시로 몰려들었던 사람들이 다시 농촌으로 돌아가거나 농촌 또한 혁명의 결과에 상관없이 경작에 몰두했다. 지방의 노동자들은 산업혁명과 상관없이 노동과 종교와 공동체 헌신에 열중하고 있었다. 반면 도시민의 경우, 정신은 구체제처럼 살았지만 물질은 비교적 근대적인 상태로 나폴레옹 시대의 산업을 이어갔다. 혁명 후 1년이 지난 1831년 방직 노동자 61%가 여전히 하루 15시간 전후로 일하며 최저생계비 이하로 살아가면서도 기업에 취직했다는 조건 하나만으로 17년을 다시 견뎠다(Villermé, 1840: 13~17).

민중혁명을 이미 두 차례를 겪고 이제 1848년 3차 민중혁명을 기다리는 프랑스인들은 말 그대로 성격만 괄괄했지 권력 앞에서는 배알도 없는 인간들이

---

7 루이 필리프 시절 선거권자 중 90%가 귀족 출신이거나 귀족작위를 받은 대부르주아였다. 후자는 1789년부터 1848년까지 3,000명에서 1만 2,000명으로 늘어나 있었다(Beck, 1981: 223).

었는가. 들라크루아가 그려준 공화국의 이념과 위고가 보여준 노동자의 영민함은 결국 허구일 뿐이었는가?

4. 루이 필리프, 프랑스 민중의 아이콘

사회 변화를 연구하는 사람들의 크나큰 실수는 사회란 것이 마치 진화론적으로 혹은 발전적으로 흘러가는 줄 착각을 한다는 점이다. 이런 헤겔식 착각에는 좌우 구분도 없다. 1830년대 프랑스 민중은 이미 왕정, 부르주아 국가, 민중 국가의 개념을 모두 알고 있었다. 공화주의의 역사도 잘 알고 있었다. 공화국이 역사적으로 발전된 체제라는 생각은 하지도 않았으며 역사 또한 그런 식으로 흘러가지도 않았다. 문제는 이런 정보가 아니라 '나를 누군가 대신해 준다'는 우유부단한 감성에 있었다. 무책임함이 가슴에 젖어 대표자의 얼굴만 쳐다보았으며 우유부단한 태도가 혁명을 계속 망쳐왔다는 점이다.

우유부단함과 무책임함은 또한 왕위에 오른 루이 필리프Louis Phillip의 개인 성향이기도 했다. 그랬기 때문에 공화국을 원했던 프랑스 민중의 모순된 선택을 받았다. 일단 민의를 잘 대표만 해주면 되는데 루이 필리프는 순해 보여서 그럴 것 같았기 때문이다. 순해 보이면 순한 것이고 순하면 민의를 잘 대변할 것이라는 근거는 어디에도 찾을 수 없지만 민중은 '아무튼' 그랬다. 그것도 혁명 초기부터 결말에 이르기까지 계속 그랬다는 점에서 깊은 차원의 또 다른 연구가 필요할 것이다. 아니나 다를까 루이 필리프의 즉위 일성은 "우리는 인민 권력의 과격함과 군주 권력의 남용으로부터 똑같은 거리를 두고 딱 중간을 지키도록 노력할 것이다"였다. 그의 사고, 이념, 정서 또한 '딱 중간juste milieu' (Chateaubriand, 1946: 1831/12/15)이었다.

루이 필리프는 루이 14세와 정부 몽테스팡의 서자 필리프 오를레앙Philippe de

Duc d'Orléans의 고손자다. 3세대를 뛰어넘어 그의 아버지 루이 필리프 오를레앙 공작Louis Philippe Equalité을 보면 집안 분위기가 잡힌다. 그는 프랑스 최고 귀족으로서 대혁명을 지지했다. 혁명 이전부터 보수적인 왕실, 진보적인 프리메이슨(제헌의회Assemblée Constituente 578명의 의원 중 477명)과 실천적인 자코뱅까지 오고 갔다. 혁명이 벌어지자 오를레앙이나 카페의 이름을 버리고 국민공회로부터 '평등 필리프Philippe Égalité'란 이름을 얻었다. 그와 동시에 파리의 중심인 팔레 로열Palais Royals의 갤러리를 임대, 매매하며 부동산 투기를 했으며 방을 몇 개 빼서 자코뱅 의원 사무실을 내어주었다. 이념적으로나 감성적으로 종잡을 수가 없었다. 자유주의자의 대표적인 모습으로 시류가 흘러가면 거기에 그대로 몸을 실었던 것이다.

1793년 1월 16일 사촌인 루이 16세의 국민공회 재판에서 '무조건 처형'에 찬성했다. 그의 표가 없었다면 집행유예 정도로 형량이 떨어질 수도 있었다.[8] 왕의 사촌의 행실을 본 의원들은 "미친 놈, 같이 죽으려고 작정을 했군. 너나 잘해!"라며 경멸했다. 같은 프리메이슨 동지인 온건주의자 말제브르Malesherbes와 같은 이들뿐만 아니라, 산악파 같은 극좌파마저 그의 행동을 놀라워했다. 로베스피에르Robespierre는 처형에 "찬성할 필요가 없는 유일한 사람이었는데

---

8 1793년 1월 16일과 17일, 왕의 처형에 대한 국민공회Convention nationale 의원 749명 중 23명이 결석한 상태에서 726명이 투표한 결과 5표가 무효였다. 따라서 721명의 과반수인 361표만 '무조건 처형'의 의견에 낙오하면 왕의 처형은 없었을 것이다. 그러나 '무조건 처형'이 361표로 나왔으니 단 1표 차이로 사형이 집행된 것이다. 나중에 집계가 잘못됐다거나 사형집행일을 미루자는 26명의 표를 무조건 처형으로 볼 수 있느냐는 갑론을박이 있었지만 평등 필리프의 무조건처형 표를 달갑게 본 의원들은 거의 없었다. "우리는 왕의 처형에 찬성한다고 쳐도 루이 필리프는 왕의 사촌인데 저럴 수 있나?"가 그 이유였다. 그는 같은 해 11월에 처형된다. Archives parlementaires de 1787 à 1860, *Recueil complet des débats législatifs et politiques des Chambres françaises. Première série, 1787 à 1799. Tome LVII.* Du 12 janvier 1793 au 28 janvier 1793., Archives Nationals.

말이야"라며 고개를 저었다. 투표 다음 날 집행유예의 의견을 재차 물어보는 의장에게 모기만 한 소리로 "반대요"라 대답했다. 왕정복고가 되면 자신이 왕이 될 수 있었으니 겉으로는 당당한 척했지만 현실에서는 더욱 우유부단했던 것이다(Alisson de Chazet, 1832: 108~110; La Marle Hubert, 1989: 735~740).

그의 아들이 바로 1830년 7월의 루이 필리프이다. 1793년 1월 루이 16세가 처형되고 본격적인 공포 정치가 시작되자 그는 시류를 파악하지 못해 우물쭈물하다가 같은 해 4월 전쟁 중에 오스트리아군으로 넘어가 버렸고 사태를 같이 꾸민 아버지는 같은 해 11월에 처형당했다. 독일, 스위스, 스칸디나비아, 미국과 영국 등지를 떠돌던 루이 필리프는 아버지의 네트워크인 프리메이슨과 조우했다. 왕이 되기 전부터 검소했지만 개인 네트워크는 모두 대부호들이었다. 25년간 해외를 떠돌아다닌 만큼 보헤미안 기질도 있었지만 왕족임을 자랑했고 어느 정도 용기도 있었고 가난한 자들에 대한 자비심도 있었지만 구차한 수전노 기질도 있었다. 지혜가 없지는 않았지만 우유부단했다(de Broglie, 2000). 인생 자체가 무언가 과도기였다. 사라져버릴 왕정도 과도기, 커져갈 민주체제도 과도기였던 것처럼 이것이 1830년과 1848년 민중혁명 사이 정부의 모습이었고 또한 민중의 모습이기도 했다.

루이 필리프는 그의 국정 연설에서처럼 항상 딱 중간 정도만 통치했다. 민주적인 절차도 밟고 왕정이 지닌 도덕적인 의지도 보였다. 그러나 근대국가에게 필요한 산업과 경제를 등한시함으로써 이미 변해가고 있었던 유럽의 산업 세계에 대처하지 않았다. 행정제도 모두를 그대로 유지하거나 의회가 시키는 대로만 했다. 반면 경제인이라 접촉했던 이들은 거의 금융인들이었다. 정부와 의회는 은행가의 요구와 전략에 서서히 매몰되어갈 수밖에 없었다. 국가의 생산력을 이해하지 못하는 정부를 두고 산업 부르주아들은 정부를 통해 더 큰 이익을 내기도 어려우니 노동자만 내내 들볶을 수밖에 없었다. 사정이 이러하니 집권 기간 내내 조용하지만 멍청했고 현실에 안주했으며 무엇보다도 산업과 금융의 관계를 깨닫지 못하고 금융이 금융을 만드는 줄 착각하는 혁신 없는 엘리트만이 그의 주변을 떠돌았다. 산업적 시각에서 보면 반동 정부이며 반동 체제였다.

선거 절차도 마찬가지였다. 3일 정도의 노동에 해당하는 세금과 시민선서 그리고 자유 의지를 가진 자로서 25세 이상 남자이기만 하면 선거권을 주었던 1791년 체제를 확연히 약화시켰다. 1815년부터 오르락내리락했지만 실은 계속 선거권이 축소되고 있었는데 그것이 마치 시대 흐름인 줄 알았다. 선거를 하려면 30세가 넘어야 하며, 300프랑(당시의 1프랑 = 현재 20$; 6,000$) 이상의 세금을 내야 했다. 그 결과, 1830년 당시 프랑스의 인구가 3,000만 명이었는데 선거권자는 겨우 10만 명이었다. 전 국민의 1%도 되지 않는 이들이 선거하도록 만든 것이다(Caron, 2002: 9). 산업 부르주아들은 답답했고 노동자와 서민은 상태가 그 지경에 이를 때까지 방관했다. 결국 1848년 혁명으로 선거권자가 900만 명으로 늘어났지만 나폴레옹 조카를 대통령으로 뽑는 반동의 공화국 시절이 다시 이어졌다. 이처럼 프랑스 민중과 부르주아는 루이 필리프 그 자체였다. 이념은 아름다웠고 혁명의 요구 사항은 구체적이었으며 가슴은 정의감에 불탔다. 하지만 권력을 이어받기 두려워했으며 누군가 나서서 제 일을 처리해주기를 바랐다. 1%의 엘리트가 원했던 그대로의 이른바 '국민'의 모습이었다.

5. 엘리트: 민중을 이용했던 자들

대서양 길이 터져 해외 상업이 활발해졌고 신대륙까지 진출했던 17세기가 되면서 유럽 왕정의 엘리트 체제에 균열이 생긴다. 먼저 종교가 분열되었고 이 분열상에 따라 유럽 각 지역이 민족과 나라가 서로 교차, 분리하며 서서히 재편되고 있었다. 정부는 이미 분열되어 대립하는 종교와 구체제를 지키려 여기저기 전쟁을 벌였고 전통적인 소비문화를 버리지 못해 재정은 늘 파산 상태였다. 영국이나 네덜란드 같은 발 빠른 지역의 귀족 가문은 상업 부르주아와 교류를 시작했지만 대다수의 귀족은 경제적 기반을 잃고 있었다. 그 사이에 새로운 엘리트가 탄생하여 전통 엘리트를 흡수해가고 있었다.

엘리트의 세력 변화는 문명사의 변화를 잘 보여주는데 권력의 흐름이 바로 거기에 있기 때문이다. 17세기부터 21세기까지 영국의 시민 엘리트는 대표적인 사례이다. 영국의 현대사는 교회와 정부 그리고 세계 민중이 가진 자산을 수중에 쓸어 담는 민영화의 역사를 적나라하게 보여준다. 돈의 힘을 확신한 17세기 대형 상업 및 산업 종사자들은 「대헌장magna carta」이 제시했던 개인의 자유라는 엘리트 정신을 이어받았다. 개인소유권ownership에 근거한 자유주의였다. 로크John Locke는 개인individual의 개념을 통해, 밀John. S. Mill은 개인주의의 개념을 통해서 이를 자유주의 사상으로 발전시켰다(Gerson et al, 2003). 1826년에야 비로소 정리되는 개인의 자유는 '경제적 이익과 '개인 성취욕'의 의미를 지녔으며 유럽에서 전반적으로 사회의 악덕으로 치부되었지만 영국은 유럽대륙과는 꾸준히 다른 정신 상태를 유지해갔다. 17~18세기 영국의 시민 엘리트의 역사를 3단계로 정리하면 다음과 같다.

1649년 크롬웰의 등장은 왕권, 더 나아가 귀족의 권한을 상업자 및 산업자 중심의 의회로 가지고 오는 구체제 균열의 첫 단계를 이룬다. 부연 설명이 필요 없는 이른바 '공화 혁명'이다. 의회 구성원들은 영국 민중을 전혀 대표하지 않는 소수 엘리트였으며 식민지 개척과 직물 무역을 통해 엄청난 부를 축적하던 중이었다. 영국 왕권은 프랑스나 러시아의 절대성과는 거리가 멀었음에도 왕을 처형하고 민중에게 공포심을 유발했다. 왕정복고 후에 내란 방지를 위해 세운 4대 원칙을 보면 전략 요새 통제, 1국 1교, 국고 보존, 빈곤층 견제 및 장악인데, 이는 소유지 보존, 종교 보존, 자산 보존, 혁명 세력 견제와 같이 의회 엘리트가 가졌던 탐욕과 내용이 동일했다(Stone, 1987: 93). 공화주의자들은 'Commonwealth'라며 민중을 속였지만 전통 엘리트와는 무늬만 달랐다. 개인소유권을 통해 국부(?)를 이룬다는 기만에 찬 욕망과 소수의 이익을 향한 의회의 의지 또한 흔들림이 없었다.

두 번째는 1694년 민영 영란은행Bank of England을 설립한 일이다. 네덜란드 출신 윌리엄 3세는 정부가 해상 군대를 강화하기 위한 돈을 사설 은행으로부터 대출하는 대신 파운드를 사적으로 찍도록 법안을 통과시켰다. 초대 은행장 피터슨william Peterson은 제 입으로 '가진 것도 없이 멋대로 찍어낸 돈에 이자를 얻어 수익을 취하는 은행The bank hath benefit of interest on all moneys which it creates out of nothing'이라 했던 민영은행이 발권한 금속과 종이쪽지에 나라경제를 종속시켰다. 국가 중앙은행을 시민 엘리트에게 맡김으로써 나라 수탈의 두 번째 단추가 끼워진 것이다. 민영화 법안 발의와 통과는 자유주의 좌파인 휘그당이 저질렀다. 당시 대서양을 장악해가던 영국과 네덜란드의 시민 엘리트와 왕실은 '금과 은을 최대한 종이돈으로 전환시켜 민중의 노동력을 최대한 갈취하는' 목적 하에 서로 묶였다. 이리하여 자본capital이 탄생하는데, 자본은 인간의 노동을 돈money으로 수량화하여 자연을 개발시키는 경제 주체다. 이것이 '금융혁명'이다.

엘리트 세력 전환의 셋째 단계는 1707년 스코틀랜드를 경제적으로 병합하여 철강 산업뿐만 아니라 산업 전반에 노동력을 투입해서 국가와 기업으로 하여금 사설 은행가들에게 돈을 빌려 이자를 갚도록 유도한 것이다. 1750년부터 본격화된 이른바 대출이자 갚기 산업부흥, 즉 '산업혁명'이다(Claydon, 2008). 엘리트의 꼭두각시인 경제학자들은 산업혁명이 금융혁명에 앞서 일어난 것처럼 말하지만 실은 금융혁명이 산업혁명을 불러온 것이다. 19~20세기 금융이 세계로 확대한 것은 산업혁명이 아니라 금융혁명의 연장선이다. 1900년대까지 이어진 산업부흥의 과정에서 은행의 이자율은 낮았고 주식회사는 늘어만 갔다. 다시 말하면 낮은 이자율로도 금융가들이 부를 축적할 수 있었고 기업인들도 대출한 돈으로 산업과 무역에 뛰어들어 이문을 남겨올 수 있었으며 노동자들도 산업 전선에 용해되어갔다.

이렇듯 공화국 - 은행 - 산업화의 과정은 왕, 귀족 엘리트로부터 시민 엘리트로 이행하는 역사인 동시에 국가 기관의 민영화를 지향했다. 엘리트의 시각에서 볼 때, 공화국과 근대화는 기업의 대형화와 금융 민영화의 도구였다. 자유와 평등, 경제발전과 성장 이데올로기만큼 이들에게 이익이 되는 명목이 없었다. 자유는 엘리트의 것이었고 평등은 소비자의 것이었으며 경제발전은 기업과 해외무역을 위한 것이었고 성장은 은행을 위한 것이었다. 민중은 이를 자기들을 위한 것인 양 거꾸로 생각하며 동상이몽에 빠졌다. 18세기의 아담 스미스와 맨더빌Gerard de Mandeville은 이 경향의 지적 방향을 제시해주었고 (Smith, 2003: 304), 개신교도이자 평민이면서 동시에 스위스인임에도 프랑스의 재무장관에 오른 네케르Necker는 대륙 엘리트의 희망이었다. 민영 금융과 대기업이 국가에게 요구했던 것은 해외 식민지를 위한 군대 증설과 교련이었고, 지식인에게 요구했던 것은 교역을 위한 언어와 도량형, 경험을 이론으로 만드는 과정 등 표준형 생활 형식을 구상하는 것이었다(신항식, 2004). 정부, 은행, 산업의 민영화가 끝나는 지점에서 민족국가가 만들어졌으니. 민족국가 성립 이후 시민 엘리트가 중산층에게 요구했던 것은 대출과 소비였고, 민중에게 요구했던 것은 노동이었다(Hobsbawm, 1992). 자유는 아니었고 평등은커녕 박애는 더욱이 아니었다.

금융과 대기업을 장악한 시민 엘리트는 오래전부터 국가에 이중 플레이를 했는데, 하나는 매관매직이었고 다른 하나는 정부조직 내부에서 자체 조직을 강화하는 것이었다. 프랑스도 같은 길을 걸었다. 영국과 프랑스의 엘리트는 17세기 귀족의 체제가 현저하게 약해지자 귀족직을 매수하여 기성 엘리트의 일원이 되기 시작했다. 프랑스에서는 이들을 '법복귀족Noblesse de robe'이라 불렀다. 매관매직을 못 하거나 구체제 자체의 한계를 깨달은 이들은 체제 바깥에서 변혁을 꿈꿨다. 대학의 조직을 강화하거나 국립 및 사립 학술 단체를 만드는 것도 방법 중 하나였다. 돈과 지식은 시민 엘리트가 가져야 할 덕목이었다. 영국의 경우 Club, 프랑스의 경우 Association 등을 구성하여 정치에 입김을 불어넣는 방식을 취했다. Lion's Club, Rotary Club, Association amicale 같은 그룹이 그런 것이다. 가장 유명했던 조직이 프리메이슨Freemason (자유석공)이었다.

프리메이슨은 석공의 모임이 아니다. 세상을 건축적으로 보겠다는 시민 엘리트의 상징적인 이름이다. 이들은 세상은 인간이 구축하는 대로 서서히, 그리고 각자가 맞는 도구를 활용하여 만들어지는 우주라 믿었다.[9] 그래서 결정론을 거부하고 자유주의를 외쳤다. 급진 혁명보다는 교육과 지식에 의한 변화, 개인의 소유권을 소중히 했다. 1789년 프랑스대혁명에 대거 참여했던 프리메이슨들이 혁명의 슬로건을 자유·평등·박애로 지은 것은 우연이 아니다 (Bluche, 1994: 116~118). 런던과 파리를 중심으로 전 유럽과 미국에 프리메이슨을 만들고 상호 지원했다. 이른바 시민 엘리트의 싱크탱크였다. 원죄를 거부하는 루소와 볼테르, 몽테스키외 등이 당연히 가입할 수밖에 없었다. 라파이에트와 워싱턴, 나폴레옹, 모차르트를 받아들였다. 19세기의 괴테, 링컨 모두 회원에 가입했었다. 벤저민 프랭클린 같은 부르주아, 키플링Rudyard Kipling 같은 인종주의자, 페리Jules Ferry와 같은 교육자, 조프르Marechal Joffre와 같은 군인, 처칠과 루즈벨트 같은 정치인, 포드 같은 경제인, 아옌데Salvador Allende 같은 자유주의적인 남미 지식인까지 포괄했다.

18세기를 거쳐 19세기 초반에 이르자, 프리메이슨 피라미드의 꼭짓점이 공

---

9 프리메이슨이 1717년 영국에서 만들어졌을 때, 강령은 ① 네 생각과 내 생각은 다르다는 것을 인정하자(: Nominalism), ② 신이 아니라 인간과 자연의 본성에 따라 존재를 보자(: Naturalism), ③ 물질로 구성된 인간과 사회를 거부하지 말자(: Materialism) 세 가지였다. Constitution Anderson이라 불리는 1723년 강령을 보면 절대적으로 공화주의를 지향했다.

고해졌다. 프랑스의 경우 이때가 나폴레옹 시대이다. 나폴레옹은 공화주의·이념과 조직 체계를 정비하여 전 유럽에 전파한 프리메이슨이었다(Tulard, 1989: 336). 그는 이념과 행정에서 항상 프리메이슨적이었다. 즉, 시민 엘리트 중심적이었다. 권력 투쟁도 엘리트 사이에서 벌어졌다. 나폴레옹의 정적은 영국의 웰링턴이나 부르봉 왕족이 아니라 같은 프리메이슨 말레Claude François de Malet 장군이었다. 정부 구성원을 모두 프리메이슨으로 채웠으며 그 권력을 공고히 하여 오랜 프리메이슨인 자신의 3형제를 유럽 전역의 황제로 만들었다(Collaveri, 1982: 322).

1789년 데물랑, 당통, 로베스피에르 등 프리메이슨이 극도로 부패하여 서로 죽이는 사태가 발생했듯이 자유·평등·박애의 이념은 꼭짓점으로 가면 갈수록 자유주의적 이기주의, 권력투쟁, 패거리의식으로 변했다. 이들은 이념의 확신과 인류애의 성취보다는 권력 쟁취에 급급했기 때문에 행동의 정당성을 잃어버렸다. 민중은 이들과 함께 저항했지만 결과물은 언제나 그들에 의해 탈취되었다. 나폴레옹이 1801년에 그랬듯이 1830년 루이 필리프와 은행가들이 그랬고 1848년의 나폴레옹 3세와 정치인들이 그랬다. 1871년 파리 코뮌을 배신한 티에르Adolphe Thiers가 그랬으며 러시아에 자유사상을 실어 나른 헤르첸 Alexandre Herzen의 1917년 볼셰비키도 그랬고 유럽을 미국 금융에 묶었던 콘벤디티Daniel Cohn-Bendi의 1968년 프랑스도 그랬다(Sutton, 1973; Knapp & Wright, 1978: 196). 결과를 보면 원인을 알게 되는 시민 엘리트의 민중 에너지 탈취의 역사인 것이다.

프랑스 민중이 왕과 시민 사이를 그토록 오락가락했던 이유도 여기에 있었다. 누구에게 일을 맡기어도 민중의 고통은 변하지 않았기 때문이며, 맡기지 않으면 될 것을 고집스레 대표자를 선택하여 일을 맡기는 노예의 습관을 버리지 못했기 때문이다. 1830년대 사회 계층이 함께 들고일어나 되찾은 권력을 엘리트에게 공짜로 맡김으로써 민중은 피라미드의 밑변을 벗어나지 못했다.

들라크루아의 민중을 이끄는 자유의 여신은 삼색 깃발을 휘날리며 결과물을 탈취한 엘리트의 상징에 지나지 않았다. 빅토르 위고가 그려내었던 민중의 스케치는 반엘리트적이었다. 그의 아버지는 프리메이슨이었다. 하지만 그는 민중과 함께했고 민중 속으로 들어가 살려 했다. 들라크루아처럼 민중을 국가 밑으로 끌고 온 것이 아니라, 국가를 민중 밑으로 가져오려 했던 인물이었다. 이런 이유로 위고는 프랑스 민중의 마음속에 영원한 아버지로 남아 있기도 하다. 그러나 위고 또한 엘리트의 소수 대표성의 논리를 벗어나지 못했다는 점에서 민중의 갑옷에 엘리트의 고무신을 신은 부조리한 인간이었다.

6. 결론을 대신하여

1789년 프랑스대혁명을 지켜보던 나폴레옹은 냉소했다. "자유를 위해 혁명을 했다고? 흥! 허영이겠지!"(Tulard, 2012.3.23). 이는 오로지 그만의 반응은 아니었을 것이다. 근대 세계를 이끌었던 엘리트가 민중혁명이라 했던 사건들에 대한 반응이 대략 이와 같았을 것이다. 집을 지으려면 터가 있어야 하듯이, 자유는 자유의 조건(경제적 자립, 정치적 영향력, 독립과 대외 주권)을 얻어냄으로써만 가능한 것이다. 터도 없는 서민이 집을 꿈꾸듯이, 민중은 자유를 외쳤어도 조건을 직접 쟁취할 생각은 전혀 하지 않았다. 그 사이에 제 이익에 현실적인 엘리트가 자유의 조건을 찬탈했고 껍데기에 불과한 자유를 갈망하는 민중으로부터 지지까지 얻어냈다.

20세기 역사의 주도자 미국의 엘리트도 프랑스와 영국의 근대사를 그대로 반복했다. 왕에 대항하여 공화혁명을 이루고 자유무역에 뛰어 들어 부를 누렸고 대출이자와 종이쪽지를 통해 금융을 장악했다. 민중은 엘리트의 발밑에서 임금노예로 전락했다. 시민으로 포장된 기업 엘리트가 자신의 이익만을 추구하는 것을 두고 국부를 만든다는 이상한 편견이 나라 전체를 감싸게 만들었다(Koch & Smith, 2009: 193; Vaisse, 2002: 75). 그러나 20세기 말, 엘리트가 국부라 했던 것은 실은 웬만한 국가의 GDP를 상회하는 초국적 민영 기업인으로 구성된 1%만의 부였다는 것이 적나라하게 드러났다. 제너럴모터스사General Motors는 덴마크, 타일랜드, 노르웨이보다 많고 미쓰이사Mitsui는 폴란드보다 많으며 엑슨Exxon이나 월마트Wall Mart는 말레이시아, 포르투갈보다 많고 제너럴일렉트릭사General Electric는 이스라엘, 필리핀보다 많으며 IBM, NTT, Axa 등은 이집트, 칠레, 베네수엘라보다 많다(Schiller, 1999: 39). 결국 공화혁명이든 공산혁명이든 지난 300년 이상의 혁명사는 민중의 에너지를 이용해 민중의 자산과 노동을 엘리트에게 가져다 바치는 과정이었다. 즉 "민중으로부터 유리된 엘리트만의 게임"이었다(Tcherkesoff, 1902; Castoriadis, 2012).

아나키스트 바쿠닌(Bakunin, 1871)의 지적처럼 "마르크스의 민중국가와 비스마르크의 과두 왕정 국가는 내정에서나 외교적 목적에서나 완벽하게 일치한다"(Dolgoff, 1971: 319~320).[10] 엘리트의 소수독재가 역사의 마지막이라고 생각했다는 점에서 자본주의 엘리트든 공산주의 엘리트든 모두 같다는 것이다. 우파는 자본의 소수독재를 꿈꾸었고,[11] 좌파는 그 소수독재를 경제·사회·교

---

10 바쿠닌은 다음과 같이 말했다. "마르크스는 런던이나 프랑스나 독일에서도 온통 유태인들에 둘러싸여 지내는데 이런 놈들 여기에 많다. 조삼모사하고 약간은 머리도 있으며, 모략이나 꾸미며 투기나 일삼는 놈들 말이다. […] 서로 끈끈하게 엮여 인민의 피나 빨아대려는 놈들이다. 마르크스라는 놈은 성향이 그렇게 기울어져 있으며 은행가 로스차일드는 왜 그리 존경하는지 모르겠다. 도대체 공산주의와 대형은행 사이에 뭔 일이 있는건지 알다가도 모르겠다. 오호라! 국가를 중앙집권화하면 당연히 은행이 중앙집권화될 것이고 거기서 유태인들이 함께 모여 인민의 노동 소득을 가지고 투기를 하시겠다 이거지? (중략) 투기도 국제적으로 하는 너희들이니 말이다"(Bakunin, 1924: 204~216).

11 민주국가에서 소수독재Oligarchy는 필연이라 했던 1911년 미헬스Robert Michels의 통찰은 엘리트의 욕망을 표현한 것이 아니라 우파가 세상을 바라보는 솔직한 진술이다(Michels,

육의 전 영역으로 확대하고자 했다. 국가는 수단이었으며 권력은 목적이었고 경제는 국가를 수단화하기 위한 핑계였다. 바쿠닌처럼 엘리트의 속성을 꿰뚫어본 지식인은 대부분 역사로부터 지워졌거나 무시당했다. 17세기 영국의 휘그당부터 18세기 루소와 볼테르, 19세기 마르크스, 20세기 레닌과 트로츠키까지 좌파 엘리트는 금 없는 신뢰, 민중을 핑계로 삼는 엘리트주의, 자유의 조건이 없는 자유, 강제된 계약, 민중 없는 역사, 반민중 소수독재 등을 외치며 산업과 금융엘리트의 위기만 오면 어김없이 이들에게 숨통을 터주었다. 더욱이 반反엘리트 지식인의 입을 막는 하수인 역할을 꾸준히 해오기도 했다. 그렇게 자본주의의 21세기가 만들어졌고, 또한 그렇게 20세기의 공산주의가 끝났다. 자본주의가 경제 엘리트를 통해 정치를 장악하는 시스템이라면 공산주의는 정치 엘리트를 통하여 경제를 장악하는 시스템이라는 상식을 나누어 가졌던 바쿠닌 같은 아나키스트들의 의견이 결국 옳았다는 것이 적나라하게 드러난 것이다.

세계화란 엘리트의 이익 관리와 정책의 범위가 세계 각국의 행정까지 미치는 과정이다. 거기에 민중이 끼어들 자리는 없다. 금융 엘리트가 만들어놓은 대출 기관 IMF와 세계은행World Bank은 지역별로 국가 주권을 관리하고 있다. 군산 복합 엘리트 세력은 중동과 아프리카, 동부 유럽에서 갈등을 유발하고 있다. 은행의 농간에 의해 재정 적자에 시달리지 않는 정부를 찾기 어려웠으며 석유, 곡물과 제약, 의료, 천연자원 가격은 오래전에 시장을 벗어나 런던과 뉴욕에서 담합 조정되고 있으니 시장경제도 무너져 내린 것이다. 엘리트 세력은 세계 미디어도 장악했다. 언론은 의제를 위로부터 가지고 내려와 정보를 강제하며, 교육계는 강제 정보를 소통이라는 단어로 바꾸었다. 경영계는 독점 전략전술을 관리의 단어로 뒤바꾸며 시장을 호도했다. 연구 및 대학마저 장악

1959 참조).

하여 지식을 일원화하고 대학 간 순위를 매겼다. 교수들은 겉으로만 객관적으로 보이는 방법으로 논문의 양을 채웠다. 학자를 대학에서 쫓아내고 그 자리를 산업적 이익에 민감한 전문가들로 채웠다. 인문사회학계는 뜬금없이 '되는 놈은 뭔가 있다'는 진화론과 인지과학(혹은 뇌의학)이라는 약육강식과 비이성의 논리를 유행시키고 있다. 출판계는 권력과 시장의 눈높이에 맞추어 자체 검열을 체화했다. 노동자의 임금과 소비의 증가 없이 기업이 살아갈 수 없음에도 노동계는 기업이 살아야 일자리가 늘어난다는 눈앞의 억지를 수용했으며 자체 위계질서를 강화했다. 여성계는 남성 노동자의 임금을 여성 노동자 수준으로 하향시키는 대기업의 영업 전략을 여권주의라며 포장했다(Rastier, 2001; Rastier, 2003: Lindio-McGovern & Wallimann, 2009).

이런 방식으로 민중은 엘리트에게 나라의 권력을 이양해왔다. 이제 정부는 권력을 세계의 엘리트에게 다시 이양하고 있다. 전 프랑스 대통령 미테랑의 영부인은 다음과 같이 말한다. "'여보, 왜 국민과 약속한 공약을 지키지 않으세요?'라고 내가 묻자 남편은 '세계은행과 신자유주의에게 이미 발목 잡혔어. 정부는 장악했어도 권력을 잡지는 못했구려'라고 대답하시더군요. 금융 세력에게 발목 잡힌 정부는 아무것도 할 수 없다는 것을 저는 14년 동안 경험했어요. 사회 변혁의 꿈은 사라져버렸죠. 미국에도, 프랑스에도 민주주의는 존재하지 않아요. 국회의원들도 자기들이 발의하지도 않고 위에서 내려온 법안에 꼭두각시처럼 표를 던져야 했거든요"(Mitterand, 2011.11.22). 민중이 국가 엘리트에게 했던 노예의 행태를 이제는 정부가 세계 엘리트에게 고스란히 따라하고 있는 것이다. 스페인, 이탈리아, 그리스는 아예 국가의 수장을 엘리트가 공공연하게 선택, 지정했다. 누구도 민중의 동의를 구할 생각이 없었다. 지난 200년 이상, 민중의 권리를 민중 스스로 포기한 결과가 이렇다. 세계 1%(현재 0.6%)의 엘리트 독재가 만들어진 것이다.

21세기 들라크루아의 여신은 민중을 속여 민중의 모든 것을 탈취했다. 세계 엘리트가 주권을 행사하니 민족국가도 이제는 필요 없어졌다. 국가, 시민, 공동체, 공화국, 민주의 단어만 살아 껍데기처럼 퍼덕이고 있다. 남에게 자신의 운명을 맡겨도 좋다는 민중의 무책임함, 본능이 아니라면 제 의지로 일을 만들어낼 줄 모르는 나약함, 항상 바깥의 행운과 움직임에만 행동의 조타를 맡기는 산업 중산계층 기회주의의 다른 말이 우유부단함이다. "정부는 국민에게 아무 할 일이 없고 사회라는 것도 없으니 당신만 잘 챙기고 살라"는 1987년 대처 전 수상의 진심을 전 세계의 엘리트는 가슴 깊게 각인했지만 대다수의 민중은 단어조차 이해하지 못했다. 주권이 이미 강탈당했음에도 이들 모두 "이번 선거는 잘하자"는 사이비 공화국의 시대착오에 여전히 시달리고 있기도 하다.

19세기, 모호하기 이를 데 없는 '민족' 개념으로 세워진 근대국가는 초국적 기업이 운영하는 세계경제 체제에 의해 재빠르게 사라져가고 있다. 미국은 말할 것도 없고 유럽이 그러하며 남미도 그러하다. 작금에 벌어지는 스코틀랜드, 카탈루냐의 국가독립 계획은 19세기 가짜 민족국가에 대한 반발이다. 소수의 권력자들이 인공으로 만든 민족 개념이 아니라 알짜배기 고향사람들이 중심이 되어 나라를 세우려는 진정한 민족독립운동인 것이다. 한국처럼 자생적인 민족 개념을 가진 나라가 타의에 의해 국가체제를 부여받고, 고향 개념 없는 사람들이 서울이라는 성에 올라와 무소불위의 권력을 휘두르며 살아온지 벌써 100년이 넘어간다. 무언가 변혁을 이루고 싶다면 지역공동체, 즉 나라를 중심으로 한 애향심 하나밖에 남은 것이 없는 오늘날의 유럽이며 미국이며 한국이다. 실은 지역자치로부터 출발했어야 할 지난 200년 이상의 사회였다. 민중의 자유란 민중 스스로 자유의 조건을 획득할 때만이, 즉 스스로 자치적일 때만이 가능하기 때문이다. 자치란 경제적 평등, 정치적 참여 그리고 지역 애향심으로 만들어진다는 점에서 최근 벌어지는 기본소득제, 추첨 민주주의, 탈국가 지역자치주의의 논의에 눈을 돌릴 필요가 있다. 이는 또한 엘리트

공화국에 진저리가 난 민중 자신이 만들어낸 아이디어가 분명하다는 점에서 기쁘게 논의할 가치가 있다. 아울러 이런 민중의 논의를 훼방하는 자는 아무리 순하고 진지해 보인다 해도 권력 엘리트의 하수인이라는 점을 잊으면 안 될 것이다.

참고문헌

바이스. 2002. 『미국식 사회 모델』. 김종명 옮김. 서울: 동문선.

신항식. 2004. 『시각영상 커뮤니케이션』. 서울: 나남.

코치·스미스. 2009. 『서구의 자멸』. 채은진 옮김. 서울: 말글빛냄.

Alisson de Chazet, René. 1832. *Vie politique de Louis-Philippe-Joseph d'Orléans-Égalité*. Paris: Imprimerie de David.

Amann, Peter. 1975. *Revolution and Mass Democracy*. New Jersey: Princeton University Press.

Bakunin, Michael. 1975. *Personliche Beziehungen zu Marx(1924)*. Gesammelte Werke. Band 3. Berlin: Karin Kramer Verlag.

Bailly, Sylvie. 2013. *La Guerre entre les banques juives et protestantes*. Paris: Ed. Jourdan

Beck, Thomas. 1981. "The French Revolution and Nobility." *Journal of Social History*, vol.15, no.2.

Bluche, François. 1989. *L'Ancien Régime*. Paris: Ed. de Fallois.

Broglie, Gabriel de. 2000. *XIXe siècle, l'éclat et le déclin de la France*. Paris: Perrin.

_____. 2011. *La monarchie de Juillet, 1830-1848*. Paris: Fayard.

Cameron, Rondo E. 2000. *France and the Economic Development of Europe, 1800-1914*. New York: Routledge

Caron, Jean-Claude. 2002. *La France de 1815 à 1848, collection Cursus*. Paris: A. Colin.

Castoriadis, Cornélius. 2012. *Un monde à venir, entretien avec Cornélius Castoriadis*. Paris: La République des Lettres.

Châtain, Georges. 2012. "Note de lecture." *L'Echo*, 2012/7/13.

Chateaubriand, François René de. 1946. *La France de 1830 et ses futuritions: lettre adressée par le vicomte de Chateaubriand aux Directeurs de "La Revue Europeenne" le 15 décembre 1831*. Paris: Les éditions du cadran.

Claydon, Tony. 2008. "William III and II(1650–1702)." *Oxford Dictionary of National Biography*. Oxford: Oxford University Press.

Collaveri, François. 1982. *La Franc-Maçonnerie des Bonaparte*. Paris: Payot.

Dolgoff, Sam(ed.). 1971. *Bakunin on Anarchy*. London: Vantage Books.

Engels, Frederick. 1978. *Anti-Dühring(1878)*. Paris: Ed. sociales.

Fourier, Charles. 2001. "Théorie de l'Unité universelle." Tome I(1822). http://inventin.lautre.net/livres/Fourier-Theorie-de-l-unite-universelle.pdf.

Gerson, Stephan et al. 2003. *The pride and place*. New York: Cornell University Press.

Higgs, David. 1990. *Nobles, titrés, aristocrates en France après la Révolution*. Paris: LianaLevi.

Hobsbawm, Eric. 1992. *Nations et nationalismes depuis 1780*. Paris: Gallimard.

Hubert, La Marle. 1989. *Phillppe Egalité*. Paris: NEL.

Knapp, Andrew & Vincent Wright. 1978. *The Government and Politics of France*. London: Hutchinson Education,

Laffite, Jean. 1994. *The Journal of Jean Laffite: The Privateer-Patriot's Own Story*. New York: Vintage Press.

Lamartine, Alphonse de. 1849. "Histoire de la Révolution de 1848." http://www.assemblee-nationale.fr/histoire/lamartine/adiscours/25-02-1848-1.asp.

Leon, Pierre et als. 1972. *L'industrialisation en Europe au 19ème siècle*. Paris: CNRS.

Lindio-McGovern, Ligaya & Isidor Wallimann. 2009. *Globalization and Third World Women: Exploitation, Coping and Resistance*. Surrey: Ashgate publishing Co.

Marx, Karl. 1850. "The Class Struggles in France, 1848 to 1850." http://www.marxists.org/archive/marx/works/1850/class-struggles-france/

Michels, Robert. 1959. *A Sociological Study of the Oligarchical Tendencies of Modern Democracy(1911)*. London: Dover Publications.

Rastier, François. 2001. *Semantique et recherches cognitives*. Paris: PUF.

_____. 2003. *Society and Post humanity, The Disappearing Society*. Franco-Norwegian cultural center, Paris(2003/06/19).

Schiller, Dan. 1999. *Digital Capitalism*. Cambridge MA: MIT Press.

Sked, Alan. 1979. *Europe's Balance of Power 1815-1848*. London: Macmillan.

Smith, Adam. 2003. *The Wealth of Nations: Representative Selections*. London: Dover.

Sutton, Anthony. 1973. *Western Technology and Soviet Economic development*. CA: Stanford California

Tcherkesoff, Warlaam. 1902. *Pages of Socialist History*. New York: Cooper.

Tulard, Jean. 1989. *Le Grand Empire*. Paris: Albin Michel.

_____. 2012. *Napoleo et moi, de Point*. Le 23 mars, 2012.

Villermé, Louis. 1840. "Tableau de l'état physique et moral des ouvriers dnas les manufectures de coton, de laine et de soie, t.2." http://sspsd.u-strasbg.fr/IMG/pdf/Villerme1.pdf.

Yvorel, Jean-Jacques. 2002. De Delacroix à Poulbot: les images du gamin de Paris au XIXe siècle, Revue d'histoire de l'enfance irrégulière, n° 4, Images de l'enfance et de la jeunesse irrégulière XIXe-XXe siècles- juin 2002, Paris.

참고자료

https://archive.org/details/histoiredelarv01lama.

Rapport sur l'établissement du Creusot, 24 oct, 1828, France Bibliothèque Nationales, 4 V 17 475 (Ed. Sociales 별쇄본)

Archives parlementaires de 1787 à 1860, Recueil complet des débats législatifs et politiques des Chambres françaises. Première série, 1787 à 1799. Tome LVII. Du 12 janvier 1793 au 28 janvier 1793, Archives Nationals.

Mitterand, D. Interview, *Le Grand Soir*, 23 nov. 2011.

지은이

최갑수_ 서울대학교 서양사학과 교수. 한국서양사학회 회장, 한국프랑스사학회 회장, 민주화를 위한 전국교수협의회 상임의장, 전국교수노동조합 준비위원장 등 역임. 저서로『서양사강의』,『프랑스 구체제의 권력구조와 사회』,『프랑스의 열정: 공화국과 공화주의』,『근대 유럽의 형성: 16-18세기』(이상 공저) 등이 있으며 역서로는『프랑스대혁명사 1·2』,『왕정의 몰락과 프랑스혁명』,『프랑스의 역사』,『1789년의 대공포』등이 있다.

이도흠_ 한양대학교 국어국문학과 교수. 한국학연구소 소장 및 민교협 상임의장 역임, 현재 정의평화불교연대 공동대표, 지식순환협동조합 대안대학 이사장. 저서로『화쟁기호학, 이론과 실제』,『신라인의 마음으로 삼국유사를 읽는다』,『신화/탈신화와 우리』등이 있다.

김규종_ 경북대학교 노어노문학과 교수. 경북대학교 인문대학장 및 민주화를 위한 전국교수협의회 공동의장 역임. 현재 민예총 대구지부 영화연구소장. 저서로『문학교수, 영화 속으로 들어가다 1·2·3·4』,『노자의 눈에 비친 공자』등이 있다.

김응교_ 시인, 문학평론가, 숙명여자대학교 교양교육원(한국문학) 교수. 시집『씨앗 / 통조림』과 평론집『그늘: 문학과 숨은 신』,『한일쿨투라』등의 저서가 있다.

이충훈_ 한양대학교 프랑스언어문화학과 조교수. 프랑스 파리4대학 불문학 박사. 역서로『장 스타로뱅스키의 투명성과 장애물』,『드니 디드로의 미의 기원과 본성』,『사드의 규방철학』등이 있고, 프랑스 고전주의 문학과 지성사 관련 다수의 논문이 있다.

고정희_ 서울대학교 국어교육과 교수. 아주대학교 국어국문학과 조교수 및 부교수 역임. 저서로『고전시가와 문체의 시학』,『한국 고전시가의 서정시적 탐구』,『고전시가 교육의 탐구』등이 있다.

이상민_ 가톨릭대학교 ELP학부대학 창의교육센터 교수. 저서로『대중매체 스토리텔링 분석론』,『한국인의 문화유전자』(공저) 등이 있다.

강익모_ 서울디지털대학교 문화예술경영학과 교수, 영화평론가, 공연예술비평가, 전국예술대학교수연합 조직국장. 다큐멘터리〈조선의 마음〉,〈큰나무그늘〉을 제작했으며 저서로『문화 예술 산업과 경영』이 있다.

김상률_ 숙명여자대학교 영어영문학부 교수, 문화비평가. 저서로『차이를 넘어서』,『폭력을 넘어서』등이 있으며 역서로는『오리엔탈리즘과 에드워드 사이드』가 있다.

신항식_ 연세대학교 객원교수. 홍익대학교 미술대학 교수 역임. 저서로『롤랑 바르트의 기호학』,『시각영상 커뮤니케이션』,『색채와 문화 그리고 상상력』등이 있다.

엮은이 ────────────────────────────

문학과영상학회 www.englit.or.kr

1999년 문학과 영화의 접목에 학문적 관심을 기울여온 영문학자들의 제안으로 창립되었다. 15년여 동안 영상매체와 문화산업 분야의 학자들도 참여하여 문학과 영상을 융합적으로 연구하고 교육하는 장을 제공하고 있다. 학술지 《문학과 영상》을 계절마다 발간하며, 2013년부터 동아시아 영화연구 국제학회와 연합하여 매년 1회 동아시아 영화 관련 국제 특집호를 발간하고 있다.

한울아카데미 1740
우리 시대의 레미제라블 읽기
ⓒ 이도흠 외, 2014

엮은이 | 문학과영상학회
지은이 | 최갑수·이도흠·김규종·김응교·이충훈·고정희·이상민·강익모·김상률·신항식
펴낸이 | 김종수
펴낸곳 | 도서출판 한울

초판 1쇄 인쇄 | 2014년 11월 15일
초판 1쇄 발행 | 2014년 12월 10일

주소 | 413-120 경기도 파주시 광인사길 153 한울시소빌딩 3층
전화 | 031-955-0655
팩스 | 031-955-0656
홈페이지 | www.hanulbooks.co.kr
등록번호 | 제406-2003-000051호

ISBN 978-89-460-5740-1 03800

* 책값은 겉표지에 있습니다.